Mère par choix

Liés par un pacte

BRENDA HARLEN

Mère par choix

Traduction française de
FLORENCE MOREAU

Passions

HARLEQUIN

Collection : PASSIONS

Titre original :
CLAIMING THE COWBOY'S HEART

HARPERCOLLINS FRANCE
83-85, boulevard Vincent-Auriol, 75646 PARIS CEDEX 13
Service Lectrices — Tél. : 01 45 82 47 47

www.harlequin.fr

ISBN 978-2-2804-3367-9 — ISSN 1950-2761

- 1 -

— Oh non !

Liam Gilmore n'avait pu retenir une exclamation de dépit en voyant sa sœur Katelyn pénétrer dans le hall de l'hôtel, un attaché-case dans une main et un objet encombrant dans l'autre, en l'occurrence le parc de sa fille qui se trouvait elle-même dans un porte-bébé. En outre, Kate portait sur l'épaule un sac à langer plein à craquer, ce qui lui donnait l'air d'un sherpa prêt à partir pour une randonnée en montagne.

— J'ai une audience en urgence au tribunal dans une demi-heure, lui expliqua-t-elle en déposant le sac à langer sur son bureau.

— Et moi, je reçois des candidats pour des entretiens cet après-midi.

— Tu as déjà un manager, un concierge pour le week-end et un chef pour les petits déjeuners, de qui d'autre peut avoir besoin ton hôtel-boutique ? questionna-t-elle tout en sortant le parc de sa mallette de transport.

Pouvait-il décemment demeurer assis à regarder sa sœur se débattre avec ce matériel ? Il se leva, lui prit le parc des mains et l'ouvrit, sécurisa chaque angle, puis posa le fin matelas à l'intérieur.

— Andrew a finalement accepté un poste à Los Angeles, de sorte que je n'ai plus de manager, lui expliqua-t-il.

— Je suis désolée, renchérit-elle d'un ton sincère, tout

en détachant le porte-bébé pour en extraire délicatement sa petite fille endormie.

Il haussa les épaules.

— Ce n'est pas ton problème. Tout comme le fait que tu aies besoin – encore une fois – d'une baby-sitter à la dernière minute n'est pas le mien.

— Et pourtant, moi, je suis prête à t'aider parce que c'est ce à quoi servent les frères et sœurs, rétorqua-t-elle.

— Ah bon ? Et de quelle façon ?

Elle pressa les lèvres contre le front de Tessa qu'elle déposa tout doucement sur le matelas du parc.

Le spectacle de sa sœur et de sa nièce, qui le menait d'ailleurs par le bout du nez avec un seul de ses sourires, l'attendrit. Mais il n'avait pas l'intention de l'admettre à voix haute : Kate exagérait, elle ne manquait pas une opportunité de profiter de ses services.

— En te donnant le nom de ta prochaine manager, répondit-elle.

— Sans blague ? Vas-y, je t'écoute, ainsi, il me suffira d'annuler tous les entretiens programmés.

— Inutile d'être sarcastique et désagréable ! Et si je ne devais pas être au tribunal dans…

Elle regarda l'étroit bracelet en argent à son poignet et poursuivit :

— … Dans seize minutes exactement, je t'obligerais à me présenter des plates excuses. Mais, puisque je dois filer, je me contenterai de te dire *Macy Clayton*.

À savoir la candidate qu'il devait recevoir à 14 h 30. Mais il se garda d'en informer sa sœur.

— Et pourquoi devrais-je l'embaucher ?

— Parce qu'elle sera parfaite pour ce poste. Elle a travaillé dans l'hôtellerie à Las Vegas ces huit dernières années, d'abord comme réceptionniste puis concierge d'hôtel, avant de devenir l'assistante du manager de Courtland Hotel & Casino.

— Si elle avait une carrière si brillante à Las Vegas, que fait-elle à Haven ? se demanda-t-il à voix haute.

— Tu lui poseras toi-même la question, cher frère.

C'était exactement ce qu'il allait faire.

Or, quand Kate eut filé et qu'il parcourut à nouveau les CV qu'il avait reçus pour le poste de manager, force lui fut de reconnaître qu'elle avait raison concernant la femme qu'elle lui avait recommandée.

Macy Clayton, du moins sur le papier, était parfaite pour le poste. Néanmoins, il avait pensé la même chose d'Andrew. Et finalement ce dernier avait préféré la possibilité de côtoyer des personnalités célèbres sur la côte Ouest au probable ennui qui l'attendait dans le nord du Nevada.

De nombreux habitants de Haven avaient émis des réserves au sujet de son projet : ouvrir un hôtel-boutique dans une ville aussi peu dynamique, loin des sentiers battus, s'apparentait selon l'avis général à une prise de risque considérable. David, son père, avait été plus direct : pour lui, seulement un fou aurait pu concevoir pareille idée.

« Les Gilmore sont propriétaires de ranchs de père en fils », tel était le refrain qu'il entendait chaque fois qu'il tentait de lui parler de l'hôtel. Et, s'il était vrai que la famille avait pratiqué l'élevage à Circle G depuis plus de cent cinquante ans, il s'efforçait en revanche de quitter le ranch depuis plus de quinze ans, sans grand succès.

Jusqu'au jour où il avait vu qu'on avait ajouté un autocollant indiquant « Nouveau prix » sur le panneau « À VENDRE » qui commençait à pâlir, devant Stagecoach Inn.

Le vieil hôtel abandonné tombait en ruine quand Hershel Livingston l'avait racheté pour une bouchée de pain, une décennie plus tôt. Cet homme né dans le Nevada, qui avait fait fortune dans les casinos et maisons closes, avait malgré tout choisi de s'établir à Haven, l'une des rares villes de l'État où de telles industries étaient illégales.

Hershel avait dépensé des millions de dollars pour le restaurer, avant de renoncer au projet alors qu'il était presque achevé. Personne ne savait réellement pourquoi, mais de nombreuses rumeurs couraient, la plus crédible voulant que sa femme ait visité Haven pendant les travaux et immédiatement détesté la petite ville. Selon une autre version, elle aurait surpris son mari dans les bras d'une jeune fille de Haven.

Il existait autant de variantes de l'histoire que de femmes célibataires dans la ville, mais la seule vérité indiscutable, c'était que Hershel avait brutalement ordonné à ses ouvriers d'évacuer les lieux, puis appelé l'agent immobilier Jack Green afin de mettre la propriété en vente.

Dans les premières semaines qui avaient suivi, Jack avait reçu de nombreux appels, mais il s'agissait pour la plupart d'habitants de Haven, curieux de constater par eux-mêmes les travaux qui avaient été réalisés ; cependant, aucun n'était réellement intéressé par l'achat d'un hôtel aussi original, doutant qu'il puisse survivre dans une ville comme Haven. De fait, l'intérêt avait pâli plus vite que la peinture sur le panneau.

Or, il y avait à présent deux ans, JJ Green, qui travaillait désormais dans l'agence immobilière de son père, avait apposé un autocollant indiquant « Nouveau prix » sur le vieux panneau. Intrigué, il l'avait appelé et avait ainsi appris que le prix avait considérablement baissé.

Sans même qu'il l'interroge, JJ lui avait confié que l'insaisissable Mme Livingston avait demandé le divorce de son mari volage et obtenu la moitié de tous ses biens. En signe de représailles, ce dernier était en train de les solder à perte afin de réduire la somme qu'il devrait lui payer.

Kate avait alors souligné que l'épouse pouvait le poursuivre pour fraude et réclamer la moitié de la valeur du marché, au lieu de celle du prix de vente ; néanmoins, la propriété ne valait que ce qu'un éventuel acquéreur était prêt à investir, et le fait qu'elle soit sur le marché depuis tant d'années sans avoir reçu la moindre offre devait conforter Hershel dans sa décision. En tout état de cause, il n'avait certainement pas contesté le prix des plus bas auquel elle était proposée.

Et aujourd'hui, le grand jour approchait : l'ouverture aurait lieu dans quelques semaines seulement. Il attendait les dernières livraisons et fixait les dates des ultimes inspections sanitaires, tout en tentant de pallier le désistement inattendu de son personnel.

Évidemment, si Macy Clayton avait répondu à son offre d'emploi initiale, il l'aurait probablement embauchée à la place d'Andrew, eu égard à son CV et à la recommandation de sa sœur. Ce qui lui aurait évité de paniquer face à la défection de son manager au dernier moment ! Toutefois, même si elle possédait toutes les qualités requises pour le poste, il réservait son jugement jusqu'à l'entretien…

Enfin, l'heure du rendez-vous arriva, et Macy Clayton pénétra dans son bureau.

Un frémissement traversa alors tout son corps, un trouble comme il n'en avait pas connu depuis fort longtemps. Il comprit qu'il ne pourrait en aucun cas l'embaucher : elle était trop sexy. Comment travailler à côté d'une femme pareille sans céder à la tentation ? Mission impossible. Néanmoins, il devait conduire l'entretien, il aurait été fort cavalier de la révoquer sur-le-champ.

Quand elle serra la main qu'il lui tendait, il ressentit un réel tressautement au milieu du corps : sa peau était douce, mais sa poigne ferme et, dans ses prunelles bleues, il perçut une lueur mêlée de surprise et de clairvoyance.

Ses cheveux étaient bruns, mâtinés de reflets dorés et cuivrés et relevés en un chignon lâche.

Elle devait mesurer un mètre soixante-cinq sans ses bottines à talons, qui lui ajoutaient quelques centimètres, et si elle était d'une constitution svelte elle était dotée de belles courbes féminines. Elle portait un long manteau ouvert, qui révélait une jupe crayon noire et une veste accordée, sur un chemisier bleu vif.

Il s'éclaircit la voix.

— Ravi de vous rencontrer, mademoiselle Clayton, dit-il.

Et, résistant à la tentation de lui caresser, de son pouce, le poignet pour vérifier si son pouls y battait aussi fort que le sien, il lui relâcha la main.

— Le plaisir est partagé.

— Puis-je prendre votre manteau ?

— Inutile, dit-elle en l'ôtant.

Puis elle le posa sur le dos de son siège et s'assit avant d'enchaîner :

— Je dois vous avouer que j'étais sceptique quand j'ai appris que le vieux Stagecoach Hotel avait été rénové et rouvrait, mais le peu que j'en ai vu jusque-là suffit à me convaincre du travail remarquable que vous avez réalisé.

— La plupart des restaurations ont été effectuées par mon prédécesseur, précisa-t-il. J'ai juste eu à choisir les bonnes personnes pour finir là où il s'était arrêté.

— La diligence au fond du hall d'entrée est une super idée, commenta-elle alors.

— Ah, vous trouvez aussi ?

Une idée simple mais dont l'exécution s'était avérée compliquée, dans la mesure où il avait fallu démonter la diligence d'époque pour qu'elle puisse passer la porte et bien sûr en rassembler les parties une fois à l'intérieur.

— Vous envisagez d'ouvrir dans trois semaines, n'est-ce pas ? reprit-elle.

— Tout à fait, pour la Saint-Valentin.

Elle lui adressa un sourire chaleureux et naturel. Amical, même. Nul doute qu'elle devait être douée pour mettre les hôtes à l'aise, ce qui était bien sûr son souhait le plus cher, mais n'éclipsait pas pour autant d'éventuels problèmes la concernant…

Le harcèlement sexuel au travail était une question des plus sérieuses, sans compter, bien sûr, qu'il avait été élevé dans le respect des femmes. Pourtant, ce serait indubitablement une erreur d'employer une femme dont la seule vue, pendant l'entretien d'embauche, suscitait chez lui quantité d'images parfaitement inappropriées.

— Dans votre CV vous indiquez que vous avez travaillé ces quatre dernières années au Courtland Hotel, à Las Vegas, déclara-t-il, s'efforçant de se concentrer sur l'objet de leur rendez-vous.

— Exact.

— Pourquoi avez-vous quitté Las Vegas pour emménager à Haven ?

— *Revenir* à Haven, rectifia-t-elle. J'ai grandi dans cette ville, mes parents y vivent encore et…

Elle interrompit abruptement sa phrase, comme si elle s'était rendu compte qu'elle allait en dire plus que voulu.

— Et ? l'encouragea-t-il.

Elle lui adressa de nouveau un sourire charmeur avant de hausser nonchalamment les épaules.

— Et j'avais envie de rentrer à la maison.

La réponse était plausible, cependant elle avait eu initialement l'intention de dire autre chose. Il en était sûr.

Il parcourut une fois de plus son CV fort impressionnant : elle avait occupé différents postes qui l'avaient menée vers le haut de l'échelle en tant qu'assistante du manager du Courtland Hotel & Casino à Las Vegas, de sorte qu'elle avait plus d'une corde à son arc.

— Votre expérience est considérable, mademoiselle Clayton.

— Merci.

— Pourquoi voulez-vous travailler ici ?

— Parce que je n'ai aucune chance d'intégrer le Dusty Boots Motel.

Il haussa les sourcils.

— C'est une plaisanterie ?

Elle sourit.

— Oui, monsieur Gilmore.

— Liam, corrigea-t-il.

— Je ne suis pas certaine qu'il soit très approprié d'appeler mon chef par son prénom.

— Je ne suis pas votre chef, souligna-t-il.

— Pas encore.

Et elle lui sourit de nouveau.

Une certaine agitation en provenance du parc l'empêcha alors de répondre, d'autant qu'une petite voix plaintive s'éleva en même temps.

— Ma ? Ma !

Macy se pencha alors en avant, et il vit son regard se poser sur Tessa, qui venait de se mettre debout dans son parc en se tenant à la barrière de protection.

— Maman va bientôt revenir, lui promit-il.

Du moins l'espérait-il !

— Vous avez une enfant adorable, déclara Macy.

— Pardon ? Oh ! non, non, ce n'est pas ma fille, répondit-il vivement. C'est ma nièce, Tessa.

— Dans ce cas, vous avez une nièce adorable.

Il regarda Tessa et sentit une douce chaleur se répandre dans sa poitrine.

— Oui, elle est très mignonne.

À cet instant, la fillette leva les bras, une requête sans parole.

Il regarda sa montre : Kate lui avait-elle indiqué

l'heure à laquelle elle viendrait chercher sa fille ? Il ne s'en souvenait pas… Du coin de l'œil, il vit Tessa faire la moue.

Il poussa un soupir et se leva pour la prendre.

— Eh, ma belle, je travaille, tu comprends ? lui dit-il en la posant sur sa hanche. Donc, on reste professionnels, d'accord ?

Pour toute réponse, la petite se pencha vers lui et avança les lèvres vers sa joue.

— Ce n'est pas vraiment un bon début, décréta-t-il sèchement.

Mais sa manager potentielle sourit, de toute évidence séduite par Tessa.

— Et, si ta couche a besoin d'être changée, il va falloir attendre le retour de ta maman, l'avertit-il.

— Vous ne changez pas les couches, c'est ça ? questionna Macy.

— Pas si je peux éviter, et Kate m'a promis qu'elle serait de retour avant le réveil de Tessa, de sorte que je n'aurais pas à la changer.

— Soit Kate a pris du retard, soit Tessa s'est réveillée plus tôt de sa sieste, aujourd'hui. D'ailleurs, c'est peut-être parce qu'elle est mouillée… Votre sœur vous a-t-elle apporté un sac à langer ?

Il poussa un soupir.

— Si tant est que l'on puisse appeler ainsi ce sac qui ne serait pas admis comme bagage à main dans un avion, répondit-il en désignant le « monstre » à multipoches que sa sœur traînait partout.

De façon inattendue, elle l'ouvrit, en inspecta le contenu et en sortit un petit matelas à langer, une couche propre et des lingettes qu'elle posa en face de lui, sur le bureau.

Il hésita.

— Je suis certain qu'elle peut patienter jusqu'à la fin de notre entretien.

— Sans doute. En revanche, elle ne doit pas rester dans l'inconfort. Je peux sortir de la pièce, si vous souhaitez être dans l'intimité pour la changer.

— Auriez-vous par hasard de l'expérience en matière de bébés et de couches ?

À nouveau, sa bouche s'étira en un sourire.

— Un peu, admit-elle.

Il déplia le matelas à langer sur lequel il allongea sa nièce.

— Dans ce cas, j'aimerais mieux que vous restiez au cas où j'aurais besoin de conseils ou d'aide, dit-il alors que Tessa commençait à vouloir rouler sur elle-même.

Macy ayant acquiescé, il parvint à défaire la salopette en velours côtelé de Tessa d'une main, tout en maintenant la petite agitée de l'autre.

— Eh bien, mademoiselle Clayton, donnez-moi des exemples de plaintes émises par des clients et la façon dont vous les avez résolues, proposa-t-il en prenant une lingette.

Elle lui raconta alors quelques anecdotes liées à son expérience professionnelle tout en agitant un anneau en plastique d'où pendaient des clés colorées, qu'elle avait trouvées dans le sac à langer, afin d'occuper la fillette pendant qu'il changeait sa couche.

Rien à dire, ces histoires lui prouvaient qu'elle était créative et intelligente. Son départ avait dû représenter pour le Courtland Hotel une grosse perte.

— En général, il faut attacher les languettes de la couche avant de remettre le pantalon, lui dit-elle alors qu'il enfonçait les boutons à pression de la salopette de Tessa.

— Pardon ?

— Vous n'avez pas attaché les languettes de la couche.

— Bien sûr que si !

Il termina sa tâche, puis reposa Tessa par terre ;

celle-ci, tout heureuse d'être délivrée, se mit debout puis tapa dans les mains, car depuis qu'elle savait marcher, c'est-à-dire très récemment, elle était habituée à ce qu'on l'applaudisse à chaque pas.

C'est alors qu'il aperçut un renflement étrange dans la salopette. Macy avait raison.

— Euh, apparemment, non, je ne l'ai pas fait, rectifia-t-il.

Décidément... Et il reprit Tessa dans ses bras.

— Oncle Liam n'a pas mis ta couche comme il fallait, et maintenant on doit de nouveau enlever ta salopette, lui dit-il.

Mais sa nièce ne l'entendait pas de cette oreille : visiblement, elle tenait à sa liberté retrouvée et se mit à donner des coups de pied et à pousser des hurlements.

— Oh ! qu'est-ce que c'est, Tessa ? demanda Macy.

Elle lui montra un biberon rempli de jus de fruits, qu'elle avait trouvé dans le sac.

Immédiatement, Tessa cessa de s'agiter et tendit les deux mains.

— Zus ! s'écria-t-elle.

— Oui, du jus de fruits ! Tu en veux ?

Elle hocha la tête, et Macy lui donna le biberon tandis qu'il défaisait de nouveau les pressions de la salopette... pour s'apercevoir que les languettes de la couche s'étaient collées à sa culotte. Il s'efforça de les en détacher sans les abîmer, mais ses doigts étaient trop gros pour la tâche délicate.

— Je crois que j'ai besoin d'aide, reconnut-il.

Prestement, Macy décolla les languettes, repositionna la couche et la fit tenir en un rien de temps. Yeux rivés à Tessa, elle déclara tout en refermant la salopette :

— Vous savez, j'imagine, qu'une bonne employée est celle qui est capable de faire face à toute situation, même si la tâche ne figure pas dans son champ de compétences. Qu'en pensez-vous ?

— Vous n'espérez tout de même pas que je vous embauche sous prétexte que vous m'avez aidé à changer la couche de ma nièce ? rétorqua-t-il seulement *après* qu'elle eut terminé.

Elle lui redonna Tessa toute propre et heureuse.

— Bien sûr que non. Mais j'espère que vous allez m'embaucher parce que je suis la meilleure personne pour ce travail.

- 2 -

Rétrospectivement, Macy songea qu'elle aurait dû prendre des vêtements de rechange avant de se rendre à l'entretien avec Liam Gilmore, ce qui lui aurait évité de repasser à la maison pour se changer avant de se rendre au travail.

Chaque fois qu'elle allait quelque part avec Ava, Max et Sam, elle vérifiait trois fois si elle avait bien tout ce qu'il fallait pour parer à toutes les éventualités. Mais, quand il s'agissait de sa propre personne, elle était incapable de réfléchir à l'avance.

Son amie Stacia appelait cela le « cerveau de la femme enceinte » et lui avait avoué avoir vécu des expériences similaires durant sa grossesse. Seulement, cette expression suggérait un état temporaire et que les « absences » disparaissaient avec la naissance. Mais, chez elle, cela s'était transformé en « mamamnésie ».

De fait, il semblait exister des preuves scientifiques indiquant que les changements hormonaux survenant chez la nouvelle mère pour lui permettre de nouer un lien avec son bébé étaient susceptibles d'interférer avec sa capacité à assimiler d'autres informations. Ce qui expliquait pourquoi elle pouvait se réveiller en sursaut d'un sommeil profond dès qu'un de ses bébés bougeait la nuit, mais que le cuisinier chez Diggers devait parfois répéter trois fois son nom avant qu'elle se rende compte que la commande était prête. Et, même si ses triplés allaient bientôt avoir huit mois, son cerveau n'avait de toute évidence pas encore compris qu'un lien indéfectible l'attachait à eux et qu'elle pouvait peut-être commencer à se concentrer sur autre chose.

Aussi se sentait-elle un peu coupable d'avoir affirmé être la personne idéale pour le poste de manager, car l'était-elle vraiment encore ? Et si elle avait oublié tout ce qu'elle avait appris dans l'hôtellerie jusque-là ? Peut-être que le seul talent qui lui restait, c'était de changer trois bébés qui se tortillaient dans tous les sens en moins d'une minute.

Mais elle tenait à ce poste, elle le convoitait depuis qu'elle avait appris que le nouveau propriétaire de Stagecoach Inn recherchait un manager, et ce désir avait encore grandi lorsqu'elle en avait franchi les portes et instantanément humé l'atmosphère chargée de l'histoire et de la grandeur liées à la bâtisse séculaire.

Sa seule réserve : le frisson indéfinissable que lui avait valu la poignée de main avec Liam Gilmore. Il y avait une éternité qu'elle n'avait pas été troublée par un homme. Pendant quelques secondes, elle s'était sentie déstabilisée. Par chance, la raison avait tout de suite repris les commandes et lui avait rappelé que le beau cow-boy était son chef potentiel et non un homme sur lequel fantasmer. Ce qui était vraiment regrettable, eu égard à sa large carrure et…

Non, elle ne devait pas s'aventurer sur ce terrain-là !

Ce rappel à l'ordre lui avait permis de se focaliser sur l'entretien, tout en croisant les doigts pour qu'il n'ait pas remarqué son… manque d'attention. Parce qu'elle voulait à tout prix obtenir le poste.

Elle avait accepté un emploi chez Diggers' Bar & Grill pour des raisons financières, mais aussi parce que l'industrie hôtelière lui manquait bien plus qu'elle ne l'aurait cru. Pour l'heure, bien sûr, elle était simple serveuse, et d'ailleurs si elle ne se dépêchait pas elle allait arriver en retard.

Elle avait malgré tout pris le temps de jouer quelques minutes avec Ava, Max et Sam : non seulement ils représentaient la motivation de toutes ses entreprises, mais ils constituaient tout son univers. Bien sûr, elle avait été aussi stupéfaite que terrifiée de découvrir qu'elle attendait des triplés, mais huit mois après leur naissance, elle ne pouvait plus imaginer la vie sans ses précieux bébés.

Ava, peut-être parce qu'elle était la seule fille de la fratrie, était déjà habituée à être le centre de toute l'attention, notamment grâce à son bon caractère et sa tendance à recourir bien plus souvent aux sourires qu'aux larmes. Elle avait aussi de grands yeux bleus sertis de longs cils noirs, et des cheveux bruns et soyeux qui poussaient si vite qu'elle n'éprouvait plus la nécessité de lui mettre un nœud ou une barrette pour indiquer qu'elle était une fille.

Max était le plus introspectif des trois, se contentant généralement de demeurer tranquille et d'observer le monde autour de lui. Il avait les yeux verts, les cheveux bruns lui aussi, et l'endroit où il était le plus heureux c'était dans ses bras.

Sam lui ressemblait énormément de sorte qu'on les prenait parfois pour des jumeaux monozygotes, ce qui n'était pas le cas, ainsi que le lui avait assuré le médecin. Né le dernier, il était aussi le plus petit, et le plus agité, de sorte qu'elle avait établi un lien particulier avec lui car il semblait avoir plus besoin d'elle que son frère et sa sœur.

Devant urgemment partir, elle laissa ses enfants à la garde de ses parents qui étaient eux aussi fous d'eux.

Son père, Norm, et sa mère, Bev, avaient d'abord été choqués d'apprendre qu'elle, leur fille célibataire, était enceinte, et plus encore quand elle leur avait confié comment et pourquoi c'était arrivé. Parler de désapprobation aurait été un euphémisme, mais ils avaient mis de côté leurs soucis relatifs aux circonstances de la conception des bébés pour l'aider à se préparer à l'événement qui allait complètement modifier sa vie.

Des triplés impliquaient en effet un changement radical, à commencer par son lieu de vie, son appartement de Las Vegas étant en effet bien trop petit pour accueillir trois bébés ; or, elle ne pouvait pas se permettre d'en louer un plus spacieux. En outre, elle avait prévu un budget concernant la nourrice pour un bébé, mais pas pour trois ! Aussi, à cinq mois de grossesse, s'était-elle résignée à ce qui s'imposait : elle avait démissionné de son poste au Courtland Hotel, fait ses cartons et était revenue dans le Nevada, à Haven, chez ses parents.

Au moins, elle n'avait pas réintégré la chambre de son enfance, mais s'était installée dans la suite au rez-de-chaussée, initialement conçue pour sa grand-mère maternelle. Après son décès, ses parents avaient occasionnellement loué l'appartement, mais depuis deux ans personne ne l'avait occupé. Sans doute était-ce dû à sa décoration un peu vieillotte, aussi s'était-elle empressée, dès son retour, d'acheter du tissu plus moderne pour recouvrir les fauteuils et canapés, de faire de nouveaux rideaux, d'acquérir quelques lampes et tapis pour conférer à l'ensemble un aspect plus actuel et chaleureux.

Pendant les premiers mois après la naissance d'Ava, Max et Sam, elle s'était entièrement consacrée à l'art de devenir mère, ce qui s'apparentait à un travail plus ardu qu'elle ne l'avait imaginé : elle passait son temps à nourrir, changer, donner le bain ou bercer un des trois, voire les trois à la fois. Heureusement, sa mère lui apportait toute l'aide possible. Sans elle, elle n'aurait en aucun cas pu s'en sortir.

Son père mettait lui aussi la main à la pâte. Évidemment, il ne se précipitait jamais pour changer une couche, un peu comme Liam Gilmore, d'après ce qu'elle avait pu constater en début d'après-midi, mais il était le premier à se porter volontaire pour une promenade en poussette ou pour bercer un enfant qui n'arrivait pas à trouver le sommeil. Et il ne s'était jamais plaint du fait que la présence de sa fille et de ses trois petits-enfants avait complètement bouleversé son existence et celle de sa femme, ce qui était pourtant le cas !

Chacun était bien occupé, mais heureux, aussi avait-elle été surprise, peu avant que les triplés fêtent leurs six mois, que sa mère lui suggère de penser à retrouver un travail. Elle lui avait alors précisé avoir suffisamment d'économies pour ne pas dépendre d'eux et leur payer un loyer plus élevé.

Cette question avait d'ailleurs, dès le début, suscité un vif débat : ses parents auraient préféré qu'elle garde son argent, mais il était hors de question pour elle de ne pas contribuer aux frais du foyer. Ils avaient finalement accepté, mais ouvert un compte pour les enfants où ils plaçaient l'argent en vue de leurs études.

— Ce n'est pas le problème, lui avait alors assuré sa mère, mais il est nécessaire que tu sortes de la maison et que tu rencontres d'autres gens.

— Mais je ne reste pas continuellement à l'intérieur !

— Emmener les enfants chez le pédiatre ne compte pas.

— Mais, si je travaille, qui va s'occuper d'eux ?

— Eh bien…

Bev avait placé le poing sous son menton comme si elle réfléchissait pour répondre à une question particulièrement difficile.

— La réponse me semble effectivement ardue, avait-elle repris d'un ton ironique.

— Non, maman, je ne peux pas vous demander cela. Toi et papa avez déjà tant fait pour nous.

— Il ne s'agit pas de nous demander, je te le propose. En fait, j'insiste même.

C'était ainsi qu'elle avait répondu à la demande d'emploi affichée sur la fenêtre du Diggers' Bar & Grill.

Au début, elle ne travaillait que deux jours par semaine sur la plage des déjeuners, puis Duke lui avait ajouté des heures sur le créneau des dîners. En général, elle s'occupait de la partie restaurant, mais pouvait aussi donner un coup de main au bar, en cas d'affluence.

Ce soir, elle devait travailler de 18 heures à minuit.

Il était 18 heures tout juste passées, enfin, 18 h 07 pour être précis, quand elle gara sa voiture devant le restaurant, et 18 h 08 lorsque Duke la surprit dans la minuscule pièce réservée au personnel, en train d'attacher son tablier autour de la taille.

Croisant ses bras costauds de façon ostentatoire, son chef lui décocha un regard agacé.

— Tu es en retard.

— Désolée, mais Max était agité, et je voulais qu'il se calme avant de partir.

— Moi aussi j'ai eu des enfants et je comprends. Cela dit, les clients se fichent pas mal que Sam perce une dent ou qu'Ava ait de la fièvre, ce qu'ils veulent, c'est qu'on leur apporte leur commande, et pour cela il faut que la serveuse soit à l'heure !

— Tu as raison, je suis navrée, lui répéta-t-elle.

— Tu aidais à desservir les tables ici quand tu étais encore au lycée, et nous savons tous deux que tu es surqualifiée pour ce poste mais, tant que tu travailles chez moi, je veux que tu respectes les horaires.

Elle hocha la tête.

— Et naturellement, si tu trouvais un poste qui corresponde davantage à tes qualifications, je pourrais embaucher une personne plus intéressée par le service, poursuivit-il.

— J'ai passé un entretien avec Liam Gilmore aujourd'hui.

— Parfait ! Parce que j'avais aussi reçu Courtney Morgan pour le poste que tu occupes.

— Hé ! protesta-t-elle.

Ce n'était pas l'emploi de ses rêves, mais elle aimait travailler ici, car l'endroit était fort animé, la ville ne possédant que deux autres restaurants : le Sunnyside Diner et Jo's Pizzeria, de telle sorte que si les habitants de Haven souhaitaient se mettre sous la dent autre chose qu'un petit déjeuner et des pizzas, ils venaient inévitablement chez Diggers.

En semaine, il y avait moins de monde que le week-end, bien sûr, mais elle en profitait pour discuter avec les clients qu'elle servait.

— Eh bien, tu avais faim ! s'exclama-t-elle en desservant la table de Connor Neal.

Ce dernier avait commandé un burger composé d'une épaisse tranche de viande, ainsi qu'une montagne de frites sans compter un énorme bol de *coleslaw* bien crémeux ; or, tout avait disparu, il n'en restait pas la moindre miette !

— Oui, le shérif et moi travaillions sur une affaire si prenante que je n'ai pas déjeuné à midi, répondit le shérif adjoint.

Elle ne fréquentait pas Connor, autrefois. Il était un peu plus jeune qu'elle et il n'avait alors pas très bonne réputation. Sans doute parce qu'il habitait dans les quartiers pauvres de la ville avec sa mère célibataire et son demi-frère mais, en tout cas, il s'en était plutôt bien sorti. Non seulement il était shérif adjoint, mais il avait épousé Regan Channing, dont la famille s'était enrichie dans l'exploitation minière.

— Prendras-tu un dessert ? lui demanda-t-elle.

— Non, merci, mais je dois passer une autre commande…

Et, sortant son portable, il parcourut ses messages et ajouta :

— Donc, ce sera un wrap au poulet Buffalo, avec une portion de sauce supplémentaire, des frites et des pickles.

— On dirait que ta femme a elle aussi travaillé à l'heure du déjeuner. À moins qu'elle ne mange pour deux.

— Pour trois, en fait, déclara Connor.

— Trois ? répéta-t-elle.

Il hocha la tête.

— Elle attend des jumeaux. *Nous* attendons des jumeaux, corrigea-t-il vivement.

— Je n'étais pas au courant. Quelle merveilleuse nouvelle ! Félicitations !

Il lui adressa un petit sourire.

— Deux bébés, c'est deux fois plus de plaisir, non ?

— Absolument !

Et deux fois plus de couches et de biberons la nuit, pensa-t-elle, mais autant ne pas lui gâcher l'attente, il découvrirait bien assez vite la réalité, après la naissance.

— Filles ou garçons, ou fille et garçon ?

— Nous allons avoir des filles, même si les tests ne sont pas toujours fiables.

Elle éclata de rire : de toute évidence, il nourrissait l'espoir secret d'avoir des garçons.

— Mais souvent, si ! Et quelquefois, les femmes enceintes s'énervent quand elles attendent trop longtemps leur nourriture, aussi, je vais passer tout de suite ta commande.

— Merci.

Tout en s'éloignant, elle songea à la vie de famille qui attendait Connor et elle se prit à l'envier, car c'était ce qu'elle avait toujours souhaité, un mari, qui serait à la fois son partenaire dans tous les aspects de la vie et un père pour ses enfants.

Hélas, elle avait dû abandonner ce rêve et avait choisi finalement de tracer la route toute seule. Et, même si elle n'aurait renoncé pour rien au monde à ses bébés, elle regrettait parfois de ne pas pouvoir leur offrir davantage, c'est-à-dire une famille avec deux parents.

Il était presque 20 heures quand Liam quitta l'hôtel. Ses boots résonnaient sur les lattes de bois récemment vernies qui entouraient la bâtisse sur trois côtés. Au printemps, il y aurait des bancs et des chaises longues, où les hôtes pourraient se reposer, séparés par des jardinières afin de préserver une certaine intimité et apporter des touches de couleur. Mais, pour l'heure, un voile de neige recouvrait les marches et la rambarde.

Il neigeait déjà quand Kate était venue chercher sa fille en sortant du tribunal. Il avait remarqué des flocons dans les cheveux de sa sœur et sur son manteau lorsqu'elle était entrée dans son bureau, où il recevait un autre candidat pour le poste de manager. Il avait fait mine d'être agacé par l'interruption, alors qu'en réalité il avait été ravi qu'elle lui fournisse un prétexte pour abréger l'entretien.

Ayant oublié ses gants dans son pick-up, ce matin, il fourra les mains dans les poches et rentra les épaules, pour se protéger du vent cinglant. Et pourtant il s'arrêta sur ses pas, ne sachant pas très bien quoi faire. Il possédait une aile privée au deuxième étage afin de pouvoir dormir sur place au cas où ses hôtes auraient besoin de quoi que ce soit, la nuit. Cependant, l'hôtel n'étant pas encore ouvert, il ne cessait de différer son emménagement, afin de continuer à participer aux diverses tâches matinales, à Circle G. S'il avait été raisonnable, il serait rapidement rentré au ranch, aurait mangé sur le pouce, puis serait allé se coucher afin d'être frais et dispos aux aurores, et d'apporter son aide au ranch. Mais apparemment il ne l'était pas, car il prit la direction de chez Diggers.

La double porte ouvrait sur un vestibule clos, d'où

l'on pouvait accéder soit au bar, soit au restaurant. La décoration était rustique avec son plancher en bois brut, criblé du martèlement d'innombrables paires de boots, et ses cadres aux murs, qui affichaient les unes des journaux proclamant des découvertes de gisements d'or et d'argent dans les environs, ainsi que les outils traditionnels de l'exploitation minière : des cordes, des pelles, des pioches, des burins…

— On dirait que ta journée a été difficile, déclara Skylar au moment où il s'asseyait sur un tabouret, au comptoir.

Skylar, la serveuse préférée de toute la ville, aussi étudiante en master de psychologie, et en l'occurrence sa petite sœur.

— Si tu savais ! répondit-il en soupirant.

— Eh bien, raconte ! l'encouragea-t-elle.

Et elle lui servit une grande rasade de sa bière pression favorite.

— Tu sais qu'Andrew a accepté un poste en Californie ?

— Oui, je l'ai appris.

— De sorte que je me retrouve sans manager à trois semaines de l'ouverture !

— Macy Clayton, déclara-t-elle sans hésitation.

Puis elle posa la pinte de bière devant lui, sur un dessous de verre.

Il secoua la tête.

— Ah non, tu ne vas pas t'y mettre, toi aussi !

— Comment ça, moi aussi ? s'exclama-t-elle.

Et ses sourcils disparurent sous sa frange.

— Kate me l'a déjà recommandée.

— Peut-être parce que Macy est la seule personne à Haven qui possède le genre d'expérience requise pour le poste.

— Mais comment se fait-il que tout le monde semble en savoir tant sur elle ?

— Nous sommes à Haven, lui rappela-t-elle de façon inutile. Chacun sait tout sur chacun, dans cette ville, sauf ceux qui vivent dans une cave ou se perdent dans les détails de la rénovation d'un hôtel.

— Eh bien, sache que je l'ai reçue en entretien, aujourd'hui, cette fameuse Macy, reprit-il.

À cet instant, il porta la bière à ses lèvres.

— Et ?

— Et… Elle a bel et bien l'expérience requise ! admit-il.

Sky posa un bol de fruits secs près du verre.

— Donc pourquoi ne l'as-tu pas engagée ?

Il grignota une noix de cajou.

— Je ne sais pas.

— Elle t'attire, c'est ça ?

Bon sang, comment Sky pouvait-elle être aussi perspicace ?

Il fronça les sourcils.

— D'où tu déduis ça, toi ?

— Je te connais bien, Liam. Et je sais aussi que Macy est une femme séduisante. Mais elle n'est pas *du tout* ton type, ajouta-t-elle d'un ton circonspect.

— Pourtant, tu dis toujours que je n'ai pas de type de femme, lui rappela-t-il à son tour.

— Oui, blondes, brunes ou rousses, cela t'est égal, mais depuis l'échec de ta première relation en tant qu'adulte tu…

— J'ai eu plusieurs relations « en tant qu'adulte », l'interrompit-il.

— Je ne parle pas de sexe, trancha-t-elle d'un ton sec, mais des échanges que l'on peut avoir avec un partenaire *même* quand on est habillés.

— Quoi ? Désolé, je ne comprends pas.

Elle soupira.

— C'est la faute d'Isabella. Quand vous étiez ensemble,

tu semblais te comporter comme un homme mature et responsable, mais depuis qu'elle t'a brisé le cœur…

— Elle ne m'a pas brisé le cœur, protesta-t-il.

— … Tu ne penses qu'à prendre du bon temps avec les femmes, rien d'autre, poursuivit-elle sans tenir compte de son interruption. Alors que Macy est une femme sérieuse.

— Ah bon ? C'est curieux, mais je ne me souviens pas de la dernière fois où j'ai pris du bon temps.

— Au mariage de Carrie et Matt, avec Heather !

— Ah oui, c'est vrai.

Et un sourire lui monta aux lèvres.

Hélas ! Heather avait cru qu'une nuit de plaisir avait valeur d'engagement et, à présent, elle lui en voulait.

— Mais cela remonte à sept mois, ajouta-t-il.

— Travailler pour gagner sa vie, ça ne laisse pas de temps pour faire grand-chose d'autre, hein ? fit-elle d'un ton ironique.

— Tu sais bien non seulement que je passe du temps à l'hôtel, mais que tous les matins j'aide au ranch.

— Et pourquoi ?

Ça, c'était son côté psy, il fallait toujours qu'elle connaisse les motivations des autres.

— Tu n'as caché à personne que tu ne voulais plus vivre sur un ranch et pourtant, maintenant que tu as cet hôtel, tu y retournes !

— Parce qu'il y a de telles corvées que…

— Tu ne crois pas qu'il y a suffisamment d'employés là-bas ? l'interrompit-elle.

Il haussa les épaules.

— Si, sans doute. Mais peut-être que je n'ai pas envie que papa oublie qu'il a deux fils.

— Rassure-toi, il ne t'oubliera pas. Et il n'en sera pas pour autant plus aimable avec toi.

— Je sais mais, quand je suis là-bas, il est bien obligé de me parler.

Sa sœur poussa un soupir d'exaspération.

— Il recommence à appliquer la loi du silence avec toi ?

— Depuis le 2 janvier, il a dû m'adresser une dizaine de mots.

Pendant les fêtes de fin d'année, Kate avait imposé une trêve des confiseurs, en les forçant, son père et lui, à se comporter aimablement l'un envers l'autre. Mais, à présent que ces vacances étaient terminées, le cessez-le-feu entre eux l'était aussi !

— Je suis désolée, reprit Sky. De toute évidence, il va falloir un certain temps à papa pour admettre que cet hôtel n'est pas un caprice de ta part… En espérant que ce n'en est pas un !

Il décida de ne pas relever le sous-entendu.

— Tu crois que j'aurais investi tout mon argent, et une bonne partie de celui de nos grands-parents, sur un coup de tête ?

— J'espère que non.

— Sans compter que la ville entière tirera profit de la réouverture de l'hôtel, assura-t-il.

— Tout le monde sauf le propriétaire de Dusty Boots, rétorqua-t-elle.

— Nul doute qu'il y aura toujours une clientèle qui préférera les prix horaires d'un motel.

Elle se mit à rire.

— Tu as raison. Et, outre l'opportunité que représentera l'hôtel pour les gens de Haven, il sera pour toi une façon d'échapper enfin au ranch que tu détestes tant depuis…

— Je crois qu'un lounge serait nécessaire, dans l'hôtel, dit-il alors, coupant de façon délibérée sa sœur. Ainsi, on pourrait y boire une bière sans que la serveuse vous fasse une psychanalyse.

— Effectivement, ce n'est pas une mauvaise idée, renchérit-elle. Mais un restaurant, ce serait encore mieux.

— Tu n'aurais pas vu grand-mère, toi, ces derniers temps ?

— Cela m'arrive, puisqu'il se trouve qu'elle est aussi *ma* grand-mère. Et, oui, elle m'a parlé de Home Station.

Il secoua la tête.

— Pas question d'ouvrir un restaurant, ce sera juste un solarium où l'on pourra prendre le petit déjeuner si on le souhaite. Je ne vois pas pourquoi elle s'est mis en tête que nous pourrions offrir des dîners gastronomiques, et tu ne devrais pas l'encourager dans cette idée.

— Qui n'est pourtant pas mauvaise.

— Mais ne se concrétisera pas, lui assura-t-il.

Soudain, un mouvement dans son champ de vision attira son attention, et il tourna la tête pour mieux voir la serveuse qui était en train de servir un plateau de boissons, à une table toute proche. Il laissa le regard remonter le long de ses jambes fines jusqu'à son postérieur joliment rebondi, sa taille de guêpe et…

Sky, à qui rien n'échappait jamais, lui boucha soudain la vue en se penchant par-dessus le bar pour lui essuyer les commissures des lèvres avec une serviette, comme s'il bavait. Seigneur, mais ne pouvait-elle donc pas le laisser un peu tranquille ? Il l'écarta d'une tape sur la main et reprit son inspection attentive.

Entre le ranch et l'hôtel, il avait eu très peu de temps pour lui depuis le mariage que sa sœur avait mentionné, et encore moins l'envie de sortir. Or, après des mois de calme plat, sans que son attention ne soit retenue par aucune apparition féminine, voilà que son corps réagissait à la vue de deux femmes différentes le même jour. C'était de toute évidence le signe qu'il devait revoir ses priorités et mettre fin à sa période de célibat.

C'est alors que la serveuse se retourna… et il en resta bouche bée. Car la femme qu'il était en train de jauger n'était pas du tout différente de la première qui l'avait troublé aujourd'hui, puisqu'il s'agissait de Macy Clayton !

- 3 -

— Tu ne savais pas qu'elle travaillait ici ?

Liam secoua la tête face à la question amusée de Sky.

— Ce job ne figurait pas sur son CV.

— Elle n'est ici que depuis deux semaines. Ou je devrais plutôt dire qu'elle est « revenue », car apparemment elle a travaillé pour Duke quand elle était lycéenne.

— Est-elle une bonne serveuse ?

— Pourquoi ? Tu veux aussi l'employer dans ton restaurant ? le taquina-t-elle.

— Il n'y aura pas de restaurant, répliqua-t-il d'un ton catégorique. Et je te pose cette question parce que tu as un avis sur tout.

— Dans ce cas, laisse-moi te dire qu'elle est très douée pour les relations humaines. Elle est chaleureuse, sans flirter pour autant, et sait s'y prendre pour rendre le sourire à un client malheureux sans être en rien provocatrice. Elle est définitivement faite pour la profession de manager.

— Parfait ! Je m'en souviendrai, dit-il d'un ton sec.

— Parfait ! Je vais de mon côté donner ta commande en cuisine.

— Mais je ne t'ai même pas dit ce que je voulais.

— Un steak burger garni de champignons et d'oignons, des poivrons rouges avec une sauce au monterey jack et des frites.

— Oui, ça me va, admit-il.

Et, un sourire suffisant aux lèvres, Sky disparut en cuisine.

Il reporta alors son attention sur la serveuse qui avait attiré son regard.

— Macy !

Elle pivota et ouvrit de grands yeux de surprise en le reconnaissant.

— Monsieur Gilmore !

— Liam, lui rappela-t-il.

— Liam, répéta-t-elle consciencieusement.

— Vous ne m'aviez pas dit que vous travailliez ici.

— C'est juste temporaire.

Puis elle lui adressa un beau sourire et ajouta :

— En attendant de commencer au Stagecoach Inn.

Malgré lui, il lui rendit son sourire.

— Vous êtes pleine d'assurance.

— En ce qui concerne mes compétences pour le poste, oui.

— Dans ce cas, pourquoi l'ex-assistante du manager d'un hôtel en vue de Las Vegas travaille-t-elle au bar-restaurant de Haven ?

— J'avais besoin d'un job et Duke d'une serveuse.

L'explication était simple et pourtant... quelque chose lui échappait, dans ce mystère que représentait à ses yeux Macy Clayton. Maintenant, il allait frôler une ligne rouge, il le savait, mais comment s'en empêcher ? Il avait trop envie de faire plus ample connaissance avec elle. Il se lança.

— Je ne vous ai pas fait visiter l'hôtel, aujourd'hui.

— C'est vrai. J'espérais pourtant avoir droit au tour du propriétaire, avoua-t-elle.

— Passez demain, si vous voulez, lui proposa-t-il à brûle-pourpoint. Si d'ici là on ne m'a pas déposé d'autorité un enfant sur les genoux, je pourrai vous montrer les lieux.

— Avec plaisir, répondit-elle aussitôt. Un horaire vous convient-il plus particulièrement ?

— Non, venez quand cela vous arrange.

— Parfait ! À demain, alors.

Il la regarda s'éloigner pour rejoindre une tablée de six clients qui semblaient être des habitués car ils ne s'emparèrent pas de la carte des menus disposée à côté des condiments.

— C'est ma faute, dit Sky en posant son assiette et des couverts devant lui.

— Quelle faute ?

— J'aurais dû me douter qu'en t'affirmant que Macy n'était pas du tout ton type de femme j'allais t'encourager à me prouver le contraire.

— Tu devrais peut-être m'expliquer pourquoi tu es si certaine qu'elle n'est pas faite pour moi, tu ne crois pas ? suggéra-t-il en prenant son sandwich.

— Et tu devrais peut-être me faire confiance, pour une fois, répliqua sa sœur.

Il jeta un coup d'œil en direction de Macy.

— J'ai un peu de mal, excuse-moi.

— Très bien ! Alors n'oublie surtout pas qu'elle va travailler pour toi.

Si seulement il avait pu la contredire… Mais, après avoir reçu trois autres candidats pour le poste, il était bien obligé de le reconnaître : aucun n'était, et de loin, qualifié pour la fonction. Ce qui signifiait que, au nom des affaires, il n'avait pas d'autre choix que d'embaucher Macy Clayton.

Mordant dans son sandwich, il comprit soudain que, fût-elle ou non son type de femme, il écartait toute possibilité romantique entre eux dès lors qu'elle devenait son employée.

Ce qui était un affreux gâchis.

***

L'après-midi suivant, après que Liam eut supervisé une livraison de meubles, Macy arriva opportunément juste après le départ des livreurs. Il s'était arrangé pour être occupé afin de ne pas donner l'air de l'attendre, tout en se convainquant par ailleurs qu'elle ne pouvait pas avoir un effet aussi puissant sur lui. C'était impossible, aucune femme n'y était jamais parvenue auparavant.

Mais, dès qu'elle se matérialisa devant lui, son corps réagit comme la première fois, voire plus. Cela ne tenait pas juste à sa beauté, même si aujourd'hui, dans son jean slim et son pull à col roulé sous un manteau gris foncé bien ceinturé, elle était magnifique... Bref, avant elle, de nombreuses femmes fort séduisantes avaient croisé son chemin, en ses vingt-huit ans d'existence ! Mais aucune ne l'avait autant troublé. Et il ne pouvait nier qu'il en nourrissait quelque inquiétude.

— Bon timing ! s'exclama-t-il en guise de bonjour comme elle montait les marches.

— Le camion de livraison que je viens de croiser sortait de chez vous ?

Il acquiesça d'un signe de tête.

— J'ai reconnu le logo, poursuivit-elle. De toute évidence, vous êtes un homme de goût.

— Garrett Furniture possède une grande collection de pièces qui vont ensemble sans être exactement semblables, dit-il. Je souhaite que chaque chambre de l'hôtel offre le même niveau de luxe mais avec un cadre qui lui est propre, afin que les invités qui ont adoré leur séjour dans la suite Doc Holliday aient envie de revenir essayer celle de Charles Goodnight, ou de s'offrir la Wild Bill, notre suite royale.

— Toutes les chambres portent-elles le nom de personnes célèbres ?

— Absolument. C'est une idée de ma grand-mère,

et c'est elle qui a effectué toutes les recherches, d'Annie Oakley à Wild Bill. Des faits marquants de leur existence sont gravés sur une plaque, dans chaque suite. Mais, au lieu de vous en parler, je vais vous les montrer, d'accord ?

— Cela me convient tout à fait !

C'est alors qu'elle frôla du bout des doigts un panneau décoratif sur lequel était façonnée, de façon détaillée, une diligence.

— C'est magnifique, murmura-t-elle.

— Le propriétaire précédent voulait mettre en valeur les origines de la bâtisse. Il y a une série de tableaux dans la bibliothèque – des huiles peintes par des artistes locaux –, qui sont également dédiés à l'histoire de la ville.

Et, comme le panneau décorait la porte du salon, ils commencèrent la visite par cette pièce.

Elle contempla un instant l'élégante table ornée de laiton et les fauteuils en cuir clair assortis au canapé et aux immenses sièges placés en face de la cheminée.

— Il vous faudrait une lampe, sur cette table, déclara-t-elle en la désignant. Ainsi qu'un large bol en cuivre. Êtes-vous déjà allé au marché des brocanteurs et artisans de Haven ?

— Non, je ne crois pas.

— Vous devriez, je suis certaine que vous trouveriez des pièces uniques, non seulement d'un intérêt esthétique indéniable, mais fabriquées dans la région.

— Je le note, dit-il en l'entraînant dans la bibliothèque.

Celle-ci avait le potentiel d'être digne de son appellation, au vu de ses énormes étagères remplissant deux murs entiers, mais ces dernières étaient complètement vides pour l'instant. Elle imagina la joie que lui procurerait le fait de la remplir d'ouvrages les plus variés, susceptibles de plaire aux hôtes. Elle pourrait aussi disposer des jeux de société sur la table carrée, entre les deux bergères à oreilles.

Elle admira pendant quelques instants les tableaux dont il lui avait parlé, en appréciant la thématique et le traitement.

— Tiens, du linge basque, ce ne serait pas mal ! dit-elle alors qu'ils se trouvaient dans le corridor menant aux suites.

— Pardon ?

Elle éclata de rire.

— Désolée, je pensais tout haut. Ce serait une façon d'illustrer l'histoire locale.

— Euh… Je ne vous suis pas.

— L'immigration de Basques au début du XXe siècle a permis la diffusion dans le Nevada de ce linge confectionné dans des régions situées de part et d'autre de la frontière franco-espagnole. Il est fabriqué à base de lin selon un processus particulier qui a évolué au fil des années, et tissé avec des bandes de couleur, sept à l'origine.

— Comment savez-vous tout cela ?

— J'ai fait un exposé au lycée sur l'immigration basque, expliqua-t-elle avec un sourire.

— Très bien, je le note aussi.

Ils arrivèrent alors dans la suite Annie Oakley. Avait-il choisi lui-même la palette chromatique et les meubles ou bien sa grand-mère avait-elle pris les rênes ? Toujours est-il qu'il émanait de la suite une impression chaleureuse et confortable, et elle s'imaginait aisément allongée sur le lit, se laissant aller à de doux rêves. Un fantasme bientôt remplacé par un autre, celui d'un bon bain mousseux et parfumé dans la baignoire à pieds de lion, de la pièce adjacente.

Cette tireuse légendaire de l'Ouest américain côtoyait en toute logique les suites Bonnie & Clyde.

— A, B, C, je suppose que ce n'est pas fortuit ? s'enquit-elle.

— Bien vu, même si à l'étage supérieur nous passons du D au F.

— Et qu'y a-t-il derrière ces portes closes ? questionna-t-elle.

— Le Serenity Spa.

Elle poussa un petit soupir.

— Dès que j'ai entendu dire que vous recherchiez un manager, je voulais le poste, dit-elle, parce qu'il correspond à ma formation et mon expérience, et maintenant que je vois ce que vous avez fait de cet hôtel je le désire encore plus ardemment.

— Et vous n'avez pas encore tout vu, dit-il en montant les marches qui menaient à l'étage.

De fait, les suites étaient toutes plus belles les unes que les autres, spacieuses, lumineuses avec leurs belles baies, leurs parquets lustrés et leur mobilier de goût. Les tapis ajoutaient par ailleurs une touche cosy. Chacune était toutefois décorée et meublée différemment, dans le respect d'une harmonie esthétique. Les salles de bains étaient toutes carrelées et équipées de porte-serviettes chauffants ; elles comportaient des douches vitrées avec pommeau de plafond et jacuzzi.

En toute honnêteté, elle aurait été incapable de désigner sa préférée, jusqu'à ce qu'il ouvre, au deuxième étage, la porte de la suite royale Wild Bill.

Ici, c'était le luxe absolu : des mosaïques du sol au canapé Chesterfield, en passant par l'écran ultraplat quarante-deux pouces accroché au-dessus de la cheminée en marbre blanc, tout était saisissant. Passé le salon, on se retrouvait dans un vestibule sur lequel s'ouvraient deux pièces, en l'occurrence une salle de bains pavée de marbre et surplombée par un énorme lustre, et une chambre dotée d'une seconde cheminée, d'un lit à baldaquin flanqué de tables de nuit, d'une immense penderie ainsi que d'une coiffeuse d'époque.

— Rien à voir avec le Dusty Boots Motel, commenta-t-elle quand ils regagnèrent le rez-de-chaussée.

Il éclata de rire.

— L'idée était de donner aux visiteurs de Haven une autre option.

— Et vous avez réussi !

À présent, il la conduisait vers le solarium, qui ouvrait sur une terrasse où par beau temps les hôtes pourraient savourer leur petit déjeuner.

— Avez-vous prévu un autre endroit pour des dîners plus formels ?

— Non, dit-il en secouant la tête. Un brunch tout au plus, sinon un apéritif avec du vin et du fromage sera servi dans la bibliothèque le vendredi et le samedi.

— Le vin et le fromage, c'est une bonne idée, mais sans dîner vous perdez une opportunité d'inciter les hôtes à dépenser plus d'argent sur place.

— Ils peuvent tout à fait aller dîner ailleurs.

— Il n'existe aucun restaurant huppé, à Haven. L'an dernier, pour fêter leurs quarante ans de mariage avec chandelles et champagne, mes parents ont dû se rendre à Reno.

Il sourit.

— Je comprends, mais je ne connais rien à la restauration.

— C'est pourquoi vous allez embaucher des gens qui ont de l'expérience en la matière.

— Comme vous, j'imagine ?

Elle secoua alors la tête.

— Non, cela ne relève pas de mon domaine de compétences, mais Kyle Landry, en revanche, a étudié à la School of Artisan Food, en Angleterre.

— Ah bon ? Je suis pourtant certain que sa mère, Jo, lui a tout appris sur l'art de confectionner des pizzas.

— Sauf que lui, les pizzas, ça ne l'intéresse pas. Il veut gérer les cuisines d'un vrai restaurant.

Il fit la grimace.

— Heureusement que Jo ne vous entend pas.

— Je ne fais que citer Kyle.

— C'est peut-être pour cette raison qu'il ne travaille pas chez elle à la pizzeria.

— Exact, et elle n'est pas contente que Duke l'ait embauché. Et d'ailleurs, Kyle ne l'est pas non plus car Duke refuse catégoriquement de changer sa carte des menus. Dernièrement, le pauvre Kyle a pris l'initiative de parsemer un *coleslaw* de graines de potiron, et le plat a été renvoyé en cuisine, sous prétexte, non que ce fût mauvais, mais pas comme d'habitude !

— Les gens d'ici n'aiment pas qu'on change leurs routines.

— Dans un cadre familier, non, renchérit-elle, mais un nouveau restaurant offre tout un monde de possibles. Sans compter les revenus supplémentaires.

— Vous n'auriez pas discuté avec ma grand-mère, par hasard ?

Elle se mit à rire.

— Non, mais je suppose qu'elle défend le même point de vue.

— Exact, admit-il. Ce qui signifie que je devrais peut-être réfléchir à la question.

— Et peut-être aussi en parler à Kyle, suggéra-t-elle.

— Peut-être, convint-il.

Elle ne lui posa pas de questions au sujet du poste.

Il l'avait conviée pour une simple visite, aussi ne souhaitait-elle pas le contrarier en abordant ce thème plus délicat, d'autant qu'il avait promis de prendre une décision à la fin de la semaine. Elle devrait donc attendre jusque-là.

Cependant, le vendredi après-midi, alors que se profilait le soir de longues heures chez Diggers, elle sentit sa patience fondre comme neige au soleil. Elle était heureuse d'avoir un travail, bien sûr, mais il lui était parfois difficile de garder le sourire pendant le service alors qu'elle avait dormi moins de cinq heures et avec des interruptions.

Ses bébés, bien sûr, commençaient à moins se réveiller la nuit mais, en ce moment, ils faisaient leurs dents et, si celles d'Ava avaient commencé à percer sans trop de douleur, ce n'était pas le cas pour ses pauvres frères.

Aussi, partant de chez elle un peu plus tôt, elle résolut de passer chez Liam, puisque c'était la fin de la semaine et qu'il ne s'était toujours pas manifesté.

Elle le trouva dans la cuisine, en train de marmonner, alors qu'il ouvrait et inspectait tout un stock de cartons posés partout autour de lui.

— Je ne passe pas au bon moment ? s'enquit-elle.

Il brandit une assiette plate.

— Est-ce que, selon vous, elle est blanche ?

— Si les mandarines sont blanches, alors oui, répondit-elle.

Il reposa l'assiette et saisit un bol.

— Et cela ? Est-ce…

Il regarda sa feuille de commande et poursuivit :

— … Gris perle ?

— Euh, non, plutôt jaune citron.

— Et ceci ?

Cette fois, c'était une assiette creuse qu'il lui montrait.

— Vert amande.

— Génial, dit-il d'un ton agacé. J'ai commandé de la vaisselle, et on m'a envoyé une salade de fruits.

Il lui tendit un mug.

— Je serais tentée de dire couleur myrtille, dit-elle en réprimant une envie de rire. Mais en fait, c'est proche du turquoise.

Il secoua la tête, visiblement pas du tout amusé.

— Il semblerait que vous ayez reçu la commande d'une autre personne.

Il passa la main sur son visage.

— Une commande que j'attends depuis trois mois !

Elle s'approcha de l'îlot et posa l'assiette creuse sur la plate, avant de placer le bol au centre et le mug à côté.

— Moi, ça me plaît, décréta-t-elle.

Il haussa un sourcil.

— Vous plaisantez ?

— Pas du tout ! Le blanc et le gris, c'est si convenu que c'en est ennuyeux. Ce genre de vaisselle reflète davantage votre parti pris de l'originalité pour la décoration des suites, par exemple. Et vos hôtes vivront une expérience unique.

— Je voulais du convenu et de l'ennuyeux ! marmonna-t-il d'un ton entêté.

— Soit vous renvoyez cette commande et trouvez de la vaisselle basique ailleurs, soit vous la gardez et négociez une ristourne auprès du fournisseur.

Il la regarda, sceptique.

— Vous pensez vraiment que je dois la garder ?

— Tout à fait, mais c'est à vous qu'il revient de prendre la décision. Sauf si ce genre de tâches incombe au manager, ajouta-t-elle, pleine d'espoir.

— Il me semble que quelqu'un m'a dit qu'une bonne employée est celle qui est capable de faire face à toute situation, même si la tâche ne figure pas dans son champ de compétences.

— Touché !

— Et je suppose que c'est la raison de votre présence ici, en déduisit-il alors brusquement.

— Eh bien, vous aviez dit que vous prendriez votre décision en fin de semaine, et nous sommes vendredi.

— Absolument, approuva-t-il. Tout comme il est indéniable que vous êtes la personne la plus compétente parmi les candidats que j'ai reçus en entretien pour ce poste.

Pourquoi avait-elle l'impression qu'un « mais » allait venir ?

— Mais j'ai des réticences à vous embaucher, ajouta-t-il comme s'il avait lu dans ses pensées.

— De quel type ? Duke s'est plaint de mes retards ? Cela m'est arrivé une fois, enfin deux, mais…

— Duke n'a pas tari d'éloges sur vous, l'interrompit-il.

— Dans ce cas, pourquoi ne m'emploieriez-vous pas ?

— Parce que vous êtes une femme incroyablement séduisante et que vous m'attirez terriblement.

Elle ne s'attendait pas du tout à une telle réponse, et il lui fallut d'abord se remettre de ses émotions avant de trouver la réplique imparable.

Certes, elle était flattée par ses propos. Et d'ailleurs, Liam Gilmore était lui-même un très bel homme. Un homme qui ne la laissait pas indifférente. Mais cela ne l'avait pas dissuadée de se présenter pour le poste, parce qu'elle s'était dit qu'il ne s'intéresserait jamais à une femme dont les première, deuxième et troisième priorités étaient ses enfants.

— Je ne vois pas en quoi cela m'empêche de faire mon travail, finit-elle par dire.

— Vous ne pensez pas que cette attirance risque de rendre notre collaboration un peu… délicate ?

— Pas du tout ! lui assura-t-elle. Je ne doute pas un instant que vous voulez que votre affaire marche, ce qui implique d'embaucher la bonne personne. En outre, une attirance est toujours fondée sur des critères artificiels et, quand vous me connaîtrez mieux, vous comprendrez rapidement que je ne suis pas votre type de femme.

Il plissa le front.

— Pourquoi tout le monde me répète-t-il cela ?

— Même si je suis curieuse de savoir qui vous englobez sous le terme « tout le monde », la raison est simple, renchérit-elle. Je suppose qu'un homme connu dans toute la ville comme un tombeur de cœurs qui ne recherche qu'à passer du bon temps…

— « Tombeur de cœurs » ! répéta-t-il, indigné. Ce surnom est ridicule et parfaitement inexact.

Sans se laisser troubler, elle poursuivit son argumentation :

— … Et la mère célibataire que je suis, ne sont pas tout à fait sur la même longueur d'onde.

Il recula inconsciemment d'un pas.

— Vous avez un enfant ?

Elle arbora un bref sourire.

— Je savais bien que ma révélation aurait cet effet sur vous.

— Je suis désolé, c'est juste que je n'étais pas au courant.

— Comme je vous l'ai dit, je ne suis pas votre type de femme.

Et elle avait raison.

Comme tout le monde.

Car, même s'il adorait sa nièce, il n'avait nulle intention de jouer le rôle de père auprès de l'enfant d'un autre.

Une fois lui avait suffi.

Il la considéra, sexy dans sa jupe courte et son haut décolleté, prête à prendre son service chez Diggers, et ne put s'empêcher de répondre :

— Vous n'avez pas du tout l'air d'une mère de famille.

Elle lui sourit.

— C'est gentil, mais les platitudes ne m'intéressent pas, ce que je veux, c'est un travail. Ce poste de manager, précisa-t-elle. Je ne déteste pas mon job de serveuse chez Diggers mais, comme c'est à l'heure du dîner, je manque presque toujours la routine du soir avec mes enfants : les câlins, le bain…

— *Vos* enfants ? reprit-il, surpris.

Elle hocha la tête.

— Combien en avez-vous donc ?

— Trois, avoua-t-elle. Ils ont huit mois.

Tous ? Le même âge ? Tout à coup, il eut un flash.

— Ce sont des triplés ?

De nouveau, elle acquiesça.

— C'est fou !

— Oui, j'ai eu la même réaction quand le médecin m'a annoncé la nouvelle.

— Et le père ? J'imagine que lui aussi était sous le choc, non ?

— Je ne suis pas certaine qu'il soit approprié de questionner une future employée sur ses relations personnelles, rétorqua-t-elle. Mais, comme il ne peut y avoir de secret bien gardé dans cette petite ville, je préfère vous informer moi-même qu'il ne fait pas partie de ma vie.

— Bien sûr, vous avez raison, c'était une question inappropriée, reconnut-il.

Donc, elle n'avait pas de relation avec le père de ses enfants… Elle avait beau être la mère célibataire la plus attirante de la terre, pour rien au monde il n'aurait voulu endosser le rôle de père et être l'élément qui transformerait l'équation « mère plus trois enfants » en famille.

La question était réglée.

— Il ne me reste donc plus qu'une question à vous poser : quand pouvez-vous commencer ?

- 4 -

— J'ai le poste ?

Liam hocha la tête, et un immense sourire éclaira le visage de Macy. À la vue de ce bonheur manifeste, son cœur se mit à battre plus vite : décidément, cet organe indiscipliné n'avait pas encore reçu le message que son cerveau lui avait envoyé, à savoir que la nouvelle manager de son hôtel était hors limites pour lui.

— Je serais complètement fou d'embaucher quelqu'un d'autre.

D'un point de vue professionnel, c'était tout à fait exact ; en revanche, sur le plan personnel, il se pouvait qu'il soit tout aussi déraisonnable de l'employer.

Lors du tour de propriétaire, la dernière fois qu'elle était venue, il avait constamment été distrait par sa proximité, obsédé par l'envie de l'effleurer, de l'embrasser même. Sa peau était-elle aussi douce qu'il l'imaginait ? Et le goût de ses lèvres aussi divin ?

— De nombreuses personnes à Haven pensent que c'est une folie de rouvrir l'hôtel.

Ces paroles l'arrachèrent à ses fantasmes, le ramenant au présent.

— Estimez-vous chanceuse que je ne leur accorde pas d'importance ! répliqua-t-il.

— C'est vrai, concéda-t-elle. Et, pour répondre à votre question précédente, je peux commencer quand vous voulez.

— Il y a deux semaines, donc ? proposa-t-il d'un ton pince-sans-rire.

Elle émit un petit rire.

— Seriez-vous en retard sur votre planning ?

— Un peu, reconnut-il.

— Comme je dois à présent m'éclipser pour ne pas être moi aussi en retard à mon travail, je vous propose de commencer lundi matin.

Il hocha la tête.

— Parfait pour moi.

Le samedi matin, Macy avait toujours des difficultés à se lever après être rentrée tard du travail, mais la perspective de son nouveau poste lui conféra de l'élan pour accueillir la journée avec plus d'enthousiasme.

— Que fais-tu debout si tôt ? s'enquit sa mère quand elle la rejoignit dans la cuisine.

Ava, Max et Sam étaient alignés dans leurs chaises hautes, tandis que Bev faisait frire du bacon tout en les surveillant.

Dès que Sam repéra sa mère, il tapa avec jubilation sa cuillère contre son gobelet. Ava, ne voulant pas être en reste, tendit les bras.

— Ma ! s'exclama-t-elle.

Max se contenta de sourire, d'un adorable sourire édenté qui ne manquait jamais de la faire fondre.

— Je voulais préparer le petit déjeuner des enfants.

Et, bien que requérant impérativement de la caféine pour tenir debout, elle s'arrêta à leur hauteur pour les embrasser.

— Tu penses donc que je ne suis pas capable de m'en occuper moi-même ? rétorqua sa mère.

— Pas du tout, mais c'est justement parce que tu

t'en charges tout le temps, renchérit-elle en se servant un mug de café.

Elle en avala trois gorgées puis, s'emparant de la boîte de céréales pour les enfants, elle en remplit trois bols, avant de verser la quantité de lait nécessaire.

Ava, Max et Sam suivaient chacun de ses gestes d'un regard convoiteur.

— On dirait que vous êtes affamés, mes chéris, déclara-t-elle en épluchant une banane qu'elle coupa en trois.

— Puisque tu t'occupes de cela, je vais préparer les pancakes pour nous tous, annonça Bev.

Elle avait renoncé depuis longtemps à prier sa mère de ne pas cuisiner pour elle, car autant dire que cela tombait dans l'oreille d'une sourde, et puis elle devait admettre que des pancakes tout chauds le samedi matin, c'était très agréable.

— Quand on était enfants, tu nous en faisais pour fêter un anniversaire ou lorsque nous avions eu un A à un devoir.

— Et tu y avais droit bien plus souvent que tes deux frères, observa sa mère en cassant deux œufs dans un bol.

Ce qui était faux car, quand Bev préparait des pancakes, tout le monde en mangeait, mais elle précisait toujours en l'honneur de qui elle en avait fait.

— Eh bien, sache que ce matin nous avons aussi quelque chose à fêter !

Sa mère leva les yeux de la pâte.

— Tu as eu le poste ?

Elle lui sourit et acquiesça.

— Tu as devant toi la nouvelle manager de Stagecoach Inn.

Sa mère reposa le fouet pour la prendre dans ses bras.

— Oh ! ma chérie, je suis si fière de toi !

— Je travaillerai du lundi au vendredi pour les

semaines à venir et, après l'ouverture de l'hôtel, ce sera du mercredi au dimanche, de 8 heures à 14 heures.

— C'est formidable ! Tu auras plus de temps pour profiter des enfants et un travail qui te plaira.

— J'ai tellement hâte de commencer ! C'est vraiment le job de mes rêves.

Sa mère fit tomber quelques gouttes de pâte sur la plaque en fonte pour vérifier si elle était assez chaude.

— Sauf que c'est à Haven.

Elle prit une cuillerée dans un des bols et la dirigea vers la bouche, grande ouverte, de Max.

— Maman, tu ne veux pas que je reste à Haven ?

— Bien sûr que si ! Seulement, je sais que tu aurais préféré trouver un emploi ailleurs.

— Pourquoi dis-tu cela ? Pendant mes études, je suis toujours revenue régulièrement. Seulement, une fois diplômée, je n'avais aucune perspective de carrière à Haven, répondit-elle en donnant une bouchée à Ava.

Elle termina avec Sam, puis reprit la distribution du début de la rangée.

— Bien sûr, si j'y habite désormais, c'est parce qu'il m'était impossible d'élever seule mes trois enfants à Las Vegas, mais je suis très heureuse qu'ils puissent grandir si près de vous, poursuivit-elle. J'avoue que je n'aurais jamais envisagé une telle proximité, mais l'arrangement nous convient à tous, et c'est le principal. Je vous suis si reconnaissante, à papa et toi, pour tout ce que vous faites pour nous.

— Tu le dis tous les jours ! Alors que nous sommes tellement heureux de t'aider et de profiter de nos petits-enfants.

— Il n'empêche que je devrais peut-être songer à prendre une baby-sitter.

— Tu plaisantes ? s'écria Bev en en laissant tomber

par terre le pancake qui se trouvait sur sa spatule. Et pourquoi ?

Elle se baissa pour le ramasser et le jeta dans la poubelle.

— Parce que vous renoncez à vos loisirs à cause de moi ! Comme samedi dernier, quand papa a dû annuler sa partie de pêche avec Oscar Weston car je devais travailler et que tu avais la migraine.

— Et alors ? Il est allé à la pêche avec Oscar aujourd'hui.

— Peut-être, mais toi, par exemple, tu ne peux plus assister à tes cours de poterie du mercredi parce que je travaille ce soir-là.

— J'étais heureuse d'avoir enfin une excuse pour m'arrêter, je suis vraiment nulle en poterie, ce que je fais ne ressemble à rien.

— Je ne te crois pas, mais je t'adore ! dit-elle en raclant le fond du bol destiné à Ava.

— Et puis, comme tu ne travailleras plus le soir, je pourrai m'inscrire au club de lecture de Frieda.

Elle essuya la bouche de sa fille, puis lui proposa un gobelet de jus de fruits.

— Tiens, Mme Zimmerman a un club de lecture ?

— Oui, elle a commencé l'été dernier après avoir vu *Le Book Club* au cinéma.

— Ah, je comprends mieux ! dit-elle en aidant Max à finir son petit déjeuner.

Bev mit trois pancakes dans une assiette, ajouta quatre tranches de bacon et posa le tout sur la table.

— Mange pendant que c'est chaud.

Elle prit place à la table, croqua un bout de bacon bien frit avant de verser du sirop d'érable sur ses pancakes.

— Je suis si heureuse que le pédiatre ait enfin préconisé l'introduction de nourriture solide pour les enfants. Ainsi, ils dorment plus longtemps et sont de meilleure humeur au réveil.

— Toi aussi tu es ronchon quand tu as faim, observa sa mère.

Sur ces mots, Bev s'assit en face d'elle, avec son assiette et son mug, et toutes deux échangèrent un sourire.

— C'est pour cela que tu me prépares des pancakes tous les samedis matin ?

— Entre autres ! Mais cela me permet aussi d'en manger, puisque ton père, lui, préfère des œufs frits et que je n'aime pas cuisiner pour une seule personne.

— Demain, je cuisinerai pour toi.

— Tu crois que tu n'as pas assez à faire avec ton travail et tes trois enfants ?

— Cela n'a rien d'exceptionnel. Toi aussi, tu as élevé trois enfants en travaillant à l'extérieur.

— Oui, mais les miens ne portaient pas tous des couches en même temps.

— L'avantage, c'est que les miens arrêteront tous d'en porter en même temps, répondit-elle en riant.

— En effet ! approuva sa mère.

À cet instant, Sam se remit à cogner sa cuillère contre son gobelet et cessa dès qu'elle le regarda. Une fois qu'il eut gagné son attention, il lui sourit.

— Mais on dirait que tu as une dent, toi ! s'écria-t-elle, enthousiaste. Enfin, mon plus jeune enfant a sa première dent !

— Il fallait bien que ça vienne un jour ou l'autre, dit Bev avec une logique implacable.

— Je sais, mais il avait mal depuis si longtemps que je commençais à me poser des questions.

— N'aie pas hâte qu'ils grandissent ! L'enfance passe si vite.

Le lundi matin, Macy se leva de bonne heure car, outre préparer le petit déjeuner de ses enfants, elle avait à faire aujourd'hui : c'était son premier jour à Stagecoach Inn et, même si l'hôtel-boutique n'ouvrait pas avant deux semaines, elle savait qu'il y aurait de nombreux détails de dernière minute à régler avant l'inauguration et elle était très heureuse d'y participer.

Tout excitée de se mettre au travail, elle arriva à 7 h 30, au lieu de 8 heures, et de fait, son chef était en train de se garer.

— Vous êtes en avance, dit-il en montant les marches à ses côtés.

— J'ai trois enfants qui se réveillent à 5 heures tous les matins et, en outre, j'ai hâte d'entendre vos projets pour l'ouverture.

— Comparé à Las Vegas, cela vous semblera sans doute modeste, la prévint-il.

— Allons, sans être une Mecque du tourisme, notre ville accueille des personnes qui visitent le Nevada pour d'autres raisons que les machines à sous et les mariages express, renchérit-elle.

— Sachant que le mariage est aussi une forme de jeu, non ?

Elle leva les sourcils.

— On dirait que vous avez de l'expérience en la matière.

— Une, en tout cas, qui en était très proche, répondit-il en introduisant la clé dans la serrure.

Visiblement, elle avait abordé un sujet sensible, aussi jugea-t-elle préférable de changer de conversation.

— Quand j'étais enfant, à Haven, personne ne fermait les portes de sa maison.

— C'est toujours en grande partie le cas et, comme mon hôtel est en plein centre-ville, je ne crains pas les vols ou le vandalisme. En revanche, je n'ai pas envie que les curieux viennent fureter en dehors des heures d'ouverture. Il y aura des photos sur le site web, et j'espère que les plus audacieux réserveront une chambre pour voir l'affaire de plus près.

— J'en suis certaine ! Et ensuite, vous verrez, le bouche-à-oreille fonctionnera à merveille.

— Croisons les doigts !

Elle fit la grimace.

— Inutile d'en appeler à la chance quand on a une magnifique propriété et une manager à la hauteur, répondit-elle.

De fait, ainsi que Liam put le constater, Macy se jeta à corps perdu dans les préparatifs liés à l'ouverture, réalisant avec brio toutes les tâches qu'il lui confiait, et visiblement résolue aussi à l'inciter à la dépense... Quand il lui avait fait visiter l'hôtel, il estimait que les suites étaient prêtes pour l'arrivée des hôtes, mais selon sa nouvelle manager il manquait un petit escabeau dans une chambre, un porte-serviette dans une autre, un banc recouvert de tissu au pied d'un lit et des coussins sur les banquettes près des fenêtres.

Ses suggestions ne lui plurent guère : il était réticent à engager des frais supplémentaires pour l'hôtel, n'ayant encore engrangé aucune recette. Mais il fallait reconnaître qu'elle avait du goût.

— Laissez-moi vous montrer, lui dit-elle.

Et elle l'entraîna au marché des brocanteurs et artisans de la ville.

Sa première trouvaille fut un meuble de toilette en bois avec broc en céramique, bassine et miroir pivotant.

— Ce sera parfait pour garnir l'angle vide dans la suite Charles Goodnight, lui assura-t-elle.

Outre le fait qu'il ne jugeait pas nécessaire de remplir le moindre recoin, le sens de cet achat lui échappait.

— De nos jours, grâce à l'eau courante, il suffit de

tourner un robinet pour avoir accès à l'eau, non ? Ce genre d'équipement n'est donc plus d'aucune utilité.

— On viendra chez vous parce qu'on cherche un hôtel où dormir, mais aussi car vous offrirez un petit plus, par rapport au Dusty Boots Motel, commença-t-elle sur le ton patient que l'on prend avec un enfant entêté. Une autre ambiance. Vous investissez dans la qualité, j'en veux pour preuve vos matelas ultra-confortables et vos meubles élégants. Vous voyez ce que je veux dire ?

Oui, il saisissait tout à fait : c'était une question de standing, et il convenait de l'importance de sortir du lot.

— Mais pourquoi pensez-vous que ce meuble, par exemple, soit nécessaire ?

— Parce qu'il n'y a pas assez de passage à Haven pour remplir vos suites, aussi faut-il attirer la clientèle en faisant de Stagecoach Inn une destination en soi, un endroit où les gens viennent séjourner pour quelques jours.

— Et vous croyez que cette cuvette et ce broc vont les y inciter ?

— Tout est dans le détail, le raffinement. C'est cela qui pousse les gens à poster des commentaires sur les sites. Et, mieux encore, des photos ! Les gens ne photographient pas les coins vides, mais les meubles de toilette à l'ancienne, si, ainsi que les chenets artisanaux…

— Quoi ? Des chenets, à présent ?

— Oui, il faut absolument qu'on en achète ! L'idée, c'est d'offrir plus qu'une chambre, à savoir une expérience que vos hôtes auront envie de revivre et qu'ils conseilleront à leurs amis et leurs familles, qui à leur tour réserveront chez vous pour voir de quoi il s'agit vraiment, et ainsi de suite. À propos, je voulais encore aborder un sujet avec vous.

— Qui va me coûter combien ?

— Il s'agit de forfaits spa.

— C'est-à-dire que le spa ne fait pas partie de l'hôtel.

— Je sais, mais j'ai justement discuté hier avec Andria, dit-elle en nommant la propriétaire de Serenity Spa. Vous pourriez vous associer avec elle pour proposer des forfaits et des tarifs spéciaux et afficher des photos de spa sur un onglet de votre site, montrant par exemple une femme enveloppée dans un épais peignoir, les pieds dans un bain de vapeur, ou bien un homme allongé sur une table de massage, des mains de femme glissant sur ses épaules musclées. Ou mieux, les deux, avec comme légende : « Offrez-vous un instant privilégié. » Ou quelque chose dans le genre.

Il se représenta instantanément la page : incontestablement, c'était attirant !

— Vous êtes vraiment bonne dans votre partie, reconnut-il.

— Je vous l'avais bien dit.

Et elle le gratifia d'un sourire éblouissant.

Si elle avait été n'importe qui d'autre, à savoir ni son employée ni une mère célibataire, il aurait sans doute en cet instant penché la tête vers elle pour goûter ses lèvres si joliment recourbées.

Seulement voilà, elle n'était pas *n'importe qui* mais la manager de son hôtel, et il devait s'en tenir à une relation strictement professionnelle avec elle. Sans compter qu'elle avait trois bébés à la maison et que cette seule pensée aurait dû suffire à calmer ses ardeurs. Pourtant, dès que Macy se trouvait près de lui, il devait fournir de gros efforts pour se rappeler pourquoi il ne pouvait céder à l'attirance indéniable qu'il éprouvait pour elle.

De surcroît, rien chez elle ne laissait suggérer qu'elle ressentait des impressions semblables. Et c'était sans doute pour le mieux : cette attraction non réciproque allait certes susciter une frustration physique chez lui, mais au moins elle ne lui briserait pas le cœur.

Et, cependant qu'il ruminait, elle discutait avec le

brocanteur, ou plus exactement négociait un meilleur prix que celui affiché sur l'étiquette. Elle lui fit un signe de la main quand elle s'éloigna de lui, sourire aux lèvres et yeux rivés à la carte de visite que le vendeur lui avait remise. Il ne lui restait plus qu'à la suivre avec le meuble de toilette.

— Et maintenant, les chenets, dit-elle.

Il se contenta de soupirer.

— Je peux d'abord poser cela dans le camion ?

— Mais naturellement ! C'est une très bonne idée, approuva-t-elle.

Il n'avait jamais été un grand chineur mais, en sa compagnie, qu'il était amusant d'explorer la brocante ! Et le bonheur que reflétait son visage quand elle repérait ce qu'elle appelait « une perle rare » valait presque le prix des trois lampes à huile en laiton qu'elle le convainquit d'acheter.

Une fois de retour à l'hôtel, et les emplettes installées à l'endroit où elle les voyait, il dut reconnaître encore une fois qu'elle avait un œil sûr.

De fait, elle avait des yeux magnifiques, à la fois profonds et lumineux… Et une bouche joliment sculptée avec une courbe des plus sexy…

Et il devait réellement cesser de fantasmer sur elle, car elle représentait un territoire interdit !

Le mercredi matin de la deuxième semaine, cette cruelle réalité lui fut rappelée sans ménagement. Elle se trouvait dans la cuisine, en train de trier les épices et les assaisonnements, affairée, comme à son habitude, mais il remarqua qu'elle portait des choses un peu différentes des autres jours.

— Cela faisait partie de ton uniforme, à Las Vegas ? questionna-t-il en désignant le porte-bébé.

Ils étaient passés d'un commun accord au tutoiement.

— Ah, je pensais que tu ne le remarquerais pas, dit-elle. Mais tu conviendras que c'est un accessoire stylé, non ?

Il regarda ledit accessoire d'un air sceptique tout en s'approchant de son contenu, c'est-à-dire le bébé collé à sa mère.

— Quelle adorable petite fille ! lança-t-il.

Elle sourit.

— C'est Ava.

— Et elle a huit mois, c'est bien ça ?

— Huit mois, deux semaines et quatre jours, à présent. J'espère que tu ne m'en veux pas de l'avoir amenée, mais ma mère avait un rendez-vous cet après-midi, et mon père aurait été débordé avec trois bébés.

— Pas de problème.

D'ailleurs, il lui était plutôt reconnaissant de l'initiative, car plus il avait passé de temps en sa compagnie, ces derniers jours, et plus il avait eu du mal à se remémorer pourquoi elle n'était pas son type de femme. Toutefois, la petite fille était réellement très mignonne, avec ses grands yeux bleus bordés de cils immenses et ses joues potelées ; de toute évidence, elle adorait être blottie contre sa mère et observait depuis ce nid douillet son entourage avec curiosité. Il soupira intérieurement : la vue du Macy avec son bébé était bien plus troublante qu'il n'aurait voulu l'admettre.

Quand l'enfant plaça un poing dans sa bouche et se mit à sucer ses doigts, Macy, qui venait de prendre un appel, passa en mode haut-parleur, posa son portable sur la table et prépara tranquillement le biberon d'Ava, puis la retira du porte-bébé avant de la prendre dans le creux de son bras et de lui donner son lait de la façon la plus naturelle du monde. Il était si fasciné par le spectacle qu'il sursauta quand elle déclara :

— 50 %.

— Pardon ?

Et il se rendit alors compte qu'elle venait de terminer sa conversation au téléphone.

— C'était le fournisseur de ta vaisselle et c'est la remise qu'il te fait. Il t'enverra par mail une nouvelle facture tenant compte de la réduction.

— Je suis impressionné !

Elle lui sourit.

— Au point d'ajouter 15 % sur mon chèque de fin de mois ?

— Non, pas ce mois, mais nous reparlerons de ton salaire dans six mois.

— À la hausse, tu verras, répliqua-t-elle avec un sourire confiant.

Et il n'en doutait pas. Sa nouvelle manager obtenait en général ce qu'elle désirait, ainsi que le lui avait prouvé entre autres leur visite au marché des brocanteurs et des artisans.

Une fois rassasiée, Ava bâilla bruyamment, puis se frotta les yeux.

— Elle va dormir au moins une heure, annonça Macy. Je peux la laisser dans la bibliothèque pour sa sieste, pendant que je vais accueillir le caviste et discuter avec lui ?

Il acquiesça d'un hochement de tête, même si la question était purement formelle puisqu'il avait remarqué qu'elle avait déjà installé un lit parapluie dans la bibliothèque.

Pendant qu'elle rencontrait son marchand de vins, il reçut la livraison des livres destinés à remplir les rayonnages de la bibliothèque. Alors qu'il les y rangeait sans bruit, Ava se réveilla de sa sieste tout en douceur. Elle redressa la tête, un sourire heureux aux lèvres, s'attendant sans nul doute à voir sa mère et trouvant à la place un inconnu.

Son sourire disparut instantanément, et ses grands yeux bleus se remplirent de désarroi.

- 5 -

Macy perdit la notion de temps lors de sa discussion avec le caviste local, sélectionnant des vins pour accompagner les fromages que Liam comptait proposer à ses hôtes, négociant quantités et prix. Une fois la commande signée, elle regarda sa montre et accéléra le pas pour rejoindre la bibliothèque.

Les craintes qu'elle nourrissait quant aux interférences de sa « mamamnésie » avec ses performances au travail s'étaient donc révélées infondées ; de fait, elle se sentait chaque jour un peu plus confiante dans son rôle de manager… et incroyablement troublée par l'attirance aussi inopinée qu'inopportune qu'elle éprouvait pour son chef.

La révélation de l'existence des triplés semblait de fait avoir étouffé dans l'œuf tout intérêt romantique de sa part, ce en quoi elle aurait dû lui être reconnaissante. Hélas, de son côté, la proximité de ce cow-boy reconverti en hôtelier ne cessait de la retourner.

Et c'est alors qu'elle le découvrit avec sa fille dans les bras, au moment où elle s'apprêtait à franchir le seuil de la bibliothèque !

Elle voulut entrer, quand, visiblement désireux d'apaiser Ava, il murmura :

— Je sais que je ne suis pas ta maman, mais ta maman est occupée en ce moment, et nous allons devoir attendre que son rendez-vous soit terminé. Elle ne devrait plus être longue à présent. Alors, donne-moi une chance, tu vas voir, je ne suis pas un mauvais bougre, vraiment. Et, je t'en supplie, ne te mets pas à hurler car je suis complètement perdu quand on pleure devant moi.

Ces paroles lui allèrent droit au cœur. Tenaient-elles à l'homme qui les prononçait ou au fait que sa petite fille en était la destinataire ?

Au fond, cela importait-il ? Ce dont elle se rendait compte, c'était qu'elle allait vraiment avoir de gros problèmes à gérer ses sentiments pour son chef si sexy, même si son travail passionnant l'accaparait énormément.

— De nombreuses personnes affirment que je ne sais pas comment m'y prendre avec les femmes, poursuivit-il. Et elles ont sans doute raison, mais les larmes, c'est ma grande faiblesse. Par chance, tu es bien trop jeune pour comprendre ce que je dis, donc, ce sera notre petit secret, d'accord ?

C'est alors qu'elle se manifesta.

— Motus et bouche cousue, promit-elle avec un sourire.

Il sursauta, puis se tourna vers la porte d'entrée et poursuivit sa discussion avec Ava.

— Tu vois ? Je t'avais dit que ta maman allait bientôt arriver.

À sa vue, sa petite fille s'agita immédiatement et tendit les mains vers elle.

— Je rangeais les livres sans faire de bruit, lui dit-il, tandis qu'elle lui prenait Ava des bras, et elle s'est réveillée. Elle avait l'air désespérée de ne pas te voir, alors j'ai tenté de la distraire.

— Et je t'en suis reconnaissante ! Cela dit, ajouta-t-elle en tapotant la couche d'Ava, je me demande si je l'aurais retrouvée avec une couche propre, si j'étais arrivée cinq minutes plus tard.

— Non, je ne crois pas, avoua-t-il.

Elle se mit à rire.

— Au moins, tu es honnête !

— C'est la meilleure façon d'éliminer les malentendus.

— Dans ce cas, enchaîna-t-elle en posant Ava sur son matelas à langer, je dois moi aussi l'être avec toi.

— De quoi s'agit-il ? s'enquit-il, de toute évidence sur ses gardes.

— Ce ne sera sans doute pas la dernière fois que j'amène un ou deux enfants avec moi au travail.

— Tu n'as pas un frère chez qui les déposer de façon inattendue ? railla-t-il.

— J'en ai deux, mais aucun n'habite à Haven.

— Je plaisantais, bien sûr, je vois, avec ma sœur, combien il est difficile de jongler entre un métier et des enfants, et cela m'est égal que tu viennes de temps en temps avec les tiens. Mais, si j'ai le choix, je me dispenserai de changer leurs couches.

— C'est noté, répondit-elle en en glissant une sous sa fille. À propos, tu as rangé les livres par ordre alphabétique, j'espère ?

— Euh… Je vais recommencer.

— Inutile, je m'en charge.

Tout, pourvu qu'elle puisse se concentrer sur une tâche qui maintiendrait ses pensées à distance de beaux cow-boys adorables avec les petits bébés.

— Entendu. J'avais l'intention de me rendre à Circle G après la réunion du personnel pour montrer à mes grands-parents les nouvelles brochures de l'hôtel, cet après-midi.

Sur le marché des brocanteurs et artisans, il lui avait confié que ses grands-parents avaient contribué à l'acquisition de la propriété, ce qui lui avait permis de réaménager Stagecoach Inn à sa façon.

Pourtant, ce fut la première partie de ses paroles qui retint son attention.

— Une réunion du personnel ? reprit-elle.

— C'est juste pour présenter les employés les uns aux autres.

Ils étaient six en tout, y compris elle et lui. Rose, qui travaillait à mi-temps dans une administration, viendrait quand nécessaire pour remplir des trous dans l'emploi du temps, Camille aiderait à la réception le week-end, Emily préparerait les petits déjeuners et son petit-fils, Nathan, les servirait. Elle était ravie qu'il ait eu la charmante attention de faire les présentations.

Le soir venu, elle rentra à la maison avec Ava et rejoignit son père et sa mère dans la cuisine.

— Alors, c'était comment au travail, aujourd'hui ? s'enquit sa mère. Tu t'en es bien sortie, avec la petite ?

— Elle n'a posé aucun problème, et le travail s'est bien passé. Bien sûr, l'hôtel n'est pas encore officiellement ouvert, mais j'adore m'occuper des derniers préparatifs. Mettre les draps, regonfler les couettes, cueillir des fleurs fraîches, disposer des savons décoratifs. Je me sens de plus en plus investie dans cet hôtel et son succès.

— Tu adorais jouer à tenir une maison quand tu étais enfant. Mais, quand tu as été en âge de passer l'aspirateur, tu ne te ruais pas dessus.

— J'ai appris depuis, à Las Vegas, je l'ai passé dans un nombre incalculable de chambres.

— Mais maintenant tu as un poste de manager à Haven !

— Oui, ce qui ne m'empêche pas de faire les lits, comme aujourd'hui.

— Parce que tu en avais envie. Alors c'est bien. Je voudrais tellement aller jeter un coup d'œil à ces suites si originales que tu nous décris.

— Papa et toi pouvez y passer une ou deux nuits, tu

sais ! Tiens, je vous invite ! Cela me ferait énormément plaisir et ajouterait un peu de romance à votre mariage.

Son père émit un grognement.

— Je ne pense pas que nous ayons des leçons de romantisme à recevoir de notre fille célibataire !

Évidemment, il plaisantait, mais cela la mettait malgré tout mal à l'aise car, au fond, il avait raison : comparée à ses parents qui étaient mariés depuis quarante et un ans, elle ne connaissait rien du tout à l'amour. Et avait fini par renoncer à l'espoir de le trouver un jour.

Déçue par des amourettes qui ne débouchaient jamais sur rien de sérieux, elle n'en avait pas moins planifié un enfant toute seule par crainte d'être prise de court par l'horloge biologique, tout en rêvant d'un homme qui croiserait ses yeux dans la foule et tomberait sur-le-champ amoureux d'elle, puis de son bébé, avant de l'épouser pour qu'ils forment une famille fantastique.

Seulement voilà : quand elle avait appris qu'elle attendait des triplés, son beau rêve romantique avait été relégué carrément au royaume du fantasme. Car, à part dans les pages d'un roman, elle ne pouvait se représenter un homme enclin à prendre la responsabilité de trois enfants qui n'étaient pas de lui.

Le lendemain, elle se rendit au travail avec Sam. Le pauvre faisait ses dents et pleurait sans arrêt.

Elle lui tendit un anneau dentaire qu'il jeta immédiatement par terre.

— Allez, mon chéri, viens dans mes bras.

Et elle le berça contre elle, essayant de le calmer.

— Tu vas voir, mon petit Sam, tout va bien se passer, mais il faut que tu arrêtes de t'époumoner ou le chef de maman va la renvoyer.

— Tu crois vraiment que ton boss serait aussi dur ? demanda à cet instant Liam.

Surprise par son arrivée, elle se tourna pour lui faire face.

— Non, mais je pense qu'il pourrait à juste titre être irrité qu'un enfant hurle dans le hall d'entrée de son hôtel chic.

— Un hôtel chic qui, à l'heure actuelle, ne reçoit pas encore de clients susceptibles de se plaindre des cris d'un bébé, renchérit-il.

Et il s'avança vers elle et son enfant.

— Qui est ce grand garçon ? poursuivit-il.

À cet instant, Sam darda sur lui ses grands yeux mouillés, soupira lourdement et lui tendit les bras.

— Tu veux que je le tienne pendant que tu ranges ses affaires ? Il a l'air de vouloir venir avec moi.

— Entendu, merci.

Et elle le lui donna.

Sam adressa un sourire baveux à son nouvel ami, tandis qu'elle rassemblait couches, jouets et autres objets épars pour les ranger dans le sac à langer.

— Je pensais que ma sœur possédait le plus grand sac imaginable, mais je vois que tu la bats à plates coutures.

— J'ai trois enfants, lui rappela-t-elle.

Puis elle secoua la tête en voyant Sam pelotonné contre Liam, visiblement satisfait de sa place.

— Et dire que Sam criait depuis une bonne demi-heure avant que tu arrives. Rien de ce que je pouvais dire ou faire ne le calmait, et le voilà tout sourires dans tes bras !

— Selon Kate, les enfants sentent quand leur mère est tendue, affirma-t-il.

— C'est probable, mais je te promets que cela n'arrivera pas souvent, c'est juste que sa grand-mère devait aller à l'hôpital aujourd'hui pour rendre visite à Frieda

Zimmerman et que je ne pouvais pas laisser les trois à mon pauvre père.

— Frieda se fait opérer aujourd'hui ?

La question n'aurait pas dû la surprendre, tout le monde se connaissait dans une petite ville comme Haven ! Elle hocha la tête.

— Tu sais, il n'y a rien d'urgent à faire ici aujourd'hui, tu peux tout à fait rentrer chez toi.

— Peut-être que pour toi ce n'est pas urgent, mais Emily doit venir pour discuter de la carte des petits déjeuners.

— Quelle carte ?

— Nous en avons déjà parlé hier, Liam.

— Quand ?

— À la première heure, mais il est vrai que tu semblais un peu distrait, précisa-t-elle. Et, quand j'ai suggéré que les petits déjeuners soient préparés à la demande et non sous forme de buffet afin d'éviter le gaspillage, tu as dit que tu t'en remettais à mon expertise.

— J'étais distrait, en effet, reconnut-il. Je ruminais contre mon père qui refuse systématiquement de m'écouter quand je donne mon avis pour le ranch, car il estime sans doute que je n'y connais rien.

— Et pourtant, tu vas l'aider tous les matins.

— Un ranch requiert de la rigueur, décréta-t-il d'un ton hiératique, imitant visiblement son père.

— Tout comme la tenue d'un hôtel !

— Ou le fait d'être parent, renchérit-il.

Elle posa les yeux sur Sam et sentit son cœur se gonfler à la vue de son bébé, pouce dans la bouche et parfaitement paisible dans les bras de Liam.

— Tu sais que tu es bien plus doué avec les enfants que tu ne le penses. En général, Sam n'aime pas que des inconnus le prennent dans leurs bras.

— Il sent que je ne suis pas un inconnu pour sa mère.

Elle lui sourit.

— En tout cas, tu t'en sors vraiment bien et, si tu pouvais jeter un œil sur Sam pendant mon rendez-vous avec Emily, ce serait génial.

Il accepta avec un sourire et, en s'éloignant pour rejoindre sa collègue, elle se dit que la vie était vraiment injuste, parfois. Elle avait rencontré un homme qui l'attirait et qui était très gentil avec ses enfants. Hélas, cet homme lui était interdit.

Durant les deux premiers mois qui avaient suivi son accouchement, Macy était restée cloîtrée à la maison avec ses bébés, inquiète pour leur système immunitaire de prématurés et interdisant quasiment aux autres de s'approcher d'eux, par crainte qu'ils leur donnent d'éventuels microbes.

Quand ils eurent atteint les six mois, elle les emmena au *mall* de Battle Mountain pour voir le Père Noël, poussée par sa mère mais quelque peu réticente.

À présent, elle hésitait bien moins à les sortir, même si leurs promenades se limitaient aux lieux en mesure d'accueillir une poussette à trois places. C'était le cas du Trading Post où elle allait régulièrement faire quelques emplettes encore que, pour les courses plus importantes, elle n'en prenait qu'un dans son porte-bébé.

Cette semaine, c'était le tour de Max, mais comme il était un peu fiévreux elle emmena finalement Ava qui, se prenant pour une petite princesse, estimait tout à fait normal que les gens s'extasient devant elle.

À l'aller, elle s'arrêta quelques instants chez Diggers pour saluer son ancien chef et, au moment où elle en ressortait, elle se retrouva face à Liam et une vieille dame qu'il lui présenta comme sa grand-mère, Evelyn Gilmore.

— Je comptais précisément passer à l'hôtel pour faire

votre connaissance, lui dit cette dernière en lui serrant la main avec chaleur.

— Eh bien, tu vois, ce ne sera pas la peine, renchérit-il.

— Mon petit-fils déteste que je mette mon nez dans ses affaires, lui confia Evelyn avec un sourire complice.

— Parce que ma grand-mère a toujours quelques difficultés à se conformer à la clause « silence » implicite dans notre partenariat.

Evelyn roula des yeux.

— Avez-vous déjà déjeuné, Macy ?

— Non, nous sommes juste passés faire un petit coucou à Duke en allant à Trading Post.

— Dans ce cas, joignez-vous à nous, proposa Evelyn.

— C'est gentil, mais je dois vraiment aller au supermarché.

— Il sera encore là après le repas, répondit Evelyn d'un ton raisonnable. En outre, je voudrais discuter de Home Station avec vous.

Elle lança un regard interrogateur à Liam.

— C'est le nom que grand-mère a choisi pour le restaurant que nous n'avons pas, expliqua-t-il.

— Pas encore, rectifia Evelyn.

Et ce fut ainsi qu'elle déjeuna finalement avec son chef et sa grand-mère.

Le jour de l'ouverture approchait, et Liam devait avouer qu'il avait pris une décision judicieuse en embauchant Macy Clayton, même si elle amenait de temps en temps un enfant ou deux au travail avec elle. En réalité, la présence des bébés ne le gênait nullement, et d'ailleurs il lui arrivait d'être déçu quand elle venait sans aucun d'entre eux.

Persuadé au départ que les petits agiraient comme un repoussoir entre elle et lui, il se rendait compte avec le temps que le désir qu'il éprouvait pour elle ne cessait en fait de grandir. Macy, en revanche, ne lui donnait aucune raison de penser que l'attirance était partagée. Du moins jusqu'à la veille de la Saint-Valentin, où ils firent une ultime vérification en vue de l'inauguration du lendemain.

— Demain, c'est le grand jour ! s'exclama-t-elle d'un ton quasi jubilatoire.

— Exact ! répondit-il, peu enclin à reconnaître qu'il était plus angoissé qu'excité.

La famille et les amis qui étaient venus récemment à l'hôtel s'étaient émerveillés sur chaque détail, donc il ne nourrissait pas d'inquiétude sur la qualité des lieux ; en outre, il avait suivi le conseil de Macy et établi un partenariat avec le spa qui appliquerait des tarifs préférentiels à sa clientèle. Mais ce qui le tracassait encore, c'était que personne ne vienne !

— Nous avons reçu deux autres réservations aujourd'hui, déclara-t-elle.

— Combien en avons-nous en tout ? s'enquit-il, un peu rassuré.

Elle était capable de répondre bien plus rapidement que s'il avait dû regarder par lui-même dans le système de réservation.

— Cinq, annonça-t-elle tout de suite. Deux chambres sont réservées pour une seule nuit, et trois autres seront occupées tout le week-end.

— Des gens qui n'habitent pas Haven, j'imagine ?

Elle hocha la tête, et il ajouta :

— Je me demande bien ce qu'ils vont faire pendant trois jours et deux nuits ici.

— Ils participent à des activités insolites organisées par leur entreprise, à Adventure Village.

Il s'agissait d'un centre de loisirs qui accueillait familles et amis et contribuait à une légère hausse du tourisme dans le nord du Nevada, à Haven.

— Des activités insolites entre collègues ? reprit-il, dubitatif.

— C'est en vogue, en ce moment, lui assura-t-elle.

— Et tu peux me dire qui est au courant ?

— Ceux qui lisent, par exemple, les brochures disposées sur le présentoir, à la réception.

— Ce présentoir, c'était une bonne idée, tu avais raison, tout comme le partenariat avec les entreprises locales.

— Le partenariat est une idée *géniale*, corrigea-t-elle.

Sans doute parce qu'elle avait dû se battre pour l'en convaincre, pensa-t-il. Le propriétaire et gérant d'Adventure Village était en effet Jason Channing, un Blake par sa mère. Or, la querelle entre les Gilmore et les Blake était profondément ancrée dans l'histoire de Haven ; elle remontait à l'époque des pionniers, un siècle et demi plus tôt. De fait, on avait vendu à Everett Gilmore et à Samuel Blake le même terrain ; or, ne souhaitant pas admettre publiquement qu'on les avait dupés, ils avaient décidé de partager la propriété en deux, en son milieu.

Comme Everett Gilmore était arrivé le premier et avait déjà construit sa maison du côté ouest de la rivière, il bénéficiait des meilleures prairies pour ses troupeaux, tandis que Samuel Blake dut se contenter de la partie moins accueillante, côté est. Alors que Circle G prospérait au point de devenir l'un des ranchs les plus importants de l'État, le Crooked Creek Ranch dut se battre pendant de longues années pour survivre jusqu'à ce que l'on découvre des filons d'or et d'argent dans les montagnes qui faisaient partie de ses terres. Mais ce changement de fortune ne modifia en rien l'animosité entre les deux familles.

— Tu ne crois pas qu'il est grand temps d'oublier la querelle entre les Blake et les Gilmore ? reprit-elle.

— Cela ne dépend pas de moi.

— En tout cas, je suis heureuse que Jason et toi ayez été capables de surmonter le différend qui a toujours opposé vos familles dans l'intérêt de vos affaires.

— Avais-je vraiment le choix ? questionna-t-il sèchement.

— Tu avais en tout cas celui de m'embaucher ou non.

— Et c'est probablement la décision la plus intelligente que j'aie prise depuis l'acquisition de l'hôtel.

Sans doute ravie du compliment, elle le serra à brûle-pourpoint dans ses bras.

— Merci, dit-elle.

Elle avait agi sur une impulsion pour lui exprimer une reconnaissance simple et sincère ; la chaleur générée par le contact de leurs deux corps fut tout aussi involontaire et inattendue, et indéniablement troublante.

Immédiatement, il l'enlaça comme pour l'empêcher de reculer. Bien sûr, elle aurait dû se dégager de l'étreinte, mais elle n'en avait aucune envie. Elle en avait assez de feindre d'ignorer l'alchimie qui couvait entre eux et ne pouvait à vrai dire plus passer sous silence les sentiments croissants qu'elle éprouvait pour lui.

Aussi, au lieu de le repousser, elle se pressa un peu plus contre lui et tendit la bouche vers la sienne.

- 6 -

La pièce commença à tourner autour de Macy.

Ce ne devait être qu'un baiser tendre, une sorte de murmure de gratitude de sa part.

Mais la réponse de Liam ne fut en rien ambiguë.

Prenant les rênes, il plaça fermement la main sur sa nuque et glissa la langue entre ses lèvres entrouvertes, prêtes à l'accueillir… Un long frisson la parcourut, et elle émit un petit gémissement.

Son odeur de savon masculin attisa tous ses sens, tandis que, de ses mains habiles et vigoureuses, il lui donnait le vertige. Son baiser, ardent et subtil à la fois, lui brouilla l'esprit…

Si elle avait eu les idées plus claires, elle se serait sans doute rendu compte qu'elle venait de s'engager sur un terrain fort dangereux ! Mais elle n'était plus capable de la moindre pensée rationnelle, elle n'était plus que désir, prête à s'abandonner.

Comme lisant en elle, il renforça son baiser. Enfin, alors qu'ils étaient tous deux haletants, il détacha la bouche de la sienne afin que chacun puisse reprendre sa respiration. Sans desserrer son étreinte, il posa le front sur le sien.

— C'est pour cela que je ne voulais pas t'embaucher, lui rappela-t-il. Parce que je savais que ce serait un vrai combat de résister à la tentation.

— C'est ma faute, dit-elle d'un ton sincère.

Et, malgré tout, elle n'était nullement honteuse de ses agissements, elle ne regrettait en rien de l'avoir embrassé. Ce qu'elle déplorait juste, c'était que le baiser soit déjà terminé, car elle savait qu'il ne se reproduirait plus.

— Je ne cherchais pas à désigner un coupable, répliqua-t-il d'un air apparemment amusé. En tout cas, je voulais juste t'exprimer ma reconnaissance.

— Moi aussi, admit-elle.

— Et le courant qui passe si bien entre nous nous a pris de court.

Il continuait d'ailleurs à vibrer en elle, mais elle s'efforçait de ne pas y prêter attention et finit par se dégager de ses bras pour mettre enfin un peu d'espace entre eux.

— Cela n'arrivera plus.

— Tu le crois sincèrement ? questionna-t-il sur le ton du défi.

La chaleur qui se dégageait de ses prunelles l'inonda tout entière.

— Je ne suis pas ton type de femme, lui rappela-t-elle.

— Je t'assure que tu l'es, quand je te tiens dans mes bras.

— Je suis une mère célibataire, insista-t-elle. J'ai trois enfants. Des bébés.

À ces mots, son regard perdit en intensité.

— Oui, je ne dois pas les oublier, n'est-ce pas ? Il faudrait qu'un homme ait perdu la tête pour se lier à une telle tribu.

Sa réponse, brutale, étouffa tout espoir qu'elle aurait pu entretenir d'une éventuelle romance entre eux. Le fait qu'il parle en termes si méprisants de ses enfants, le centre de son monde, la rendit brusquement furieuse.

— Et une femme serait bien folle de se lier à un homme comme toi, rétorqua-t-elle.

Il leva les mains, en signe de reddition.

— Je ne voulais pas te vexer, c'est juste que… les enfants, ce n'est pas du tout mon truc.

— J'ai compris, tu me l'as déjà dit.

Et pourtant, cette affirmation n'était-elle pas en pleine contradiction avec ses actes ?

Cet homme, qui prétendait que les enfants ce n'était pas sa tasse de thé, était celui à qui sa sœur confiait sa petite fille quand elle avait un imprévu.

Sans compter qu'il s'était aussi occupé fortuitement d'Ava et de Sam, et qu'il n'avait pas du tout paru embarrassé de les prendre dans ses bras pour les calmer. Cependant, elle n'allait pas perdre son temps à le faire changer d'avis. Car pour elle le temps était précieux, et elle entendait en passer davantage auprès de ses enfants.

— Bien, reprit-elle d'un ton sec, bonne nuit, monsieur Gilmore.

Et, d'un pas hâtif, elle se dirigea vers la porte avant de prononcer des paroles susceptibles de compromettre son contrat.

Malgré tout, ses lèvres la picotèrent pendant tout le trajet de retour ; jamais aucun homme ne lui avait donné un baiser aussi extraordinaire car, si tel avait été le cas, elle n'aurait assurément pas fait appel au donneur 6243. Mais la vie en avait décidé autrement, et aujourd'hui elle avait trois adorables bébés. Et nul droit d'embrasser son chef, qui lui avait dit clairement ne pas être intéressé par une relation avec une mère célibataire.

— Toi, tu as intérêt à ne pas trouver une fausse excuse pour te dérober et ne pas venir à la fête, dimanche, déclara Kate quand Liam entra dans son bureau, quelques instants plus tard.

Il s'immobilisa d'un coup.

— La fête ? répéta-t-il, comme s'il ne comprenait pas du tout de quoi sa sœur parlait.

Kate plissa les yeux.

— Tu plaisantes, j'espère ?

C'est alors qu'il lui sourit.

— Mais oui ! Je n'ai pas oublié le premier anniversaire de ma nièce préférée, lui assura-t-il. J'ai même un cadeau pour elle.

— Empaqueté ?

— Oui, avec un gros nœud rose sur le dessus.

À son tour, elle lui adressa un beau sourire, puis demanda :

— Pourquoi es-tu ici ?

— Parce que je suis un idiot.

— Jusque-là, rien de nouveau sous le soleil.

— Tu vas comprendre. Je…

Il referma la porte derrière lui, pour que personne n'entende ce qu'il allait confier à sa sœur.

— Je viens d'embrasser Macy.

— Je confirme, tu es un bel idiot ! Tu n'écoutes donc jamais ce que je te dis ?

— Mais si, toujours !

— Donc, j'en déduis que tu ne tiens pas compte de mes conseils.

— En fait, c'est elle qui m'a embrassé.

— Donc tu veux déposer une plainte pour harcèlement sexuel ?

Il fronça les sourcils.

— Bien sûr que non !

— Dans ce cas, qu'attends-tu de moi ? Que je te répète toutes les raisons pour lesquelles c'était une mauvaise idée d'embrasser une femme qui travaille pour toi ?

Elle lui désigna un siège.

— Assieds-toi, je t'en prie, la liste est longue.

— Je les connais, les raisons, sauf que sur le moment j'étais certain que c'était une bonne idée.

— Tu es son chef, elle est ton employée, énonça-t-elle

de façon concise. C'est un cas typique de poursuite en justice.

— Mais c'est elle qui m'a embrassé, lui répéta-t-il.

— Peu importe.

— Tu as raison, bien sûr, reconnut-il en soupirant. Mais il se trouve qu'elle me plaît énormément, Kate.

— Mais non ! Tu veux juste coucher avec elle, c'est tout !

— Euh… Oui, admit-il.

— Eh bien, tu ne peux pas, un point c'est tout ! Il y a de nombreuses femmes dans cette ville qui ne travaillent pas pour toi. Couche avec elles.

— Mais je n'en ai aucune envie, c'est Macy que je veux.

— Alors, tu cours droit vers une procédure judiciaire.

— Ce que tu es cynique !

— Je suis avocate, lui rappela-t-elle. Et également ta sœur, par conséquent, je refuse qu'une femme te blesse à nouveau.

— Tu sais, on n'en est pas là ! Macy n'était pas du tout contente de moi quand elle est partie.

— Ah bon ? Tu manques peut-être d'entraînement…

— Non, cela n'a rien à voir avec le baiser que je lui ai donné. C'était *après*, quand je lui ai dit que je ne voulais pas sortir avec une femme qui avait des enfants.

— Peut-être que tu n'es pas aussi idiot que ça, au fond.

— Sauf que… Ce que je ressens pour Macy, même si je ne la connais que depuis quelques semaines, n'a rien à voir avec ce que j'ai connu jusque-là, lui confia-t-il.

Elle poussa un soupir.

— Pourquoi ne peux-tu donc pas tomber amoureux de femmes qui ne portent pas un bagage de la taille d'un enfant ?

— Tout le monde a son bagage, souligna-t-il.

— Liam, j'essaye juste de te mettre un peu de plomb dans la cervelle ! Tu te rappelles Isabella ?

— Naturellement…

Et il se souvenait aussi de Simon, son petit garçon, qui lui avait demandé d'être son papa. Mais c'était avant qu'Isabella décide de se réconcilier avec le vrai père de Simon.

— Tu étais dévasté quand elle a coupé tout lien entre son fils et toi.

— Cela remonte à quatre ans. Oui, ce n'était pas cool, mais…

— Pardon ? reprit-elle d'un ton incrédule. « Pas cool » ? Tu étais à ramasser à la petite cuillère, oui !

Difficile de lui donner tort : il avait passé les quatre dernières années de sa vie à surmonter l'épreuve et, quand les souvenirs de Simon affleuraient de temps à autre, ils étaient toujours doux-amers.

Le fils d'Isabella avait trois ans lorsqu'elle avait commencé à sortir avec lui, six mois après s'être séparée de son mari. Il ne lui avait pas fallu plus longtemps pour s'attacher au petit garçon. Puis Isabella avait préféré donner une seconde chance à son mariage, et il en avait été anéanti. De fait, il n'était pas vraiment amoureux d'elle, mais complètement sous le charme de son fils. Avec un peu de recul, le temps aidant, il avait fini par accepter qu'elle eût agi au mieux, dans l'intérêt de l'enfant ; il s'était promis en revanche de ne plus jamais s'exposer à une telle blessure à l'avenir.

Donc, Macy Clayton, mère de triplés de huit mois, n'était définitivement pas le type de femme qu'il recherchait. Car, s'il baissait la garde, tombait follement amoureux d'elle et de ses trois enfants et qu'ensuite elle se réconciliait avec leur père, il serait trois fois plus brisé.

Et c'était un risque qu'il refusait de prendre.

— C'est vrai, Kate, reprit-il, je te l'accorde. J'ai trop souffert. Je vais me tenir à l'écart de Macy, c'est promis.

Il déposa un baiser sur la joue de sa sœur.

— À dimanche. Et merci.
— À dimanche. Et pas de bêtises d'ici là.

Il aurait dû rester en ville.

L'inauguration étant prévue pour le lendemain, il avait toutes les bonnes raisons de ne pas aller à Circle G ce soir-là, en sortant du bureau de Katelyn. Mais il avait besoin de chasser Macy de son esprit, et la meilleure façon d'y parvenir était de se dépenser, de se concentrer sur les tâches qui l'attendaient au ranch. Et il s'y rendit.

Trois heures plus tard, les extrémités tout engourdies, il se dirigea enfin vers les écuries pour constater que les chevaux avaient été nourris : on avait accompli la besogne à sa place. Il se réfugia alors au bureau, où il y avait forcément du café chaud.

— Où étais-tu ? s'enquit tout de suite Caleb, son frère, en le voyant entrer.

Son père, David, qui était venu également donner un coup de main, l'ignora, mais il décida de ne pas s'en formaliser.

Il ôta ses gants pour prendre un mug.

— Dans la partie nord-est de la propriété, j'essayais de sauver un bœuf perdu.

— L'un des nôtres ? questionna son père, sourcils froncés.

— Oui, à en juger par la marque sur son flanc.

— Comment a-t-il pu parcourir tout ce trajet et se retrouver là-bas ? se demanda Caleb à voix haute.

Il hocha les épaules : ce qui comptait, c'était qu'il l'avait récupéré.

— Certains sont prêts à tout pour fuir une vie dont ils ne veulent pas, commenta son père.

Caleb comprit immédiatement l'allusion et s'éclipsa, sous prétexte de rentrer pour dîner.

Une fois son frère parti, il se tourna vers son père.

— Tu as quelque chose à me dire ?

— Il semblerait que oui, reconnut David.

Il croisa les bras.

— Vas-y, je t'écoute.

— Tu as eu tort d'aller si loin ce soir sans demander de l'aide à personne ni prévenir qui que ce soit.

L'espace d'un instant, il crut que son père s'était inquiété pour lui, mais son espoir fut de courte durée.

— Il n'aurait plus manqué qu'il me faille mobiliser des hommes et des chevaux pour une mission sauvetage en raison d'un acte inconsidéré de ta part.

— J'ai emprunté un véhicule tout-terrain, et Wade savait où j'étais.

Il s'agissait du contremaître.

— Il allait lui-même s'y rendre mais, comme sa femme vient juste de se remettre de la grippe, je lui ai dit de rentrer pour s'assurer qu'elle allait bien et j'y suis allé à sa place, poursuivit-il.

— Très bien, alors, dit David.

— C'est tout ?

Son père haussa ses larges épaules.

— Que veux-tu que je te dise d'autre ?

— Je ne sais pas, moi… Merci pour ton initiative et pour avoir sauvé une bête de valeur.

— Un vrai éleveur ne fait pas son travail pour qu'on le remercie, mais parce que le métier coule dans son sang.

— On en revient donc au point de départ, n'est-ce pas ?

— J'imagine. Dois-je aussi te remercier d'être devenu un prétendu hôtelier ?

Il avala une gorgée de café chaud et bien noir.

— Comme tu l'as si souvent répété, tu n'as pas besoin de moi, ici. Dans ce cas, pourquoi cela ne te plaît-il pas que je vive et fasse carrière hors du ranch ?

— Parce que ce n'est pas un choix de ta part mais une fuite.

— Si je fuyais, je serais parti de la région, souligna-t-il.

— Les congères n'étaient pas trop hautes, dans Horseshoe Valley ?

Il fut confus par ce changement brutal de sujet alors qu'il portait de nouveau le mug à ses lèvres.

— Je ne suis pas passé par la vallée, j'ai suivi la frontière ouest.

— Tu aurais sans doute eu plus vite fait en traversant la vallée.

— Peut-être.

— En tout cas, tu ne perds jamais une occasion d'éviter cette vallée.

Voilà qui était vrai, pensa Liam. Il ne s'en était jamais rendu compte jusque-là… C'était ici que sa mère se promenait le jour où son cheval l'avait projetée à terre : elle en avait eu les vertèbres brisées et était décédée quelques heures plus tard.

Ce souvenir raviva en lui une sourde douleur. Sa mère lui manquait tellement.

Le cœur serré, il reprit sur un ton plus brusque qu'il ne l'aurait voulu :

— J'ai rapporté le bœuf vivant, c'est le principal, non ?

Son père hocha la tête.

— Tant que tu n'auras pas surmonté le passé, tu seras toujours en fuite.

— Merci de te préoccuper de moi, mais je te rappelle que tout cela remonte à dix-sept ans.

— Tu as raison, et à l'époque je ne vous ai pas été d'une grande aide, à ton frère et tes sœurs, car je souffrais affreusement.

— Je sais, dit-il d'un ton radouci.

— Il m'a fallu longtemps pour m'en rendre compte,

mais je comprends à présent quand et pourquoi tu as commencé à détester le ranch.

— Je ne le déteste pas ! protesta-t-il.

— Tant mieux, alors, parce que ta mère, elle, l'adorait.

David éteignit l'ordinateur et repoussa la chaise de son bureau.

— Tu devrais aller dîner, Martina a sans doute hâte de servir le repas.

— Je ne dîne pas ici ce soir, déclara-t-il brusquement.

Son père fronça les sourcils.

— Pourquoi ?

— Parce que demain c'est l'inauguration de l'hôtel, et il faut que je sois sur place pour vérifier que tout est prêt.

— Tu devrais dîner avant de repartir.

Ces paroles étaient l'équivalent d'une branche de laurier, il le savait, mais trop d'émotions se bousculaient en lui pour qu'il la saisisse.

— Il y a de quoi manger à l'hôtel.

Son père haussa les épaules.

— Comme tu voudras.

— Tu peux passer, demain, lui suggéra-t-il alors, histoire de goûter un peu à l'agitation des lieux.

— J'ai assez de remous ici.

Sur le chemin du retour, il eut la sensation d'être entre le marteau, c'est-à-dire le refus obstiné de son père d'accepter la vie qu'il s'était choisie, et l'enclume, à savoir un hôtel où résonnait dans chaque pièce l'écho des rires de Macy.

Macy avait embrassé son chef, et depuis elle tentait de se convaincre qu'au moins sa curiosité avait été satisfaite. À présent, il lui fallait oublier cet homme si séduisant et ses baisers à couper le souffle, afin de se concentrer sur le travail pour lequel elle avait été embauchée.

Mais c'était plus facile à dire qu'à faire car, après cet aperçu, comment pouvait-elle cesser de fantasmer sur ce qui aurait pu se passer entre eux ? Heureusement, Stagecoach Inn ouvrait ses portes et, en ce jour de la Saint-Valentin, elle allait être débordée.

Même si cette fête s'apparentait pour elle à une journée comme les autres, c'est avec joie qu'elle disposait des chocolats en forme de cœur sur les oreillers et des bouquets de roses rouges sur les guéridons.

Une fois la décoration des suites accomplie, elle revint dans le hall de réception pour vérifier à nouveau qu'il ne manquait rien. C'est alors qu'elle vit Liam assis à son propre bureau, une rose à longue tige à la main.

— Elle est tombée d'un vase ? s'enquit-elle.

— Non, elle est pour toi.

— Mais… Pourquoi ?

— Parce que c'est la Saint-Valentin, répondit-il simplement.

Le geste la toucha au-delà de toute commune mesure, sans doute parce que aucun homme ne lui avait jamais rien offert à la Saint-Valentin.

— Merci, dit-elle, un peu sur ses gardes.

Et elle prit la rose.

— Et, avant que tu commences à te poser des questions, ce n'est pas une ouverture, juste une fleur, et sans doute aussi une manière de te présenter mes excuses.

— Elle est très belle, dit-elle en touchant du bout du doigt un pétale velouté. Et tu es pardonné.

— Je pensais ce que j'ai dit hier, mais je regrette la façon dont je me suis exprimé, expliqua-t-il.

— Pas la peine d'en dire davantage, lui assura-t-elle.

De toute façon, ils n'eurent pas le temps d'épiloguer car les premiers hôtes arrivèrent.

Clint et Dawna MacDowell, qui résidaient à Haven de longue date, ne venaient pas uniquement fêter la Saint-

Valentin, mais aussi leur trente-cinquième anniversaire de mariage. C'était leur fille, Hayley, qui les avait incités à s'offrir une nuit à l'hôtel : après qu'elle leur eut remis la clé, ils traversèrent le vestibule s'émerveillant de chaque petit détail.

Liam leur montrait le chemin. Elle sut exactement l'instant où ils repérèrent la diligence d'époque, car Dawn laissa échapper une petite exclamation ; il répondit alors patiemment à leurs questions sur l'âge et les origines du véhicule avant de les conduire à leur suite.

Puis ce fut un défilé permanent de personnes. Bien qu'il n'y ait que sept suites – toutes réservées, d'ailleurs – les habitants de Haven semblaient s'être donné le mot pour venir féliciter Liam et lui souhaiter du succès dans ses affaires. Ayant anticipé cet afflux de visiteurs, elle avait préparé des boissons chaudes et froides disposées dans le solarium, ainsi qu'un assortiment de gâteaux secs et de pâtisseries de chez Daily Grind. Vinrent également d'autres entrepreneurs, des amis et la famille, y compris les grands-parents de Liam et ses deux sœurs, Sky et Kate.

Il se mêla aux visiteurs tandis qu'elle restait à la réception pour vérifier qui entrait, prendre des réservations pour des dates ultérieures et répondre à toutes les demandes.

— Je sais que je ne te préviens pas longtemps à l'avance, dit Kate en s'arrêtant à la réception, mais nous fêtons le premier anniversaire de Tessa à Circle G, dimanche après-midi.

— Oh ! une belle fête en perspective ! dit-elle.

— J'espère ! Et donc, tu y es conviée.

— Moi ?

— Avec Ava, Max et Sam, bien sûr, précisa Kate.

— C'est très gentil à toi, mais mes triplés peuvent être assez turbulents… Tu es certaine de vouloir qu'ils viennent à l'anniversaire de ta fille ?

Kate éclata de rire.

— Bien sûr ! J'ai envie que Tessa rencontre d'autres enfants pour qu'elle se sociabilise un peu. Et il y aura du gâteau.

— Dans ce cas… Qui peut refuser une part de gâteau ?

— Génial ! répondit Kate en souriant. Je t'attends donc pour 14 heures à Circle G dimanche prochain. Seuls les vœux sont acceptés.

Cette fête serait sans doute une belle expérience pour les enfants. Et lui permettrait de glaner quelques idées pour l'anniversaire des triplés, dans quelques mois. Quant à la présence assurée de Liam… Elle préférait penser qu'elle n'avait en rien influencé sa décision.

Que lui arrivait-il ? Comment pouvait-elle être attirée par un homme qui voyait en ses enfants un fardeau ? Sans doute parce que la fascination qu'il exerçait sur elle était d'ordre purement physique, et au fond qu'y avait-il d'étonnant, puisqu'elle avait quasiment hiberné pendant sa grossesse et les six mois qui avaient suivi la naissance des triplés ? Quand elle avait finalement accepté l'emploi provisoire chez Diggers, elle vivait dans une sorte de cocon avec ses trois bébés. Et manquait cruellement de sommeil. Mais depuis ces deux ou trois dernières semaines, c'est-à-dire depuis que les enfants faisaient leurs nuits, depuis qu'elle avait commencé à travailler au Stagecoach Inn avec Liam, elle avait récupéré ses forces et commencé à se sentir de nouveau femme. Et, par conséquent, sa libido revenait elle aussi.

Bien sûr, elle n'avait pas l'intention de se donner à un homme qui avait clairement affirmé ne pas vouloir nouer une relation avec une mère célibataire mais, quand ses yeux tombèrent sur la rose rouge posée sur son bureau, elle comprit que, malgré sa résolution, s'interdire de désirer Liam lui serait impossible.

- 7 -

À la fin de la journée, Macy rapporta la rose chez elle, car elle aimait à la fois les fleurs et en particulier ce que celle-ci incarnait, à savoir les excuses de Liam. Évidemment, celles-ci ne changeaient rien à la situation, mais elles avaient le mérite de la clarifier, et même si ces paroles cruelles l'avaient affectée elles lui avaient aussi ouvert les yeux : l'attirance qui existait entre eux ne déboucherait pas sur une histoire d'amour.

Elle posa la fleur sur la petite table près de son lit, puis alla voir les enfants.

En passant par le salon, elle s'arrêta un instant pour admirer un superbe bouquet de roses rouges disposées dans un vase en cristal : c'était le cadeau traditionnel que son père offrait à sa mère pour la Saint-Valentin. Nul doute qu'il aurait grommelé en réglant la facture à la fleuriste, se serait plaint du prix exorbitant des roses ce jour-là, mais les aurait malgré tout achetées. Et sa mère aurait sans doute lu les yeux mouillés de larmes les mots qui les accompagnaient toujours :

Avec tout mon amour. Norm.

Elle avait eu de la chance de grandir dans un foyer où les parents s'aimaient ; naturellement, ils se disputaient parfois et n'étaient guère démonstratifs, mais elle n'avait jamais douté de la profondeur de l'amour qu'ils se portaient mutuellement ni de celui qu'ils vouaient à leurs enfants.

De sorte qu'elle n'avait jamais douté qu'un jour elle aussi se marierait et fonderait une famille ! Elle n'avait pas ménagé sa peine pour trouver l'homme idéal, avait accepté toutes les invitations à sortir, les dîners arrangés à son intention par ses amies et collègues, même quand elle était sceptique. Ces efforts ne menant à rien, elle s'était tournée vers les sites de rencontres pour trouver son futur mari et le père de ses enfants…

Elle avait alors collectionné un certain nombre de rendez-vous infructueux. Aucun des hommes rencontrés n'avait éveillé en elle le frisson de l'amour. Aucun ne souhaitait le genre de relation dont elle rêvait. Mais sa détermination à devenir mère n'en avait pas été altérée pour autant, et elle avait alors envisagé des solutions alternatives.

Force était d'admettre qu'il ne lui était jamais venu à l'idée qu'elle pourrait avoir des triplés en recourant à des méthodes moins conventionnelles qu'un mari, mais ses enfants étaient un cadeau de la vie. Et elle était si reconnaissante à ses parents de l'aider à s'en occuper ! Naturellement, ce n'était pas comme avec un partenaire… Parfois, elle se disait qu'elle avait été bien égoïste et n'avait pas pensé à ses enfants, qui allaient grandir sans père, mais n'était-il pas un peu tard pour infléchir le cours des événements ? D'ailleurs, si Ava, Max et Sam n'avaient pas de père, ils avaient en revanche de formidables grands-parents, prêts à tout pour eux.

— Regardez qui voilà ! s'exclama sa mère quand elle entra dans la cuisine.

Trois petites têtes tout sourires se tournèrent vers elle, et elle sentit son cœur se gonfler de joie : ces adorables visages rayonnants valaient tous les maris du monde et étaient la preuve qu'elle n'avait pas besoin d'un homme pour se sentir accomplie.

Mais, quand elle s'endormit cette nuit-là, elle rêva de se pelotonner dans les bras de Liam.

Lorsque Macy avait accepté l'invitation à l'anniversaire de Tessa, elle n'avait pas anticipé la logistique qu'impliquait une sortie avec trois bébés, au beau milieu de l'hiver.

— Pourquoi suis-je venue ici ? marmonna-t-elle en extrayant Sam de son siège auto.

— À cause du gâteau.

Sursautant, elle pivota sur elle-même et se sentit rougir face au visage amusé de Katelyn, apparue sur le pas de la porte avec Reid, son mari, pour les accueillir.

— Désolée, je parlais à voix haute, avoua-t-elle.

— Ça m'arrive tout le temps, à moi aussi.

— Je confirme, renchérit Reid, qui était aussi le shérif de la ville.

— Parce que mon mari ne m'écoute jamais, souligna Katelyn. En revanche, il a deux bras bien solides, et c'est pourquoi nous allons te donner un coup de main pour transporter les bébés.

— Merci, c'est gentil. Je ne m'aventure pas très souvent à sortir toute seule avec les trois, étant donné tout le matériel qui doit suivre. D'ailleurs, j'ai dû oublier des choses.

— Reid me dit toujours que j'ai l'air de partir pour le bout du monde quand je me déplace avec Tessa, et je n'en ai qu'une ! déclara Kate en se penchant pour détacher Ava et Max, tandis qu'elle ouvrait le coffre du SUV garé devant la maison principale de Circle G.

— Inutile de prendre ton lit parapluie, dit Reid. Nous avons un grand parc où nous pourrons les mettre tous les trois.

— Parfait, cela simplifie les choses !

Elle hissa le sac à langer sur son épaule et tendit

ensuite à Kate un petit paquet joliment emballé dans du papier de soie rose.

— Qu'est-ce que c'est ?

— Un petit rien pour la fillette dont on fête l'anniversaire !

— Tu as oublié que seuls les vœux étaient admis ? Mais merci pour Tessa. Elle l'ouvrira après avoir soufflé sa bougie.

Une fois à l'intérieur, elle les remercia tandis que tous trois retiraient les combinaisons à ses triplés avant de les installer dans le parc où se trouvaient déjà Tessa et un autre petit garçon.

Un nourrisson dans les bras, une femme s'approcha alors d'elle.

— Vous êtes Macy, je présume, dit-elle en lui tendant la main.

— Tout à fait ! Je suppose que le fait d'être la mère de triplés m'a rendue célèbre.

— Katelyn vous a décrite comme une Wonder Woman sans épée ni bouclier.

Elle se mit à rire.

— Une description flatteuse, mais pas tout à fait exacte.

— Je suis Emerson, la meilleure et plus vieille amie de Kate, et voici mon fils, Keegan, qui a deux ans et demi…

Elle désigna alors l'enfant dans le parc, à côté de Tessa, avant de poursuivre en reportant le regard sur le bébé qu'elle tenait dans les bras :

— Et Karlee, qui a huit mois.

— Le même âge que les miens, répondit-elle.

— Je sais, puisqu'ils assistent aux mêmes lectures à voix haute qu'elle, à la bibliothèque.

— Ah, je l'ignorais ! Ce n'est pas moi qui les accompagne.

— N'en concevez aucune culpabilité. Votre mère et

Frieda sont ravies de s'occuper des enfants. Et Kate m'a dit que vous êtes un don du ciel pour Liam et son hôtel.

— Je n'y travaille pas depuis très longtemps, mais c'est un réel plaisir.

— Je pousse Mark à réserver une chambre pour notre anniversaire de mariage, lui confia Emerson. D'habitude, nous faisons un voyage, mais cette année Karlee est encore si petite que je n'ai pas envie de partir trop loin. Sans compter que je brûle d'envie de découvrir l'hôtel.

— Arrêtez-vous quand vous voulez pour le visiter, proposa-t-elle. Je vous ferai la visite. Et je suis certaine qu'après vous aurez encore plus envie d'y séjourner.

— Alors c'est entendu ! Je passerai bientôt et réserverai dans la foulée, répondit Emerson.

Puis une autre mère vint discuter avec Emerson, et elle s'excusa pour aller chercher un verre. Le punch non alcoolisé était de couleur rose, c'est-à-dire accordé à la décoration de l'immense salon, revue pour fêter l'anniversaire. Elle prit note des bouquets de ballons, des bannières, des serpentins et des lampions, ainsi que des fleurs en papier.

Tout en sirotant son cocktail, elle vit soudain Tessa sortir du parc, soulevée par les deux bras vigoureux d'un homme qu'elle connaissait, en l'occurrence Caleb Gilmore. Le jeune frère de Liam était quasiment aussi grand que lui et presque aussi beau, avec ses cheveux clairs et ses yeux noisette. Elle repéra alors Skylar, ainsi que Jack et Evelyn Gilmore, les arrière-grands-parents de Tessa.

Et tout à coup elle le vit : Liam !

— Mais c'est la petite reine de la fête, dit-il en plantant un baiser sonore sur la joue de Tessa.

Celle-ci se mit à rire.

Leur complicité la fit sourire, et de nouveau elle s'interrogea sur les contradictions de cet homme. Comment pouvait-il affirmer ne pas aimer les enfants alors qu'il était évident qu'il adorait sa nièce ?

Peu importait au fond la réponse, elle avait d'autres priorités que lui, en l'occurrence Ava, Max et Sam.

Se retournant pour se resservir du punch, elle se retrouva nez à nez avec David Gilmore, la louche à la main.

— Je remplis votre verre ? proposa-t-il.

— Volontiers, merci, répondit-elle en le lui tendant.

— Vous êtes Macy, la fille de Bev et Norm, n'est-ce pas ?

— Tout à fait.

À Haven, on se connaissait sans avoir été présentés !

— Comment vont vos parents ?

— Ils devraient profiter de leur retraite tranquillement, mais ils ont embrassé une nouvelle carrière, celle de baby-sitters pour ces trois-là.

Et elle désigna ses triplés.

— Être grands-parents, c'est le meilleur métier du monde, affirma-t-il alors. Tessa n'a qu'un an, mais je suis impatient que Katelyn et Reid lui donnent un petit frère ou une petite sœur.

— Il va pourtant falloir que tu attendes encore un peu, intervint alors Kate, qui avait de toute évidence entendu le commentaire de son père, car il faudra d'abord que mon premier enfant soit propre avant que j'envisage le second.

— Macy semble parfaitement bien s'en sortir avec trois enfants portant encore des couches, souligna David en lui adressant un clin d'œil complice.

— J'ai de l'aide à la maison, précisa-t-elle.

— Si tu es en mal de petits-enfants, je ne suis pas la seule à qui tu peux t'adresser, papa. Tu as toi-même trois autres enfants, reprit Katelyn.

— Caleb n'est pas prêt pour se mettre en ménage, Sky préfère titiller le cerveau des hommes plutôt que leur cœur, quant à Liam, il est bien trop occupé à jouer les hôteliers pour s'efforcer de trouver une femme convenable.

Elle se mit à siroter son verre, rêvant d'être n'importe où sauf au milieu de ce qu'elle supposait être un thème familial délicat, d'autant que Liam se rapprochait de leur petit groupe…

— Et quel genre de femme ferait selon toi une épouse convenable ? s'enquit-il en se mêlant à la conversation.

Pitié ! pensa-t-elle.

— Non, attends, je crois savoir, poursuivit-il. Une femme qui me convaincrait de vendre l'hôtel et de revenir vivre et travailler sur le ranch, n'est-ce pas ?

— Les Gilmore sont des éleveurs, grommela David, l'air sévère.

Kate poussa un soupir de lassitude.

— Pouvons-nous éviter de nous disputer à l'anniversaire de ma fille ?

— C'est juste une discussion, argua son père.

— Qui va vite dégénérer, rétorqua-t-elle.

— Je te promets que non, renchérit Liam.

Et, après avoir posé son verre sur la table, il sortit du salon.

Elle ne souhaitait pas se mêler de ce qui ne la regardait pas, mais elle avait noté la façon crispée dont Liam avait tenu son verre pendant le bref échange avec son père. Aussi jeta-t-elle un coup d'œil à ses enfants pour vérifier que tout allait bien de ce côté-là et lui emboîta-t-elle le pas.

Elle le vit disparaître par une porte arrière. Attrapant son manteau au passage, elle remit ses boots et sortit ; elle le repéra à mi-chemin vers les écuries tandis qu'elle enfilait sa dernière manche.

Quand elle ouvrit les portes un peu lourdes de la bâtisse, des odeurs de foin frais, de cuir huilé et de chevaux envahirent immédiatement ses sens. Elle n'avait pas grandi dans un ranch, mais elle aimait depuis toujours les chevaux et avait appris à chevaucher très jeune, même s'il y avait fort longtemps qu'elle n'avait pas monté.

Refermant la porte, elle remarqua les plaques rutilantes portant le nom des chevaux sur les portes des box ainsi que les robes brillantes des belles bêtes à l'intérieur. Il était manifeste que les Gilmore étaient fiers de leurs animaux et en prenaient grand soin : bien sûr, ils pouvaient se le permettre, Circle G étant l'un des ranchs les plus prospères dans le nord du Nevada.

Elle retrouva Liam dans un box spacieux de mise bas, tout au fond de l'écurie.

— Que fais-tu ici ? lui demanda-t-il.

— J'allais te poser la même question.

— J'avais besoin de prendre l'air.

— Un besoin impérieux ! Tu t'es précipité dehors sans même prendre de veste.

Il haussa les épaules.

— Je n'allais pas très loin.

— Qui est-ce ? questionna-t-elle en flattant l'encolure d'une jument gravide qui était venue la saluer.

— Mystère.

— Tu ne connais pas son nom ?

Il lui adressa un vague sourire.

— Elle s'appelle Mystère. C'est Sky qui l'a baptisée ainsi.

— Et quand va-t-elle mettre bas son petit mystère ?

— À tout instant, répondit-il en caressant le flanc de l'animal, même si je ne crois pas que ce soit pour aujourd'hui.

— Dommage ! Cela aurait fait diversion. La famille, c'est compliqué, non ?

— Oui, finit-il par reconnaître.

— Tu veux en parler ?

— Non.

Elle soupira.

— Il est pourtant évident qu'il y a de la tension dans l'air entre ton père et toi.

— Et, comme je viens de te le dire, je n'ai pas envie d'en parler.

— Il paraît que je sais très bien écouter les autres.

— Tu sais surtout très bien embrasser les hommes, répliqua-t-il en l'attirant à lui par la ceinture de sa veste. Et je préfère un baiser à une discussion.

— C'est toi qui essayes de faire diversion, l'accusa-t-elle.

Difficile toutefois de lui résister…

— Et ça marche, non ?

Avant qu'elle soit en mesure de répondre, il captura sa bouche… Oui, ça marchait, et c'était même très efficace.

Comme la première fois, son esprit se transforma en une page blanche alors que son corps s'éveillait et s'abandonnait à lui ; elle noua les bras autour de son cou, et le monde chavira… Ce deuxième baiser était encore plus fantastique que le premier.

Était-ce dû à Liam ? À la parfaite alchimie qui vibrait entre eux ou bien à ses hormones en folie ? Elle aurait aimé croire à la dernière hypothèse mais en soupçonnait une autre. Chez Diggers, de nombreux hommes avaient flirté avec elle, et certains avaient même tenté leur chance, mais aucun ne l'avait intéressée. Avec Liam, en revanche, elle se rappelait qu'elle était une femme avec des désirs à assouvir, ce dont elle n'avait pas non plus pris conscience avant lui.

Il l'étreignit un peu plus fort, et la chaleur qui émanait de lui, à travers sa veste, se propagea rapidement à son être entier. Elle le désirait avec une force invraisemblable !

— Allongeons-nous sur le foin et oublions le reste du monde, lui proposa-t-il, les lèvres contre les siennes.

Oh oui, elle n'aspirait à rien d'autre ! Cependant, au prix d'un gros effort, elle parvint à répondre d'un ton léger :

— À vrai dire, je ne me suis jamais roulée dans le foin.

— Nous pouvons y remédier tout de suite !

Elle émit un petit rire et recula d'un pas.

— Liam Gilmore, vous êtes un homme très dangereux.

Un sourire éclaira alors son beau visage sans atteindre ses yeux.

— Loin de moi l'idée de te blesser, Macy.

Était-il en mesure de tenir une telle promesse ? Elle en doutait. « Liam le beau parleur » aurait tôt fait de réduire son cœur en miettes.

En d'autres circonstances, elle aurait estimé que le risque en valait la peine, mais désormais elle n'était plus la seule concernée, toute décision devait être prise en fonction du meilleur intérêt de ses enfants… Mais, au fond, qui parlait de décision définitive ? D'avenir ? Elle pouvait bien se permettre un petit écart. S'offrir une aventure… Seulement voilà : elle n'était pas le genre de femme à se satisfaire d'une nuit sans lendemain et n'était pas certaine de vouloir changer.

— Écoute, il faut que je rentre pour…

— Toc, toc ! s'écria Skylar tout en ouvrant la porte des écuries.

Un courant d'air froid s'immisça aussitôt à l'intérieur.

— Va-t'en, Sky ! ordonna-t-il.

— Kate te fait juste dire que Tessa va bientôt souffler sa bougie et elle ne veut pas que tu manques l'événement.

— Tu peux dire à Kate qu'elle n'a vraiment pas choisi le bon timing ! répondit-il sur un ton agacé.

Puis, se ressaisissant promptement, il ajouta :

— On arrive tout de suite.

Nul doute qu'il ne souhaitait pas non plus manquer le gâteau de sa nièce adorée.

— Parfait ! lança Sky.

Et elle s'éclipsa.

— Dois-je de nouveau te présenter mes excuses ? lui demanda-t-il alors.

— Tu regrettes de m'avoir embrassée ?

Il porta directement le regard à sa bouche et secoua la tête.

— Dois-je m'excuser de ne pas t'avoir demandé la permission ?

— Tu as tout de suite compris que je le voulais autant que toi.

— Il n'empêche… C'était une mauvaise idée, n'est-ce pas ?

— Très mauvaise, en effet.

Il soupira et relâcha son étreinte.

— Dans ce cas, allons goûter ce gâteau d'anniversaire !

- 8 -

Il lui serait difficile d'égaler un tel chef-d'œuvre, pensa Macy alors que Liam et elle entraient dans la maison au moment où Reid apportait un énorme gâteau à trois étages, dont la couche du dessous était recouverte d'un glaçage rose pâle, constellé de pois fuchsia, lilas, pourpres et blancs, la deuxième d'un glaçage à rayures rose clair et foncé, et celle du dessus arborant une décoration en forme de couronne. Une fois passée la chanson de rigueur, on remit à la petite Tessa une belle part surmontée de la couronne : celle-ci plongea directement les deux mains dans la belle pâtisserie.

Puis il y eut la distribution de cadeaux, car elle n'était pas la seule à ne pas avoir respecté la consigne, et les invités commencèrent à se retirer. Elle s'attela alors à la tâche d'emmitoufler ses trois bambins dans leur chaude combinaison de ski, et c'est alors que Liam lui proposa de lui donner un coup de main.

La mission s'avéra plus compliquée que Liam ne l'avait anticipé, car Sam se raidit et refusa de coopérer tandis que Max gigotait dans tous les sens pour lui échapper, mais ils finirent tous trois dans leurs petites combinaisons, bien protégés contre le froid.

Il prit ensuite dans ses bras Max et Sam, tandis que

Macy se chargeait de la petite Ava et de son énorme sac à langer.

Elle s'immobilisa soudain sur le rebord de la terrasse, ayant de toute évidence remarqué le véhicule qu'il avait demandé au contremaître de préparer.

— C'est un traîneau à doubles sièges, dit-il avant qu'elle pose des questions. J'ai songé qu'une petite promenade serait agréable avant que tu repartes.

Elle se mordit la lèvre.

— Honnêtement, tu penses que je vais installer mes bébés là-dedans ?

— Regarde la banquette arrière…

— Ça alors ! Tu as réussi à trouver trois sièges pour enfants ?

— Quatre, en réalité. Ils appartiennent à notre contremaître, il les utilise lorsqu'il reçoit ses petits-enfants. C'est Wade qui les a personnellement installés, alors tu n'as aucune inquiétude à te faire, ils sont solides. Tes bébés seront en sécurité.

Elle parut néanmoins hésiter.

— Allez, c'est une fin d'après-midi parfaite pour une promenade en traîneau, lui dit-il d'un ton enjôleur. Et puis Barney et Betty sont déjà harnachés et prêts à vous montrer la propriété.

Un sourire éclaira alors son visage, puis elle répondit :

— Bon, tu as tout organisé… Alors allons-y !

Soulagé, il l'aida à attacher les enfants sur les sièges arrière, puis elle prit place sur la banquette avant rembourrée de velours tandis qu'il s'asseyait à côté d'elle et s'emparait des rênes.

— Comme c'est beau, ici ! s'exclama-t-elle alors qu'ils glissaient sur les champs recouverts de neige. Et si paisible !

— N'est-ce pas ?

Elle se retourna légèrement pour jeter un coup d'œil à

ses triplés, et il l'imita, découvrant leurs yeux écarquillés et leur air ravi : la promenade était manifestement à leur goût, comme le montraient en outre leurs rires qui ponctuaient le silence lorsque le traîneau descendait ou montait au rythme des collines.

Au fil de la promenade, le bercement finit par les endormir.

— Cette sieste tardive va décaler l'heure du coucher, constata-t-elle.

— Tu veux que l'on fasse demi-tour ?

Elle secoua la tête.

— Non, c'est inutile. Et même si, d'une manière générale, j'aime respecter les horaires que je me suis fixés, avoir des triplés m'a appris que les idéaux doivent se fondre dans la réalité.

— Ce doit être un sacré défi d'élever trois enfants toute seule.

— Ce pourrait l'être bien plus, si j'étais réellement seule. Il se trouve que mes parents sont d'une aide formidable.

— Mais pas leur père ?

— Non.

La réponse abrupte n'incitait pas à poser d'autres questions, aussi n'insista-t-il pas, même si sa curiosité demeurait insatisfaite.

— Eh bien, comment se fait-il que tu aies renoncé à la vie au ranch pour devenir hôtelier ? s'enquit-elle au bout de quelques minutes.

Et maintenant, c'était lui qui subissait l'interrogatoire, et il ne pouvait pas s'en sortir avec un simple « oui » ou « non » !

— J'ai adoré grandir au ranch, avoua-t-il. Je suivais mon père partout, je voulais l'imiter en tout. Je rêvais d'être comme lui, un jour, quand je serais grand.

Il marqua une pause et poursuivit :

— Et puis ma mère est morte… et tout a changé.

À cet instant, elle posa sa main gantée sur la sienne pour l'encourager gentiment à poursuivre.

— Après, je me suis mis à détester le ranch, lui confia-t-il.

— Est-ce que c'est arrivé… Euh… Est-elle morte sur le ranch ?

Il acquiesça d'un hochement de tête.

— Quel âge avais-tu ?

— Pas tout à fait onze ans.

Elle resta quelques instants silencieuse avant de reprendre :

— La perte d'un être cher n'est jamais aisée à surmonter, et pour un enfant je ne peux même pas me représenter ce que ce doit être. Il est tout à fait compréhensible que tu aies voulu fuir le lieu où le drame s'était produit, et tu ne dois pas te sentir coupable d'avoir choisi ton propre chemin.

— Mais est-ce bien un choix ? se questionna-t-il à voix haute.

— Que veux-tu dire ?

— En fait, je ne sais pas si je voulais vraiment me lancer dans l'hôtellerie ou si, en voyant le panneau « À vendre » devant Stagecoach Inn, j'ai pensé que je tenais là l'opportunité d'échapper au ranch. Bien sûr, cette vieille bâtisse m'a toujours fasciné, mais je ne sais pas si, dans un autre contexte, je l'aurais achetée.

— Peu importent tes motivations, ce qui compte, c'est ce que tu as accompli. Tu as créé des emplois pour les gens de la ville et, dans quelques mois, tu seras heureux d'avoir suscité un renouveau du tourisme dans la région.

— Et cela m'aura juste coûté toutes mes économies et ma relation avec mon père !

— Effectivement, il n'est pas venu à l'inauguration.

— Il avait des choses plus importantes à faire,

répondit-il, et citant son père, il poursuivit : « Les éleveurs ne prennent pas de vacances, eux. »

— Tes grands-parents sont venus, la preuve qu'ils ne souscrivent pas à la théorie qui veut que les Gilmore soient forcément des éleveurs.

— Ils ne voulaient pas me faire de peine, et puis ils pensent que l'hôtel est un bon investissement pour la communauté.

— Et ils ont raison !

— Qu'ils aient raison ou tort, mon père ne semble pas près de me pardonner d'avoir quitté le ranch !

— Il changera d'avis, affirma-t-elle avec une telle assurance qu'il crut presque qu'elle proférait la vérité.

À moins que le simple fait d'être avec Macy ne lui donne envie de croire à une seconde chance.

Liam était en train de s'assurer, à Circle G, que Mystère et son poulain allaient bien, quand Kate débarqua dans l'écurie, le mercredi matin.

— Que fais-tu ici et de si bonne heure, un jour de semaine ?

— J'assiste à un procès qui dure toute la journée à Winnemucca, aussi, j'ai confié Tessa à Martina pour toute la journée.

— Tu ne crois pas que tu pourrais la mettre de temps à autre à la halte-garderie au lieu de la déposer au dernier moment chez des amis ou la famille ?

— C'est Martina qui s'est proposée, renchérit-elle, sur la défensive.

— De toute façon, tu ne lui aurais pas demandé son avis.

— Ne sois pas si désagréable avec moi, ou ce n'est pas toi mais Caleb que je vais inviter vendredi soir.

— Et pourquoi souhaites-tu m'inviter ? répliqua-t-il, un rien méfiant. Que veux-tu en retour ?

— Absolument rien ! s'indigna-t-elle.

— En tout cas, il y a anguille sous roche, je te connais.

— Mais je t'assure que non. Reid et moi donnons un dîner.

— C'est une grande réception ?

— Pas vraiment.

— Tu es bien évasive.

— Pas du tout ! Il y aura Reid, Emerson, Mark, une cousine d'Emerson et toi.

— Une cousine d'Emerson ? Je vois. C'est donc un coup monté.

— Mais non !

— Dans ce cas, invite Caleb.

— Je préfère une personne capable d'alimenter la conversation autour de la table, répondit-elle, Caleb peut être parfois taciturne.

Il secoua la tête.

— Tu crois vraiment que je ne suis pas capable de trouver moi-même des filles avec qui sortir ?

— Tu es si accaparé par ton hôtel que tu n'as plus le temps de sortir, et je me suis dit que cette soirée serait sympa. Jenna est vraiment adorable.

— Tu vois bien que tu as tout manigancé !

— Je souhaite juste que vous fassiez connaissance. Et puis Emerson est si occupée qu'elle a peu de temps à consacrer à sa cousine pour une visite de la région.

— Vraiment ? C'est tout ce que tu attends de moi, concernant la cousine d'Emerson ?

— Il ne m'appartient pas de décider de ce que vous ferez ensemble.

— Je te le répète, je n'ai pas besoin de toi pour trouver quelqu'un, dit-il d'un ton ferme.

— Sans doute, mais tu dois arrêter de penser qu'entre Macy et toi une relation est possible.

Il fronça les sourcils.

— Je croyais que tu l'appréciais.

— Naturellement, mais je n'aime pas te voir poursuivre de tes assiduités une femme que tu ne peux pas avoir.

— Arrête ! Je ne poursuis personne !

Enfin, jusqu'à Macy, il n'avait jamais été adepte de ce genre de pratique, mais peut-être qu'aucune femme n'en avait valu la peine. Bien sûr, les enfants représentaient une sacrée complication…

— Le courant passe très bien entre vous, cela se voit, reprit Kate, mais tu ne peux pas te permettre de céder à la tentation.

— Je sais que tu redoutes qu'elle me colle un procès pour harcèlement sexuel, mais…

— Et elle devrait le faire !

— Mais jamais je ne forcerai une femme ! Qu'elle travaille ou non pour moi.

— Je sais, mais votre relation professionnelle lui donne du pouvoir sur toi.

Il la considéra, perplexe.

— Tu peux froncer les sourcils autant que tu veux, cela ne change rien à l'affaire.

— Je te rappelle que c'est toi qui m'as conseillé de l'embaucher.

— Parce que c'était la meilleure personne pour le poste !

— Et maintenant, il faudrait que je la renvoie ?

— Certainement pas ! Tu lui donnerais le meilleur prétexte pour des poursuites judiciaires. Tout comme si tu couches avec elle.

Et, sur ces mots, elle estima apparemment que le débat était clos, puisqu'elle enchaîna :

— Le dîner sera servi à 19 heures. Peux-tu apporter le dessert ?

— Quoi, comme dessert ? s'enquit-il, sachant que sa sœur avait déjà une idée bien précise sur la question.

— Un cheese-cake au caramel de chez Sweet Caroline.

Touché ! pensa-t-il.

Le vendredi soir arriva, et Liam pestait intérieurement. Mal lui avait pris d'accepter l'invitation de sa sœur. Premièrement, il n'avait aucune envie de faire la connaissance de la cousine d'Emerson. Et, deuxièmement, la journée avait été tellement chargée qu'il avait cru ne jamais être à l'heure ; or, Kate détestait le manque de ponctualité, et il ne souhaitait pas l'indisposer.

Mais il arriva finalement dans les temps, à 18 h 55, son gâteau à la main.

— J'aurais plutôt dû apporter de l'alcool, marmonna-t-il.

Deux couples, deux célibataires et trois enfants, de quoi avoir envie de fuir à toutes jambes !

— Pas de problème, je m'en suis chargée, renchérit une voix de femme, derrière lui.

Se retournant, il découvrit une jolie blonde juchée sur une marche de l'escalier, un sac de chez Trading Post à la main. Grande et aussi élancée qu'une danseuse, elle avait les yeux bleus et une bouche que tous les mannequins devaient lui envier.

Indéniablement, elle était très belle, et aussi très jeune, bien plus que ce à quoi il s'attendait.

— Deux bouteilles de vin rouge et deux de blanc, précisa-t-elle.

— Très bien, mais êtes-vous certaine d'avoir l'âge autorisé pour boire de l'alcool ?

Elle lui adressa alors un sourire aux dents impeccablement blanches.

— Sauf si l'âge légal pour en boire dans le Nevada est fixé à vingt-cinq ans, il n'y a pas de danger que j'enfreigne la loi.

— Vous devez être Jenna, dit-il en lui tendant la main.

— Et vous, Liam, n'est-ce pas ? renchérit-elle en souriant. Vous êtes aussi mignon qu'Emerson me l'a assuré.

— Mignon ? reprit-il, sceptique.

Elle éclata de rire.

— C'était un compliment ! En fait, ma cousine ignore que je sors avec un analyste en sécurité depuis trois mois, aussi, je vous demande pardon si on vous a donné l'impression que je recherchais un ami.

— Inutile de vous excuser, la rassura-t-il. Je ne cherche moi-même personne, mais on m'a incité à vous faire visiter la ville lors de votre séjour ici.

— J'ai déjà arpenté plusieurs fois Main Street, répondit-elle.

— Dans ce cas, je vous montrerai ce qui vaut la peine d'être vu dans la région.

— Au fond, nous devrions peut-être emporter le gâteau et le vin et aller dîner ailleurs, sans les enfants en bruit de fond, reprit-elle.

— L'offre est tentante, mais Katelyn nous retrouverait, ne serait-ce que pour le cheese-cake au caramel !

— Un cheese-cake au caramel ? Miam. Le dîner s'annonce mieux que je ne pensais.

Macy savait que Liam l'avait embauchée car il ne pouvait être présent vingt-quatre heures sur vingt-quatre à l'hôtel, toutefois, les premières semaines, il s'aventurait rarement au-delà des murs, à part pour acheter des pizzas chez Jo. Aussi fut-elle fort surprise de ne pas le voir du tout dès la deuxième semaine d'ouverture.

Il appelait de temps à autre pour vérifier que tout allait bien, mais leurs conversations étaient courtes, il allait toujours droit au but. Il ne lui disait pas où il se trouvait, et elle ne le questionnait pas à ce sujet. Toutefois, les choses se clarifièrent quand le mercredi matin, vers 10 heures, une femme se présenta à la réception et déclara :

— Je cherche Liam.

Elle était jeune, dans la vingtaine, blonde, élancée, et d'une éclatante beauté.

— Liam ? répéta-t-elle.

Et elle se demanda pourquoi cela l'agaçait tant que ce prénom roule si bien dans la bouche de la superbe inconnue. On aurait cru qu'elle avait l'habitude de le prononcer, et peut-être était-ce le cas, chaque fois qu'elle se réveillait à ses côtés…

Que lui prenait-il ? s'insurgea-t-elle. Ses propres pensées étaient aussi ridicules que déplacées. Il pouvait bien passer la nuit avec qui il voulait, cela ne devait pas l'affecter. Cela ne l'affectait pas du tout, d'ailleurs !

— Liam Gilmore, précisa alors la jeune femme. C'est bien son hôtel, non ?

— Je vais voir s'il est dis…

— Inutile, la coupa son interlocutrice.

Et un grand sourire fendit son visage lorsqu'elle ajouta :

— Je l'ai trouvé.

Elle traversa alors d'une démarche chaloupée le vestibule carrelé de tommettes pour se diriger vers l'homme qui venait juste de sortir de son bureau. Un revenant, pensa-t-elle amèrement. Et elle vit la créature éthérée donner à Liam un baiser sur la joue. Il prononça quelques mots à voix basse, qui la firent éclater de rire, un rire qui résonna comme un carillon mélodique dansant au gré de la brise.

Bien que tendant discrètement l'oreille, elle ne parvenait pas à comprendre de quoi ils discutaient, mais elle devait bien admettre que cette présence féminine l'intriguait au plus haut point : qui était-elle ? Où Liam l'avait-il rencontrée ? Avait-il couché avec cette bombe dans ses appartements privés ?

Et après ? Il en avait tout à fait le droit !

Incapable de détacher le regard du beau couple qu'ils formaient, elle n'était pas pour autant jalouse, juste surprise de constater qu'il sortait avec quelqu'un, surtout après qu'il l'avait à nouveau embrassée à Circle G. Naturellement, même si ce baiser l'avait encore chavirée, ils avaient convenu qu'une relation entre eux n'était pas une bonne idée, il n'y avait donc aucune raison pour qu'il ne sorte pas avec d'autres femmes. D'ailleurs elle aurait dû en être soulagée : en effet, elle pourrait ainsi cesser de fantasmer sur une éventuelle idylle avec son chef.

Mais pourquoi fallait-il que son choix se soit porté sur une telle beauté ? Elle se sentit soudain bien défraîchie, elle qui avait trente-trois ans, et des triplés de neuf mois bientôt ! Oui, elle devait paraître fatiguée, parce qu'elle l'était réellement.

Mais n'était-ce pas justement en raison de l'horloge biologique qu'elle avait décidé de ne pas attendre le partenaire idéal, qui ne viendrait peut-être jamais ? Car les hommes étaient de toute façon volages et indignes de confiance. Par conséquent, elle devait se concentrer sur ce qui comptait vraiment : sa famille et sa carrière. Elle refusait qu'un cow-boy sexy lui fasse tourner la tête ou lui brise le cœur.

À peine une demi-heure après le départ de Liam, sa sœur déboula à Stagecoach Inn, Tessa dans les bras et l'air aussi affolé qu'angoissé.

— S'il te plaît, dis-moi qu'il est dans son bureau ! implora-t-elle.

— Désolée, il vient juste de sortir.

— Où est-il allé ? Quand revient-il ?

— Je ne sais pas, il ne m'a rien dit.

Katelyn poussa un soupir excédé.

— Tu as besoin qu'on garde un œil sur Tessa ?

— Un besoin désespéré ! J'ai demandé une audience au juge Longo pour la mise en liberté sous caution d'un de mes clients. En général, il est plutôt accommodant quand j'amène Tessa, mais aujourd'hui elle est très agitée, et je sais que ça ne passera pas.

— Laisse-la-moi.

— Je me sentirais bien trop coupable, protesta Kate. Je suis sûre que tu viens au travail pour justement échapper aux bébés agités.

— Je viens au travail parce que j'aime mon métier, répliqua-t-elle, et tu ne m'as rien demandé, c'est moi qui te l'ai proposé. De plus, Stagecoach Inn se vante d'être un hôtel capable de rendre tous les services.

— Tu es une vraie perle ! Mon frère a eu mille fois raison de t'embaucher.

— Tu pourras le lui dire avant la fin de ma période d'essai et lui suggérer aussi que je mériterais une augmentation ?

— Pas de problème, répondit Kate en s'éloignant déjà.

- 9 -

En réalité, Macy se réjouissait d'avoir une petite compagne aujourd'hui, au travail, car la journée était d'un calme plat, ce qui arrivait toutefois assez peu.

Elle l'emmena dans la bibliothèque, où elle lui lut une histoire sur le canapé. Tandis que Tessa écoutait attentivement, elle en profitait pour l'observer : c'était un mélange de son père et de sa mère, tout comme l'étaient ses enfants. Tout le monde lui disait qu'Ava lui ressemblait et que les garçons devaient être le portrait de leur père. Ce père que personne, elle la première, n'avait jamais vu.

D'ailleurs, géniteur aurait été un titre plus approprié pour le donneur 6243, qui ignorait l'existence de ces trois magnifiques enfants. Ava, Max et Sam, de toute façon, n'étaient pas ses bébés à lui, mais exclusivement les siens.

Une fois la lecture terminée, Tessa réclama sa mère. Pour la distraire, en tant que maman expérimentée, elle mit de la musique et l'encouragea à se trémousser. Comme les hôtes étaient tous sortis, elle monta le volume et se mit à chanter quand l'un de ses tubes préférés passa. Puis elle prit Tessa dans ses bras et tournoya avec elle… jusqu'à ce que la musique s'arrête brutalement.

— Ma ! annonça Tessa.

De fait, Kate était de retour et se tenait sur le palier, une lueur amusée dans le regard et un sac de chez Diggers à la main.

Un peu gênée d'avoir été surprise, elle se réjouissait toutefois que ce soit Katelyn et non Liam qui l'ait interrompue dans cette activité improvisée.

— Comment fais-tu ? demanda Kate d'un ton médusé.

— Tu veux parler de mon manque total de rythme ou de mon incapacité à chanter juste ?

Kate éclata de rire.

— Non, de ton énergie inépuisable !

— Détrompe-toi, je suis souvent très fatiguée, mais j'essaye juste de ne pas le montrer sur mon lieu de travail. Et puis les enfants m'apportent tant de contentements.

— Tu as raison, approuva-t-elle. Et merci encore d'avoir surveillé Tessa.

— On s'est bien amusées toutes les deux, n'est-ce pas, Tessa ?

La petite fille hocha la tête et se pencha pour lui donner un baiser sur la joue. Elle sentit son cœur fondre.

— Faisons un échange, proposa Kate.

Et, prenant sa fille, elle lui tendit le sac de chez Diggers et ajouta :

— Comme le sort de mon client était scellé avant midi, je me suis dit que l'on pourrait déjeuner ensemble. Qu'en penses-tu ?

— Merci, avec plaisir, dit-elle en se dirigeant vers la cuisine, suivie de Kate.

Elles s'installèrent autour de la table, et Kate distribua la nourriture : des wraps au poulet Caesar et des frites.

— Il n'est pas toujours aisé de trouver un équilibre entre son métier et son statut de mère, n'est-ce pas ? reprit-elle.

— Non, pas du tout. Reid voudrait que j'inscrive Tessa à la halte-garderie, mais je n'ai pas envie que quelqu'un d'autre l'élève. Elle est encore si jeune et vulnérable, l'idée de la laisser à une personne que je ne connais pas me donne des frissons.

— Je te comprends, je suis si reconnaissante à mes parents de s'occuper des miens.

— Tu as de la chance, en effet. Moi, j'ai perdu ma mère à l'âge de douze ans, cela fait donc dix-sept ans, mais elle me manque encore, après tout ce temps, et d'autant plus maintenant que je suis devenue à mon tour maman.

— Je compatis. Je demande constamment des conseils à la mienne, même si je ne les suis pas toujours. C'est bien d'avoir une personne avec qui échanger.

Kate hocha la tête.

— Ma grand-mère a comblé le vide autant qu'elle l'a pu, et comme je suis l'aînée de la tribu mes frères se confient parfois à moi, enfin, se confier, c'est un bien grand mot, disons que je les connais bien et sais les faire parler.

Elle lui sourit, puis regarda Tessa prendre une frite avec précaution et souffler dessus.

— De sorte que je crois savoir mieux qu'eux ce qui est bien pour eux. Or, ce n'est pas toujours le cas.

— Pourquoi ai-je l'impression que c'est un début d'aveu ?

— Parce que tu es intelligente et perspicace, et que j'ai vu Liam déjeuner chez Diggers.

— Il n'y a pas non plus mille restaurants dans cette ville, répondit-elle d'un ton délibérément désinvolte.

— Pourquoi ne m'as-tu pas parlé de Jenna, quand j'ai déposé Tessa ?

— La jolie blonde ? Je ne connaissais pas son nom.

— C'est la cousine d'Emerson, qui séjourne actuellement chez elle. J'ai demandé à Liam de lui faire visiter la région.

— Je suis certaine qu'il est un guide formidable.

— Sache en tout cas qu'il n'y a rien de plus entre eux. Encore que, pour être honnête, j'aurais aimé que ce soit le contraire.

— Moi aussi, je vais être franche avec toi : cela ne me regarde pas du tout.

— Tu en es bien certaine ?

— Que veux-tu dire au juste ?

— Eh bien, voilà : j'ai tenté de jouer les marieuses entre les deux parce que je voulais qu'il t'oublie !

— Pardon ? souffla-t-elle, manquant de s'étrangler.

Kate parut amusée de sa réaction.

— Tu ne te rends donc pas compte que mon frère est complètement sous ton charme ?

Elle secoua la tête.

— Non, je peux t'assurer que non. Enfin, nous nous sommes embrassés, c'est vrai…

Et, à ce double souvenir, elle sentit un feu s'allumer dans ses veines.

— Et puis plus rien, ajouta-t-elle.

— C'est à cause de moi. Je lui ai dit que, s'il avait une relation avec toi, il s'exposait à des poursuites pour harcèlement sexuel, lui confia alors Kate.

Elle en fut sidérée.

— Tu crois donc que je le poursuivrais ?

— Ce n'est pas personnel. Simplement, quand on est dans une position de pouvoir, ce qui est le cas d'un employeur, il faut être vigilant. Et je ne pensais pas juste à ses intérêts, mais aussi aux tiens.

— Merci, répondit-elle, un peu dubitative. Cela dit, je ne crois pas que tu doives t'inquiéter au sujet d'une éventuelle attirance de ton frère pour ma personne : quand je lui ai rappelé que j'étais une mère célibataire, cela l'a tout de suite refroidi. Et, de toute façon, mes enfants sont ma priorité, ce qui veut dire que je ne suis pas prête pour une relation sérieuse avec un homme en ce moment.

— Voilà qui me semble parfaitement raisonnable,

renchérit Kate. Mais, logique mise à part, que ressens-tu pour lui ?

Elle soupira.

— Il m'inspire des sentiments confus.

— Reid a suscité les mêmes impressions chez moi, la première fois que je l'ai vu, répondit Kate avant d'ajouter avec un sourire : et quatre heures plus tard nous couchions ensemble !

— Tiens, je l'ignorais !

Kate éclata de rire.

— Peu de gens le savent mais, comme cela a conduit à la naissance de Tessa, je ne suis pas honteuse d'en parler.

— Tu as eu de la chance, observa-t-elle, un peu envieuse.

— Oui, je l'avoue. Et je suppose que pour toi la situation a été un peu différente.

— *Très* différente.

— Le père n'a pas voulu entendre parler des enfants ?

— Son implication a commencé et s'est terminée avec le don de sperme.

Bien sûr, la plupart des gens ne prenaient pas ses mots au sens littéral, aussi ne fut-elle pas surprise de la question suivante de Kate.

— Y a-t-il une chance pour qu'un jour il change d'avis et veuille que les enfants fassent partie de sa vie ?

Elle secoua la tête.

— Non, absolument aucune.

Kate ouvrit la bouche, comme si elle s'apprêtait à poursuivre la conversation, mais y mit à la place une frite.

Elle aurait aimé lui avouer la vérité, elle n'avait pas honte de son choix : comment aurait-elle pu regretter une décision qui lui avait apporté Ava, Max et Sam ? Mais, bien que Haven ait évolué depuis son enfance, la petite ville demeurait encore conservatrice : ses propres parents avaient été choqués quand elle leur avait appris la façon dont elle était tombée enceinte.

Elle ne tenait pas spécialement à garder secrète sa PMA mais, vivant désormais à Haven, elle ne souhaitait pas placer ses parents dans une situation inconfortable vis-à-vis de la conception des triplés, d'autant qu'elle s'était rendu compte que leur réaction était typique des habitants d'ici. Sans doute aurait-on eu de la compassion et de l'empathie pour un couple réalisant une FIV en raison de problèmes de fertilité, mais envers une femme célibataire qui choisissait la même voie ? Ils seraient vraisemblablement intraitables. Aussi, quand on questionnait sa mère à propos du père de ses petits-enfants, demeurait-elle toujours évasive.

Quand Liam revint à l'hôtel après son déjeuner avec Jenna, qui repartait en fin de journée pour la Californie, Kyle Landry l'attendait dans la bibliothèque.

— Que puis-je faire pour toi ? s'enquit-il, surpris par la visite inattendue de cet homme.

Ils ne se connaissaient pas très bien, se contentant de se saluer d'un signe de la main lorsqu'ils se croisaient.

— Eh bien, voilà : je suis venu vous proposer mes services, répondit Kyle.

— Merci, mais nous avons déjà un chef.

— Vous avez quelqu'un qui prépare les petits déjeuners, répliqua le jeune homme.

— Et cela nous suffit.

— Vous desservez les intérêts de l'hôtel en ne proposant pas de dîners gastronomiques.

Soudain suspicieux, il plissa les yeux.

— Tu n'aurais pas discuté avec Macy, toi ?

— Pas récemment mais, pour être honnête, nous avons travaillé ensemble.

— Je vais te répondre la même chose qu'à elle, reprit-il, à savoir qu'il y a d'autres endroits en ville où l'on peut dîner.

— Oui. Chez Diggers, à la pizzeria de Jo et au Sunnyside Diner, énuméra Kyle d'un air dédaigneux.

— Je m'y restaure fréquemment et n'ai jamais eu à me plaindre de ces lieux.

— Mais ils ne correspondent pas à l'image prestigieuse que vous souhaitez donner à votre hôtel.

— Que sais-tu de mes objectifs ? questionna-t-il sur le ton du défi.

— Le Dusty Boots Motel, près de la nationale, n'affiche jamais complet, par conséquent Haven n'a pas besoin d'un autre hôtel. J'en conclus donc que vous désirez attirer une clientèle différente. Des gens qui séjourneront quelques jours, et non des célibataires qui viennent cuver ici les excès qu'ils ont commis à Reno.

— Que connais-tu aux affaires hôtelières ?

— J'ai travaillé deux ans dans un hôtel-restaurant, je m'occupais de la gestion.

— Et cela t'a permis d'obtenir un diplôme ?

— Non, admit Kyle, mais j'ai ensuite effectué un stage en Angleterre.

La School of Artisan Food, lui avait dit Macy, et même si ce n'était pas Le Cordon bleu à Paris l'école n'en était pas moins fort réputée ; Kyle y avait sans nul doute découvert qu'il existait des palais bien plus raffinés que ceux des habitants de Haven.

— Et tu estimes donc être qualifié pour gérer la cuisine d'un hôtel comme le mien ?

— Plus que n'importe qui dans cette ville, affirma Kyle sans la moindre hésitation. J'utilise en outre des produits locaux afin de réduire au minimum les coûts. Je saurai créer de solides repas pour les éleveurs ayant bon appétit et des plats plus sophistiqués pour les touristes.

Les arguments étaient certes convaincants, néanmoins il hésitait encore.

— Ta mère est-elle au courant de ta démarche ?

— Non.

— Et comptes-tu lui en parler ?

— S'il y a quelque chose à raconter, oui.

— Logique, convint-il.

— Je peux vous préparer un menu dégustation, suggéra alors Kyle. Différentes entrées, des plats principaux et des desserts en petites portions. Avez-vous une petite amie ?

Il haussa un sourcil.

— Quel rapport y a-t-il entre mon état civil et ton envie de travailler chez moi ?

— Aucun, je voulais juste vous proposer, si vous avez une petite amie ou une personne à qui vous tenez, de la convier au repas de dégustation. Ainsi, je passerai mon test auprès d'un jury de deux personnes.

— Eh bien, c'est entendu, Kyle, tu m'as convaincu ! Ton idée me semble formidable.

— Je commençais à croire que tu t'étais perdue en chemin, déclara le père de Macy quand Bev rentra avec quelques courses.

— Tu me rends parfois folle, mais je n'ai pas encore tout à fait perdu la tête, répliqua Bev en posant ses sacs. J'ai juste perdu la notion du temps en discutant avec Celeste Rousseau.

— Et quel est le dernier commérage de Miners' Pass ? s'enquit Macy.

Elle faisait allusion au nom de la rue où Ben et Margaret Channing avaient construit une immense demeure dont Celeste avait en charge la tenue.

— La famille Channing va s'agrandir de deux enfants,

annonça Bev d'un ton triomphant. Les femmes de Jason et Spencer sont toutes les deux enceintes !

— Une bonne nouvelle, mais elle m'aurait davantage réjoui si je l'avais apprise en mangeant le goûter que tu m'avais promis. Un sandwich au pain de seigle et au fromage, au cas où tu aurais oublié, proclama son père.

— Au lieu de farfouiller dans les sacs, tu pourrais tout à fait sortir les courses et les ranger, rétorqua Bev.

— Je cherche juste le pain de seigle que j'attends depuis que tu es sortie !

Bev soupira.

— Quel affamé ! Assieds-toi, je te prépare ton sandwich.

— N'oublie pas le raifort !

— Comme si, depuis quarante ans, cela m'était déjà arrivé, marmonna sèchement Bev.

Elle sourit face à leurs prises de bec familières et pleines de tendresse, et se chargea de ranger les courses.

Quand elle était au lycée et qu'elle soutenait sa meilleure amie abattue par le divorce de ses parents, elle s'était parfois demandé pourquoi des couples affrontaient tous les orages d'une longue vie matrimoniale sans que le navire chavire alors que d'autres sautaient à l'eau dès les premières vagues. Elle ne connaissait toujours pas la réponse à la question, mais elle était reconnaissante à ses parents de lui avoir offert l'image d'un mariage réussi. Ils n'étaient pas parfaits, bien sûr, mais ils s'aimaient profondément.

— Quels sont les termes, pour les bébés ? demanda-t-elle à sa mère.

— Les deux sont attendus pour novembre.

— On dirait qu'il y a subitement un baby-boom dans la ville, observa Norm en se jetant sur le sandwich préparé par Bev.

— C'est le signe que les jeunes gens restent par ici au lieu d'aller s'installer dans les grandes villes, déclara Bev.

— Moi aussi je l'ai fait, mais je suis revenue, et maintenant mes enfants seront élevés là où j'ai grandi. Et je vous suis si reconnaissante de…

— Ah non, tu ne vas pas recommencer ! lança sa mère. Dis-nous plutôt ce que tu as prévu, ce soir.

— Rien de spécial. Je passe la soirée avec Ava, Max et Sam, je vais leur lire des histoires, leur chanter des chansons, me rouler par terre avec eux, et pour finir on s'amusera tous comme des petits fous dans la baignoire. La routine, en somme, précisa-t-elle avec un sourire.

— Tu devrais sortir, lui dit sa mère.

— Pour aller où ?

— Voir un bon film, par exemple.

— Je peux tout à fait en regarder un sur Netflix, ils ont des nouveautés, je crois.

Sa mère secoua la tête d'un air désespéré.

— Macy, tu dois vraiment mettre la barre plus haut. Fais quelque chose pour toi, reprends contact avec tes anciennes amies, rencontre de nouvelles personnes.

— Ah, je vois où tu veux en venir…

— C'est-à-dire ? reprit sa mère en feignant l'innocence.

— Tu crois que si je mets une belle robe et des talons hauts je vais finir par séduire un beau cow-boy de la région, qui va me déclarer son amour éternel, son envie de m'épouser et d'être le père de mes trois bébés, avoue !

— Et un peu de rouge à lèvres ne serait pas du luxe.

— Merci d'avoir une telle confiance dans le pouvoir de mes lèvres peintes, mais mes jours de gloire sont passés, tu sais. Je n'ai ni le temps ni l'énergie pour nouer des liaisons avec des hommes.

— Je n'ai pas envie que tu vieillisses seule, reconnut sa mère.

— Je crois que je ne le serai pas pendant au moins les dix-huit années à venir.

— Puisque tu parles d'eux, je te répète ce que je t'ai

déjà dit depuis leur naissance : ces enfants ont besoin d'un père.

— Absolument pas ! protesta-t-elle, encore que pas aussi vivement que quelques mois plus tôt. Ils ont besoin de grandir dans un environnement stable et aimant, que je vous suis infiniment reconnaissante, à papa et toi, de leur fournir.

— Ce côté têtu, Bev, c'est de toi qu'elle le tient, dit soudain Norm.

— Dans quel camp es-tu, toi, à présent ? répliqua Bev.

— Le tien, je suis toujours dans le tien mais, en l'occurrence, il faut avant tout penser au bien-être d'Ava, Max et Sam.

— Bien sûr, c'est ce que nous voulons tous !

— Papa, maman, convenons juste que nous ne sommes pas d'accord sur la façon de nous y prendre, intervint-elle.

Mais sa mère n'avait pas l'intention d'en rester là.

— Je suggérais juste que notre fille ne devait pas se fermer toutes les portes.

— Et moi, je veux juste…

Interrompue par la sonnerie de son portable, elle s'en saisit promptement, trop heureuse d'échapper à la conversation, mais son doigt hésita malgré tout quand elle lut le nom inscrit sur l'écran : c'était celui de Liam Gilmore.

— Je vais voir mes petits-enfants, annonça Norm.

Et il sortit du salon.

— Ils font la sieste, lui rappela Bev.

— Justement ! Je vais les imiter.

Sa femme sourit et secoua la tête.

— Tu vas prendre ton appel, oui ou non ? lui demanda-t-elle à la troisième sonnerie.

— C'est sans doute ce que je devrais faire.

S'il était déjà arrivé à Liam de l'appeler alors qu'elle ne travaillait pas, cela se produisait toutefois rarement, aussi avait-il sans doute un problème d'ordre matériel à l'hôtel. Cela lui était égal qu'il lui téléphone pour ce genre de petits détails, ce qui la tracassait en revanche, c'était la façon dont son cœur se mettait à battre plus fort dès que son nom s'affichait sur l'écran et à cogner violemment quand sa voix résonnait dans l'appareil. Depuis qu'il l'avait embrassée à Circle G, lors de l'anniversaire de sa nièce, il s'était tenu à distance, mais le souvenir de ce fantastique baiser venait la hanter chaque soir avant qu'elle s'endorme et la poursuivait dans ses rêves.

Repoussant ces pensées, elle prit la communication.

- 10 -

— Pourrais-tu venir, ce soir ? demanda Liam.

Elle plissa le front.

— Outre le fait qu'aujourd'hui c'est mon jour de repos, je ne travaille pas le soir, lui rappela-t-elle.

— Ce n'est pas pour le travail. En réalité, c'est une faveur que je te demande. Pour un dîner.

— La dernière fois que tu m'as invitée, c'était pour une pizza, répliqua-t-elle d'un ton ironique.

— C'est vrai, mais pas n'importe laquelle : une pizza de chez Jo.

Il fallait l'admettre, c'étaient les meilleures de la région, aucune pizzeria de Las Vegas ne pouvant rivaliser avec celle de Jo.

— Et ce soir c'est le fils de Jo qui sera aux fourneaux.

— Tu as embauché Kyle ? demanda-t-elle, à la fois surprise et ravie qu'il ait changé d'avis.

— Pas encore, je ne suis pas tout à fait convaincu de la nécessité d'ouvrir un restaurant gastronomique à Haven, mais ce soir le menu dégustation qu'il est en train de concocter sera justement un test pour lui.

— C'est tentant, mais…

— Parfait ! Je viens te chercher à 18 heures, l'interrompit-il.

— Mais je n'ai pas dit que…

Il avait déjà raccroché !

Elle poussa un lourd soupir et, sourcils froncés, considéra son téléphone à présent silencieux.

— Quelque chose ne va pas ? demanda sa mère.

— Liam veut que je dîne avec lui ce soir.

— Pour un tête-à-tête ?

— Non ! Un dîner de travail, répliqua-t-elle d'un ton ferme.

— Peu importe, ce qui compte c'est de partager un bon repas avec un bel homme.

— Je n'ai pas dit que j'irais.

— Je ne t'ai pas non plus entendue refuser.

— Parce qu'il a raccroché avant que je puisse répondre. Et maintenant je vais le rappeler pour lui dire que c'est non.

— Mais enfin, pourquoi ?

— Parce que je ne supporte pas qu'on me manipule, et qu'il est prévu que je dîne avec vous et les enfants.

— Ma chérie, tu dînes tous les soirs avec nous.

— Je me repose trop sur vous pour vous occuper de mes bébés.

— Mais qui dit que c'est trop ?

— Moi.

— Eh bien, je ne suis pas d'accord !

Elle soupira et essaya de nouveau de convaincre sa mère.

— Écoute, ils ne sont pas toujours faciles, et…

— Et nous sommes deux pour nous occuper d'eux, et ton père et moi adorons passer du temps en compagnie de nos petits-enfants !

— Tu devrais justement peut-être demander son avis à papa avant de te porter volontaire pour du baby-sitting supplémentaire.

Sa mère haussa les épaules.

— Assez perdu de temps ! Va te changer.

— Non, maman, ce n'est pas une bonne idée.

— Pourquoi ? Parce que Liam ne te plaît pas ? Ou en raison de l'inverse ?

— Quelle importance ? Je suis de toute façon une mère célibataire de trois enfants.

— Mais peut-être pas pour la vie.

Elle soupira.

— Ah non, tu ne vas pas recommencer !

— Je ne te dis pas d'épouser Liam.

Puis, clin d'œil à l'appui, sa mère ajouta :

— Du moins pas avant d'avoir dîné avec lui.

Elle capitula, puis resta un certain temps devant sa garde-robe où les vêtements de grossesse étaient au premier plan. Il lui restait encore quelques kilos à perdre, et elle doutait de pouvoir entrer dans ses robes du soir plutôt étroites, reléguées au fond du dressing. C'est alors qu'elle en aperçut une en jersey soyeux, bleu roi, qui allait sans doute résoudre son problème. Elle l'enfila en retenant sa respiration, doigts croisés. Et, quand elle croisa sa silhouette dans le miroir, elle la trouva plutôt satisfaisante. Maintenant, allait-elle mettre des dessous en dentelle ?

Ignorant la petite voix de son subconscient, elle choisit de la lingerie certes assortie mais confortable, parce que personne ne la verrait et certainement pas Liam.

Les températures ne permettant pas les escarpins, elle opta pour des bottes hautes qui s'accordaient harmonieusement avec la robe. Elle mit aussi des pendants d'oreilles en argent, quelques bracelets. Le tour était joué.

La remarque de sa mère toujours en tête, elle ouvrit sa trousse de maquillage et mit un peu de fard et de rouge à lèvres, même si cela ne lui donnait pas la tête d'un mannequin de vingt ans.

— Tu es adorable, déclara Bev quand elle vint vérifier les préparatifs.

— C'est gentil, mais je crois que je n'arriverai jamais à perdre mes kilos en trop.

— Tu étais bien trop maigre avant, maintenant tu as des formes, et cela te va très bien.

— Des formes ? Cinq kilos en trop, oui.

— Qui te manquaient avant.

— Merci, maman, mais de toute façon cela n'a aucune importance, car ce n'est pas vraiment un rendez-vous.

Il s'agissait d'un petit rappel destiné tant à sa mère qu'à elle-même.

— Bah, l'essentiel, c'est que tu te détendes !

— Appelle-moi s'il y a le moindre problème avec les enfants et…

— Écoute, j'en ai élevé trois, arrête de chercher un prétexte pour fuir ce dîner !

C'est alors qu'on sonna à la porte.

— De toute façon, il est trop tard.

Elle se hâta d'aller ouvrir avant son père, ne souhaitant pas qu'il soumette Liam à un interrogatoire en règle, comme autrefois avec ses petits amis.

Et zut ! Elle n'avait pas réagi assez vite : arrivant sur le palier, elle vit la main de son père sur la poignée.

— C'est bon, papa, je…

Liam apparut alors sur le seuil, et elle en oublia le reste de sa phrase. Il portait son jean délavé et ses boots habituelles, mais avec une chemise blanche, une veste et une cravate. Il n'était pas rasé, et elle eut l'envie soudaine de caresser cette barbe de deux jours : pas étonnant que les cow-boys sexy représentent un tel fantasme chez la plupart de ses amies ! Quand il posa les yeux sur elle, elle sentit sa température intérieure monter d'un cran.

Ce dîner était vraiment une très mauvaise idée, conclut-elle, ses hormones lui hurlaient en effet d'oublier le repas et de le dévorer, lui ! En outre, son regard brûlant laissait supposer que ses pensées étaient partagées, à moins que son imagination ne lui joue des tours.

— Bonsoir, monsieur Clayton, dit Liam en tendant la main.

— Prends bien soin de ma fille, ce soir.

— Je n'y manquerai pas, monsieur.

Pitié !

— Je te rappelle que ta fille a trente-trois ans, renchérit-elle vivement, et qu'il s'agit d'un dîner d'affaires, ce n'est pas pour le plaisir.

— Pourquoi ne serait-ce pas les deux à la fois ? suggéra Liam.

— Pourquoi pas, en effet ? enchaîna Bev en échangeant un sourire complice avec lui.

— Parce que ce n'est pas le cas, répondit-elle fermement.

Puis elle embrassa sa mère sur la joue et ajouta :

— Bonne nuit, maman.

Elle se pencha ensuite vers le parc pour donner à ses trois bambins un baiser sur le front et les pria de bien écouter leurs grands-parents.

— Ils sont entre de bonnes mains, lui promit son père.

— Je sais, marmonna-t-elle en l'embrassant lui aussi.

À cet instant, Liam tourna la joue, une invitation silencieuse à ce qu'elle poursuive sa distribution de baisers, et elle roula les yeux.

Il lui adressa un sourire en coin et, tout en l'aidant à enfiler son manteau, déclara :

— Je me suis dit que je pouvais moi aussi tenter ma chance.

— Je ne rentrerai pas tard, lança-t-elle à l'adresse de ses parents en nouant sa ceinture à la taille.

— Rentre quand tu veux, nous ne t'attendrons pas, répondit Bev.

Agacée, elle entraîna Liam à l'extérieur et referma vivement la porte derrière elle.

Une fois qu'il fut assis derrière le volant et qu'elle eut attaché sa ceinture, il lui demanda :

— Puis-je te dire à présent ce que je n'ai pas osé dire quand ton père me jaugeait de pied en cap, tout à l'heure ?

— Je t'écoute.

Il posa des yeux embrumés de désir sur elle.

— Waouh ! s'exclama-t-il alors. Juste ça : waouh !

Elle se sentit rougir, ne sachant que répondre. Elle qui avait affirmé avec tant de conviction qu'il ne s'agissait pas d'un rendez-vous galant entre eux sentait comme des papillons voleter dans son estomac.

À moins qu'elle n'ait tout simplement faim.

— Qu'y a-t-il au menu, ce soir ? s'enquit-elle d'un air détaché alors qu'il s'engageait sur la route, direction l'hôtel.

— Aucune idée, j'ai dit à Kyle de tout prendre en charge, et d'ailleurs je n'ai pas pensé à te demander si tu avais des allergies alimentaires.

— Non, aucune, le rassura-t-elle.

— Tant mieux, alors ! En tout cas, même si le chef ne m'a rien dévoilé pour ce soir, il m'a conseillé de proposer à l'avenir du bœuf élevé à Circle G afin d'établir un lien entre le ranch et l'hôtel.

— C'est une idée géniale !

— Je trouve aussi. Bien sûr, il faudra que ma manager négocie les termes du contrat avec le propriétaire du ranch. Si tant est que Kyle soit convaincant ce soir.

— Ton père t'en veut toujours d'avoir changé de carrière ?

Il haussa les épaules.

— J'aurais dû m'y attendre. Après tout, les Gilmore sont des éleveurs depuis des générations.

Elle avait déjà entendu cette phrase d'innombrables fois à Haven et elle se doutait qu'il avait dû être extrêmement difficile pour Liam de s'écarter du chemin familial tout tracé, et encore plus ardu de constater que son père refusait de respecter ses choix.

Mais ils en restèrent là sur le sujet, car ils venaient d'arriver à Stagecoach Inn.

— Tu sais déjà à quelle date tu vas ouvrir le restaurant ?

— Si je l'ouvre, rectifia-t-il, et pour répondre à ta question, non.

Ainsi qu'elle le remarqua tout de suite, Kyle avait embauché une autre personne pour l'aider, en l'occurrence Erin, employée à temps partiel chez Jo. Il leur présenta ensuite le repas.

Les entrées, servies avec du vin blanc, seraient les suivantes : une soupe aux patates douces, rehaussée de yaourt à la grecque et parsemée de graines de courgettes grillées, une salade de roquette agrémentée de poires et de gorgonzola, des *crostini* et leur tapenade d'olives et de figues, des dattes enroulées dans du bacon et farcies de fromage bleu, et enfin des tartes aux oignons caramélisés parfumées d'un soupçon de vinaigre balsamique réduit. Viendraient ensuite, sur des vins rouges, une côte de bœuf accompagnée de pommes de terre rôties et de carottes revenues au miel, un suprême de poulet et sa garniture d'épinards et de champignons servis sur un risotto crémeux, puis un couscous au saumon grillé et aux légumes vapeur.

C'était grandiose, heureusement les portions étaient très petites, pour leur permettre de goûter à tout.

Après quoi, ils se mirent à déguster. Le moindre détail avait été soigné avec amour, et la présentation était aussi exquise que la saveur ; en outre, le sourire de l'homme assis de l'autre côté de la table éclairée aux bougies était dangereusement enivrant.

— Tout est délicieux, je serais bien incapable de dire ce que j'ai préféré, déclara-t-elle en portant une bouchée de saumon à la bouche.

— Et rien ne figure au menu de Diggers ! constata-t-il.

— Je ne m'étais pas rendu compte que ta réticence à ouvrir un restaurant tenait à ton souci de ne pas faire de concurrence aux autres établissements de Haven.

— Nous sommes dans une petite ville et nous devons nous serrer les coudes pour que chacun puisse y vivre.

— Et c'est exactement ce qui arrivera si tu offres ce genre de repas gastronomiques. Tu donnes aux gens l'envie de rester à Haven au lieu d'aller à Elko et Battle Mountain.

— Tu crois ? questionna-t-il, soudain dubitatif.

— Pour ma part, je ferais sans hésiter cinquante kilomètres pour goûter un bœuf aussi fondant en bouche. Si tu ajoutes un sauvignon cabernet californien, tes hôtes auront envie de s'attarder, de prendre un dessert, puis un autre verre de vin, et finalement d'aller tester les suites de luxe, à l'étage.

Elle lui sourit et ajouta :

— Et tu pourrais naturellement offrir des formules dîner-nuitée avantageuses.

— Cela, c'est toi qui t'en chargeras !

— J'en serai ravie.

C'est alors que Kyle revint.

— Avez-vous des questions, commentaires ou inquiétudes à formuler sur le menu ? s'enquit-il après qu'ils eurent terminé.

— Moi, j'ai une seule question, répliqua-t-elle. Où est le *doggy bag* ?

Kyle sourit.

— Cela, je vous en laisse le soin.

— Tu as dû cuisiner toute la journée pour nous servir un tel menu !

— C'est ma passion.

— Cela se voit !

— C'est parce qu'on m'a inculqué très tôt les bonnes

manières que je me suis retenu de lécher mon assiette, renchérit Liam.

— J'envoie les desserts ? suggéra Kyle avec un grand sourire.

— Honnêtement, je ne sais pas si je peux encore avaler quoi que ce soit, déclara-t-elle, mais je vais essayer.

— Pour tout avouer, la pâtisserie n'est pas ma spécialité, mais j'ai préparé un sorbet à la mangue avec des fraises fraîches, une tarte aux noix de pécan et sauce caramel ainsi qu'une mousse au chocolat blanc saupoudrée de cacao et de copeaux de menthe fraîche.

Pendant l'énumération, Erin avait disposé les desserts sur la table.

— Pour des desserts plus originaux, vous pourriez peut-être établir un partenariat avec Sweet Caroline, poursuivit-il.

— C'est une excellente idée ! s'exclama-t-elle. La carte des desserts serait plus fournie, et une autre maison locale profiterait de l'ouverture de Stagecoach Inn.

— L'un d'entre vous prendra-t-il un café ou bien un thé ? demanda Erin.

Elle secoua la tête.

— Je vais rester sur mon vin, dit-elle.

— Dans ce cas, nous vous laissons savourer les desserts pendant que nous rangeons la cuisine, reprit Kyle.

Elle fit errer sa cuillère au-dessus des trois desserts, indécise, avant de prendre une bouchée de tarte qu'elle glissa entre ses lèvres…

— Oh ! c'est divin ! s'exclama-t-elle en fermant les yeux de plaisir.

Serait-elle aussi comblée par d'autres plaisirs ? ne put s'empêcher de se demander Liam. En fait, il avait vraiment envie de le savoir.

Son corps réagissant immédiatement à cette éventualité,

il croisa les jambes puis goûta le sorbet, espérant que la crème glacée éteindrait le feu qui courait dans ses veines.

Après quoi, il s'éclaircit la voix.

— C'est si bon que ça ?

— « Bon » n'est pas le terme, c'est…

Elle prit une autre bouchée, soupira et ajouta :

— Meilleur que le sexe.

— Vraiment ? Je vais goûter, alors !

Aussitôt, elle entoura son assiette d'une main protectrice.

— Non, je ne partage pas.

Il se mit à rire.

— Dans ce cas, tu n'auras pas de sorbet à la mangue ni de fraises fraîches.

— Des fraises en mars ? reprit-elle d'un ton interrogateur, mais l'air intéressé.

— Elles ne sont pas locales, mais elles n'en sont pas moins délicieuses, affirma-t-il en poussant le plat au centre de la table.

Prenant une ultime bouchée de tarte, elle plaça son assiette près de l'autre, mais avec une réticence visible, avant de goûter un peu de sorbet.

— Hum, c'est également délicieux, dit-elle. Vraiment.

— Et meilleur que le sexe ?

— Peut-être… En fait, mes souvenirs sont un peu embrouillés après tous ces desserts qui emmènent les papilles au septième ciel.

— Les desserts satisfont ceux qui ont un faible pour les sucreries, mais le sexe comble autant le corps que l'âme.

Elle émit un rire sceptique, et il fronça les sourcils.

— Tu n'es pas d'accord ?

— Je ne crois pas être en mesure d'exprimer un avis, il y a si longtemps que je ne me suis pas adonnée aux plaisirs charnels.

— Combien de temps ? l'interrogea-t-il sans ambages.

Elle brandit sa cuillère dans sa direction.

— Mais enfin ! s'indigna-t-elle. On ne pose pas ce genre de question à son employée.

— Permets-moi de te rappeler que c'est toi qui as abordé le sujet, pas moi.

— Tu as raison, mais c'est toi le fautif.

— Et en quoi, s'il te plaît ?

— Parce que, avant que tu m'embrasses, je ne m'étais pas rendu compte à quel point le sexe me manquait.

— C'est toi qui m'as embrassé.

— La première fois, oui, concéda-t-elle.

— Et, la deuxième fois, tu m'as rendu mon baiser avec empressement.

— Une femme s'est-elle déjà esquivée de tes bras ?

— Pour l'instant, je n'ai pas envie de penser à une autre femme, dit-il, toi seule m'intéresses.

Il braqua sur elle un regard sciemment brûlant.

— J'ai trois enfants, au cas où tu l'aurais oublié, se défendit-elle.

— Ce n'est pas ce qui me retient.

— Ah bon ? C'est quoi alors ?

— J'essaye de respecter notre relation de travail.

— Effectivement, une liaison la compliquerait…

Elle termina son verre, puis se leva d'un bond.

— Tu veux bien m'excuser un instant, je dois appeler ma mère pour voir si les enfants dorment, poursuivit-elle.

— Naturellement. Même si je ne peux pas te promettre qu'il restera de la tarte à ton retour.

— Tu peux la finir.

Et elle s'éloigna.

Il parvint à surmonter la tentation du dessert. En revanche, combien de temps encore pourrait-il résister à Macy ?

Avait-il franchi une ligne rouge en flirtant aussi ouvertement avec elle ? Elle n'avait pourtant pas paru offusquée par ses propos.

— Tout va bien ? s'enquit-il à son retour, quelques instants plus tard.

Elle hocha la tête.

— J'étais plongée dans un grand débat, avoua-t-elle.

— Avec ta mère ?

— Non, avec moi-même.

Il haussa un sourcil.

— Et tu as gagné ?

— J'espère.

Sur ces mots, elle posa une clé sur la table et la poussa vers lui.

- 11 -

Liam reconnut instantanément la clé de la suite royale.

— Tu sais que j'ai un appartement à l'étage ? lui rappela-t-il.

— Tout à fait, mais il me semblait un peu présomptueux de t'inviter chez toi. Qui plus est, je rêve de dormir dans ce lit depuis que tu m'as fait visiter les lieux.

Elle sourit et haussa les épaules.

— Enfin, dormir, façon de parler, ajouta-t-elle.

Il saisit la clé et la serra si fortement que le métal froid s'enfonça dans sa paume.

— Tu es certaine, Macy ?

Puis, sans lui donner vraiment le temps de réfléchir, il ajouta :

— Dis-moi que oui, s'il te plaît.

— Oui, je suis sûre. Et toi, tu es sûr ? Je ne voudrais surtout pas te forcer la main, répliqua-t-elle.

Il repoussa sa chaise, se leva et l'attira alors dans ses bras. Elle tremblait légèrement. Était-ce l'anticipation ? L'anxiété ? Il devait reconnaître que lui-même ressentait les deux.

Il la désirait depuis si longtemps ! Cependant, il avait fini par se convaincre que ce moment n'arriverait jamais et que l'attirance qu'il éprouvait pour elle passerait. Il avait eu tort, car, sachant à présent qu'elle était sur la même longueur d'onde que lui, il n'allait pas nier ses sentiments plus longtemps.

Sans plus attendre, il pencha la tête vers elle et captura sa bouche. Il lui semblait qu'une éternité s'était écoulée depuis la dernière fois, à Circle G. Ses lèvres étaient aussi douces que dans son souvenir, et sa réaction tout aussi passionnée.

Il glissa les mains sur ses reins et l'attira tout contre lui ; elle se cambra et mesura forcément la puissance de son désir.

— Cela répond-il à ta question ?

Elle cligna des yeux.

— Quelle question ?

Il se mit doucement à rire, puis la souleva de terre. Elle poussa une petite exclamation.

— Que fais-tu ?

— Ce qui me titille depuis des semaines : je t'emmène au lit.

— Tu as conscience du nombre de marches que tu dois gravir avec moi dans tes bras jusqu'à la suite royale ?

— À vrai dire, je ne les ai jamais comptées, mais je suppose que c'est le même nombre que pour mon appartement.

— Et il est trop élevé pour que tu me portes jusque là-haut.

— Tu me mets au défi ? questionna-t-il en commençant l'ascension.

— Absolument pas. Je veux juste que tu ne sois pas épuisé en arrivant dans la suite.

— Si c'est cela qui t'inquiète, alors tu te tracasses pour rien.

— Ce n'est pas… Bref, peu importe, répondit-elle.

Macy se demandait pourquoi, au fond, elle avait protesté, car il était tellement agréable d'être portée par Liam. Et puis c'était la première fois qu'un homme la troublait à ce point : il suffisait d'un sourire de sa part pour qu'elle sente ses genoux vaciller.

Au début, il s'agissait d'une attirance purement physique, toutefois, durant leur collaboration lors des dernières semaines, elle avait eu la joie de découvrir que sa façon d'être lui plaisait énormément et qu'elle l'admirait en tout.

— Cinquante-deux, annonça-t-il en ouvrant la porte.

La pièce était plongée dans l'obscurité mais, visiblement, il était assez familiarisé avec les lieux pour se déplacer sans avoir besoin d'allumer la lumière. Ils traversèrent le salon, et ce n'est qu'une fois dans la chambre qu'il la reposa par terre. Ici, son premier réflexe fut d'allumer la cheminée à gaz, ce qui créa aussitôt une atmosphère cosy. Après quoi, il s'empara des allumettes situées sur le manteau de la cheminée où étaient aussi disposées des bougies qu'ils avaient achetées ensemble, sur le marché des brocanteurs et des artisans.

Elle n'avait pas deviné en lui cette fibre romantique, cependant, elle ne nourrissait aucune illusion, ne souhaitant d'ailleurs pas que cette nuit représente autre chose que l'abandon d'une femme et d'un homme à leur désir après une attirance longtemps niée.

Quand il eut fini d'allumer les bougies, elle s'assit sur le rebord du lit, un rien nerveuse et incertaine ; de toute évidence, il ne partageait pas la même réserve puisqu'il s'agenouilla devant elle et lui souleva la jambe.

— Toute la soirée, je me suis demandé à quoi tu ressemblerais avec juste ces bottes et rien d'autre.

— Je préfère ne pas…

— Et la réponse était toujours la même : sexy, l'interrompit-il.

— Et sans doute ridicule, précisa-t-elle.

— Comme tu voudras. Si l'idée ne te plaît pas, on va les ôter.

Et, tandis qu'il liait le geste à la parole, elle se sentit déjà en feu : il s'y prenait si sensuellement. Soudain, il se mit à lui caresser les orteils, puis à explorer ses jambes, ses mains glissant sous sa jupe, vers son entrecuisse. À eux deux, ils retirèrent ses collants, puis elle demanda :

— Dois-je t'aider à te déshabiller ?

— Concentrons-nous plutôt sur toi.

— Je te rappelle tout de même que nous sommes là à ma demande.

— C'est vrai, mais je fantasme sur toi depuis des semaines.

— Et tu ne t'es jamais demandé si c'était réciproque ?

— C'était le cas ?

Au lieu de répondre, elle botta en touche en l'embrassant, un baiser lent et profond.

— Tu me rends fou, murmura-t-il en caressant ses courbes. Enlève cette robe, s'il te plaît, je n'arrive pas à trouver la fermeture éclair.

Elle émit un petit rire.

— Parce qu'il n'y en a pas !

Sans se faire prier, elle ôta sa robe en tortillant légèrement des hanches.

Il la jaugea avec langueur, le regard semblable à une caresse, et elle se sentit rougir. Heureusement que la lumière était tamisée, pensa-t-elle, ce qui effaçait les imperfections de son corps liées à sa grossesse et qui n'avaient pas encore tout à fait disparu. Quand ils se laissèrent tous les deux tomber sur le lit, ils joignirent spontanément les lèvres.

Il prit alors ses seins en coupe et, de son pouce, en titilla la pointe à travers la soie de son soutien-gorge : un élan de plaisir la traversa. Lorsque sa bouche remplaça ses doigts, elle eut l'impression de défaillir.

Il lui ôta alors son soutien-gorge et sa culotte, la faisant frissonner d'impatience, puis il promena les doigts et la bouche le long de son corps et, quand sa langue caressa son ventre, puis le centre palpitant de son intimité, elle se sentit à nouveau toute tremblante, au bord de la jouissance. Au bout de quelques instants, elle décréta, haletante :

— Je veux te sentir en moi, Liam. S'il te plaît.

Il leva ses yeux ardents vers elle.

— J'espère que je trouverai dans la salle de bains des préservatifs, car je n'avais pas prévu ce qui arrive.

— Sois sans crainte, il y a tout ce qu'il faut, les stocks sont régulièrement réapprovisionnés.

— Dans ce cas…

Il déposa un baiser sur ses lèvres.

— … Je reviens dans une seconde.

Si elle voulait changer d'avis, c'était maintenant ou jamais. Mais elle n'en avait aucune envie, le désir qu'elle éprouvait pour lui était plus fort que toutes les bonnes raisons qui auraient dû la pousser à s'en aller. Jamais elle n'avait ressenti pour un homme ce qu'elle éprouvait pour lui. Au cours de ces semaines passées en sa compagnie, elle avait vu à quel point sa famille comptait pour lui, constaté l'adoration qu'il portait à sa nièce et l'avait trouvé si touchant avec ses propres enfants. Et, même s'il s'en défendait, elle avait bien remarqué que la tension qui existait entre son père et lui l'affectait particulièrement. Il possédait plusieurs facettes, et toutes l'attiraient.

— Où en étions-nous ? demanda-t-il en revenant dans la chambre, deux étuis à la main.

— Tu t'apprêtais à ouvrir l'un des deux, non ? À l'enfiler et me pénétrer.

Elle vit les coins de sa bouche se recourber face à ses instructions si directes.

Mais il n'obtempéra pas et se remit à la caresser, à la mordiller savamment, l'entraînant de nouveau au bord du précipice. Puis il s'arrêta à temps et finit par lui donner ce qu'elle voulait : il glissa en elle.

Elle poussa une petite exclamation quand elle le sentit enfin dans toute sa puissance à l'intérieur d'elle-même, puis un déchaînement de sensations se substitua à toute pensée, des vagues de plaisir se succédant en elle… Tout à coup, il noua les doigts aux siens, la dernière digue tomba, et la jouissance la plus absolue les emporta.

Il lui fallut un certain temps pour revenir à elle et comprendre que Liam l'écrasait encore de tout son corps sur le matelas luxueux. Nul doute que demain chacun de ses muscles serait douloureux, mais lui rappellerait en même temps de si merveilleux souvenirs.

Il finit par rouler sur lui-même tout en restant collé à elle. Au bout d'une minute, il demanda :

— Sais-tu s'il y a des hôtes, au-dessous de cette suite ?

— Pas ce soir.

— Tant mieux ! Je ne voudrais pas que des clients se plaignent de cris sauvages, dans la suite de Wild Bill !

Elle s'empourpra immédiatement.

— Désolée, je…, bredouilla-t-elle. Enfin, cela ne m'est jamais arrivé, bon, maintenant, je vais me taire.

— Au contraire. C'est le moment de parler ! répliqua-t-il en riant. J'ai adoré te voir perdre le contrôle. Qui aurait cru que la si efficace et organisée Macy Clayton était aussi désinhibée dans les griffes de la passion ?

— Pas moi, en tout cas. Je ne savais même pas que les griffes de la passion existaient.

— Et maintenant, tu y crois ?

— J'ai encore besoin qu'on me convainque un peu.

— Je ne demande pas mieux…

Plus jamais elle ne serait capable de franchir les portes de cette suite sans sourire en se rappelant les ébats qu'elle y avait partagés avec lui. Les heures qu'ils avaient passées ici appartenaient au domaine du rêve, mais à présent il était temps de revenir à la réalité. Et, en l'occurrence, la sienne ne s'apparentait pas à un homme sexy dans une suite de luxe, mais à un appartement au rez-de-chaussée d'une grande maison où trois bébés l'attendaient.

Ce bref interlude avait été fantastique, mais il n'en demeurait pas moins un interlude. Elle donna un petit coup de coude à Liam.

— Tu ne peux pas t'endormir ici, lui dit-elle.

— Et pourquoi ?

— Parce que je ne veux pas que tu t'endormes.

— J'en suis flatté, mais il va me falloir un peu de temps pour récupérer.

Elle lui redonna un petit coup, et il sourit sensuellement, tout en gardant les paupières fermées, ce qui la fit frissonner.

— En fait, je ne peux pas rester.

— Je sais.

— Et, comme Uber ne s'est pas encore implanté à Haven, j'ai besoin que tu me ramènes à la maison.

— Oui, je sais, mais je n'ai pas envie de te laisser déjà partir.

Peu importait qu'ils restent encore quelques minutes ou une heure ensemble, cette nuit était seulement un moment volé à sa vie ordinaire, et il était déjà passé. Tout comme elle ne s'attendait pas à ce que le dîner dégustation se termine dans la suite royale, elle ne comptait pas que leurs ébats transforment comme par magie leur relation. Ils en étaient à des étapes différentes de leurs vies et nourrissaient des desseins qui l'étaient tout autant. Sauf que, cette nuit, ils avaient été sur la même longueur d'onde et de façon bien plus puissante qu'elle ne l'aurait cru. De fait, elle n'avait jamais connu une telle intensité avec un homme.

Bien sûr, Ava, Max et Sam représentaient toute sa vie, mais elle ne pouvait pas nier qu'elle avait réellement apprécié d'être à nouveau une femme, ce soir, pendant un bref moment. Seulement, elle avait promis à ses parents de rentrer de bonne heure et, de manière inévitable, Max serait réveillé très tôt demain matin pour passer du temps en tête à tête avec sa maman avant que son frère et sa sœur réclament leur petit déjeuner et…

— Tu penses à tes enfants, n'est-ce pas ?

— Désolée, mais je ne peux faire autrement.

— Inutile de t'excuser.

Et il la relâcha pour qu'elle puisse sortir du lit, puis se leva à son tour et chercha ses vêtements épars pour se rhabiller. Elle l'imita, à regret.

— Comment vas-tu expliquer les draps froissés à la femme de chambre ? demanda-t-il.

— C'est moi qui me chargerai de la suite, demain.

Du regard, elle inspecta les lieux afin de s'assurer qu'ils n'avaient rien oublié tandis qu'il éteignait le feu et les bougies.

Une fois qu'ils furent redescendus dans le hall d'entrée où ils avaient laissé leurs manteaux, il l'aida à enfiler le sien et, quand elle sortit ses cheveux de son col, il glissa la main dans son cou.

— Je t'ai laissé des marques avec ma barbe, dit-il.

Si elle n'en avait que sur la peau, pensa-t-elle, mais chassant ces pensées elle répondit bien vite :

— J'espère qu'elles seront passées demain.

— Et moi, j'espère le contraire, pour que tu repenses à notre nuit, quand tu te regarderas dans le miroir.

— Je ne crois pas être près de l'oublier, lui assura-t-elle.

Le trajet de retour fut court et silencieux.

— Merci pour le dîner, lui dit-elle quand il se gara devant la maison de ses parents. Et… Pour tout.

— C'est moi qui te remercie, répondit-il en éteignant le moteur.

— Inutile de me raccompagner jusqu'à la porte.

— Comment pourrais-je te voler un baiser, sinon ?

Elle aurait dû protester, d'autant qu'il n'était pas impossible qu'en dépit de ce qu'elle avait affirmé sa mère soit encore debout et les voie. Mais elle voulait bien prendre le risque pour un dernier frisson.

L'effet du baiser liquéfia littéralement ses sens et son cerveau. Elle n'arrivait pas à le croire : même après avoir fait deux fois l'amour avec lui, elle le désirait encore ardemment.

— Fais-moi une faveur, lui murmura-t-il contre l'oreille.

Du pouce, il caressa sa lèvre et ajouta :

— Pense à moi.

Puis il recula et attendit qu'elle rentre.

Comment aurait-elle pu ne pas penser à lui ? Il l'obsédait, songea-t-elle en refermant la porte derrière elle.

- 12 -

Son ancien chef de Las Vegas avait toujours complimenté Macy pour son professionnalisme à tous crins ; même face aux clients les plus pénibles, elle ne perdait jamais son sang-froid ni n'élevait la voix. C'était une professionnelle consumée.

Jusqu'à hier, quand elle avait couché avec son nouvel employeur.

Cependant, elle était bien résolue à ce que personne ne l'apprenne ; aussi, quand Liam se contenta de hocher la tête pour la saluer à son arrivée, le lendemain matin, n'aurait-elle pas dû ressentir ce petit serrement douloureux du côté du cœur. Bien sûr, il était possible qu'il ait agi ainsi car elle était occupée avec deux clientes, leur indiquant les activités prévues en ville pour leur journée.

D'ailleurs, une fois que celles-ci furent sorties, il passa la tête hors de la bibliothèque qui lui servait de bureau quand elle était à la réception et demanda :

— Tu peux venir un instant ?

— J'arrive, dit-elle.

Elle s'arrêta devant le solarium pour vérifier que chacun y était satisfait ; il s'agissait en l'occurrence d'un jeune couple qui avait loué la suite Bonnie et de deux femmes, visiblement des amies de longue date, qui effectuaient du trekking dans la région. Tous déjeunaient actuellement en toute tranquillité, elle pouvait donc s'éclipser quelques minutes.

— Que puis-je faire pour toi ? s'enquit-elle en entrant dans la bibliothèque.

Eu égard à ce qui s'était passé la veille, la question était à double sens, pensa-t-elle, juste après l'avoir prononcée.

Il lui lança un coup d'œil à la fois amusé et brûlant, et elle comprit qu'il avait eu la même pensée qu'elle. Puis son expression redevint sérieuse, et il répondit :

— Je veux savoir si j'ai franchi une ligne rouge, hier soir.

— Aucune que je n'aie pas voulu franchir avec toi.

Il parut soulagé par sa réponse.

— Bien. Seulement, je me suis rendu compte ce matin que l'on n'a pas parlé de la suite.

— J'ignorais qu'il y aurait une suite, même si je l'espérais.

Il lui sourit.

— Tel est aussi mon souhait.

Alors, se penchant vers elle, il lui donna un long baiser sensuel.

— Ce que je veux, c'est reprendre là où nous en étions, ajouta-t-il.

— Moi aussi, admit-elle, mais mon chef ne me paye pas pour que je reste allongée toute la journée.

— Est-ce une façon de me suggérer d'essayer la position debout ? demanda-t-il, sourire lascif à l'appui.

Elle secoua la tête.

— Non, mais de te dire que nos activités… extra-professionnelles devront se dérouler en dehors de mes heures de travail.

— Tu es dure en affaires, geignit-il.

Pourtant, pendant les semaines qui suivirent, Liam et Macy parvinrent à s'arranger. L'ouverture de Home Station ne fut pas chose aisée, et il se dit tout de suite qu'il avait eu tort de céder aux pressions extérieures ; au début, à part les hôtes, peu de clients extérieurs venaient tester le nouveau restaurant gastronomique de Haven. Mais peu à peu le bouche-à-oreille finit par marcher, et le talent de Kyle opéra des merveilles, de sorte qu'au bout de quelques semaines le restaurant affichait tous les soirs complet. Cela impliquait aussi qu'il soit plus présent à l'hôtel, et moins à Circle G ; cependant, Caleb avait raison, il n'était pas indispensable au ranch, il devait rester là où on avait vraiment besoin de lui. Et, comme Macy était à l'hôtel, c'était là que sa présence était nécessaire…

Il ne leur était pas toujours facile de se retrouver, entre les obligations liées à Stagecoach Inn, les clients et les triplés de Macy, mais ils y parvinrent et trouvèrent même des activités où ils pouvaient se voir en présence des enfants, comme des promenades en poussette. Or, plus il passait de temps en compagnie de Macy et de ses bébés, plus il avait conscience que son cœur courait un grand danger.

Le mercredi matin, il entra dans la cuisine en bâillant, ressentant un besoin impérieux de caféine. Il s'était couché après minuit et s'était réveillé à l'aube, aussi se demandait-il comment il allait tenir toute la journée.

Macy vint à sa rescousse en lui tendant un mug de café fumant, comme si elle avait lu dans ses pensées.

— Merci.

— Tu as l'air d'en avoir besoin.

Il cligna des yeux.

— Pardon ?

— Tu sembles bien distrait, ce matin.

— Hier matin, je suis allé au ranch pour montrer la carte de Home Station à ma grand-mère et j'ai croisé mon père.

— Et vous vous êtes disputés ?

Il secoua la tête.

— Non, en fait, il s'est presque montré courtois. Cependant, il ne m'a pas paru en grande forme, il était pâle et avait l'air fatigué.

— Et lui as-tu demandé comment il se sentait ? Non, bien sûr que non, tu ne communiques jamais avec ton père.

— Pas plus que lui avec moi.

— Tu en as parlé à ton frère ?

Il hocha la tête.

— Oui, et selon lui il n'y a pas lieu de s'inquiéter. Je dois sans doute juste me sentir coupable de venir moins souvent au ranch.

— Uniquement de la culpabilité, tu es sûr ? Tu aurais tout à fait pu envoyer la carte à ta grand-mère par mail, mais on dirait que tu as besoin d'aller au ranch pour t'assurer que tout va bien là-bas, à moins que ce ne soit pour garder le contact avec ta famille.

Il fronça les sourcils.

— Ma sœur t'aurait-elle prêté un de ses livres de psychologie ?

— Non, mais j'ai discuté avec elle, hier. Elle est venue à l'hôtel pour savoir si on faisait des réductions pour la famille.

— Pour elle, c'est 50 % de plus que le tarif habituel.

Elle lui jeta un regard amusé et reprit :

— Elle est venue se renseigner pour l'anniversaire de mariage de tes grands-parents. Leur soixantième !

— Je l'ai devancée : la suite de Wild Bill leur est déjà réservée.

Elle lui sourit.

— Tu es une bonne personne, Liam Gilmore.

— Reviens après tes heures de travail, et je te montrerai à quel point je le suis, suggéra-t-il.

Il ne doutait pas qu'ils se retrouveraient, ce soir, car après un mois ensemble l'attirance physique qui existait entre eux ne montrait aucun signe de perdre en intensité. Bien au contraire…

Quelques jours plus tard, il demanda à Macy :

— Peux-tu me rendre un service ?

Elle leva les yeux de l'ordinateur.

— Bien sûr. De quoi as-tu besoin ?

— De déjeuner.

— Et tu veux que je te prépare à manger, c'est ça ? questionna-t-elle avec hauteur.

— Non, juste que tu passes une commande chez Jo à ma place et que tu ailles la chercher.

— Je ne suis pas chargée de faire ce genre de courses pour toi.

— Même si je t'offre une pizza ?

— Jo refuse toujours de te servir ?

Jo était furieuse qu'il ait embauché son fils dans son restaurant gastronomique, car cela signifiait qu'il ne reprendrait pas le flambeau.

Il hocha la tête.

— Très bien. Que veux-tu ?

— La pizza au saucisson italien et au bacon.

Elle fronça le nez.

— Et, après ça, je prends directement un rendez-vous à l'hôpital de Battle Mountain pour qu'on te débouche les artères ?

— Mes artères vont très bien, et mon estomac est vide.

— Comme tu voudras, dit-elle en soupirant. Moi, je prends celle au jambon, à l'ananas et aux olives noires. Je commande en mon nom, mais c'est toi qui vas les chercher.

— La dernière fois que je me suis aventuré chez elle, elle m'a lancé une boule de pâte au visage.

— C'est pourquoi tu as besoin d'y retourner et de discuter avec elle.

Il doutait que Jo soit prête à lui adresser la parole, mais il est vrai que la guerre ne pouvait durer éternellement.

De fait, dès qu'il franchit le seuil de sa pizzeria, la patronne leva les yeux des fourneaux et, désignant la porte, s'écria :

— Sors immédiatement de mon restaurant !

Il leva les mains en signe de reddition.

— Je viens juste chercher la commande de Macy.

— Elle n'a qu'à se déplacer car, toi, tu n'auras rien.

— Allez, Jo, dit-il d'un ton cajoleur, tu ne crois pas que tu exagères un peu ?

— Je vends mes pizzas à qui je veux, répliqua-t-elle d'un ton entêté.

— Non. Un établissement public ne peut pas refuser de façon aléatoire ses services à un client.

— Ce n'est pas aléatoire, c'est ciblé !

— Je t'achète des pizzas depuis que je suis capable de me les payer.

— Parce qu'il n'y a pas d'autres pizzerias en ville, rétorqua-t-elle, peu impressionnée par sa loyauté.

— Tout à fait, reconnut-il, et sache aussi que je n'ai nulle intention d'être ton concurrent. D'ailleurs, je recommande ton établissement à mes clients qui ont envie de pizzas.

— Et tu attends que je te remercie ?

— Non, mais au moins ne me punis pas.

— Tu as embauché mon fils, lui rappela-t-elle.

— Duke l'avait fait avant moi.

Elle leva une main dédaigneuse.

— Je savais bien que cela ne lui plairait pas longtemps et qu'il retournerait derrière mes fourneaux, là où est sa place.

— Écoute, c'est lui qui est venu chez moi me proposer ses services.

— Il avait un poste ici.

— Le problème, c'est que tu ne veux pas le laisser faire autre chose que des pizzas.

— Normal, ici, ça s'appelle Jo's Pizzeria. Et ceux qui veulent des pâtes ou des ailes de poulet vont chez Diggers.

— Les gens aimeraient peut-être avoir d'autres choix.

— Tu comptes inscrire des pizzas à la carte de ton restaurant gastronomique ?

— Absolument pas, répliqua-t-il aussitôt.

— Pourquoi ?

— Parce que personne ne peut t'égaler en la matière.

— Ne crois pas que tu vas t'en sortir en me flattant.

— Écoute, je ne cherche rien, à part mes pizzas, enfin celles de Macy.

Comprenant qu'elle avait vu clair dans son jeu, il enchaîna :

— Ce que je voudrais aussi, c'est que tu arrêtes d'annuler mes commandes et que tu viennes dîner à Home Station pour savourer un menu préparé par mon nouveau chef.

— Le soir, je dois servir mes clients, figure-toi !

— Pour une fois, laisse ta fille aux commandes, et dans quelques années peut-être qu'elle n'ira pas proposer ses services à un autre restaurant.

Elle fronça dangereusement les sourcils, puis s'empara d'une boîte plate.

— Prends ça et va-t'en, ordonna-t-elle.

Il ne se le fit pas dire deux fois.

— Tu crois que j'ai passé trop de temps avec Liam, dernièrement ? demanda Macy tout à trac à sa mère.

— Pourquoi me poses-tu cette question ?

Et elle appuya sur un dauphin en caoutchouc pour que de l'eau coule sur le ventre de Max. Son petit-fils éclata de rire et donna un coup de pied dans l'eau du bain, l'éclaboussant à son tour.

— Peut-être parce que tout cela est une expérience nouvelle pour moi, reconnut-elle. Je n'ai pas eu beaucoup de relations sérieuses, mais je ne me souviens pas avoir ressenti aussi vite des sentiments si forts pour un homme.

Sa mère prit un air à la fois mélancolique et inquiet.

— Tu es en train de tomber amoureuse de lui, voilà tout.

— Tu crois ?

À son ton paniqué, sa mère lui sourit et lui toucha le bras.

— Il ne faut pas avoir peur de l'amour, tu sais, lui assura-t-elle.

Ce n'était pas l'amour qu'elle redoutait, mais le fait d'offrir son cœur à Liam et qu'il n'en veuille pas !

— Et, honnêtement, tu aurais pu succomber à un homme bien pire.

— Que veux-tu dire, au juste ?

— Il est évident que Liam est aussi fou de toi que d'Ava, Max et Sam.

— Il est super avec eux, c'est vrai, admit-elle. Mais il a l'habitude des enfants, avec sa nièce.

— D'une seule, pas de trois à la fois. Et crois-moi, tout autre type aurait fui une mère célibataire avec trois enfants.

Ça avait été sa première réaction, se rappela-t-elle. Il s'était ensuite ravisé.

— Je devrais peut-être prendre un peu de recul, dit-elle alors. Je m'étais habituée à l'idée de ne pas élever les enfants dans une famille traditionnelle, mais plus je passe de temps avec Liam et les enfants et plus je sens que mes vieux rêves resurgissent.

— Et alors, où est le problème ?

— Je ne sais pas, il n'y en a peut-être pas, sauf que

nous n'avons pas encore vraiment discuté de l'avenir, tous les deux.

— Dans ce cas, tu devrais commencer la conversation.

— Tu as raison, dit-elle en retirant Max du bain. Je le ferai dès demain.

Mais leurs chemins ne se recroisèrent que le surlendemain, alors qu'elle était au téléphone avec leur viticulteur et que Liam se rendait à une réunion où l'attendaient Kyle et leur fournisseur de produits bio et locaux.

— On déjeune ensemble ? chuchota-t-il.

Elle acquiesça en silence.

Il regarda sa montre.

— 12 h 30 ?

À nouveau, elle hocha la tête.

Il revint un peu plus tôt que prévu.

— Tu es en avance, souligna-t-elle.

— Je voulais avoir le temps de faire une certaine chose avant…

Et, se penchant au-dessus de la réception, il l'embrassa.

— Je meurs de faim, ajouta-t-il. Je n'ai avalé qu'un muffin au petit déjeuner, et c'était il y a cinq heures.

— Dans ce cas, mieux vaut ne pas attendre, dit-elle en enfilant son manteau.

C'est alors que le téléphone de Liam sonna.

— Réponds, dit-elle.

— C'est juste mon frère. Ça peut attendre.

Macy venait d'accrocher l'écriteau « De retour à 14 heures » quand le portable retentit à nouveau.

Il fronça les sourcils.

— Visiblement, ça ne peut pas attendre, conclut-elle.

Tandis qu'il discutait avec son frère, elle mit un peu d'ordre dans les brochures sur le présentoir, près de la réception. Le festival de Poésie pour cow-boys d'Elko était passé, mais elle laissa la documentation, au cas où cela piquerait la curiosité de certains hôtes, pour l'an prochain.

Elle redressa les dépliants pour le musée basque, en remit d'autres pour le parc d'attractions, l'Adventure Village, puis ses yeux tombèrent sur une figurine Hulk, laissée par un petit garçon lorsque ses parents s'enregistraient. Rick et Monica Wallace, songea-t-elle. Ils étaient sortis, aujourd'hui, mais elle appela leur chambre et laissa un message pour les prévenir que Harrison avait oublié son jouet à la réception.

Bien que Liam lui tournât le dos, elle devinait la tension qui l'habitait, à ses épaules rigides et au ton sec de sa voix. Visiblement, son frère n'avait pas appelé pour donner de bonnes nouvelles.

— Que se passe-t-il ? s'enquit-elle quand il termina sa communication.

— Je dois y aller…

Il s'éclaircit la voix.

— Mon père vient d'être hospitalisé à Elko.

- 13 -

— Donne-moi tes clés, dit tout de suite Macy. Je vais t'accompagner à l'hôpital.

Il secoua la tête.

— Non, ça va aller, je peux conduire.

Elle n'en était pas aussi certaine : il était de toute évidence bouleversé, ce qu'elle pouvait parfaitement comprendre, puisqu'il avait déjà perdu sa mère.

— Dans ce cas, veux-tu que je t'accompagne ?

— Non.

— Très bien.

Même si elle comprenait qu'il puisse être inquiet, elle ne pouvait s'empêcher d'être déçue qu'il refuse sa compagnie. Au fond, il n'avait peut-être besoin de personne, mais elle aurait cru qu'il apprécierait de pouvoir se reposer sur elle en ce moment difficile.

— Il faut que quelqu'un reste ici, dit-il.

Il avait raison, et ces propos adoucirent un peu la dureté de son refus initial.

— Tu m'appelleras pour me donner des nouvelles ?

Il lui jeta un vague regard.

— Quoi ? Euh, oui, OK.

Elle l'étreignit brièvement.

— Il va se remettre, dit-elle encore, tout en espérant vivement que ce serait le cas.

Liam parti pour Elko, elle décida finalement d'aller déjeuner à la maison.

— Tu devrais le rejoindre à l'hôpital, insista sa mère quand elle lui eut rapporté la situation.

— Mais il n'a pas voulu que je l'accompagne, admit-elle, réticente.

— Allons, qu'est-ce que tu racontes ? Pourquoi refuserait-il ta présence ?

Elle haussa les épaules.

— Peut-être parce que notre relation n'a pas autant d'importance à ses yeux qu'aux miens.

Bev fronça les sourcils.

— C'est ridicule !

— Tu crois ?

Même si elle n'en disait rien à sa mère, elle se demandait fortement s'il ne préférait pas la maintenir dans son monde périphérique, en tant que manager et maîtresse, plutôt que de la faire entrer dans sa vie.

Par chance, son téléphone sonna, l'arrachant à ses sombres pensées. C'était Liam.

— Il a eu une crise cardiaque, déclara-t-il sans préambule. Il a été opéré en urgence et est en salle de réveil, à présent.

— Mais il va s'en remettre ? questionna-t-elle, hésitante.

— Apparemment. On ne sait pas encore pour combien de temps il sera à l'hôpital, mais le médecin a clairement dit qu'il aurait besoin de repos pour récupérer.

— Oui, c'est compréhensible.

— Ce qui veut dire qu'il faut de la main-d'œuvre supplémentaire à Circle G.

Lui, en l'occurrence, déduisit-elle.

— Ne t'inquiète pas pour l'hôtel, Rose acceptera de faire des heures supplémentaires, et à nous deux nous nous en sortirons. Nous verrons ensuite si une troisième personne est nécessaire.

— Oui, convint-il, nous aviserons plus tard, car je ne suis pas en mesure de penser, pour l'instant.

— Cela se conçoit, lui assura-t-elle. Occupe-toi de ton père et dis-moi si tu as besoin de quoi que ce soit.

— Merci.

Elle avait espéré qu'il lui parlerait un peu plus longtemps, s'ouvrirait à elle, lui confierait ce qu'il ressentait, mais il lui dit qu'il avait d'autres coups de fil à donner et raccrocha.

Le lendemain, cédant aux insistances de sa mère, elle se rendit à l'hôpital, d'autant qu'elle avait elle-même très envie de voir si Liam allait bien. Ayant anticipé la présence des autres membres de la famille, elle avait acheté des pizzas pour tous chez Jo. Encore furieuse contre Liam, Jo refusa tout de même qu'elle lui règle les pizzas, en apprenant ce qui se passait.

Accueillie chaleureusement par les Gilmore, elle se sentit rassurée sur le bien-fondé de sa visite jusqu'à ce que, alors qu'elle discutait avec ses grands-parents, Liam l'entraîne à l'écart.

— Allons faire un tour, lui dit-il.

C'était d'ailleurs plus un ordre qu'une proposition, mais elle se montra compréhensive en raison des circonstances.

Comme il demeurait silencieux alors qu'ils longeaient le corridor pour sortir, elle s'aventura à demander :

— Tu as assez mangé ? Parce que je crois qu'il reste des parts de pizza.

À cet instant, il se tourna vers elle.

— Que fais-tu au juste ici, Macy ?

Elle cligna des yeux, choquée à la fois par sa question et son ton.

— Je sais que la nourriture de l'hôpital n'est jamais extraordinaire, alors j'ai pensé que vous apprécieriez des pizzas.

Il prit un air sceptique.

— Tu as parcouru tous ces kilomètres pour nous apporter des pizzas ?

— Et pour être à tes côtés.

Ne l'avait-il donc pas compris ? Était-il à ce point obtus ?

— Je ne t'ai pas demandé de venir.

— C'est vrai.

Au fond, c'était elle qui manquait de finesse : elle pensait qu'il avait refusé sa compagnie parce qu'il ne souhaitait pas qu'elle le voie dans un état de faiblesse, mais elle s'était de toute évidence trompée.

— Écoute, je n'ai pas besoin de diversion, reprit-il, je dois me concentrer sur l'essentiel.

Ce qui signifiait clairement qu'elle n'en faisait pas partie !

— Tu as raison, répondit-elle en ravalant ses larmes. Je n'aurais pas dû venir, je suis désolée.

Puis elle se dirigea promptement vers l'ascenseur, la vision brouillée, de sorte qu'elle manqua de bousculer la personne qui arrivait dans la direction opposée.

— Macy ? Tout va bien ?

C'était Skylar.

Elle hocha la tête.

— Navrée, j'étais un peu distraite, je ne regardais pas où j'allais.

— Pourquoi t'en vas-tu ? Tu viens juste d'arriver.

— La journée a été longue, et je dois retrouver mes bébés à la maison.

— Je n'en doute pas, mais je suis aussi certaine que mon frère a dit ou fait quelque chose qui t'a bouleversée.

— C'est sans importance. Ce qui compte, c'est que ton père guérisse. Et puis je dois vraiment rentrer. Transmets mes meilleures pensées à ton père.

— Et je donne à mon frère une petite tape sur la tête ?

— Non, ce n'est pas nécessaire.

— Si, je crois qu'il l'a méritée, même si je suis convaincue qu'il ne voulait pas te blesser, seulement parfois il ne se rend pas compte de son attitude, soupira Skylar.

— Il a beaucoup à faire en ce moment et…

— Je n'en suis pas si sûre, vu qu'à l'hôtel c'est toi qui assumes tout.

— Cela me convient, lui assura-t-elle.

— Je sais, dit Sky en l'étreignant rapidement. Et, au cas où mon frère ne te l'aurait pas dit, merci.

— Aïe ! s'exclama Liam en se massant le derrière du crâne. Mais qu'est-ce qui t'a pris ?

Poings sur les hanches, Sky se planta devant lui.

— Je ne sais pas exactement ce que tu as fait, mais tu t'es comporté comme un idiot avec Macy.

— Et elle t'a dit de me frapper ?

— Bien sûr que non ! Elle est bien trop douce et indulgente pour exprimer ses sentiments par la violence physique. C'est une femme trop bien pour toi.

De cela, il ne doutait pas. Mais, avant qu'il ait le temps de répondre, il aperçut quelqu'un se faufiler hors de la chambre de son père et partir promptement dans la direction opposée.

— Tu as vu…

— Quoi ? demanda sa sœur.

Comme elle lui faisait face, elle ne s'était rendu compte de rien.

— Une personne vient de sortir de la chambre de papa.

— Quel scoop ! Un médecin, une infirmière ?

Il secoua la tête.

— Non… Une femme qui ressemblait étrangement à… Non, c'est impossible.

— À qui ? insista Sky.

— À Valerie Blake, finit-il par dire.

Sa sœur émit un petit rire méprisant.

— Je n'ai pas entendu dire que les poules avaient des dents, donc, non, ce ne peut pas être Valerie Blake.

— Tu as raison, le stress et la fatigue me jouent des tours. Bon, allons demander aux médecins quand ils prévoient sa sortie.

Sa sœur le retint brusquement par le bras.

— Tu sais que, même une fois à la maison, il ne pourra pas reprendre le travail au ranch ?

— Non, tu crois ? fit-il sèchement.

Skylar plissa les yeux.

— J'essaye juste de te prévenir que Caleb te demandera peut-être un peu plus d'aide.

— Il y a six semaines, papa m'a explicitement dit que ma présence au ranch était superflue.

— Il n'était pas encore hospitalisé, ni Wade en route pour Billings afin d'assister au mariage de son fils.

Il hocha la tête.

— Tu sais bien que je ferai mon possible pour aider, au ranch.

— Et à l'hôtel ?

— Macy peut le tenir seule.

Ce qui était indubitablement vrai. Tout comme il était incontestable qu'il ne l'avait pas bien traitée, ou plutôt qu'il ne savait pas gérer les sentiments grandissants qu'il nourrissait pour elle.

Macy ne retourna pas à l'hôpital et, comme Liam ne vint pas à l'hôtel, trois jours s'écoulèrent sans qu'elle ait de nouvelles de lui, à part de brefs messages. David Gilmore était rentré chez lui le dimanche, ce qui devait représenter un grand soulagement pour toute sa famille, mais elle était un peu déçue d'avoir appris la nouvelle de la bouche de Frieda Zimmerman à Trading Post, qui y avait elle-même croisé une employée de Circle G.

Le lundi, Liam ne se manifesta pas davantage ; il était évident qu'il lui accordait toute sa confiance pour gérer l'hôtel, mais ne voyait pas en elle une femme à qui confier ses pensées et ses sentiments concernant son père.

Elle s'efforçait de se raisonner : après tout, son père avait eu une crise cardiaque, ce n'était pas rien, il était normal qu'il soit perturbé. Pourtant, le fait qu'il la tienne à distance l'inquiétait, et elle en vint à la conclusion qu'il ne l'inscrivait pas dans son avenir. Cela lui faisait de la peine, mais elle devait l'accepter. Et se concentrer sur ses enfants, qui comptaient plus que tout au monde pour elle.

— Miam, ça a l'air bon, dit-elle à sa mère, le mercredi après-midi en rentrant.

— C'est un poulet teriyaki, lui répondit celle-ci. Celui-ci est pour nous, ce soir, et il y en a un autre dans le réfrigérateur pour David Gilmore.

Peu importait que ce dernier ait une cuisinière à domicile, à Haven, la tradition voulait qu'on envoie des plats aux personnes malades ou blessées. C'était une façon de montrer qu'on se souciait des autres.

— Tu pourras le déposer à Circle G, demain, en rentrant du travail ? ajouta-t-elle.

— Maman, Circle G n'est pas du tout sur mon chemin. Mais je ferai un détour.

— Merci.

Elle redoutait surtout de croiser Liam. Peut-être qu'il ne s'était pas rendu compte à quel point il l'avait vexée en la renvoyant de l'hôpital alors que, de son côté, elle aurait tant aimé compter dans sa vie ; mais il était de plus en plus évident qu'il n'en allait pas de même pour lui.

À Circle G, Martina la remercia pour le plat, puis l'introduisit dans le salon où le patriarche du ranch se reposait sur une chaise longue, tout en zappant avec la télécommande. Dès qu'il la vit, il éteignit la télévision.

— Un joli visage vaut toutes les émissions, lui dit-il.

— Vous avez également l'air en forme, étant donné les circonstances, répondit-elle avec un sourire.

— Bah ! On a fait beaucoup de raffut pour rien, et maintenant voilà que les voisins m'envoient de la nourriture !

— Ma mère vous a cuisiné un poulet teriyaky, précisa-t-elle d'un ton affable.

Il lui sourit à nouveau.

— Tu as des parents attentionnés.

— Je confirme !

— Eh bien, où sont tes enfants ?

— À la maison, avec leurs grands-parents attentionnés, justement.

Il se mit à rire avant de grimacer et de poser la main sur son torse.

— Tout va bien ? s'enquit-elle, inquiète.

— Oui, j'oublie juste parfois qu'ils m'ont ouvert pour atteindre mon entêté de cœur.

Elle prit un air compatissant.

— Je me doute que ça n'a pas dû être une partie de plaisir.

— Pas vraiment, acquiesça-t-il. Et maintenant, le médecin veut me priver de viande rouge. Quel affront pour l'éleveur que je suis !

— C'est juste le protocole après ce que vous avez eu. Moins de viande, de sel et de sucre, plus de fruits, de légumes et d'exercices.

Encore qu'en raison de sa profession il ne menait pas une vie sédentaire.

— C'est exactement ce que m'a dit le médecin, marmonna David.

— Mon père a eu une crise cardiaque il y a maintenant… dix-huit ans, déclara-t-elle après un rapide calcul.

— Norm devait être encore jeune, à l'époque.

— Oui, mais il fumait trop. En tout cas, il a suivi les recommandations du médecin, et maintenant tout va bien.

— Il faudra peut-être que je songe à ne pas les négliger non plus, dit-il. Mais, à quelque chose malheur est bon, puisque mon aîné est de retour sur le ranch, qu'il n'aurait jamais dû quitter.

Elle se mordit la langue. Elle n'allait pas se disputer avec un homme affaibli et en convalescence, mais elle craignait que David ne tire avantage de son état pour manipuler son fils et que l'absence de Liam à l'hôtel, de provisoire, ne devienne définitive.

Dans ce cas, leur relation aurait-elle un avenir ?

— Il est dans le paddock, poursuivit-il, je peux le faire appeler si tu veux le voir.

Ça oui, elle en avait envie, mais elle redoutait tant cette rencontre ! Et puis elle savait que les juments mettaient bas en ce moment, aussi répondit-elle :

— Non, inutile de le déranger. Et puis je dois rentrer au plus vite. Mes parents se sont occupés de mes enfants toute la journée, je dois prendre le relais.

— Sky m'a dit que tu faisais des heures supplémentaires pour permettre à Liam d'être présent ici.

— Exact. Et, heureusement pour moi, j'aime mon travail, renchérit-elle en toute sincérité.

— Et tu ne crois pas que Liam aime lui aussi le travail sur le ranch ?

— En toute honnêteté, je ne peux répondre à sa place.

Et ces paroles résonnèrent curieusement en elle, car elles pouvaient tout aussi bien s'appliquer à leur relation : elle ignorait en effet tout des sentiments qu'il lui portait.

David secoua la tête.

— Si ce n'est pas le cas, alors, il est fou…

Ne sachant trop que déduire de cette constatation, elle enchaîna :

— Ne vous tracassez pas pour lui, concentrez-vous sur votre convalescence.

— Je te le promets si, en échange, tu viens avec tes enfants. J'adore entendre le rire des plus jeunes, il n'y a rien de mieux pour réconforter un vieux cœur souffrant.

— Entendu ! répondit-elle en lui donnant un baiser sur le front.

Elle arrivait à la hauteur de sa voiture quand Liam sortit de l'écurie et prit la direction de la maison. À sa vue, elle sentit son cœur se mettre à battre à tout rompre... Il lui fit un petit signe de la main tout en poursuivant son chemin, avant de se raviser brusquement et de venir vers elle.

— Pourquoi ne m'as-tu pas prévenu de ta visite ? s'enquit-il, une fois à portée d'oreilles.

— Parce que je ne suis pas venue pour te voir.

— C'est ta mère qui envoie un plat cuisiné, c'est ça ?

— Comme tous les gens en ville.

— Oui, évidemment... Tu as vu mon père ?

Elle hocha la tête.

— Il a l'air plutôt en forme, eu égard à son accident.

— Oui, vu les circonstances, en effet... Seulement, j'ai l'impression qu'il a pris dix ans en dix jours.

— Il faut un certain temps pour se remettre d'une crise cardiaque, Liam.

— Je sais, mais il a toujours été si fort, si puissant. Invincible.

— Ne t'en fais pas pour lui, ça va aller, lui assura-t-elle d'un ton confiant en espérant dire vrai.

Il hocha la tête et la surprit en demandant :

— Et pour nous alors ? Ça va aller ?

— Que veux-tu dire ?

— Je sais qu'on n'a pas beaucoup parlé ces derniers temps, mais à chaque fois j'ai l'impression que tu es sur tes gardes.

— Vraiment ? Parce que j'ai l'impression au contraire d'en faire trop.

Il grimaça.

— Sky m'a repris sur mon attitude envers toi, mais j'étais inquiet pour mon père et…

— Et tu as besoin de te concentrer sur l'essentiel, compléta-t-elle en reprenant ses mots.

— Et tu as cru que tu n'en faisais pas partie ! conclut-il, comme s'il prenait conscience du sens de sa phrase.

— Ce n'est pas grave, nous ne nous sommes rien promis.

— Mais que dis-tu ? Tu comptes énormément pour moi, sans doute bien plus que je ne veux l'admettre.

Elle soupira.

— Suis-je idiote de vouloir croire que c'est vrai ?

— C'est la vérité, je t'assure.

Penchant la tête, il effleura ses lèvres des siennes.

— Tu m'as follement manqué, Macy.

— Toi aussi, Liam.

— Je reprends mon rôle ici, ce qui veut dire que nous devrons nous débrouiller pour trouver du temps à nous. Si tu veux bien.

— Oui, je le veux, avoua-t-elle.

À ces mots, il lui sourit, et elle eut la certitude qu'il s'en réjouissait sincèrement.

Au début, elle avait cru que son retour au ranch s'apparentait à un acte de repentance, mais visiblement il semblait dans son élément ici, ce qui n'était pas toujours le cas à l'hôtel.

Évidemment, il donnait tout à fait le change à Stagecoach Inn, mais elle commençait à le soupçonner d'être, au fond de son cœur, un véritable éleveur. Mais cela, il devait en prendre conscience lui-même, elle préférait ne pas s'en mêler.

- 14 -

La semaine suivante, Liam parvint à voler quelques heures au ranch ici et là, y compris le vendredi après-midi ; il trouva alors Macy dans la cuisine, en train de disposer des cubes de fromage et des crackers sur un plateau.

— Un film, ça te dit ? demanda-t-il.

— Il me dirait quoi, à ton avis ?

Il roula les yeux.

— Très bien, je reformule : voudrais-tu m'accompagner au cinéma, ce soir ?

— Désolée, mais ce soir je ne peux pas.

— Tu as déjà un rendez-vous ?

— Non, trois.

— Ah, j'aurais dû m'en douter !

Elle hocha la tête, continuant à préparer la dégustation de vins et fromages pour les hôtes, accompagnés d'olives fourrées et de pickles.

Il prit alors une olive dans un bol, ce qui lui valut un regard désapprobateur, puis enchaîna :

— Tu sais, c'est le moment de la conversation où tu pourrais m'inviter chez toi à passer la soirée en compagnie d'Ava, Max, Sam et toi.

— Ah bon ? fit-elle, surprise.

Il croisa les bras, attendant qu'elle se décide et vit son visage s'éclairer.

— Si tu n'as rien de mieux à faire, poursuivit-elle,

alors tu es le bienvenu à la maison. Ce n'est pas le Mann Theaters, mais nous avons Netflix et du pop-corn.

— Une combinaison irrésistible.

Puis, s'étant assuré d'un rapide regard qu'ils étaient seuls, il l'attira à lui et l'étreignit.

— À moins que ce ne soit toi qui sois irrésistible, ajouta-t-il.

Et, se penchant vers elle, il lui donna un baiser ; quand elle ferma les yeux, il sentit son pouls battre fortement à ses tempes et son excitation grandir en un rien de temps lorsqu'elle se cambra contre lui.

Il fut tenté de la faire basculer sur la table, quand tout à coup des gloussements résonnèrent du seuil de la porte.

Elle se dégagea sur-le-champ de son étreinte et, à ses joues rougies, il comprit qu'elle était particulièrement embarrassée : trois hôtes, des amies fort sympathiques qui étaient arrivées la veille, venaient en effet de les prendre en flagrant délit en passant devant la cuisine.

— Vous en avez de la chance, dit une d'elles en leur adressant un clin d'œil avant de se diriger avec les autres vers le salon.

Une fois qu'ils furent seuls, il glissa les doigts dans les cheveux soyeux de Macy, repoussa tendrement quelques mèches et les lui cala derrière l'oreille.

— Bon, je crois que nous expérimenterons l'amour dans la cuisine une autre fois.

Elle sourit, les joues en feu.

— Oui. Si tu ne t'attardes pas trop à l'hôtel, tu pourras dîner avec nous, ce soir. Viens à la maison vers 18 h 30.

— J'y serai, promit-il.

Il arriva avec un peu d'avance, constata Macy, mais elle se garda bien de formuler le moindre reproche, trop heureuse de le voir. Ses triplés, qui avaient déjà le ventre plein, restèrent dans leurs chaises hautes pendant que Liam et elle mangeaient les lasagnes et la salade verte qu'elle avait préparées. Après le dîner, elle lui proposa de se détendre dans le salon tandis qu'elle donnerait le bain aux enfants avant de leur lire une histoire et de les mettre au lit, mais il insista pour l'aider.

À deux, la question du bain fut bien plus vite réglée que d'ordinaire et, très rapidement, Max et Sam furent lavés, séchés et enveloppés dans leur gigoteuse, prêts à aller au lit.

— Hé, bonhomme, on dirait que tu as une nouvelle dent, non ?

Elle jeta un coup d'œil par-dessus son épaule, pour savoir qui était le « bonhomme » en question tout en continuant à se battre avec sa petite entêtée de fille pour lui enfiler son pyjama.

— Deux nouvelles, confirma-t-elle alors.

— Beau travail, Sam, lança-t-il.

Elle haussa un sourcil.

— Tu sais faire la différence entre Sam et Max ?

— Naturellement, pourquoi ?

— Parce que la plupart des gens se trompent, y compris mon propre père.

— Ils se ressemblent beaucoup, c'est vrai, mais Sam a les yeux gris-vert et Max un menton plus carré.

— Quel fin observateur !

— En outre, Max est plus réservé que Sam, qui a toujours besoin d'attirer l'attention.

Ce qui était tout à fait vrai et, encore une fois, indiquait qu'il les avait attentivement étudiés. Elle sentit son cœur se serrer.

Tu es en train de tomber amoureuse de lui.

À cet instant, les mots de sa mère résonnèrent en elle, et elle se rendit compte que c'était vrai.

***

Voilà à quoi ressemblerait une vie de famille, pensa Liam en s'asseyant près de Macy, sa petite fille blottie contre son torse. Les garçons étaient endormis, mais Ava luttait contre la gravité chaque fois que ses paupières se fermaient malgré elle.

Elle finit par perdre la bataille, mais ses petits poings fermés montraient qu'elle pouvait la reprendre à tout instant, et cette détermination tranchait avec son visage d'ange, si semblable à celui de sa maman. Notamment sa bouche et ses longs cils épais qui cachaient des yeux d'un bleu aussi vif que celui de Macy.

Bien sûr, il était aussi possible que son père ait les yeux bleus, mais vraisemblable également qu'il les ait verts, comme Max et Sam. Ce qu'il était frustrant que Macy ne dise pas un mot sur lui, ni de la relation qu'ils avaient eue.

Chaque fois qu'il lui posait des questions à son sujet, elle affirmait qu'il ne faisait pas partie de leur vie. La réponse était vague et peu rassurante. Habitait-il toujours à Las Vegas ? lui avait-il un jour demandé, et elle s'était contentée de hausser les épaules. Était-elle toujours amoureuse de lui ? avait-il insisté. Elle avait nié vigoureusement l'avoir jamais été.

Il voulait bien la croire, mais ne pouvait se défendre de penser qu'elle lui dissimulait quelque chose, à trop vouloir éviter le sujet. Quand il s'était plaint de sa façon de botter en touche, elle avait répliqué qu'elle ne le questionnait pas sur ses liaisons passées. Ce qui impliquait qu'il ne devait pas s'enquérir des siennes, et cela lui déplaisait fortement, car il aurait bien aimé les lui raconter, pour prouver qu'il n'avait rien à cacher, lui.

Enfin, après tout, il n'était pas exclu qu'elle ne veuille pas parler du père de ses enfants car elle n'avait rien à en dire ; ceux-ci étaient peut-être le fruit d'une aventure sans lendemain.

En tout cas, elle ne semblait pas du tout éprouver de sentiments pour cet homme et, quand ils faisaient l'amour, elle s'abandonnait tout entière, sans toutefois montrer ce qu'elle avait dans le cœur. Par conséquent, le sien demeurait sur ses gardes.

— Je vais mettre Ava dans son berceau, dit-il à voix basse pour ne pas la réveiller.

— Entendu, je t'attends.

Après le film, ils regagnèrent sa chambre.

À présent il caressait avec délectation les reins nus de Macy allongée sur lui.

— Nos étreintes m'ont manqué, lui dit-elle en poussant un soupir de satisfaction.

— À moi aussi.

— Tu as passé une bonne soirée, malgré les enfants ?

— Tu plaisantes ? J'ai adoré.

Et sur ces mots, heureuse, elle s'endormit dans ses bras.

Comme il aurait aimé que ce genre de soirées devienne habituel, que tous deux forment un vrai couple. Il prétendait apprécier sa vie de célibataire, mais en réalité il cherchait l'âme sœur, celle avec qui il se marierait et aurait deux enfants. Ou trois. Ou plus.

Elle lui apportait le tout sur un plateau sauf que ce n'était pas *sa* famille.

À cette pensée, un vif effroi le saisit… Allons, Macy n'était pas Isabella ! se rappela-t-il vivement. Il n'empêche qu'il ignorait tout du père des triplés et qu'il n'était pas assuré qu'il ne reviendrait pas un jour les réclamer, eux et leur mère.

Alors il se retrouverait sur la touche, tout seul.

*
* *

Macy ne fut pas surprise de se réveiller seule, le lendemain matin, juste un peu déçue. Elle aurait dû demander à Liam de rester avant de sombrer dans le sommeil, de sorte que ce matin sa chaleur et ses bras ne lui auraient pas manqué.

Néanmoins, elle était certaine que la soirée de la veille avait marqué un tournant dans leur relation ; aussi, dans l'intérêt d'une meilleure communication entre eux, était-elle résolue, lors de leur prochain tête-à-tête, de s'ouvrir à lui sur les sentiments qu'elle lui prêtait : elle lui avouerait qu'elle l'aimait.

Sa détermination vacilla légèrement quand il ne se montra pas du tout à l'hôtel de la journée, et encore plus lorsqu'elle ne reçut pas un appel ni un texto de sa part.

Dans la soirée, elle lui envoya un bref message pour s'assurer qu'il allait bien.

Sa réponse fut un simple « oui ».

Elle dut patienter jusqu'au dimanche en début d'après-midi, avant qu'il se décide à réapparaître. Normalement, elle aurait dû rentrer chez elle, mais elle avait promis à Rose de la remplacer pour que celle-ci puisse assister à l'enterrement de vie de jeune fille organisé pour sa nièce.

Quand il arriva, aux environs de 15 h 30, elle ne put s'empêcher de se demander s'il avait programmé son arrivée à une heure où elle n'aurait pas dû être présente à Stagecoach Inn. Et le fait qu'il paraisse surpris de la voir la renforça, hélas, dans sa suspicion.

Après l'avoir saluée à voix haute, il se dirigea vers la bibliothèque ; terminant rapidement son mail, elle l'y rejoignit.

— Tu peux me dire ce que j'ai fait de mal ? questionna-t-elle alors.

— Rien.

— Vraiment ? Dans ce cas, pourquoi ne lèves-tu même pas les yeux de ton dossier pour me répondre ?

Redressant la tête, il croisa son regard.

— Tu n'as rien fait de mal, lui assura-t-il de nouveau.

— Très bien, je te crois ! répondit-elle d'un ton sarcastique.

Sur ces mots, elle pivota sur ses talons et se dirigea vers la porte.

Il poussa aussitôt un soupir de soulagement. Un soupir prématuré, comprit-il quand elle se retourna pour lui faire face.

— Tu vois bien que je suis occupé, Macy, dit-il.

— Je ne prendrai pas plus de dix minutes de ton temps précieux. Je veux une explication, Liam, je pense que tu me dois au moins ça.

Elle avait raison, seulement, il n'avait aucune explication à lui fournir, du moins aucune qui la satisferait.

— Que veux-tu que je te dise ? finit-il par demander d'un ton las.

— Je veux savoir pourquoi, après une soirée réussie du début à la fin, tu disparais au milieu de la nuit et tu ne donnes pas de nouvelles depuis.

— Je doute que tu apprécies ma réponse.

— Je veux en tout cas l'entendre.

— Très bien, dit-il avec réticence. Eh bien, le fait d'être avec Ava, Max, Sam et toi, comme l'autre soir, c'est juste un peu trop réel pour moi.

— Je ne comprends pas. Ce n'est pas la première fois qu'on est tous ensemble. Qu'est-ce qui a subitement changé ?

Tout simplement le fait qu'il avait compris qu'il était tombé amoureux d'elle – et de ses enfants. Sinon, pourquoi aurait-il passé son vendredi soir sur un canapé inconfortable dans un appartement aménagé chez ses parents, entouré de ses enfants, à se répéter que c'était cette vie-là qu'il voulait, que sa place était ici, avec eux ?

— Je me suis rendu compte que je n'étais pas un homme fait pour les enfants, déclara-t-il subitement.

— Outre le fait que cette affirmation est complètement fausse, t'ai-je demandé d'endosser le rôle du père de mes enfants ? reprit-elle sur le ton du défi.

— Non, reconnut-il, mais si nous continuons à nous voir, n'est-ce pas ce que tu attendras de moi ? Si je passe du temps avec tes enfants, n'est-ce pas ce qu'eux vont espérer de moi ?

— Ils ont neuf mois, souligna-t-elle. Je ne crois pas que tu aies du souci à te faire sur leurs attentes. Et, honnêtement, sur les miennes non plus.

— Je ne voulais pas te blesser, Macy !

Elle secoua la tête, et il vit que ses yeux étaient remplis de larmes.

— Crois-moi, je n'avais pas l'intention de tomber amoureuse, renchérit-elle. J'avais renoncé à l'amour. Je pensais qu'il n'était pas dans ma nature d'abandonner mon cœur à un homme. Et puis tu es entré dans ma vie…

Qu'était-elle en train de lui dire ?

Qu'elle l'aimait ?

Était-ce possible ?

Non, il refusait de la croire, il ne voulait pas repasser par le même chemin, celui où des herbes folles pouvaient lui lacérer le cœur.

— Non, Macy, tu te trompes, tu ne m'aimes pas.

Elle leva vers lui ses yeux humides.

— Tu n'es pas obligé d'éprouver les mêmes sentiments, tu sais, et d'ailleurs il est évident que ce n'est pas le cas, mais ne viens pas me dire ce que je ressens, s'il te plaît !

Sur ces mots, elle sortit de la bibliothèque en claquant la lourde porte qu'elle lui avait dit trouver si admirable, le premier jour.

- 15 -

Bien trop agitée et meurtrie pour rentrer chez elle et affronter l'interrogatoire de sa mère, Macy préféra aller s'acheter de la glace, le meilleur remède de tous les cœurs blessés.

Elle ressortit de chez Trading Post avec deux énormes sacs à la main, et l'esprit un peu moins sombre.

— J'ai vu Alyssa Channing, cet après-midi, déclara-t-elle à sa mère en posant les courses sur le comptoir de la cuisine. Elle se rendait à l'hôpital.

— Regan a accouché, c'est ça ?

Elle hocha la tête et mit ses deux boîtes de glace dans le compartiment froid du réfrigérateur.

— Et alors ? s'enquit sa mère.

— Deux petites filles de deux kilos et demi chacune et en pleine forme. La mère en revanche est épuisée après vingt-quatre heures de travail.

Bev arbora un air compatissant.

— On le serait à moins. Heureusement que toi tu as eu une césarienne.

— Après seize heures de souffrance, tout de même ! lui rappela-t-elle.

— Mais Ava, Max et Sam les valaient bien, non ?

Elle regarda ses enfants les uns après les autres, et son cœur se gonfla d'un amour si fort qu'il remplit les brèches causées par la rebuffade que Liam venait de lui infliger.

— Oui, bien sûr, approuva-t-elle.

Bev distribua alors à ses petits-enfants des biscuits spéciaux pour bébés en train de faire leurs dents, tandis qu'elle continuait à ranger les courses.

— Tu devrais aller rendre visite à Regan et ses jumelles, lui suggéra sa mère. Pas maintenant, mais quand elle sera de retour chez elle, je suis sûre qu'elle sera ravie de discuter avec une femme qui a l'expérience de triplés.

— Oui, j'irai la voir, promit-elle.

— Très bien. Et maintenant je vais nous remplir deux bons bols de glace, et tu me diras pourquoi tu rentres à la maison au beau milieu de la journée, alors que tu étais censée remplacer Rose.

— Tiens, ça fait longtemps que je ne t'ai pas vu traîner par ici, déclara Sky lorsque Liam prit place sur un tabouret, au comptoir.

— J'étais occupé.

— Et soudain tu as du temps libre ?

— J'ai juste besoin de faire un break.

Elle posa une pinte de bière sur un dessous de verre devant lui.

— C'est ce que tu as dit à Macy ?

Il fronça les sourcils, se contentant de fixer le liquide ambré.

— Alyssa est passée tout à l'heure. Elle m'a dit qu'elle l'avait vue à Trading Post et qu'elle avait l'air dévastée.

— Pourquoi penses-tu tout de suite que cela a un rapport avec moi ?

— Parce que je te connais.

Il porta sa bière à la bouche, et elle entreprit d'essuyer des verres, dans l'égouttoir.

— Pour donner une chance à une relation, il faut être honnête et communiquer.

— T'ai-je demandé des conseils ?

— Non, mais tu es venu ici.

— Juste pour boire une bière, lui assura-t-il.

— Tu lui as parlé de Simon ?

Elle avait soudain pris une voix adoucie, sans doute pour atténuer le coup.

— Il n'y a rien à raconter.

— J'imagine qu'elle dit la même chose sur le père de ses enfants.

— Sauf qu'elle ne dit rien du tout sur lui.

— Et c'est ce qui t'inquiète.

— Non, je ne suis pas inquiet. Je pense juste qu'il est inutile de continuer cette relation.

— Vraiment ? Parce que, pour tout te dire, j'ai l'impression que tu souffres autant qu'elle de la situation.

C'était peut-être le cas, mais il préférait poursuivre son chemin tout seul.

Pourtant, plus tard, alors qu'il dînait avec son père et son frère au ranch, il n'arrivait pas à chasser Macy et ses enfants de son esprit.

Le repas fut plutôt silencieux et, dès qu'il eut fini sa dernière bouchée, Caleb se leva de table.

— Je vais au lit, annonça-t-il, car on commence tôt, demain.

Il aurait dû l'imiter, mais il tenait à poser une question à son père, une question qui le tracassait depuis un certain temps.

— Je voudrais te demander quelque chose, déclara-t-il sitôt que Martina eut débarrassé la table.

— À cette heure-ci ? grommela son père.

En dépit de la réponse peu engageante, il enchaîna :

— Quand tu étais à l'hôpital, as-tu reçu la visite de Valerie Blake ?

Son père détourna immédiatement la tête.

— Où es-tu allé chercher une idée aussi folle ?

— À l'hôpital, j'ai vu une femme lui ressemblant en tout point sortir de ta chambre, insista-t-il.

Son père resta un bon moment silencieux, puis finit par répondre d'une voix incertaine.

— Oui, elle est venue.

Un aveu qui le poussa naturellement à demander :

— Pourquoi ?

— C'est une Blake, elle voulait sans doute vérifier si j'allais bientôt y passer.

— Ce pourrait être une explication, concéda-t-il, mais il se trouve qu'elle pleurait en sortant de la chambre.

— Parce que justement je n'étais pas mort.

— Trouve autre chose !

— Ah, mais qu'est-ce que cela peut te faire ? s'agaça son père.

Incapable de lâcher l'affaire, il reprit :

— Valerie Blake et toi… Avez-vous eu une relation, par le passé ?

— Mais non ! lâcha son père sans le regarder.

— Avoue au moins que tu as couché avec elle !

Son père soupira et, de guerre lasse, avoua :

— Une fois. Et il y a fort longtemps.

— Tu as trompé maman ?

— Bien sûr que non !

Son père se passa les mains sur le visage.

— Comment peux-tu imaginer une chose pareille ? poursuivit-il. Ta mère était l'amour de ma vie. Dès que mes yeux se sont posés sur elle, aucune autre femme n'a plus existé.

— Donc c'était après son décès.

— Cinq ans après, jour pour jour… Ta mère me manquait encore tant que je suis allé prendre une bière chez Diggers où Valerie était serveuse. Nous avons discuté jusqu'à la fermeture du bar, et puis je l'ai raccompagnée chez elle…

Il fit une pause et reprit :

— Peu de temps après, elle partait pour Washington, et elle est revenue à Haven il y a trois ou quatre ans. Nous nous croisons parfois, mais nous nous contentons de nous saluer d'un hochement de tête.

— Elle n'est jamais venue te voir au ranch ?

— Non.

— Et pourtant, dès qu'elle a su que tu étais à l'hôpital, elle a effectué le trajet jusqu'à Elko pour te voir ? Pourquoi ?

David soupira à nouveau.

— Parce qu'elle voulait m'informer que sa fille, Ashley, était aussi la mienne.

Deux semaines, constata Macy en regardant la date sur son ordinateur, au bureau, cela faisait deux semaines qu'elle n'avait pas fait l'amour avec Liam, qu'elle avait pris conscience qu'elle l'aimait et qu'il lui avait fait comprendre qu'il ne partagerait jamais ses sentiments.

Bien que son cœur soit brisé, il continuait à battre, et elle adorait toujours autant son travail à l'hôtel.

— Jensen, dit une voix masculine qui l'arracha à ses rêveries. Gord et Isabella.

Les nouveaux clients qu'elle attendait venaient d'arriver. Son visage s'éclaira tout de suite d'un sourire de bienvenue, et elle remarqua que le couple se tenait par la main et avait échangé un tendre regard. Elle rechercha le nom et trouva rapidement la réservation, dans la suite royale Wild Bill.

— Et Simon ! ajouta un petit garçon. C'est moi.

— Bonjour, Simon, répondit-elle tout en prenant la carte de crédit de son père. Moi, je m'appelle Macy et, si tu as des questions ou besoin de quoi que ce soit, viens me voir !

— J'ai soif ! déclara-t-il.

— Tu trouveras des boissons et des petits en-cas dans le solarium, annonça-t-elle en désignant le bout du hall. C'est là aussi que tu prendras ton petit déjeuner, demain matin.

— Je pourrais avoir des pancakes ?

— Ça, il faut demander à tes parents, répondit-elle en adressant un sourire aux parents. Mais il y a des pancakes sur la carte, oui.

Le garçon regarda alors sa mère d'un air implorant. Celle-ci passa la main dans les boucles qui lui retombaient sur le front.

— Tu ne voudrais pas essayer autre chose, pour une fois ? lui suggéra-t-elle.

— Non, j'adore les pancakes.

— Dans ce cas, c'est d'accord, dit son père.

— Hourra ! fit le petit garçon en donnant un coup de poing dans l'air. Et demain on va au parc d'attractions ! Youpi !

— Vous n'êtes visiblement pas ici pour affaires, conclut-elle avec un grand sourire.

— Non, mais pour prendre du bon temps, approuva la femme.

Elle leur tendit les clés et leur résuma brièvement ce que proposait l'hôtel.

— Si vous avez besoin de quoi que ce soit, je suis à votre service, déclara-t-elle.

— Merci, dit le mari, mais je ne vois pas ce qui pourrait nous manquer, dans cet endroit de rêve.

Après la révélation époustouflante de son père au sujet d'une demi-sœur qui aurait douze ans, Liam dut affronter ses grands-parents qui lui reprochèrent de négliger l'hôtel, même s'ils avaient toute confiance en

Macy pour le tenir avec l'efficacité d'une montre suisse. Cependant, lui rappelèrent-ils, c'était lui l'investisseur et le responsable de sa bonne marche.

Aussi, le samedi matin après le petit déjeuner, se retrouva-t-il derrière le volant de son pick-up, direction le centre-ville. En pénétrant dans l'hôtel, il ressentit des impressions contradictoires : il était fier de l'établissement, et reconnaissant à Macy de son excellente gestion, mais avant tout il redoutait de la voir : elle lui manquait terriblement, pas juste la chaleur de son corps, mais aussi son rire, sa conversation, sa présence… Bref, tout.

Cependant, il estimait toujours avoir écouté la voix de la raison en rompant avec elle avant qu'ils soient trop profondément attachés l'un à l'autre. Il finirait par s'en remettre ! Car il ne pouvait pas revivre l'épreuve qu'il avait connue avec Isabella, et surtout avec Simon.

Peut-être était-ce parce qu'il pensait justement à elle qu'il ne fut d'abord pas surpris de la voir, assise dans un fauteuil dans le hall, jusqu'à ce qu'il se rende compte qu'elle n'était pas le fruit de son imagination !

Isabella, en revanche, fut stupéfaite de le voir au point que l'homme assis en face d'elle s'aperçut de son trouble et lui dit quelque chose qu'il n'entendit pas.

Sur une impulsion, le cœur battant la chamade, il se dirigea vers eux, les yeux rivés au petit garçon assis entre ses parents. Simon.

— J'ai mangé des pancakes, au petit déjeuner ! déclara Simon d'un ton joyeux.

Le petit ne l'avait pas reconnu, et cela, avec son beau sourire éclair, lui fit l'effet d'un coup de poing en plein cœur.

— Et quatre tranches de bacon, ajouta-t-il.

— Le bacon est à volonté, ici, dit-il alors de sa plus belle voix de ténor pour masquer son émotion.

— J'adore ça, le bacon !

— Bien grillé, non ?

Le petit garçon écarquilla de grands yeux, comme s'il ne comprenait pas comment on avait pu deviner ses goûts, avant de hocher la tête.

Il reporta son attention sur Isabella et son mari.

— Votre repas vous a-t-il satisfait, ce matin ?

— Tout était parfait, affirma Gord en versant du sucre dans son café.

— Délicieux, renchérit-elle, un sourire forcé aux lèvres.

— J'en suis ravi, alors. Si vous avez besoin de quoi que ce soit durant votre séjour, n'hésitez pas à le demander à la réception.

Sur ces mots, il se dirigea vers un autre couple, pour les saluer, puis sortit bien vite de la pièce. Il prit une grande inspiration. Aujourd'hui, il était au-dessus de ses forces de s'attarder auprès de ses hôtes.

Pourquoi avait-il fallu qu'il choisisse cette journée pour venir ici ? Et quand pourrait-il repartir sans avoir l'air de fuir ? Seigneur, Macy, Isabella, les deux sous le même toit… Mais qu'avait-il fait de mal pour mériter une telle punition ? Pour réfléchir à la question et se remettre de ses émotions, il voulut se réfugier dans la bibliothèque, désireux d'être seul.

Mais, au moment où il allait en franchir le seuil, une voix féminine résonna derrière lui.

— S'il te plaît, Liam, ne me fuis pas.

Isabella.

Il se retourna et, d'une voix basse et tendue, répondit :

— N'inverse pas les rôles. C'est toi qui m'as quitté, qui es partie en courant pour rejoindre ton supposé ex-mari !

Elle releva le menton.

— Je me devais, pour Simon, de donner une seconde chance à mon mariage.

Ce n'était pas tant la vue de son ex-petite amie en compagnie de son époux qui l'avait perturbé – tout sentiment pour elle s'était éteint en lui depuis longtemps – que celle de ce petit garçon qui lui avait autrefois demandé s'il pouvait l'appeler papa. Ça avait été le coup de grâce.

— Il ne se souvient même pas de moi, reprit-il.

— Il a huit ans, dit-elle d'une voix douce, et il ne t'a pas vu depuis quatre ans.

Il hocha la tête. Quatre ans, c'était la moitié de la vie de Simon mais, pour lui qui avait autrefois pensé faire partie pour toujours de la vie du petit garçon, ce n'était rien.

Il s'éclaircit la gorge.

— Il a beaucoup grandi.

Elle sourit.

— À qui le dis-tu ? J'ai à peine le temps d'étiqueter ses vêtements pour l'école qu'il lui en faut déjà de nouveaux.

— J'imagine.

L'expression d'Isabella redevint grave.

— Je suis désolée, Liam. Je ne savais pas… C'est Gord qui a réservé les chambres, il voulait nous faire une surprise, à Simon et moi, expliqua-t-elle. Mais, si cela est trop pénible pour toi, nous pouvons…

— Non, ne t'inquiète pas pour cela, lui assura-t-il. Je serai absent pour l'essentiel du week-end, donc il est fort probable qu'on ne se recroise pas.

— En tout cas, je suis contente de t'avoir revu, et heureuse aussi que tu aies finalement échappé au ranch.

Il hocha la tête.

— Va retrouver ta famille.

Une fois qu'elle fut partie, il demeura où il était, le cœur lourd, mais rien non plus d'insurmontable, comparé au gouffre qui s'était creusé en lui quand Isabella et Simon étaient sortis de sa vie, quatre ans plus tôt.

Ou le vide intolérable qu'il avait éprouvé quand il avait repoussé Macy de la sienne…

Sauf que Macy était là, maintenant, et qu'elle dardait sur lui ses beaux yeux bleus emplis de tristesse et d'empathie.

- 16 -

— Je ne voulais pas écouter une conversation qui ne m'était pas destinée, dit Macy en guise d'excuse. J'étais juste venue ranger des livres que des hôtes avaient laissés dans leur suite… Ça va ?

— Bien sûr.

— C'est moi qui leur ai fait remplir leur fiche, reprit-elle, s'en sentant presque coupable.

Elle se rappelait avoir pensé qu'ils formaient une belle famille, et leur enfant à l'esprit curieux lui avait plu.

— Ce petit garçon… Il est de toi ?

Il secoua vigoureusement la tête.

— Non, jamais je n'aurais renoncé à lui s'il avait été le mien.

Ces paroles confirmaient tout le bien qu'elle pensait de cet homme qu'elle aimait.

— Mais je suis sorti avec sa mère pendant onze mois, lui confia-t-il.

Autant dire une éternité pour un enfant. Elle imaginait aisément le lien étroit qui avait pu se tisser entre Simon et Liam, et combien ils avaient dû souffrir, tous les deux, lors de la séparation.

— Je pensais que nous allions nous marier, avoua-t-il.

— Tu étais amoureux d'elle.

Et, à cette idée, elle sentit son cœur se serrer. Toutefois, il secoua la tête en signe de dénégation.

— Non, j'étais juste fou de son fils, ce qui n'est pas la

meilleure raison pour épouser une femme, je sais. Mais Simon avait vraiment besoin d'un père, et je voulais bien être le sien.

Elle étreignait les livres contre elle.

— Pourquoi ne m'as-tu jamais parlé d'elle ? Ni de Simon ?

Il haussa les épaules.

— Cela remonte à quatre ans, c'est de l'histoire ancienne.

Pas tant que ça, songea-t-elle, comprenant à présent pourquoi il s'était efforcé de maintenir ses distances avec Ava, Max et Sam : il cherchait juste à protéger son cœur autrefois brisé par un enfant qui n'était pas le sien et à qui il s'était bien trop attaché.

Posant les livres, elle s'approcha de lui et, quelques instants plus tard, ils s'embrassaient à pleine bouche, fiévreusement…

Puis elle se détacha et plongea les yeux dans les siens.

— Liam, il faut que je te parle, car je ne t'ai pas tout dit, sur le père d'Ava, Max et Sam.

— Tu ne m'as jamais parlé de lui, en fait.

— Parce que je ne savais pas quoi dire, comment expliquer…

Il demeura silencieux, attendant qu'elle trouve ses mots.

— Tu te souviens de notre première nuit ?

— Comme si c'était hier.

— Ce soir-là, je t'ai avoué que je n'avais pas couché avec un homme depuis longtemps, tu te rappelles ? En fait, cela faisait plus de deux ans.

Il fronça les sourcils.

— Comment est-ce possible ?

— Parce que je n'ai pas couché avec le père de mes enfants.

— Mais qu'est-ce que tu racontes ? Tu t'es retrouvée enceinte par l'intervention du Saint-Esprit, peut-être ?

— Non, par insémination artificielle.

Il fronça les sourcils.

— Par FIV, si tu préfères.

— Donc qui est le père d'Ava, Max et Sam ?

— C'est un professeur qui enseigne à la faculté, d'origine allemande. Il mesure un mètre quatre-vingts, il a les cheveux châtains et bouclés, les yeux verts et une fossette sur la joue gauche. Il fait du volontariat à la SPA de son quartier, joue de la guitare, aime la littérature classique et l'art contemporain, ainsi que cuisiner durant son temps libre.

— Quelle description exhaustive !

— Mais je ne connais pas son nom. Pour moi, il est le donneur 6243.

— Voilà qui explique tes dérobades à mes questions. Mais cela ne me dit pas pourquoi tu as recouru à une FIV.

— Parce que je rêvais de fonder une famille, et que mes efforts pour trouver l'homme idéal se sont révélés trop de fois infructueux. Or, l'horloge biologique avançait…

— Pourquoi ne m'as-tu rien dit, quand je t'ai questionnée au sujet de leur père ?

— Je sais, j'aurais dû… Mais, lorsque je l'ai annoncé à mes parents, leur réaction a été si vive et leur déception si manifeste que j'ai préféré ensuite rester discrète au sujet de la conception de mes enfants. Je ne voulais pas qu'ils deviennent l'objet de commérages ou qu'on se moque d'eux en raison de mon choix.

Elle marqua une pause et reprit :

— Aussi, quand je t'ai dit qu'ils n'avaient pas de père, c'était vrai. L'homme qui a contribué à la moitié de leur ADN n'est rien d'autre pour moi qu'un donneur de sperme.

Elle enserra alors son beau visage inquiet et poursuivit :

— L'homme dont je suis amoureuse, c'est toi, Liam. Et, au risque de t'effrayer, il se trouve que je pense que tu ferais un père formidable pour les enfants, si tu trouves l'idée alléchante, bien sûr.

Il recula d'un pas et la relâcha.

— Tu ne dis rien, observa-t-elle d'un ton tranquille.

— C'est beaucoup d'informations à assimiler d'un coup.

Elle hocha la tête.

Il avait envisagé de nombreux scénarios pour expliquer la réticence de Macy à parler du père de ses enfants, mais la pensée d'un donneur de sperme ne lui avait vraiment pas effleuré l'esprit…

Certes, c'était une bonne nouvelle, puisqu'il n'aurait pas à se tracasser au sujet d'une éventuelle réconciliation de Macy avec lui. Néanmoins, était-elle réellement amoureuse de lui, comme elle le proclamait, ou bien recherchait-elle juste un père pour ses enfants, afin de leur offrir un cadre familial et d'échapper à tout commérage ?

— Bon, je retourne à la réception avant que mon chef me reproche de me tourner les pouces.

Elle lui offrait une porte de sortie, et il sauta dessus.

— Et moi, je dois rentrer au ranch.

— Je ne voulais pas te mettre dans une position inconfortable, juste lever tout malentendu entre nous.

— Je sais… J'ai juste besoin d'un peu de temps pour assimiler tout cela.

— Très bien, tu sais où me trouver, si tu as envie de parler.

— Oui.

Puis il sortit bien vite de la bibliothèque, faisant mine de n'avoir pas vu les larmes dans ses yeux bleus.

De retour à Circle G, perdu dans ses pensées, l'esprit complètement embrouillé, il prit le chemin des écuries et découvrit soudain son père à l'intérieur, en train de s'affairer.

— Que fais-tu ici ? s'exclama-t-il d'un ton rude.

— Le médecin m'a recommandé de faire de l'exercice et de respirer de l'air pur.

— Il t'a surtout prescrit du repos.

— Plus de repos, et je meurs !

— C'est ce qui a failli t'arriver, il y a quelques semaines ! se sentit-il obligé de lui rappeler.

— Il faudrait plus qu'une crise cardiaque pour me mettre définitivement hors-jeu.

Il n'en doutait pas mais, comme il n'avait pas du tout envie d'envisager la mort de son père, il répondit à la place :

— En tout cas, ça fait plaisir de te revoir sur pied.

— Forcément ! Tes responsabilités, tu vas pouvoir t'en laver les mains, à présent.

— Sache que je ne fuis *jamais* mes responsabilités et, même quand je passais quinze heures par jour à l'hôtel, je venais vous aider ici, au ranch.

— On aurait très bien pu se passer de toi.

— Je sais, mais c'est peut-être moi qui ne pouvais pas me passer du ranch.

— Liam, je ne te comprends plus. Tu voulais tellement en partir.

— Il ne s'agit pas de ça, moi non plus je ne me comprends pas. Avant, je me sentais piégé ici, alors j'ai acheté l'hôtel, seulement depuis que tu as eu cette crise cardiaque j'ai commencé à voir les choses sous un autre angle. J'ai enfin saisi que ma place était ici, parmi vous.

— Et je ne peux que t'en complimenter ! Nous sommes éleveurs de père en fils depuis un siècle et demi, lui rappela son père. C'est Everett qui a choisi cette parcelle, qui a ensuite bâti une modeste maison, puis peu à peu transformé le ranch, avec l'aide de ses fils, en l'un des plus prospères de la région.

— Je connais l'histoire de Circle G, papa, merci.

— Je cherchais juste à te présenter des excuses. J'ai

été dur avec toi, car j'avais peur de te perdre si tu quittais le ranch, comme j'avais perdu ta mère… C'est ta grand-mère qui m'a ouvert les yeux sur le fait que je ne pouvais pas retenir à tout prix mes enfants ici, même si toi, ton frère et tes sœurs représentez pour moi tout ce que Theresa m'a laissé.

L'aveu le dérouta. Il avait surmonté la mort tragique de sa mère comme il avait pu et n'aurait pas imaginé qu'elle avait encore des répercussions sur le comportement de son père.

— Ta grand-mère m'a également assuré que ta mère n'aurait pas apprécié mon attitude, que le métier que vous exerceriez lui importait peu : elle voulait juste que vous trouviez votre voie et soyez heureux. Que vous rencontriez à votre tour quelqu'un que vous aimeriez pour fonder une famille… Aussi, j'ai décidé de tous vous soutenir désormais, quels que soient vos projets.

— Quel long discours pour un homme si taciturne que toi ! s'exclama-t-il, ému. Merci, papa. Et, tu vois, il se trouve que le Gilmore que tu as devant toi veut devenir éleveur, finalement.

Son père recula d'un pas, abasourdi, ce qui se concevait aisément.

— Tu es sérieux ?

— Tout à fait. Il fallait sans doute que je m'éloigne un temps du ranch pour l'apprécier.

— Mais ton hôtel ?

— Il rapporte déjà et est entre de bonnes mains, avec Macy.

— À ce propos… Je te conseille de ne pas attendre trop longtemps pour te décider, car ses enfants ne doivent pas grandir sans père.

Il secoua la tête.

— Tu spécules déjà sur la relève ?

— Sur la nouvelle génération de Gilmore, clarifia son père.

Bien qu'heureux d'apprendre que son père accepterait sans problème Macy, Ava, Max et Sam dans la famille, il devait de son côté trouver le courage de remettre son cœur en première ligne.

N'était-il pas préférable qu'elle fasse demi-tour ? se demanda à nouveau Macy, alors qu'elle se dirigeait vers Circle G, les doigts crispés sur le volant.

Elle avait dit à Liam de revenir vers elle quand il voudrait parler mais, à la place, il lui avait envoyé un texto pour qu'elle vienne contempler le nouveau poulain de Mystère. Était-ce un prétexte pour la revoir ? Se rappelant la promesse qu'elle avait faite à David, son père, elle était venue en compagnie d'Ava, Max et Sam. Sans doute comptait-elle aussi sur leur présence pour tenir le coup si Liam refusait d'envisager tout avenir avec elle.

Elle ne regrettait pas sa confession du matin, dans la bibliothèque, elle lui devait la vérité sur ses sentiments et tout le reste. Au moins, il prendrait sa décision, quelle qu'elle soit, en connaissance de cause, et elle n'aurait aucun regret à avoir si celle-ci était en sa défaveur.

À peine eut-elle débarqué avec les triplés dans leur poussette qu'elle tomba sur Caleb, qui sortait de l'écurie.

— Liam est à l'intérieur, dit-il en désignant du pouce la bâtisse.

— En fait, je vais d'abord aller saluer ton père.

Autant être prudente : elle ignorait si elle aurait envie de s'attarder après sa discussion avec Liam.

— Alors c'est par ici, reprit Caleb en montrant cette fois la maison.

David était de toute évidence agréablement surpris de la voir avec les petits et manifesta son mécontentement quand elle abrégea la visite. Sur son insistance, elle lui laissa ses enfants pour aller rejoindre Liam, dans l'écurie.

Elle le trouva devant la jument et son poulain.

— Sky l'a appelé Énigme, lui dit-il.

— Bonne idée !

Après quelques instants de silence, il reprit :

— Je t'attendais…

— Tu as eu assez de temps pour assimiler mes aveux ?

— En fait, je n'avais pas réellement besoin de temps, répondit-il d'une voix rauque d'émotion. Il suffit que je pense à ce que ta présence dans ma vie et celle d'Ava, Max et Sam m'apporteraient, à côté du vide de celle-ci sans vous.

À cet instant, il la prit dans ses bras et ajouta :

— Je ne pourrai jamais te dire à quel point tu me manques, Macy, chaque fois que l'on s'éloigne l'un de l'autre.

— Je crois saisir, car je ressens la même chose.

Sur ces mots, il l'embrassa avec une ardeur qui frôlait le désespoir, et elle lui rendit son baiser avec autant de ferveur et de passion, pour qu'il comprenne la profondeur et la sincérité de ses sentiments.

Posant le front sur le sien, il lui dit alors :

— Macy, je ne doutais pas de tes sentiments, mais c'est de moi que je doutais. Je ne savais pas si j'étais capable de te combler, d'être celui dont tu as besoin.

— Tu es l'homme qu'il me faut, lui assura-t-elle avec détermination. Tu es celui que j'attendais.

— Macy, je t'aime, tout comme j'aime Ava, Max et Sam. Et l'idée d'être leur père me réjouit si profondément que j'ai eu peur de l'admettre tout à l'heure, de reconnaître combien je désirais tout ce que tu m'offrais. Alors je te le dis maintenant et je mets mon cœur en première ligne, pour toi et notre avenir ensemble. Pour notre famille.

Des larmes lui emplirent les yeux en même temps que son cœur se gonflait de bonheur.

— Ne pleure pas, s'il te plaît, je ne sais pas gérer les larmes, murmura-t-il.

— Il va pourtant falloir t'y habituer, car je pleure souvent quand je suis vraiment heureuse et je vais l'être avec toi.

Enserrant son visage, il essuya doucement ses joues du pouce.

— À notre bonheur futur, dit-il.

Épilogue

Le 13 août

— Bien ! Nous avons beaucoup répété, et maintenant on va le faire pour de vrai, mais vous devez vraiment respecter le scénario. Vous comprenez ?

Liam avait sans doute pris un ton qui exprimait le sérieux de la situation, se dit-il, car Ava, Max et Sam, désormais des bambins qui marchaient, hochèrent solennellement la tête.

Ils portaient des tenues coordonnées choisies par leur grand-mère : jean et T-shirt rouge pour Max et Sam, jupe en denim et chemisier blanc pour Ava, avec un cœur rouge en paillette sur la pochette. Tous arboraient des boots de cow-boy et un chapeau, ainsi que des pancartes. Il les souleva un à un pour les asseoir sur des bottes de foin qu'il avait alignées en vue de « l'événement », ne pouvant attendre la prochaine Saint-Valentin, jour où ils s'étaient embrassés pour la première fois, pour la convaincre qu'il savait ce qu'il voulait.

— Non, Ava, toi, tu dois rester bien au milieu, lui rappela-t-il, pas si près de Sam.

Mais la petite entêtée ne bougea pas d'un pouce, étendant tranquillement les jambes devant elle et croisant les chevilles ; il dut lui-même la changer de place. Elle lui lança un regard de défi, précurseur en général de difficultés.

— Si tout se passe bien, nous irons manger des glaces !

La promesse parut la calmer, du moins pour le moment.

— Tu es prêt, Max ?

En guise de réponse, celui-ci tendit les bras, affichant fièrement le côté blanc de la pancarte qu'il tenait à la main.

— Très bien, l'encouragea-t-il, mais quand maman va arriver il faudra la retourner dans l'autre sens.

Max obtempéra tout de suite, sauf qu'il la tenait à présent tête en bas.

Il la fit pivoter.

— Comme ça, tu vois ?

Pendant qu'il s'occupait de Max, Sam laissa échapper sa pancarte et se pencha tout naturellement pour la ramasser, manquant alors de tomber. Il en perdit son chapeau et poussa un cri d'effroi.

— Ce n'est rien, assura-t-il en lui remettant le chapeau sur la tête et la pancarte dans les mains.

Il commença malgré tout à s'interroger sur la sagesse de son plan…

Entendant le moteur du SUV de Macy qui était en train de se garer, il poussa un soupir de soulagement : elle était à l'heure. Il lui envoya aussitôt un SMS pour la prier de les rejoindre dans la grange.

Une demi-minute plus tard, elle passait la tête dans l'entrebâillement de la porte, un grand sourire aux lèvres en les découvrant tous ici.

— Qu'est-ce que vous mijotez ? s'enquit-elle.

— Nous avons une question très importante à te poser, répondit-il avant de se tourner vers les enfants, prêts ?

Max brandit sa pancarte, imité par sa sœur, son frère et Liam.

Sur chaque pancarte était écrit un seul mot :

VEUX – TU – DEVENIR – MIENNE ?

Elle fondit en larmes.

— Ne m'avais-tu pas dit un jour qu'il fallait être fou pour épouser une mère célibataire avec trois enfants ? balbutia-t-elle.

— Et je suis bel et bien fou, avoua-t-il. De toi et de ces trois-là, et mon souhait le plus cher est que nous formions une famille officielle.

— Alors dans ce cas, oui, je veux devenir tienne.

Sans plus attendre, il lui glissa au doigt une bague de fiançailles et l'attira à lui pour l'embrasser sous les applaudissements du petit trio.

Soudain, ceux-ci cessèrent, et la voix d'Ava s'éleva immédiatement.

— Glace !

Il détacha à regret sa bouche de celle de Macy.

— Les aurais-tu soudoyés avec de la glace ? questionna-t-elle d'un ton amusé.

— Je ne dirais pas ça, je leur ai juste promis une récompense.

— Je trouve ça si touchant que tu les aies fait participer à ta demande !

— Ils font partie de ce qu'elle implique. Notre famille.

Des larmes brillèrent à nouveau dans ses yeux bleus.

— C'est l'une des raisons pour lesquelles je t'aime, tu le sais ?

Il lui sourit.

— Je t'aime moi aussi de tout mon cœur.

— Glace, cria de nouveau Ava en tapant du pied sur la botte de foin.

Macy lui lança un regard désapprobateur, et elle changea alors de stratégie.

— Si te plaît, pa.

Ce mot lui venait vraisemblablement de Tessa, et sans doute n'en comprenait-elle pas la signification, mais elle avait rapidement découvert qu'en l'utilisant elle obtenait souvent ce qu'elle voulait : chaque fois qu'elle prononçait cette syllabe, son cœur fondait en effet comme glace au soleil.

Il regarda Macy.

— Qu'en penses-tu ?

Elle lui sourit.

— Je crois que nous devons aller manger une glace, pa.

Et c'est ce qu'ils firent.

CATHERINE MANN

Liés par un pacte

Traduction française de
SOPHIE DABAT

Passions

HARLEQUIN

Titre original :
THE SECRET TWIN

- 1 -

Breanna n'avait que très peu de temps pour fouiller le bureau du nouveau directeur d'Alaska Oil Barons, Inc. : si elle se faisait repérer, les conséquences en seraient catastrophiques.

Mais elle était à court d'options.

Il lui fallait des réponses, et elle ignorait en qui avoir confiance. Que se passerait-il si elle se fiait à la mauvaise personne ?

Il y avait bien pire que la prison…

Elle chercha d'abord dans les documents sur le plan de travail, puis s'installa dans le confortable fauteuil ergonomique derrière l'imposant bureau, tentant de ne pas repenser aux nombreuses fois où elle s'était rendue en ce lieu durant son enfance, à l'époque où la pièce avait été le domaine de son père. Peine perdue… Ici, les souvenirs la guettaient partout. À l'époque, elle venait le plus souvent le samedi matin, accompagnée de sa sœur jumelle, après avoir pris le petit déjeuner au Kit's Kodiak Café. Elles avaient joué à cache-cache entre les meubles massifs qui décoraient la pièce et s'étaient blotties sur le canapé en cuir pour regarder des dessins animés sur le grand écran qui se trouvait à l'opposé, jusqu'à s'endormir sous un plaid.

À présent, ce bureau était celui d'un autre homme, quelqu'un qui n'était pas de leur clan. Le plan de travail et les parois vitrées surplombant la baie gelée et les montagnes à l'horizon étaient certes toujours les mêmes, mais le mobilier avait changé, remplacé par des éléments minimalistes en bois et en métal. Le bureau de son père, à l'époque, était recouvert de photos de famille, tandis que Ward Benally n'avait exposé qu'un seul cadre à côté de son ordinateur, un cliché qui le montrait en train de faire de la luge avec une petite fille d'environ sept ou huit ans.

Elle savait que Ward Benally n'était pas marié, mais de toute évidence cette enfant avait de l'importance à ses yeux, ce qui le rendait plus… humain, adoucissait l'image de l'arrogant dirigeant d'une compagnie qui appartenait à présent autant à ses rivaux qu'aux Steele – l'empire pétrolier de son père avait fusionné avec celui des Mikkelson suite à son remariage.

Bien sûr, elle n'avait pas vraiment participé à tout cela, puisque, à l'époque, tous la croyaient morte ou disparue.

Alors que sa conscience l'incitait à partir immédiatement, son instinct lui dictait de continuer à chercher cette information cruciale.

Elle sortit une clé USB de son sac à main et la connecta au portable allumé. Elle avait appris à surfer sur Internet sans laisser de traces, en perfectionnant des connaissances qu'elle avait acquises grâce à son père, Jack.

De même, tout comme lui, une fois qu'elle prenait une résolution, elle passait à l'action, sans hésiter et sans faillir. Sa poitrine se noua sous le poids des souvenirs ; elle réprima ses larmes et pianota sur le clavier, les mains gantées de latex, pour ne pas laisser d'empreintes, ne faisant aucun bruit. Paranoïaque, elle ? Peut-être, ou pas : on n'était jamais trop prudent.

Quelqu'un en lien avec cette compagnie avait joué un rôle déterminant dans l'accident d'avion qui avait causé la mort de sa mère. Ce même accident qui avait changé à tout jamais son destin, d'une façon qu'elle comprenait toujours à peine.

Elle avait besoin de ces réponses pour pouvoir enfin tourner le dos au passé, pour pouvoir se sentir en sécurité. Oui, elle voulait croire que ses proches n'avaient aucune responsabilité dans ce drame, même si tout ce qu'elle avait appris jusqu'à présent indiquait qu'un membre de la famille Mikkelson était à l'origine du crash.

Or, son père avait épousé Jeannie Mikkelson et fait fusionner leurs compagnies rivales, ce qui, à ses yeux, était tout simplement surréaliste après des décennies de guerre larvée.

Elle espérait vraiment trouver un indice dans cette pièce. Si ce n'était pas le cas, elle n'abandonnerait pas, elle avait besoin de réponses et de sécurité.

Et si elle brûlait aussi de retrouver sa famille, de renouer avec ses frères et sœurs, une petite voix lui soufflait à l'oreille de se montrer patiente. Car elle ignorait vers qui allait maintenant leur loyauté, et dévoiler son jeu serait trop dangereux.

Après avoir fouillé encore, elle consulta sa montre. Juste avant, l'assistant de Ward lui avait assuré que celui-ci serait en conférence tout l'après-midi, mais elle ne voulait pas prendre de risques.

Soudain, le nom d'un dossier attira son attention – la date de l'accident. Elle réprima un frisson au souvenir du petit avion tombant du ciel en piqué et de la terreur qu'elle avait alors ressentie, agrippée à la main de sa mère.

Une nausée la parcourut et lui coupa la respiration. Elle se rappelait tout – la peur, l'adrénaline courant dans ses veines, le sang qui battait à ses tempes, le gémissement des moteurs qui s'arrêtaient et le bourdonnement des ailes fendant l'air alors qu'ils se rapprochaient du sol à toute vitesse.

Cette réminiscence, qui lui faisait revivre ces moments atroces, la prenait d'assaut très souvent.

Mais c'était une distraction qu'elle ne pouvait se permettre aujourd'hui.

Le cœur battant la chamade, elle copia le dossier sur sa clé USB, impatiente d'en découvrir le contenu.

— Que faites-vous dans mon bureau ?

Elle sursauta et leva les yeux.

Le sang quitta son visage.

Non seulement elle avait été surprise en flagrant délit d'espionnage, mais en face d'elle se trouvait l'homme qu'elle tenait à tout prix à éviter : Ward Benally, le nouveau directeur d'Alaska Oil Barons, Inc.

Un homme sexy, aux cheveux noirs, vêtu d'un costume Armani et de bottes de cow-boy – et affichant un air furieux.

Ward Benally l'avait su depuis le début : ses premiers mois en tant que directeur d'Alaska Oil Barons, Inc. seraient éprouvants. Mais ce défi le faisait vibrer : après tout, il vivait pour son travail. Ou plutôt, son travail était sa vie, du moins ce qui lui en restait.

Il venait juste de conclure une réunion du comité directeur, rencontre houleuse qui avait failli terminer en pugilat suite à des désaccords concernant d'éventuelles modifications des oléoducs, et il s'était rendu dans son bureau récupérer des documents susceptibles de satisfaire tous les opposants – et s'octroyer quelques minutes de calme pour apaiser sa frustration.

Au lieu de quoi… il y découvrait la dernière personne au monde à qui il s'attendait : Brea Steele, la fille de Jack Steele.

La même femme qui, déguisée et sous un faux nom, s'était fait récemment passer pour une employée d'Alaska

Oil Barons Inc. afin d'accéder à Dieu sait quelles informations secrètes. Il était évident qu'on ne pouvait se fier à elle, mais Jack était tellement heureux d'avoir retrouvé sa fille qu'il croyait morte que tout le monde avait dû apprendre à composer avec elle. À la place de Jack, il aurait plutôt enquêté sur son passé obscur.

Il la scruta avec méfiance, notant qu'elle cachait les mains dans son dos et que ses yeux bruns refusaient de rencontrer les siens – sans parler du fait qu'elle était assise dans *son* fauteuil.

— Alors ? répéta-t-il. Que faites-vous dans mon bureau ?

Lentement, elle se mit debout, les mains enfoncées dans les poches arrière de son jean noir – un jean qui moulait ses longues jambes comme une seconde peau.

— Je vous attendais, déclara-t-elle d'une voix calme et posée.

Sa queue-de-cheval se balança au rythme de ses pas alors qu'elle contournait le bureau, la masse de ses cheveux noirs oscillant comme un fouet.

Cette femme était dangereuse. Dangereuse et terriblement attirante, vu comme son corps réagissait à sa simple présence. Même si la raison lui hurlait qu'elle était synonyme d'ennuis.

— J'ai plutôt l'impression que vous étiez en train de fouiller.

— Je suis curieuse, répondit-elle en haussant les épaules, le surveillant à travers ses paupières mi-closes. Que voulez-vous…

— Curieuse, vous dites ? s'étonna-t-il en s'approchant d'elle, sentant au passage son délicieux parfum de menthe. Moi, j'appelle ça entrer par effraction.

— Votre assistant m'a ouvert la porte, protesta-t-elle d'un ton égal.

Voilà un point qui méritait d'être vérifié. Mais, même

si c'était vrai, elle aurait dû être sagement assise sur le canapé ou dans l'un des fauteuils, pas derrière son bureau.

— Mon assistant vous aurait-il donné la permission d'utiliser mon ordinateur ?

En réponse, elle haussa les épaules, ce qui attira son attention sur ses courbes provocantes, mais il se força à se reconcentrer sur ce qu'il savait d'elle. Cette femme était une menteuse professionnelle. On ne pouvait pas lui faire confiance, aussi sexy qu'elle soit dans son pull à col roulé.

— J'ai juste choisi l'endroit le plus confortable pour attendre, déclara-t-elle en attrapant la photo sur son bureau en un geste visiblement destiné à le distraire. Qui est cette petite fille ? Elle est mignonne…

— Reposez ce cadre.

Son ton glacial ne souffrait aucune discussion mais, lorsqu'il vit qu'elle ne faisait pas mine d'obtempérer, il le lui prit des mains.

Il avait tout perdu lorsque son ex-femme l'avait quitté, emmenant sa belle-fille. Comme il n'était pas le père biologique de Paisley, il n'avait bénéficié d'aucun droit envers elle suite au divorce. Il avait espéré que Melanie accepterait qu'il leur rende visite ou au moins qu'il leur téléphone, mais cela n'avait pas été le cas ; elle souhaitait juste repartir de zéro avec son nouvel époux.

Pourtant, il s'était comporté – et considéré – comme le père de Paisley dès le début de son histoire avec Melanie, alors que la fillette n'avait que huit mois. Melanie et lui s'étaient mariés un an plus tard et ils étaient restés ensemble six ans. Sans Paisley, ils se seraient quittés sans doute bien avant.

En effet, s'il s'était raccroché à ce qui restait de cette union, c'était pour la petite. Melanie l'avait trompé et avait ensuite demandé le divorce pour épouser un homme de vingt-cinq ans plus âgé. Bien plus âgé, mais également très riche et très déterminé à la couvrir de cadeaux.

Il crispa les doigts sur le cadre métallique de la photo.

— Désolée…

Visiblement mal à l'aise, elle se tordit les mains, et il nota ses ongles courts et rongés.

— C'était juste qu'il était bien en vue, ajouta-t-elle.

— Bien en vue quand on est derrière mon bureau, assis dans mon fauteuil, insista-t-il avant de poser le cadre à plat sur le plateau, pour ne pas se laisser distraire davantage.

Il leva la tête et remarqua que son visage affichait une expression de profonde vulnérabilité.

Était-ce sincère ou pour le manipuler ? Son expérience avec la gent féminine l'incitait plutôt à pencher pour la seconde possibilité.

Elle déglutit avec difficulté, et il vit son long cou élégant se crisper sous l'effort.

— Eh bien, je voulais voir si le bureau de mon père était toujours le même que quand j'étais petite et que je m'installais dans son fauteuil pour le faire tourner…

Il réprima des images de Paisley faisant la même chose.

En tout cas, elle cherchait bien à toucher sa corde sensible.

— Bien joué, marmonna-t-il.

— Pardon ?

— Vous m'assénez des souvenirs d'enfance pour tenter d'attirer ma sympathie… ou pour me faire oublier que vous étiez assise dans mon fauteuil, devant mon ordinateur.

Elle ne s'en tirerait pas si facilement, et des têtes tomberaient pour lui avoir permis de s'introduire dans cette pièce, mais pour l'instant il ne la laisserait pas s'échapper tant qu'il n'aurait pas de réponses.

— D'accord, je me suis installée dans le siège de

mon père parce que, fut un temps, je pensais avoir un droit de m'y trouver ; j'étais certaine que la compagnie m'appartiendrait un jour, dit-elle avant de se mordre la lèvre inférieure. J'ai eu envie de croire, l'espace d'un instant, que ma vie avait tourné comme je l'espérais à l'époque.

Il la scruta longuement, sentant son regard dériver vers sa bouche pulpeuse, que le gloss brillant rendait encore plus appétissante. Était-ce une autre tentative pour éveiller sa compassion ? Cette fois, il n'en était pas sûr.

Il réprima une nouvelle vague d'attirance.

— Quelles qu'aient été vos intentions, vous étiez assise dans mon fauteuil, devant mon ordinateur.

Toute trace d'affliction disparut alors de son adorable visage, et elle croisa les bras, affichant un air combatif.

— Très bien, d'accord, vous avez raison. Je n'avais aucun droit de m'installer à cet endroit. Que comptez-vous faire, maintenant ?

— Je pourrais appeler la sécurité, asséna-t-il, les lèvres serrées.

Il soutint son regard, les yeux plongeant dans ses iris bruns en une lutte impitoyable – c'était ce regard qu'il avait perfectionné durant les longues parties de poker qu'il avait disputées après son divorce. À l'époque, les cartes lui avaient donné l'impression de reprendre le contrôle de sa vie, de regagner sa confiance en lui et d'améliorer ses capacités à diriger, à manipuler.

— Oui, vous pourriez faire cela. Et que se passerait-il quand ils découvriraient que je n'ai rien volé, et que c'est juste votre parole contre la mienne ? demanda-t-elle d'une voix lourde de sous-entendus en haussant un sourcil moqueur.

— S'ils ne trouvent rien sur vous, alors ainsi soit-il.

Il la scruta dans l'espoir de déceler un indice quelconque et nota qu'elle avait écarquillé les yeux. Était-ce de la peur ? Mais, l'espace d'un instant, le masque qu'elle affichait était redevenu impassible.

— Et mon père, qu'en pensera-t-il ?

Jack Steele serait prêt à tout pour garder sa fille ici – dans cette ville, dans la compagnie, dans la famille –, et ils le savaient l'un comme l'autre.

Il décida de bluffer ; d'ailleurs, il était bon à ce jeu-là, en témoignait son ascension rapide.

— Votre père est au sein du comité, mais cela ne signifie pas qu'il peut me virer.

Elle fit courir les doigts le long de la bordure du bureau, d'un mouvement lent et calculé, tout en levant les yeux vers lui – des yeux emplis d'une colère flamboyante.

— Il sera… ennuyé, et son opinion a toujours beaucoup d'importance pour le comité et les investisseurs.

Il était si rare que quelqu'un voie clair dans son jeu qu'il en resta muet ; tout son instinct lui soufflait que la jeune femme était un adversaire digne de lui. Hélas, cela la rendait encore plus attirante.

Touché…

— Vous avez raison. Et maintenant, dites-moi, pourquoi vous trouviez-vous ici alors que vous saviez que cela mettrait en péril toute réconciliation avec votre père ?

— Je suppose que cela prouve que je ne faisais rien de mal, dit-elle en triturant le bout de sa queue-de-cheval.

Il émit un petit rire – il n'était pas dupe de sa désinvolture apparente.

— Vous êtes sûre de ne pas être juriste, comme votre sœur ? Parce que vous savez jouer avec les mots, vous aussi…

— Ce doit être dans notre ADN, dit-elle en rejetant ses cheveux par-dessus ses épaules, ce qui attira son regard sur sa poitrine, soulignée par son pull moulant.

Il se racla la gorge et recula d'un pas, avide de prendre

une bouffée d'air qui n'embaumerait pas son enivrant parfum de menthe.

— Cessez de flirter.

— Ah, parce que vous pensiez que je flirtais avec vous ? déclara-t-elle d'une voix lourde de mépris avec un sourire moqueur.

Oui, en effet, c'était bien ce qu'il avait cru.

Et il aurait préféré que ce soit le cas. Car la laisser rôder ici sans surveillance – ou la voir fouiller dans les opérations quotidiennes d'Alaska Oil Barons, Inc. – était bien plus dangereux. La première fois, elle s'en était bien sortie. À l'époque, elle était sous une fausse identité et n'avait contacté personne. Ensuite, elle était revenue et s'était révélée aux Steele qui, aujourd'hui, étaient encore chamboulés par sa « résurrection » inespérée. Il n'y avait donc aucun moyen de prévoir ce que ses proches lui permettraient de faire.

Il devait mettre au point un plan pour la surveiller de près, et ce au plus tôt.

Brea devait s'enfuir du bureau de Ward le plus vite possible.

Comment avait-elle pu se laisser aller à flirter avec lui ? Chaque seconde qu'elle passait ici augmentait le risque qu'il découvre la clé USB cachée dans son sac – en fait, lorsqu'il était arrivé, elle avait à peine eu le temps de retirer ses gants en latex et de les fourrer dans sa poche. S'il les avait vus, il aurait sûrement compris qu'elle avait traficoté quelque chose.

Néanmoins, le pire aurait été que l'on trouve ses empreintes sur le clavier de son ordinateur, dans le placard à dossiers ou les tiroirs du bureau. Dans ce cas, elle aurait été en mauvaise posture.

— Je dois y aller, reprit-elle.

C'était sa voix, ce souffle rauque et haletant ? Elle se racla la gorge et fit quelques pas en direction de la porte.

Sauf qu'il se tenait sur son passage. Ward et ses iris bleus étincelants, de la couleur des lacs d'Alaska recouverts de givre, juste avant la fonte. Ward et son torse puissant qui agissait à la fois comme un aimant et une barrière… Elle aurait dû porter des talons hauts, cela lui aurait permis d'être à hauteur d'yeux avec lui. Hélas, quand elle avait organisé son excursion, elle avait pensé à la discrétion, pas au risque de se retrouver piégée dans le même bureau que lui.

— Bien sûr, approuva-t-il en lui indiquant la porte. Après vous, ajouta-t-il avant d'insister, la voyant hésiter. Je vous en prie, allez-y.

Ce n'est qu'à ce moment-là qu'elle comprit être restée figée sur place, fascinée par son regard comme si elle avait été hypnotisée – séduite – par son sex-appeal.

Elle se força à lui adresser un sourire éclatant.

— Je vous promets que je ne jouerai pas de mes charmes sur votre assistant pour trouver la sortie.

— Vous ne jouerez pas de vos charmes… une seconde fois.

— Pardon ?

— Vous l'avez déjà fait en une occasion, récemment, expliqua-t-il en lui rendant un sourire aussi moqueur que complice, qui lui fit comprendre qu'il l'avait démasquée.

Était-il aussi affecté par son sourire qu'elle l'était par le sien, si troublant, si… irrésistible ? Parce que, si c'était le cas, ils étaient tous les deux dans les ennuis jusqu'au cou. Son corps vibrait de tension sexuelle, comme c'était le cas depuis la première fois que leurs chemins s'étaient croisés ici, au siège d'Alaska Oil. Chaque fois qu'ils se voyaient, une alchimie intense les attirait l'un vers l'autre, et le moment était on ne peut plus mal choisi pour un rapprochement, vu les problèmes qu'elle avait avec sa famille.

Des problèmes qu'elle devait encore résoudre.

Elle ne pouvait se permettre de se laisser distraire par cet homme, et il était vraiment regrettable que son travail fasse de lui un obstacle dans l'accomplissement du but qu'elle s'était fixé – à savoir, tirer un trait sur son passé. Elle devait découvrir qui se cachait derrière la destruction de sa famille, derrière la mort de sa mère.

Et, tant qu'elle ne saurait pas en qui elle pouvait avoir confiance, elle devait garder toute sa concentration. Et déstabiliser Ward lui serait utile.

— Alors, qui est cette petite fille sur la photo ? répéta-t-elle en indiquant le cadre qu'il avait couché sur son bureau.

Le Ward Benally du cliché lui semblait très différent de celui qui se trouvait en face d'elle. Sur l'image, il se tenait sur une luge en bois, la fillette contre lui, dans un décor de montagnes couronnées de blanc. La neige jaillissait de chaque côté d'eux, et les yeux bleus de Ward pétillaient de joie alors qu'il protégeait l'enfant de son bras musclé tandis qu'elle riait à gorge déployée.

— C'est ma belle-fille, déclara-t-il, tout sourire disparaissant de son visage fermé.

Mission accomplie, il était décontenancé. Mais pourquoi trouvait-elle cela dommage ?

— Mais vous n'êtes pas marié, s'étonna-t-elle.

— Plus maintenant.

Sa voix était aussi dure que sa réponse concise.

Il était plus que décontenancé, là, il était fâché, et une pointe de culpabilité la traversa à cette idée, tant elle avait perçu de douleur dans ses mots.

Cela n'aurait pas dû avoir la moindre importance pour elle mais, compte tenu de l'alchimie entre eux, ça en avait.

— Je suis désolée, dit-elle.

Il hocha la tête et désigna la porte, sans se pousser du passage. De toute évidence, il voulait s'assurer qu'elle allait quitter son bureau.

— J'ai du travail, et je pourrai m'y mettre dès que je vous aurai escortée hors du bâtiment.

Elle aurait vraiment dû filer avec les informations qu'elle avait obtenues, les risques qu'elle encourait en restant ici étaient trop grands. Sans compter son attirance insensée pour lui.

Elle se dirigea d'un pas leste vers la porte, tentant d'ignorer le poids de ses yeux sur elle, se concentrant sur sa respiration.

— Benally, gronda un timbre grave, pas très loin.

La voix de son père.

Elle se figea sur place, son sang se changeant en glace à cette nouvelle surprise. Décidément, rien dans sa quête d'informations ne se déroulait comme elle l'avait imaginé, mais cet imprévu la perturbait vraiment.

Évidemment, elle aurait dû anticiper le risque de tomber sur son père lorsqu'elle avait pris la décision de venir ici. Elle aurait dû s'y préparer, mais le temps lui avait manqué.

Et… Était-ce la main de Ward, là, dans son dos ?

Son cœur s'affola, en même temps qu'elle apercevait, par des panneaux vitrés donnant sur le couloir, la salle de conférences à moitié pleine ; il y avait son père, Jeannie, son épouse, ainsi qu'un groupe de membres des clans Mikkelson et Steele, accompagnés par l'investisseur Birch Montoya et le scientifique environnemental Royce Miller, qui était aussi le mari de Naomi, sa sœur jumelle.

Le souffle coupé, elle trébucha.

Même si elle était revenue en Alaska à l'automne dernier, certes sous une autre identité, la perspective de se retrouver maintenant face à face avec Naomi au quotidien lui faisait l'effet d'un coup de poing dans le ventre. Voir ses proches réunis était déjà difficile, mais Naomi… Elles avaient jadis partagé un lien très fort.

Du moins, c'était ce qu'elle avait cru.

La dernière fois qu'elle était venue dans ce bureau, en se faisant passer pour une employée, elle s'était à moitié attendue à ce que Naomi la reconnaisse, sous le nom de Milla Jones. Elle avait choisi cette fausse identité pour infiltrer la compagnie et découvrir ce qui s'était passé tant d'années plus tôt mais, quand elle avait été repérée, la situation s'était compliquée. Elle avait juste voulu obtenir des réponses sur le passé et venger sa mère…

Et, oui, peut-être avait-elle entretenu l'espoir dérisoire de renouer avec sa famille.

Mais Naomi l'avait regardée sans la voir. En vérité, comment aurait-il pu en être différemment, puisqu'elle s'était si bien déguisée, et après tant d'années ? N'empêche, son indifférence l'avait blessée.

Son père sortit de la salle de conférences tandis que les autres restaient à leur place.

— Bonjour, Brea, dit-il de sa voix rocailleuse. J'ignorais que tu étais ici.

Comment faisait-il pour ressembler encore à l'homme qu'il avait été, celui dont elle se souvenait, avant l'accident d'avion ? Il avait toujours le torse large, les iris d'un bleu impossible et les cheveux noirs et épais, bien qu'à présent saupoudrés de gris. Alors qu'il la scrutait attentivement, elle vit une expression d'espoir s'afficher sur ses traits taillés à la serpe et sa mâchoire carrée s'adoucir en un sourire presque imperceptible.

— Je suis venue parler avec Ward, répondit-elle.

Son père haussa les sourcils.

— Parler ? De quoi ?

De nouveau, son cœur se mit à battre la chamade tandis qu'elle lançait un coup d'œil paniqué à Ward. Allait-il la dénoncer ? Elle ne pourrait l'en blâmer et se détestait d'avoir eu si facilement recours au mensonge, alors qu'en plus elle était une piètre menteuse. Son incapacité à réfléchir rapidement avait-elle un rapport avec la main de Ward, ce contact distrayant, sur ses reins ?

Alors qu'elle ouvrait la bouche pour s'expliquer, une femme apparut dans le couloir, marchant à toute allure derrière une poussette, visiblement hors d'haleine. Elle mit un moment à reconnaître Isabeau Mikkelson, épouse de Trystan et mère du petit Everett ; l'instant suivant, elle se souvint que la nouvelle arrivante était consultante en médias.

Une fois devant eux, Isabeau tendit un dossier à son père.

— Voici la liste des invités pour la fête de fiançailles de Delaney et Birch, pour que Jeannie et vous puissiez réfléchir au placement, dit-elle avant de passer une main dans sa crinière rousse en bataille. Et j'ai réservé un jeu de roulette pour cadrer avec le thème « casino ».

Son père hocha la tête.

— Oui, le placement des invités, le thème « casino », c'est bon, j'ai compris.

Elle cessa alors d'écouter pour se concentrer sur les membres de sa famille restés dans la salle de conférences, discutant ensemble.

Son regard se posa sur sa petite sœur, Delaney, derrière les panneaux vitrés : mince, cheveux sombres et ondulés, robe-sweat rouge et bottes cognac montant aux genoux.

Elle avala sa salive avec difficulté. Elle se rappelait avoir joué à la poupée avec ses sœurs, il y avait plusieurs décennies de cela. À l'époque, elles avaient joué aussi à la mariée en se mettant des serviettes sur la tête en guise de voile et elles avaient rêvé d'organiser ensemble leurs véritables mariages.

Sa vie d'aujourd'hui était un vrai chaos, et elle avait si peu de certitudes. Parmi elles, il y avait ce couteau destiné à la chasse au phoque, appelé un ulu, ayant appartenu à sa mère, qu'elle gardait précieusement en souvenir. Mais il y avait aussi sa voix rassurante, lorsqu'elle lui avait dit « je t'aime », tandis que leur avion tombait en piqué.

Tout le reste était sujet à débat et discussion.

La main de Ward s'appesantit sur ses reins, la ramenant à la réalité. Étonnée, elle lui lança un regard, mais son sourire ne l'aida en rien à se préparer à ce qu'il énonça quand il ouvrit la bouche.

— Je crois que c'est le moment idéal pour annoncer notre petit secret…

La panique fit accélérer son rythme cardiaque. L'avait-il finalement vue ôter ses gants ? Y avait-il des caméras dans son bureau ?

— Euh, je préférerais que nous en discutions d'abord, répondit-elle, terrifiée.

— Ma chérie, tu as le cœur si tendre…

Plus que le terme affectueux, c'est le tutoiement qu'il employa qui la bouleversa. Sa main remonta le long de son dos en une longue caresse qui éveilla tous ses sens, jusqu'à ce qu'il enroule un bras autour de ses épaules. Il affichait une expression chaleureuse qu'elle ne lui avait jamais vue jusqu'alors.

— C'est vraiment adorable de ta part de t'inquiéter à ce point de ce que ta famille va en penser, je sais qu'ils viennent juste de te retrouver, mais je crois qu'ils comprendront très bien la nécessité de te partager.

— Me partager ? balbutia-t-elle, totalement perdue.

Dire que, quelques instants plus tôt, elle avait culpabilisé à l'idée de le déstabiliser… Sa tentative pour berner sa famille faisait figure d'amateur à côté de ce qu'il venait de faire. Et elle était trop abasourdie pour savoir comment répondre alors qu'il la serrait contre lui.

— Oui, te partager. Avec ton petit ami, reprit-il, un

sourire creusant d'adorables fossettes dans son visage buriné.

Il regarda son père, puis annonça du but en blanc :

— Brea et moi sortons ensemble.

- 2 -

Ward était un homme d'action et de décisions, et il avait jugé l'occasion idéale pour garder Brea sous sa surveillance en tant que « petite amie ». Maintenant, il devait juste la tenir à l'écart de sa famille, et ce le plus vite possible, pour la convaincre que cette ruse était la meilleure solution, avant qu'elle nie leur relation et dénonce son mensonge.

— Je reviens tout de suite, annonça-t-il, le temps de raccompagner Brea à sa voiture pour qu'elle ne soit pas en retard à son rendez-vous chez le dentiste.

Il savait qu'il meublait le silence, mais cela lui permettait de diriger la conversation.

— Commencez sans moi, reprit-il, je vous rejoins sans tarder.

Après leur avoir adressé un bref salut de la tête, il la poussa vers l'ascenseur en hâte, sans laisser l'occasion au groupe éberlué de poser des questions. Heureusement, alors qu'il descendait le couloir, elle resta à côté de lui. Était-elle sous le choc ? Était-ce de la curiosité ? Ou… Que pouvait-il bien se passer dans l'esprit de cette femme ?

À la seconde où les portes métalliques se refermèrent derrière eux, elle tapa du pied, le fusillant d'un regard aussi noir que du charbon.

— Avez-vous… As-tu perdu la tête ? De quoi parlais-tu ?

Il appuya sur le bouton d'arrêt d'urgence de l'ascenseur qui fit halte entre deux étages.

— Je voulais te garder à portée de main. Tu dois cesser de m'espionner. Au moins, tant que tu es censée être ma petite amie, je peux avoir l'œil sur toi.

La surprise lui fit écarquiller les yeux.

— Tu n'es pas sérieux. Tu espères vraiment que je vais faire semblant de sortir avec toi juste pour te permettre de me surveiller ? Et tu t'imagines que les gens croiront que nous avons gardé le secret jusqu'à maintenant ? asséna-t-elle en secouant la tête avant de se détourner, puis de le fixer à nouveau. C'est une blague…

— Non, je suis très sérieux.

Son travail était sa vie, il ne laisserait pas une petite fouine faire de lui la risée de la famille Steele ; personne ne connaissait les objectifs de Brea, il avait tout intérêt à prendre ses précautions et à la surveiller de près. C'était à lui de se charger de cette tâche, à la fois parce qu'il était le seul à pouvoir le faire, mais aussi, oui, il devait bien l'admettre, parce qu'il y avait cette attraction entre eux qui brûlait comme un feu de forêt.

— Je suis célibataire, et il y a des événements auxquels je dois assister accompagné. Cela me fait donc gagner du temps.

— C'est absurde, protesta-t-elle d'une voix rendue plus aiguë par la frustration. Sois réaliste, qu'aurais-tu à gagner d'une telle mascarade ? Si tu es si inquiet à cause de moi, tu n'as qu'à faire installer des caméras de surveillance…

— Tu as raison. Je pourrais améliorer le système de sécurité jusqu'à ce que pas un centimètre du bâtiment n'échappe à mon contrôle, dans l'espoir de te surprendre en flagrant délit. Comme ça, ton cher papa et toute ta famille me verraient à tout jamais comme l'homme qui a transformé leur petite princesse adorée en méchante reine. Avec ma méthode, je suis beaucoup plus proactif.

— Moi, une princesse ou une méchante reine ? Tu as

des idées vraiment bizarres, conclut-elle avec un soupir. Explique-moi en quoi c'est différent si tu me surprends en train de tramer quelque chose alors que je suis ta prétendue petite amie ?

— Je n'ai pas des idées bizarres, je suis juste logique. Si je te surveille, tu n'auras pas l'occasion de faire des dégâts. De plus, ça te donne l'opportunité de rester près de moi. Et, comme tu sembles t'approcher dès que j'ai le dos tourné, j'ai des raisons de croire que cela t'arrangerait bien aussi…

D'un geste, il tira le bout de sa queue-de-cheval, savourant le soyeux de ses cheveux entre ses doigts et les imaginant répandus sur l'oreiller à côté de lui.

— Et oui, j'y gagne plus qu'une simple « escort » lors des galas : le bonus, pour moi, c'est que notre prétendue relation fait de moi un membre de la famille de facto.

Elle haussa des sourcils horrifiés.

— Il est hors de question que nous nous mariions juste pour sécuriser ton nouveau poste dans la compagnie.

— Bien sûr que non, je ne suis pas si machiavélique.

Cette fois, il lissa sa queue-de-cheval sur son épaule et vit ses pupilles se dilater à son contact.

— Mais, au moment où ce sujet sera évoqué, toi et moi pourrons rompre.

— Je ne sortirai pas avec toi assez longtemps pour cela. En fait, je ne sortirai pas avec toi tout court. Redémarre l'ascenseur.

Tiens donc, elle avait mentionné le fait de sortir avec lui. Ce qui signifiait qu'il faisait des progrès et l'emplit d'un sentiment de victoire. Et de désir.

— Nous ne sortirions ensemble que pour un mois, jusqu'à la prochaine réunion du bureau directeur, où ils doivent voter avec les actionnaires.

Elle hésita et se mit à mordiller sa lèvre inférieure.

— Et, à ce moment-là, nous ferions quoi ? Nous romprions ?

Il dut faire un effort de volonté pour détacher le regard de sa bouche.

— C'est comme ça que ça marche, en effet. Je te permets même de me plaquer, précisa-t-il en lui faisant un clin d'œil, dont il fut récompensé par un petit rire. Et ne te gêne pas, rends ce moment aussi public et humiliant que tu le souhaites, devant ta famille et tous mes amis…

— Ah, parce que tu as des amis ?

La brutalité de sa question fut compensée par l'éclair d'amusement qui traversa ses yeux bruns.

— Oui, j'en ai, fit-il en hochant la tête avant de se pencher de façon à bloquer les boutons de l'ascenseur.

Dans peu de temps, quelqu'un le ferait redémarrer, mais il avait la ferme intention de profiter au maximum de ce moment en tête à tête avec elle.

— Je dois les payer pour les garder, reprit-il, mais ils me resteront loyaux tant que je leur ferai de beaux versements chaque semaine.

Ce n'était pas totalement exact, il n'avait pas beaucoup d'amis, même des amis achetés. En fait, il n'était pas du genre à traîner avec des potes, il était bien trop occupé à bosser jusqu'à minuit.

Elle fronça le nez.

— Tu es vraiment bizarre.

— Peut-être, admit-il, conscient qu'il était ce que l'on appelait un bourreau de travail.

Mais bon, en même temps, la majeure partie de la famille de Brea était pareille, c'était l'une des raisons pour lesquelles il avait obtenu ce poste de directeur.

— Mais l'offre tient toujours : tu pourras me larguer en mode public.

— C'est très généreux de ta part, peut-être que je

demanderai à un de mes proches de louer un hydravion pour tirer une bannière…

Elle releva le menton avec fierté, crispant la mâchoire de cet air d'arrogance entêtée typique des Steele que son éloignement n'était parvenu à effacer.

— Crois-moi, mon ego s'en remettra.

Elle l'étudia durant quelques instants, ses yeux exotiques étrécis.

— Et, à moi, qu'est-ce que ça me rapporterait ?

— En plus de la chance de m'humilier en public ? Cela ne te suffit pas, comme distraction et bénéfice ?

— Bien que ce soit une proposition tentante, j'ai besoin d'un peu plus pour accepter, répondit-elle en affichant un air exaspéré.

Il se redressa, toute affectation d'humour oubliée.

— Cela m'évitera d'avoir à te dénoncer pour t'avoir trouvée dans mon bureau. Et tu auras davantage accès à ta famille puisque je te servirai d'excuse pour aller et venir dans ce bâtiment.

— Je t'écoute, continue, dit-elle en lui faisant signe de poursuivre, avant de s'appuyer d'une épaule au miroir de l'ascenseur.

Alors qu'elle croisait les bras, son sweat moula sa poitrine, et il ne put s'empêcher de suivre du regard la courbe de ses hanches. Cela ne faisait aucun doute, elle lui plaisait.

— Je peux servir de tampon entre ta famille et toi, déclara-t-il.

Cela lui donnerait d'ailleurs l'occasion de mieux comprendre ses motivations ; il était hors de question qu'il la laisse couler cette compagnie. Au travail, il avait toujours été très investi, et c'était encore plus le cas à présent, puisque sa carrière était tout ce qui lui restait, et qu'il refusait que quoi que ce soit menace sa réputation professionnelle.

Il savait que la situation avec sa famille était bien plus compliquée qu'elle ne le laissait entendre.

— Par exemple, reprit-il, si être avec ton père te stresse, avoir un complice pour que tu puisses t'en aller facilement et sans déclencher de confrontation serait plus pratique.

— En quoi ce serait plus pratique ? demanda-t-elle d'un ton sceptique.

— Tout simplement parce que nous pourrions mettre au point un code. Il suffirait que tu prononces le « mot magique » dans n'importe quelle conversation, et cela me permettrait de savoir que tu en as assez. Je me débrouillerais pour trouver un moyen de nous en aller sans que tu aies à inventer une excuse bancale sur le vif.

— Un… « mot magique » ? répéta-t-elle en haussant les sourcils.

— Fais-moi confiance, dit-il. J'avais un oncle prédicateur ; sa femme était rompue aux longues cérémonies et autres dîners interminables, aussi avait-elle mis au point une phrase spécifique pour signaler à son époux qu'elle en avait assez.

— Et c'était quoi, leur mot ?

— « Levons l'ancre. » Tu saisis le principe, expliqua-t-il en imaginant sa tante en train de se creuser la cervelle pour insérer le code dans la conversation.

Un sourire étira les lèvres de Brea, énigmatique et fascinant.

— C'est étrange, comme phrase.

— Cela fonctionnait, pour eux.

Il était content de la voir plus enjouée. Depuis son douloureux divorce, il ne recherchait pas de vraie relation, mais il ne pouvait pas nier qu'il appréciait leurs échanges – sans compter qu'elle était diablement sexy, de surcroît.

Une partie de lui espérait qu'elle accepterait sa proposition, pour plus de raisons que celles en lien avec sa famille. Il était attiré par elle et, puisqu'il allait diriger cette compagnie, il avait besoin de gérer cette situation au plus vite. Les problèmes non résolus se transformaient très vite en distractions, voire en tracas.

Et elle représentait déjà une trop grande distraction.

— Très bien, alors. Que suggères-tu ? demanda-t-elle.

Il réfléchit quelques instants, puis l'image d'un tableau qu'il avait vu à une exposition lui vint à l'esprit, une peinture montrant une maison ornée de gargouilles sur sa façade.

— Gargouille.

— Gargouille ?

Elle éclata de rire.

Toute trace de tension disparut de son visage, remplacée par un sourire à couper le souffle. Seigneur, qu'elle était belle ! Il arracha son attention à ses traits délicats pour se focaliser sur sa mission en cours : améliorer ses relations avec elle.

Cela faisait assez longtemps qu'il était dans les affaires pour savoir quand il avait gagné.

— Alors, marché conclu ?

Elle étrécit les yeux, mais conserva son beau sourire.

— Mais uniquement jusqu'à la prochaine réunion du comité directeur.

— Dans un mois, c'est cela, répondit-il, confiant en sa capacité à lui faire accepter une prolongation de leur contrat si nécessaire.

Pour l'instant, il estimait déjà avoir fait un grand pas en avant. Il allait pouvoir la surveiller et, si elle tramait quelque chose, il découvrirait quoi.

Et il devait admettre que passer du temps avec elle serait tout sauf une corvée.

— Mais on fait juste semblant, hein ?

— Si c'est ce qui te convient, oui. Et, si jamais tu te

sens mal à l'aise, souviens-toi : gargouille, lui dit-il en lui adressant un clin d'œil avant d'appuyer sur le bouton « Marche » de l'ascenseur.

Cinq heures plus tard, dans son petit appartement, Brea se repassait toujours en boucle l'étrange proposition de Ward. Alors, certes, il était intelligent, sexy et puissant, ce qui ne manquait pas de l'attirer, mais elle avait réussi à résister, du moins jusqu'à ce qu'il la déstabilise avec son surprenant sens de l'humour.

Elle aurait dû rechigner davantage ou lui soutirer des bénéfices supplémentaires, mais elle avait été prise au dépourvu lorsqu'il l'avait découverte dans son bureau. Puis elle avait été encore plus perturbée de voir sa famille – et tout cela avait réduit ses défenses à néant.

À présent, appuyée au comptoir froid de la cuisine, le granit dur contre sa peau, elle consultait ses mails sur son téléphone pour s'assurer que ses clients n'avaient besoin de rien. En tant que *virtual shopper* pour des personnes dans l'incapacité à sortir de chez elles ou ayant besoin d'aide, elle avait des horaires quelque peu inhabituels. Mais elle n'avait pas reçu de nouveaux messages depuis la dernière fois qu'elle avait vérifié, une heure plus tôt, ce qui signifiait qu'elle pouvait consacrer toute son attention aux muffins à la myrtille et à la framboise qu'elle préparait. D'ailleurs, elle avait besoin d'occuper son temps, puisqu'elle n'avait pour l'instant rien trouvé d'utile sur la clé USB qu'elle avait copiée.

La frustration la tenaillait, et elle s'efforça de se concentrer sur les gestes de la pâtisserie et de se focaliser sur le moment présent. Une lumière diffuse filtrait par les fenêtres, mouchetant de clair le parquet de bois sombre et la petite cuisine.

Elle était si heureuse d'avoir découvert cet appartement

pour son séjour en Alaska, séjour durant lequel elle espérait tirer un trait sur son passé. La nouvelle femme de son oncle Conrad, Felicity Hunt Steele, lui avait proposé de sous-louer cet endroit et, même si plusieurs de ses proches l'avaient invitée chez eux, l'idée d'une cohabitation lui avait été trop difficile, et elle avait préféré garder son indépendance.

Soudain, le minuteur, en forme de petite poule dodue, se mit à biper, la ramenant à la réalité. Elle saisit la manique sur le comptoir de la cuisine et ouvrit le four pour regarder à l'intérieur. Une bouffée d'air chaud, parfumé aux fruits rouges, lui parvint aux narines. Quelle odeur délicieuse ! Son estomac en gargouilla d'anticipation, et un souvenir lui traversa l'esprit, l'image de ses sœurs et elle en train de cueillir des baies sauvages avec leurs parents, leur père lui disant de ne pas ramasser les blanches, qui étaient empoisonnées.

Elle lutta pour avaler sa salive, peu désireuse de se replonger dans la nostalgie de ces réminiscences douloureuses.

Un torchon à la main, elle sortit un à un les muffins du four. Depuis qu'elle avait délaissé son identité de Milla Jones pour revenir en Alaska, le mois dernier, elle avait passé un certain temps dans sa famille – mais toujours en compagnie d'autres personnes, y compris la nouvelle épouse de son oncle, qui était assistante sociale.

Felicity lui avait même fourni une liste de psychothérapeutes, bien que ce ne soit pas forcément pour faciliter son retour, mais plutôt pour s'assurer qu'elle garderait la tête claire et ne serait pas blessée. Elle avait appelé plusieurs praticiens sur cette liste jusqu'à trouver un conseiller avec qui elle s'était sentie à l'aise et qui pourrait l'aider.

Elle n'était pas sûre de pouvoir un jour se réconcilier

avec sa famille, mais elle avait besoin de parvenir à une sorte de paix avant de pouvoir avancer dans sa vie.

Mais en quoi cela influait-il sur son attraction envers Ward ? Ce sentiment était une dangereuse distraction, et elle devrait veiller à garder ses hormones sous bonne garde près de cet homme.

Soudain, quelqu'un frappa à sa porte, la faisant sursauter. Elle secoua la tête, chassant la horde de questions et de souvenirs dans lesquels elle n'avait aucune envie de plonger.

L'estomac noué d'appréhension, elle émergea de la cuisine. Elle avait passé tant d'années dans la petite communauté canadienne isolée qui l'avait accueillie après l'accident qu'elle n'était plus habituée à l'effervescence du monde normal. Elle traversa le séjour en direction de l'entrée, regarda par l'œil-de-bœuf… et poussa un soupir de soulagement en reconnaissant Felicity en compagnie de Tally Benson, son amie, qui sortait avec Marshall Steele. Les deux femmes étaient très gentilles et représentaient une compagnie bienvenue, puisqu'elles ne faisaient pas partie de son passé. Elle fit donc jouer les trois verrous de sa porte et leur ouvrit.

— Bonjour, dit Felicity en lui montrant un panier rempli d'accessoires de bain – des sels, une éponge exfoliante et des serviettes. Nous t'avons apporté un petit cadeau de crémaillère. Tout est bio, et rien que pour toi.

Même si elle avait du mal à accorder sa confiance, elle était néanmoins à l'aise avec ces deux femmes, les seules, d'ailleurs, avec qui c'était le cas. Cependant, sa relation avec Tally était quelque peu compliquée : le père de Tally était le technicien qui avait vérifié l'avion avec lequel elle avait eu son accident. Il s'était suicidé peu après, se sentant certainement coupable de ce qui s'était passé, bien que personne ne connût tous les détails du crash, et il avait emporté son secret dans la tombe.

Néanmoins, son nom lui offrait un point de départ pour son enquête.

— Merci à toutes les deux, dit-elle, touchée par leur attention et encore un peu bouleversée par les souvenirs qu'elle venait juste de réprimer. Je vous en prie, entrez.

Felicity hésita.

— Tu es sûre que nous ne te dérangeons pas ?

Elle éclata de rire.

— Bien sûr, de toute façon, ce n'est pas comme si je pouvais vous mettre à la porte. Après tout, cet appartement est à toi, et tu es déjà bien assez gentille de me le sous-louer pour presque rien.

— C'est toi qui me fais une faveur, répondit Felicity sans hésiter. Maintenant, je peux vivre avec Conrad sans culpabiliser de laisser cet endroit inoccupé.

Elle s'effaça pour les faire passer.

— C'est vraiment adorable de votre part, vous n'auriez pas dû.

— Conrad m'a chargée de te transmettre aussi ses remerciements pour m'avoir aidée avec mon bail, ajouta Felicity par-dessus son épaule, comme si elles ne savaient pas toutes trois que Conrad Steele aurait continué à payer les mensualités sans sourciller.

Felicity travaillait à l'hôpital du coin et portait encore la tresse à la française qu'elle se faisait chaque fois qu'elle s'y rendait.

Tally passa à son tour devant elle, sa queue-de-cheval rousse se balançant au rythme de ses pas. Felicity l'avait prise sous son aile peu de temps auparavant, et Tally, qui avait été gardienne de maison, poursuivait à présent des études grâce à une bourse pour devenir elle aussi assistante sociale.

Felicity posa son panier sur la table basse.

Il lui semblait complètement irréel de voir ces deux femmes s'immiscer si facilement dans sa vie. Se faire des amis lui était difficile, après tout ce qu'elle avait traversé. Même si la petite communauté canadienne dans laquelle elle avait vécu était accueillante, ses parents adoptifs se méfiaient des étrangers, et elle avait été souvent seule, ne sachant pas si elle pouvait se fier à son instinct, et ce durant très longtemps. On lui avait asséné que sa famille biologique était pourrie, corrompue, qu'elle était mieux loin d'eux, et elle l'avait cru.

— Merci d'être venues, à toutes les deux. Je peux vous offrir quelque chose à boire ?

— Eh bien, en fait, entama Tally, il y a une autre raison à notre présence aujourd'hui.

Son estomac se noua.

— Vraiment ? Qu'y a-t-il ?

Le regard de Felicity la cloua sur place.

— Depuis quand sors-tu avec Ward Benally ?

Elle poussa un soupir de soulagement à l'idée qu'elles n'allaient pas la questionner sur son passé, puis se mit à se ronger les sangs à la mention de son faux petit ami. Son faux petit ami si sexy et étonnamment charmant…

Elle n'était pas prête à répondre à un interrogatoire sur Ward.

— C'est tout récent, improvisa-t-elle.

Vraiment très récent, corrigea-t-elle en son for intérieur.

— Pour ma part, cela ne me surprend pas du tout, dit Tally en tirant un tabouret haut de sous le comptoir pour s'asseoir devant le bar, les talons de ses bottes posés sur le renfort du siège. J'ai remarqué qu'il y avait quelque chose entre vous au gala de charité, le mois dernier.

Oups. Cela avait été si évident que ça ? Elle avait certes ressenti le frisson d'une étincelle entre eux, mais elle avait eu tendance à croire qu'elle avait réussi à bien dissimuler sa réaction. Apparemment, elle avait échoué.

Felicity se pencha pour lorgner les muffins.

— C'est à ce moment-là que tout a commencé entre vous ? Au gala ?

Elle mordit dans un gâteau pour avoir la bouche pleine et éviter de répondre. Dommage que Ward ne soit pas dans les environs pour qu'elle puisse crier « gargouille ! »

— Prenez donc des muffins !

Tally sortit des serviettes en tissu d'un tiroir.

— Merci, volontiers. Même si je vois très bien que tu cherches à changer de sujet. J'imagine que tu te demandes si tu peux nous faire confiance.

En effet, c'était le cas, mais elle ne s'était pas attendue à ce que l'une de ses amies s'en aperçoive.

— Même si nous n'y pouvons rien, dit Felicity en prenant une bouchée de son muffin. Puisque de toute façon, quoi que nous disions, il n'y a aucun moyen de te prouver que tu peux nous faire confiance, en l'état actuel des choses. Cela demande du temps.

Mais combien de temps ? Elle n'en savait rien.

— Tu parles comme une assistante sociale, plaisanta-t-elle.

— Parce que j'en suis une, répliqua Felicity en essuyant une miette de sa main avant de la jeter dans l'évier. Pour ce que ça vaut, Tally et moi sommes des adjonctions récentes au clan Steele. Par conséquent, nous n'avons pas participé aux événements du passé et à tout ce qui s'est déroulé alors. Mais aujourd'hui, nous sommes là pour toi et nous voulons être tes amies, en plus de faire partie de ta famille.

Elle avait tellement envie de les croire…

— Je suis en train de refaire connaissance avec tout le monde…

— Tu dois t'accorder du temps pour le faire, dit Felicity en lui serrant la main.

Tally fronça son petit nez constellé de taches de rousseur et lui adressa un grand sourire.

— Et, pendant que tu t'accordes du temps, dis-nous… Est-ce que Ward embrasse aussi bien qu'on l'imagine ?

Elle se sentit s'empourprer. Voilà une question qui occupait une place bien trop importante dans ses pensées. Heureusement, pile à ce moment-là, son téléphone émit un bip annonçant l'arrivée d'un SMS, et elle saisit ce prétexte pour se distancier de cette conversation périlleuse. Elle avait bien besoin d'une échappatoire.

— Excusez-moi un instant, je dois vérifier ce que c'est.

Elle se dirigea vers la table basse et y récupéra son mobile, puis tourna le dos à ses deux amies qui dégustaient leurs muffins et ouvrit la messagerie pour découvrir… un message de Ward.

Des papillons se mirent à battre des ailes dans son ventre. Elle n'aurait pas dû se sentir si troublée, mais c'était le cas, et c'était mal – elle ne pouvait pas se permettre de se laisser distraire par ses émotions, pas alors qu'elle avait enfin une véritable chance d'obtenir ces réponses qu'elle désirait tant.

Puis elle lut et, soudain, ce fut comme si le sol se dérobait sous ses pieds.

J'arriverai à 19 heures pour t'emmener dîner chez les Steele. Merci de m'aider à faire bonne impression à tous les membres de ta famille qui font partie du bureau directeur.

Une vague d'anxiété mêlée d'excitation la parcourut, qu'elle ne parvint pas à réprimer. À l'idée de revoir Ward, son corps vibrait d'impatience.

Ward savait qu'il misait gros avec ce souper imprévu avec les Steele, mais il avait envie de revoir Brea, et c'était le moyen le plus simple et rapide de le faire. Il ne voulait pas réfléchir outre mesure à l'intensité de ce désir et s'était attelé sans hésiter à la tâche de le satisfaire.

Entre eux, c'était un arrangement temporaire. Un mois. Pour le reste, il était marié à son travail.

Alors oui, il pouvait savourer l'instant présent, et oui, sa relation avec Brea était une ouverture vers une aventure et, quand elle réaliserait pourquoi il avait orchestré ce dîner, il serait trop tard, elle serait déjà assise à table.

Serait-elle fâchée ?

Il était presque certain que oui.

Serait-elle sexy, en colère ?

Oh que oui !

Il s'était lui-même surpris par le besoin qu'il ressentait de la revoir, par la façon dont son intention de la surveiller se changeait en aspiration à mieux la connaître. À présent, à tête reposée, il voyait bien que son idée de sortir avec elle avait sûrement émergé de cette chaleur brûlante qui jaillissait entre eux dès qu'ils étaient en présence l'un de l'autre. Mais, si cela se transformait en aventure, il saurait le gérer. Après tout, ses émotions étaient soigneusement tenues sous clé depuis qu'il s'était séparé de son ex.

Maintenant, il conduisait son SUV, ses phares découpant deux traînées lumineuses dans la nuit enneigée. Brea, assise à côté de lui depuis qu'il était passé la chercher, restait silencieuse. Il voulait bien admettre qu'il y avait d'autres moyens pour garder un œil sur elle, mais celui-ci était bien plus… agréable.

Des flocons blancs tombaient du ciel nuageux, étincelants dans la lumière. Dans un manteau bleu et des bottes noires, elle était époustouflante, ses cheveux drapés sur une épaule comme une magnifique cascade d'onyx. Elle était immobile, royale, à tel point qu'il aurait presque pu croire que cette soirée avec lui ne la touchait pas, s'il ne l'avait pas vue se ronger les ongles.

Il alluma le lecteur CD, sa playlist de guitare classique égrenant ses notes douces dans l'habitacle.

Elle poussa un soupir, et il réprima un sourire.

— Tu as l'air fâchée, chérie.

— « Chérie » ? répéta-t-elle en pivotant sur son siège pour le scruter, l'éclairage du tableau de bord projetant des ombres sur son visage séduisant. Tu es sérieux ? Il n'y a personne d'autre que nous…

— Mais tu es ma chérie, ma chère et précieuse petite amie, dit-il en détournant son attention de la route devant lui pour croiser son regard.

— Fausse petite amie, précisa-t-elle. Et, puisque nous sommes seuls, j'aimerais que nous établissions quelques règles de base.

— Telles que ?

Il accéléra, les mains crispées sur le volant recouvert de cuir. Le rugissement du moteur se confondit avec le bruit des autres véhicules sur la chaussée.

— Tu pourrais commencer par me parler de tes plans : cette histoire de notre prétendue relation, ce dîner dans ma famille, ce soir… sans attendre le dernier moment.

Il ne prit pas la peine de lui faire remarquer qu'il lui avait accordé quelques heures pour se préparer, il comprenait ce qu'elle voulait dire.

— Si je t'avais prévenue plus longtemps à l'avance, tu serais venue ?

— On ne le saura jamais, n'est-ce pas ? Tu ne m'as pas laissé l'occasion de décider.

Elle croisa les bras et tourna la tête en direction de sa fenêtre pour regarder la neige qui tombait doucement.

— Moi, je le sais, répliqua-t-il sans hésiter, avant de ressentir le besoin d'admettre ce qu'il avait fait.

En affaires, son instinct lui avait souvent rendu service, aussi songea-t-il qu'il devait considérer cet arrangement comme un marché professionnel.

— Si j'avais organisé la soirée plus longtemps à l'avance, tu aurais trouvé un prétexte pour te désister.

— C’est mon droit.

— Tout à fait, dit-il en s’arrêtant à un feu, attendant qu’elle en vienne à la conclusion logique.

— Très bien mais, si j’avais décliné, je n’aurais pas eu d’informations supplémentaires sur ma famille, confirma-t-elle avec exaspération. N’empêche, à partir de maintenant, tu me laisseras la chance d’accepter ou de refuser.

— D’accord, j’en tiendrai compte.

Il esquissa un sourire satisfait, reconnaissant devant eux le cottage à deux niveaux reconverti en restaurant, plus désireux de son approbation qu’il n’avait envie de l’admettre.

Le bâtiment historique orné de stuc blanc se détachait dans le ciel noir, et il s’engagea sur le parking, prêt pour la rencontre qui s’annonçait.

Il donna les clés au voiturier et rejoignit Brea, qui s’avançait sur la promenade couverte menant à l’entrée du restaurant. Même si le chemin avait été déneigé et salé, il lui saisit le coude par sécurité, et ce simple contact le fit frissonner. Le halètement qu’elle émit alors lui prouva qu’elle aussi ressentait ce courant qui vibrait entre eux, puis il remarqua qu’elle avait le souffle court, et que des nuages de buée s’échappaient de sa bouche sensuelle.

Il s’arrêta devant la porte, se tournant face à elle pour plonger le regard dans le sien. Il repoussa une mèche de ses cheveux, la caressant sur toute sa longueur et savourant sa douceur entre ses doigts. Elle écarquilla les yeux, fascinée, hypnotisée.

Plus que sa ruse à lui, plus que sa famille à elle, c’était cette attirance qui les avait réunis ce soir.

Soudain, la porte s’ouvrit, et un valet les accueillit d’un sourire alors qu’une bouffée d’air chaud s’échappait vers l’extérieur.

— Bienvenue Chez Louis, monsieur Benally. Vos

invités sont là et boivent un verre au bar. Madame, puis-je prendre votre manteau ?

Le petit groupe de Steele et de Mikkelson qui était déjà arrivé remplissait la salle, et la plupart d'entre eux étaient restés debout sous les grands chandeliers vintage. Le murmure des conversations résonnait.

Dès qu'ils eurent confié leurs vestes à leur hôte, Brea s'éclipsa sous prétexte d'aller discuter avec Felicity et Delaney, qui se tenaient à côté de la cheminée, un verre de vin à la main, mais son attention était toujours sur elle. Il ne voulait pas lui faire peur et, quand il l'avait attirée dans cette prétendue relation, il n'avait pensé qu'à protéger la compagnie, pas à ce qu'elle avait traversé – après tout, elle avait pratiquement été kidnappée et avait perdu sa famille pendant des années... Il devait envisager son prochain mouvement avec soin pour sauvegarder son travail, oui, mais il devait également veiller sur elle, si elle était aussi vulnérable qu'elle le lui avait semblé durant le bref instant où elle avait baissé ses défenses.

Quelqu'un frappa sur son épaule, et il pivota pour découvrir Broderick Steele, le grand frère de Brea.

— Il faut qu'on parle, Ward. Tu sors vraiment avec ma sœur ?

— Pourquoi me le demandes-tu ? J'ai déjà annoncé que c'était le cas, et nous sommes arrivés ensemble.

Brea avait-elle confié quelque chose à son frère ? Il lui jeta un coup d'œil méfiant, notant que l'aîné des Steele était le portrait craché de son père.

— Tu la connais à peine, reprit Broderick. Elle ne parle à personne, nous ne savons pas si nous pouvons lui faire confiance. Dois-je te faire la liste de toutes les raisons pour lesquelles ce serait la relation la plus étrange de l'histoire ?

— C'est une femme attirante, dit-il en reposant le regard sur elle, appréciant à sa juste valeur le spectacle qu'elle offrait, dans sa robe fourreau rouge à manches longues et dos décolleté. Les circonstances nous ont rapprochés, il y a une sorte d'alchimie entre nous. Pour le moment, ce n'est rien de sérieux, mais nous avons décidé de tenter le coup. Ça te suffit, comme liste de raisons ?

— Elle est fragile, asséna Broderick en carrant les épaules d'un air protecteur, les doigts crispés sur son verre ballon.

— De toute évidence, tu ne connais pas la Brea d'aujourd'hui aussi bien que tu l'imagines.

Même en prenant en compte l'expression fugace de peur qu'il avait lue sur son visage, il se doutait de la bravoure dont elle devait faire preuve pour se confronter à toute sa famille après ce qu'elle avait vécu.

Mais son courage n'allait peut-être pas de pair avec l'honnêteté.

— C'est possible, admit Broderick en faisant tourner le contenu de son verre, ce qui fit tinter les glaçons contre le cristal. Je ne suis pas sûr qu'il y ait quelqu'un qui la connaisse, aujourd'hui, vu comme elle reste prudente. Et si cette relation t'explose au visage ?

Il jeta un coup d'œil dans la direction de Brea qui parlait avec d'autres femmes.

— Alors, ce serait dommage, mais je ne vois pas en quoi cela influerait sur mon contrat avec Alaska Oil Barons, Inc…

Broderick haussa les sourcils tandis que ses traits se crispaient en une expression aussi froide que menaçante.

— Si la situation devient… chaotique entre vous, cela pourrait tendre tes relations avec notre famille.

— Possible, mais ce ne sera pas le cas. Je reste avant tout professionnel.

Et, si elle avait vraiment l'intention de saboter la compagnie d'une façon ou d'une autre, il était le seul susceptible de la pousser dans ses derniers retranchements pour le découvrir. Ses proches semblaient tellement contents de la retrouver qu'ils seraient prêts à tout accepter de sa part, quoi qu'elle fasse.

Broderick le scruta d'un air sceptique.

— Dans ce cas, laisse-moi t'avertir, reprit ce dernier d'une voix basse en se penchant vers lui. Sois prudent avec Brea. Parce que, même si je ne sais pas vraiment qui elle est devenue, elle reste et restera toujours ma sœur. Si tu lui fais du mal, l'Alaska tout entier ne te fournira pas de refuge suffisant contre ma colère.

— Message reçu.

Il affronta le regard glacial de Broderick avec toute la chaleur d'une île tropicale, puis il lui adressa un sourire rayonnant et hocha la tête.

— Et maintenant, j'ai rendez-vous, reprit-il. Avec ta sœur.

Et malgré tous les avertissements, que ce soient ceux de Broderick ou ceux de sa propre nature prudente, il n'avait qu'une hâte : pouvoir l'embrasser.

- 3 -

Un an plus tôt, si quelqu'un avait dit à Brea qu'elle dînerait dans un restaurant intime avec sa famille, elle ne l'aurait pas cru. Mais, avec Ward à ses côtés, elle avait affronté les Steele – ainsi que les Mikkelson, leurs anciens ennemis – durant un repas de cinq services et elle avait presque réussi à garder le contrôle de ses nerfs. Presque.

Et, à présent, elle se trouvait devant la porte de son appartement, avec le nouveau – et sexy – directeur d'Alaska Oil Barons, Inc. Son cœur battait la chamade, et cela ne fit qu'empirer lorsqu'il la fixa de ses yeux d'un bleu intense, lui donnant l'impression de lire en elle à livre ouvert. Était-ce une illusion ou Ward Benally savait des choses sur elle que sa propre famille, voire elle-même, ignorait ?

L'idée était délirante, bien entendu ; il ne s'était lancé dans cette mascarade entre eux que pour mieux la surveiller. Mais elle ne pouvait nier que leur connexion était comme… naturelle, ce qui faisait que, malgré toutes les raisons qu'elle avait de ne pas lui faire confiance, elle se sentait à l'aise en sa présence.

Enfin, sauf en cet instant précis, alors qu'elle éprouvait quelque chose qui ressemblait beaucoup à de la tentation.

— Le dîner était agréable et la nourriture délicieuse, dit-elle, espérant achever la soirée sur une note de bon sens.

Il lui suffisait donc de le remercier, et l'affaire serait close.

— Tu as été un véritable gentleman, ajouta-t-elle, j'apprécie vraiment que tu respectes mes limites.

Le restaurant était un endroit assez public pour éviter toute confrontation, mais assez intime pour leur avoir permis de rester entre eux. Elle était touchée, et surprise, elle devait bien l'admettre, qu'il se montre aussi prévenant et devine de façon aussi intuitive ce qui serait plus facile pour elle.

— Tu ne t'es pas servie une seule fois du code, plaisanta-t-il, une main posée sur l'encadrement de la porte à côté d'elle, ses épaules larges et l'ombre de barbe sur sa mâchoire lui donnant un air de pirate.

Elle avala sa salive, la gorge soudain sèche.

— J'ai oublié ce que c'était…

Un mensonge, bien sûr, pour dissimuler le fait qu'elle s'était en fait sentie en sécurité, grâce à sa présence à ses côtés, durant toute la soirée.

— Gargouille, lui rappela-t-il en lui faisant un clin d'œil, ses iris bleus pétillants de malice.

— C'est vrai. Je m'en souviendrai.

Y avait-il un mot spécial pour la protéger de son attirance pour cet homme ?

Tiraillant les franges de son écharpe, il semblait réfléchir à ce qu'il allait dire, puis il ouvrit la bouche.

— Ta famille fait beaucoup d'efforts pour respecter ton espace vital tout en t'incluant dans leur groupe.

Elle avait tellement envie que ce soit vrai. Mais elle avait du mal à leur faire confiance après tout ce que les Jones, le couple qui l'avait secourue, lui avaient expliqué sur eux. Après le crash, sa convalescence avait été longue et, au début, ils n'avaient pas su qui elle était. Puis ils lui avaient dit que sa famille avait cessé de la chercher. À présent, même si elle savait qu'ils l'avaient traitée avec amour, elle savait aussi qu'ils l'avaient éloignée des siens, qu'ils lui avaient lavé le cerveau. Son thérapeute lui avait expliqué qu'elle souffrait du syndrome de Stockholm, et que, comme ils lui avaient menti, cela avait réduit à néant sa capacité à croire en d'autres personnes. Mais elle n'avait pas la moindre intention de partager tout cela avec Ward, qui poursuivait ses propres buts douteux…

Aussi resta-t-elle silencieuse, attendant qu'il cède le premier, se demandant pourquoi elle ne lui disait pas au revoir avant de rentrer dans son appartement – seule.

— Vous êtes nombreux, vous, les Steele.

Elle aurait aimé lire dans ses pensées aussi facilement qu'il semblait deviner les siennes.

— Où veux-tu en venir ?

— Juste au fait qu'ils ont l'air de tenir à toi. Ils te considèrent comme l'une des leurs.

Il haussa les épaules et fit un pas vers elle.

La distance entre eux se chargea d'électricité.

— Gargouille, souffla-t-elle, la gorge nouée, mais refusant de céder.

Il s'immobilisa et pencha la tête sur le côté.

— Tu veux partir ?

— Partir de cette conversation.

Mais pourquoi ne courait-elle pas se réfugier dans son appartement ?

Il recula d'un pas et, soudain, elle respira mieux.

— Dans ce cas… La soirée « casino » est prévue pour dans deux jours, je crois que nous devrions caler une deuxième date juste pour nous assurer que les gens ne doutent pas de notre dévotion l'un envers l'autre. Que proposes-tu, comme sortie, après ça ?

Eh bien, voilà qui était une question épineuse.

— C'est toi qui organises toujours les rendez-vous…

— Oui, mais je suis un homme moderne, tout à fait capable d'assumer que ce soit toi qui décides ce que l'on peut faire entre aujourd'hui et la fête de fiançailles de ta sœur.

Elle réfléchit aux diverses options possibles, mais elle était à court d'idées. Sa seconde famille avait été composée de gens travailleurs, au sein d'une communauté autarcique dans laquelle elle s'était sentie en sécurité, acceptée et même aimée. Ses parents adoptifs l'avaient convaincue que le monde extérieur était dangereux – et elle voyait à présent que leurs craintes étaient exagérées. Mais ils l'avaient traitée avec bonté, comme l'enfant qu'ils avaient toujours désiré et n'avaient jamais eu, et en dépit de leur trahison elle ne parvenait pas à les haïr.

Et mince, tout cela était si confus dans son esprit…

Ses souvenirs la ramenaient inlassablement à l'époque d'avant le crash d'avion. Des souvenirs d'avoir pêché à travers la glace avec son père, d'avoir fait du cheval avec sa sœur jumelle, d'avoir grimpé dans une cabane dans les arbres avec son frère Marshall pour lire, parce qu'il aimait être au calme et se réfugier dans ses romans, son épaisse masse de boucles brunes tombant sur son front et lui cachant les yeux.

Hélas, elle était obligée de remettre toutes ces images en question, dans l'espoir de faire un tri dans ses pensées. Elle devrait consacrer plus de temps à fouiller dans les fichiers qu'elle avait piratés sur l'ordinateur de Ward.

Devrait, c'était le mot. Sauf qu'elle ne le faisait pas.

Cette fausse relation dans laquelle ils s'étaient engagés, avec Ward servant de tampon entre le clan Steele et elle, lui profitait plus qu'elle ne l'avait imaginé au départ : comme il menait les conversations, cela lui permettait de rester à l'écart pour observer, et analyser, les membres de sa famille.

Un doute s'insinua en elle. Et si elle cherchait des justifications pour satisfaire l'attirance insensée qu'elle ressentait envers lui ?

— Et si on allait prendre un café avant d'aller écumer les librairies ? proposa-t-elle. Viens me chercher demain, après 19 heures.

— Adjugé, répondit-il en inclinant la tête pour effleurer sa bouche.

La surprise la figea sur place. La chaleur et la pression de ses lèvres sur les siennes lui avaient fait l'effet d'une décharge électrique. Le parfum de son après-rasage submergeait ses sens et, tandis qu'il approfondissait leur baiser, elle s'y abandonna. Sa langue caressa la sienne, et elle se sentit fondre, incapable de résister, alors même que son cerveau lui hurlait des avertissements.

Mais, avant qu'elle puisse s'interroger sur ce baiser, les sensations prirent le dessus sur la raison. Une ardeur inconnue s'empara d'elle, de la lave en fusion coulant dans ses veines. Elle se laissa aller contre son torse ferme et s'agrippa à ses épaules larges tandis qu'il poussait un grognement de satisfaction et la serrait dans ses bras. Il avait un goût de sucre et de menthe, mélange étonnamment délicieux.

À travers le tissu de sa veste et de sa chemise, le souffle court, elle sentait ses muscles durs jouer alors qu'il lui caressait le dos, et elle brûlait de déchirer leurs vêtements, d'être peau à peau contre lui, pour mieux ressentir sa chaleur et s'immerger dans son désir.

Puis il redressa la tête pour plonger le regard dans le sien, et elle comprit qu'il lui offrait le contrôle de la situation. À elle de décider…

Elle avait envie de lui, elle le savait. Et elle était d'autant plus tentée qu'il lui laissait le choix, une qualité qu'elle appréciait et admirait. Néanmoins, les choses allaient trop vite pour elle, tout son univers était sens dessus dessous.

Et il y aurait d'autres occasions entre eux…

Ainsi, avant de céder et de l'inviter à entrer, elle se

dégagea de son étreinte et pénétra dans son appartement, se raccrochant aux derniers vestiges de sa résolution.

Elle ne voulait pas que cette nuit se termine, mais elle attendrait. Elle avait besoin de temps pour être sûre de ne pas faire une erreur.

Parce que, alors même qu'elle appuyait la tête contre le dos de sa porte, elle avait déjà hâte de le revoir. L'idée d'écumer les librairies n'avait jamais été plus motivante qu'en compagnie de l'homme le plus sexy qu'elle ait jamais rencontré.

Ward avait bu du vin et dîné avec de nombreuses femmes, un repas gastronomique avait souvent été un moyen facile de s'attirer les faveurs de Melanie, aussi était-il surpris que Brea, la veille, ne lui réclame rien de plus qu'un café et quelques livres. Pourtant, il devait bien reconnaître qu'elle l'avait prévenu en disant vouloir « écumer les librairies » : sa démarche dans les allées de cette boutique de deux étages tenait plus de la ferveur religieuse que du simple shopping, et il y avait une sorte de révérence dans la façon dont elle lisait la tranche de chaque titre.

Elle portait son jean moulant avec une élégance qui l'enchantait. Soudain, il la vit tourner pour se diriger vers la section des livres d'occasion, puis grimper les deux premiers barreaux de l'échelle, sa blouse rouge et noir épousant ses courbes. Les cheveux lui retombant sur les épaules, elle se pencha vers les rayonnages, souriante. La forme de ses lèvres fit remonter en lui le souvenir de leur baiser de la veille, et il se remémora cette étincelle qu'il y avait entre eux, qui s'était transformée en véritable brasier lorsqu'ils s'étaient embrassés.

Il lui avait fallu faire preuve de toute sa force de volonté pour s'écarter d'elle.

Durant un instant, il aurait pu jurer qu'elle avait envisagé d'aller plus loin avec lui, de l'inviter dans son lit – peut-être que, la prochaine fois qu'ils s'embrasseraient, elle ne voudrait pas arrêter…

Il l'espérait vraiment, parce que le simple fait de l'évoquer suffisait à faire bouillonner le sang dans ses veines. Or, cela le perturbait. Avoir une aventure avec elle était une chose, qu'elle occupe ses pensées de façon aussi totale en était une autre. Il refusait qu'elle l'obsède.

Enfin, elle descendit de l'échelle et saisit un nouvel ouvrage, caressant sa couverture de ses doigts élégants. Alors que ses cheveux cascadaient dans son dos, elle avait l'air songeuse, perdue dans un autre monde. Une sirène, dont les courbes et la crinière l'attiraient à la folie.

Sa beauté l'aidait presque à repousser le souvenir douloureux d'une précédente sortie dans une librairie : deux ans plus tôt, il avait accompagné Paisley pour acheter une pile de livres en prévision des vacances d'été.

La petite avait été aux anges de découvrir des histoires du super-héros qu'elle adorait et elle avait sauté de joie lorsque l'employée lui avait donné un marque-page à son effigie. Il lui avait promis qu'ils liraient le premier chapitre du roman ensemble dans la semaine – tête-à-tête qui ne s'était jamais produit, car c'était à ce moment-là que Melanie l'avait quitté, emmenant Paisley avec elle. Perdre sa fille lui avait brisé le cœur, et il n'avait aucune envie de redevenir aussi vulnérable à l'avenir.

Il se racla la gorge pour chasser la boule qui l'obstruait et s'arrêta à côté de Brea, qui feuilletait un livre sur la mythologie.

— Tu reveux du café ?

Surprise, elle sursauta, puis le fixa un instant avant de cligner des yeux.

— Oui, volontiers. Avec du sucre et du lait, s'il te plaît.

— Pas de problème.

Il retira les mains de derrière son dos pour lui montrer deux tasses déjà prêtes, l'une d'elles correspondant à ses préférences.

— Tu sais ce que j'aime ? s'étonna-t-elle.

Il ne releva pas le double sens de sa remarque.

— J'ai bien écouté lorsque tu as commandé, tout à l'heure.

— Ah, d'accord. Merci, dit-elle en prenant la tasse dans ses mains avant de lui jeter un regard malicieux. Et qu'est-ce que tu aurais fait, là, si j'avais dit non, à l'instant ?

— Eh bien, dans ce cas, ton café serait parti à la poubelle, j'imagine, en compagnie du mien.

Il avala une gorgée du breuvage fumant, reconnaissant le morceau de jazz qui passait en sourdine dans les haut-parleurs de la librairie.

Dans cette section, il n'y avait personne, en dehors d'un étudiant aux cheveux roux qui faisait des allées et venues, sac à dos à l'épaule, chantant au rythme de ce qu'il écoutait dans ses oreillettes.

Après avoir goûté son café, elle poussa un soupir de satisfaction.

— Tu sais, tu n'as pas besoin de me courtiser, dit-elle en se balançant d'un pied sur l'autre, ce qui fit grincer le parquet.

— Tu me plais, et j'aime me considérer comme un gentleman, protesta-t-il.

Apparemment, elle n'était pas plus intéressée que lui par une romance sur le long terme. Si seulement il avait pu lui faire confiance, la situation aurait été tellement simple entre eux… Mais, en même temps, cette circonspection le protégerait de toute implication sentimentale, si jamais ils se… rapprochaient.

— J'avais remarqué, commenta-t-elle avec un sourire.

— Parfait. Et, plus nous savons de choses l'un sur

l'autre, plus notre petit… arrangement aura l'air authentique aux yeux de ta famille.

Il lui prit les livres qu'elle avait glissés sous son bras et les posa sur une table à côté d'un canapé deux places niché dans un coin de la boutique. Puis il lui fit signe de s'asseoir et, lorsqu'elle l'eut fait, il la rejoignit, se retrouvant cuisse contre cuisse avec elle, tandis qu'ils étaient enveloppés par l'intimité calme de la librairie. Le parfum floral de son shampoing parvint à ses narines, et il le huma avec délectation.

Elle posa sa tasse et lui jeta un regard troublé.

— Tu dois bien te rendre compte que je me sers de toi pour tenter de renouer avec ma famille. C'étaient les termes de notre contrat.

— Bien sûr. Et cela ne me pose aucun problème, sers-toi de moi autant que nécessaire.

Il prit une nouvelle gorgée de café, savourant son goût amer – il le buvait noir, la simple odeur du breuvage suffisant à le garder alerte.

Elle émit un rire bas.

— Tu es vraiment bizarre.

— Peut-être, mais c'est ce qui te plaît chez moi.

Il le voyait dans ses yeux, le sentait dans la tension de l'air entre eux.

— Comment fais-tu pour rendre un passage à la librairie du coin aussi… aventureux ?

— Tu fais ressortir le pire en moi, avoua-t-il en laissant le regard descendre sur sa bouche, avant de relever la tête pour plonger les yeux dans les siens, y lisant une chaleur qui faisait écho à la sienne.

Il inclina la tête et se rapprocha, effleura ses lèvres. Mais non. Cette allée de la librairie était peut-être à eux pour le moment, mais cela pouvait ne pas durer, à tout instant ils pouvaient être découverts, et il ne tenait pas à lui manquer de respect en l'embrassant dans un lieu public. Il se contenta donc d'effleurer ses lèvres rapidement puis recula, appréciant qu'elle pousse un gémissement de protestation. Elle avait le regard embrumé de désir, et lui aussi était parcouru d'un feu ardent. Il brûlait d'être seul avec elle, de la déshabiller, de… Stop ! Il s'aventurait sur une pente dangereuse, bien loin de leur pacte de fausse relation.

— Je peux avoir mon café ? demanda-t-elle soudain, la voix rauque de désir.

— Bien sûr.

Il le lui tendit, leurs doigts s'effleurant, et ce bref contact acheva de concrétiser son plan.

— Si tu trouves quelques livres que tu veux lire, cela te fera passer le temps en avion.

— Comment ça, en avion ?

— Pour aller chercher du café, le top du top. Tu choisis lequel : Guatemala, Tanzanie, Kenya ou Hawaï ? Tu décides et, demain matin, nous pourrons déguster le meilleur café qui soit.

Il désigna du bras la carte du monde affichée au mur, une vieille illustration remontant au début du XXe siècle. Elle faisait partie de la décoration vintage de la librairie, en compagnie d'anciens appareils photo, de sextants et de valises antédiluviennes qui meublaient les étagères, conférant une atmosphère particulière à l'endroit.

— M'emmener dans un autre pays en quête du café parfait est un geste très romantique, mais celui-ci me suffit, protesta-t-elle.

Mais il nota que ses mains tremblaient, et elle reposa sa tasse avant de croiser les doigts dans son giron – autant de signes de nervosité. Durant un instant, il songea qu'il devait l'avoir mise mal à l'aise, puis il comprit qu'elle avait semblé perturbée quand il avait parlé de l'avion.

Oups.

Il aurait dû se souvenir de l'accident qu'elle avait

subi, mais elle avait l'air si forte, si courageuse, qu'il avait oublié ce qu'elle avait traversé : un traumatisme qui aurait laissé n'importe qui avec des cicatrices à vie.

— La proposition tient toujours, reprit-il d'une voix douce, mais on peut ajuster les plans à ta convenance. Je suis ouvert à n'importe quelle idée.

— Ce café me suffit, répéta-t-elle en saisissant sa tasse pour en boire une longue gorgée.

— Tu n'es pas près de me ruiner, plaisanta-t-il.

— Tu dis ça parce que tu n'as pas vu combien de livres je compte acheter ! riposta-t-elle sur le même ton avant de se mettre debout et de retourner devant les étagères pour caresser les tranches du doigt. Qu'aimes-tu lire ?

En un éclair, il se remémora les récits pour enfants qu'il avait lus à Paisley. Ils avaient eu leurs habitudes : chaque soir, il passait une demi-heure avec elle, à lui lire des histoires avant le dodo. Même quand il avait été en déplacement, il s'était toujours arrangé pour pouvoir le faire via Skype. Souvent, Paisley en voulait plus et, s'il n'avait pas cédé à l'époque, maintenant il aurait tout donné pour pouvoir lui accorder ces minutes supplémentaires qu'elle lui réclamait.

— Des traités d'affaires, de la recherche financière, des manuels sur comment diriger une société…, répondit-il d'un ton bourru pour dissimuler son émotion. Et toi ?

Ses yeux bruns pétillaient et, alors qu'elle caressait la pile de livres posée sur la table, elle afficha une mine nostalgique.

— Tout. Sur tout.

— Tu ne lis pas sur liseuse ?

— Maintenant, si. Dans mon autre maison, je lisais plus vite qu'ils ne pouvaient se refournir en bouquins, expliqua-t-elle en baissant le regard sur le tas grandissant d'œuvres qu'elle portait, l'air pensif. Là, c'est une… gourmandise.

Sa conscience vint le tracasser. Une partie de son plan consistait à la mettre en présence de sa famille plus souvent que d'habitude. Et si elle n'était coupable de rien de plus que de curiosité ?

— Tu es sûre que tu tiens à assister à la soirée de fiançailles de ta sœur ?

— J'ai dîné avec eux hier, je devrais pouvoir m'accommoder d'une grande fête où il y aura de nombreuses distractions qui me permettront de ne pas avoir trop à discuter avec des gens que je préfère éviter.

Pensait-elle à quelqu'un en particulier ? Il n'avait rien remarqué, la veille, mais à l'avenir il s'efforcerait de faire attention à ce genre de détails, surtout s'il voulait la garder à l'œil. Il devait demeurer aux aguets et ne pas se laisser déconcentrer par l'attirance qu'elle éveillait en lui. S'ils cédaient à leur attraction, il devait à tout prix rester focalisé sur ce qui était important : son nouveau poste à Alaska Oil Barons, Inc.

— Tous les regards risquent d'être tournés vers nous, demain soir, préféra-t-il néanmoins la prévenir.

Et, si elle poursuivait un but caché, une fête de ce genre était susceptible d'en révéler beaucoup sur elle.

— Si je comprends bien, tu as organisé le dîner d'hier pour que je puisse profiter de ma famille, juste pour moi… ?

— Bien sûr que non, protesta-t-il. Une sensiblerie de ce genre serait néfaste pour ma réputation de requin de la finance.

— Évidemment, ce serait inacceptable, et très mauvais pour la compagnie.

— Voilà des mots dignes d'une vraie Steele, conclut-il en se disant qu'il ferait bien de se le rappeler.

En affaires, les Steele étaient connus pour leur côté impitoyable – comme lui, ce qui signifiait qu'il ferait mieux de ne pas éprouver de sentiments pour elle, pas même de la compassion pour ce qu'elle avait traversé. Il devait garder son objectif bien en tête et penser avant tout à son avenir professionnel.

Et, si Brea et lui finissaient au lit en chemin, ce serait tout bénéfice.

Brea arriva à la fête de fiançailles de sa sœur la tête haute, bras dessus bras dessous avec Ward. Le fait qu'elle ait choisi de s'accrocher à son coude n'était pas purement symbolique : oui, elle avait besoin de son soutien pour gérer cet événement, mais cet homme séduisant qui l'accompagnait, beau à couper le souffle dans son smoking sur mesure, la chamboulait à tel point qu'elle ne pouvait s'empêcher de se remémorer les baisers qu'ils avaient échangés, et ce souvenir la faisait vaciller.

— Tu vas bien ? lui demanda-t-il, ses yeux bleus la fouillant avec sollicitude.

Allez, ressaisis-toi, se morigéna-t-elle. La dernière chose qu'elle voulait était qu'il se rende compte à quel point sa proximité l'affectait.

— Tout va bien, je te promets que je vais être une petite amie charmante et en adoration devant toi, ce soir.

D'un geste nerveux, elle se frotta le pouce et l'index ensemble, cherchant à dissimuler ses inquiétudes.

Il avait préféré les faire arriver après le dîner formel, au moment du dessert suivi du bal, pour qu'elle n'ait pas à faire la conversation durant des heures avec les convives. Encore une attention étonnante de la part de cet homme qui faisait tant d'efforts pour paraître sans cœur. Elle lui avait dit que retrouver sa famille dans un événement de ce genre serait plus facile pour elle et elle l'avait vraiment cru, sauf qu'elle s'était trompée.

Elle avait mené une vie si retirée, dans la petite bourgade campagnarde du Canada où elle avait vécu, qu'elle n'était plus habituée à fréquenter autant de gens dans un espace clos, même une vaste salle de réception comme celle-ci.

Parfois, à l'époque où elle était encore au Canada, elle avait eu l'impression d'avoir rêvé l'opulence du monde de son père biologique. Mais, à présent, elle voyait bien qu'elle n'avait rien imaginé. La fortune des Steele était bien réelle, et pas un centime n'avait été épargné pour la fête de fiançailles de Delaney.

Alors qu'elle s'aventurait dans la pièce, son attention se focalisa sur les détails de l'ambiance ; on aurait dit une scène tirée d'un film tant le faste régnait. Elle avait de vagues souvenirs de réceptions aussi luxueuses quand elle était petite, mais son adolescence anonyme, entre-temps, était aux antipodes d'un événement de cette échelle.

D'immenses cartes à jouer, uniquement des cœurs, étaient suspendues au plafond, tandis que des bouquets de roses rouges, dans des vases noirs, créaient un contraste saisissant avec les nappes blanches parsemées de verres vides, que des serveurs débarrassaient à intervalles réguliers.

Le bruit des discussions étouffait parfois les notes du piano à queue, et elle remarqua le coin photo dans un angle, accompagné d'une table recouverte de déguisements et d'accessoires, à côté de deux personnages en carton, le roi et la reine de cœur, à taille humaine, dont les visages avaient été découpés.

Une queue s'était formée, composée d'invités en smoking et de leurs compagnes en robe scintillante, tous attendant d'être pris en photo, et des rires émanaient de l'endroit où les gens enfilaient leurs costumes, des femmes en tenues de créateurs échangeant des masques ornés de plumes, des boas, des tiares et des châles en fausse fourrure.

La main chaude de Ward se posa sur ses reins alors

qu'ils s'avançaient dans la pièce, sans s'arrêter devant le jeu de roulette, où une grande blonde se mit à applaudir son succès. Aux tables de black jack, des sommités de la haute société de l'Alaska misaient gros, leurs visages impassibles. Les Mikkelson semblaient apprécier le jeu.

Soudain, elle aperçut sa jumelle, Naomi, et, surprise, trébucha. L'autre soir, sa sœur n'avait pas été présente au dîner, ce qui avait rendu les choses à la fois plus simples et plus difficiles.

Naomi portait une robe bustier ornée de strass, avec une ample jupe de tulle noir. Elle avait toujours eu un penchant pour le théâtral. Glenna, la femme de Broderick, était quant à elle vêtue d'une robe en dentelle dorée avec une traîne de plumes.

Elle sentit une vague de nervosité monter en elle. D'un geste brusque, elle lissa sa robe fourreau noire très sobre, ceinturée à la taille d'un simple lien de perles. Il lui était déjà arrivé de se sentir comme étrangère à sa propre famille mais, aujourd'hui, même sa tenue la désignait comme différente des autres : comme quelqu'un qui ne faisait pas partie de leur monde, bien qu'elle y soit née.

Son ventre se noua d'appréhension, et une bouffée de chaleur empourpra ses joues. Durant un instant, elle eut l'impression que la fête disparaissait autour d'elle dans un flou confus.

Puis Ward la ramena à la réalité.

— Veux-tu manger quelque chose ? lui proposa-t-il en montrant les tables chargées de pâtisseries.

Contre le mur du fond, elle repéra des truffes en chocolat, décorées comme des dés, mais le clou du dessert était un énorme gâteau à étages ressemblant à un jeu de roulette.

— Non, je te remercie. J'ai grignoté juste avant que tu viennes me chercher.

Ce qui était un mensonge. En fait, l'odeur même de

la nourriture lui soulevait l'estomac. Elle était bien trop anxieuse pour avaler quoi que ce soit.

— Tu as envie de danser ?

L'idée la tentait… Tout, pour ne pas avoir à parler.

— Je croyais que tu étais ici pour le travail ? s'étonna-t-elle.

— Il me suffit de faire acte de présence, précisa-t-il avant de lui saisir la main pour l'entraîner sur la piste de danse.

Puis il la prit dans ses bras.

— Il y a des gens que je ne connais pas, dit-elle.

Cela la surprenait, mais elle se sentait moins perturbée par ce fait à présent qu'elle se trouvait blottie contre Ward.

Il indiqua les deux tables les plus proches, près de la piste.

— C'est la famille du futur époux. Mais personne ne s'attend à ce que tu connaisses tout le monde.

Sur ses reins, ses mains étaient légères, à la fois rassurantes et sensuelles, et chaudes.

— Pourtant, je devrais savoir qui ils sont, ayant travaillé à la compagnie sous un faux nom.

— Alors comme ça, tu l'avoues ? plaisanta-t-il en haussant les sourcils sans manquer un pas.

Ils étaient si près l'un de l'autre qu'elle était fascinée par les paillettes bleues de son regard et se sentait protégée dans l'étreinte de ses bras. Hélas, en même temps, si proche de lui, elle ne pouvait s'empêcher de ressentir un certain… trouble.

Non, elle devait garder la tête sur les épaules et cesser d'écouter ses hormones.

— Ce n'est pas un secret, dit-elle en pesant ses mots.

— Tu as un sacré culot, comme ta sœur, commenta-t-il.

— C'était un compliment ?

— Tout à fait. Naomi est très respectée dans le milieu professionnel.

Ah oui, tout était professionnel, même leur relation. Néanmoins…

— Et d'un point de vue personnel ?

— Elle est coriace. Comme toi, déclara-t-il, les mots chargés d'émotion. Vous avez toutes deux traversé beaucoup de choses.

Ses yeux la piquaient, et elle était satisfaite que l'éclairage diffus dissimule le fait qu'elle lutte contre les larmes.

— Je reconnais à peine mes proches, dit-elle, parlant à la fois littéralement et au sens figuré. Elle avait perdu tant de temps avec ses frères et sœurs, qui avaient cessé d'être des adolescents dégingandés pour devenir des adultes. Mais ce qui la perturbait le plus était l'évolution des rapports avec les Mikkelson, autrefois leurs ennemis jurés, dans les affaires personnelles comme professionnelles.

— Ta famille s'est agrandie, maintenant que les deux clans ont unifié leurs immenses empires.

Il l'attira tout contre lui tandis que le saxophone laissait échapper une plainte mélancolique. Si près de lui, ses narines s'emplirent de son parfum épicé, viril, et elle ferma les yeux une seconde avant que la raison la pousse à se redresser et à consolider ses défenses.

— Comment ont-ils réussi à fusionner ? C'est toi, le directeur. Il me semble qu'ils ont échoué à se mettre d'accord, puisque c'est un étranger à nos deux familles qui est à la barre.

Quand elle était revenue chez elle, rien n'aurait pu la préparer à ça.

— Je vois les choses différemment, dit-il d'un ton grave alors qu'ils continuaient à osciller au rythme doux de la musique.

Un homme en smoking avec un nœud papillon doré passa à côté d'eux, suivi d'une femme dans une robe turquoise étincelante, une flûte de champagne vide à la main.

— Dans quel sens ? reprit-elle.

Le pianiste et le saxophoniste cessèrent de jouer à la fin du morceau. Aussitôt, un violon les remplaça, accompagné par la voix envoûtante d'une chanteuse.

— Des deux côtés, les gens ont trouvé leur place, et ce mieux qu'ils ne s'y étaient attendus. Ils sont à présent à des postes où je les ai nommés pour leurs compétences et pas par népotisme.

— Tu prétends que mon frère Broderick n'aurait pas fait un bon directeur pour Alaska Oil Barons, Inc. ?

Il haussa les épaules, son smoking bien coupé accentuant la largeur de sa stature.

— Il aurait pu gérer la firme, mais pas la fusion Steele/Mikkelson. Je suis le meilleur choix pour diriger l'entreprise.

Elle émit un rire doux.

— Quel dommage que tu n'aies pas confiance en toi ! plaisanta-t-elle avant de se dire que son côté pragmatique compensait son arrogance. Je suis ravie que ton poste te plaise, mais que se passera-t-il le jour où une nouvelle proie sera à ta portée ?

— Pour le moment, il n'y a pas de plus grosse compagnie dotée d'une telle autonomie. Et, avec moi à sa tête, Alaska Oil Barons, Inc. va encore se développer.

Elle appuya la joue contre son torse, savourant d'entendre le battement de son cœur dans l'oreille.

Soudain, un mouvement derrière Ward attira son attention. Naomi, accompagnée de son mari, Royce, traversait la piste. Le regard de sa jumelle passa sur elle, puis s'arrêta et, durant un instant, elle se figea au milieu des couples qui dansaient.

Durant une seconde, elle crut que leur lien gémellaire allait se renouer, qu'elles reprendraient leur relation là où elles l'avaient laissée, puis les traits de Naomi se durcirent, et elle fronça les sourcils. Un signal d'alarme résonna en elle : pourvu que rien ne la trahisse.

Elle enroula les mains sur la nuque de Ward et se dressa sur la pointe des pieds pour éloigner les soupçons de la manière la plus crédible possible.

Elle l'embrassa en plein milieu de la piste de danse, au vu et au su de tout le monde.

- 4 -

Le baiser de Brea déclencha une tornade brûlante en Ward.

Ses sens s'éveillèrent alors que sa bouche s'ouvrait contre la sienne et qu'il sentait ses doigts, dans son cou, jouer avec ses cheveux. Des images traversèrent son esprit, autant de visions de ce qu'il voulait faire avec elle – la toucher, explorer ses courbes, la déshabiller, la caresser. Sauf qu'il ne pouvait pas faire cela en public ; en fait, il ne pouvait même pas l'embrasser comme il l'aurait désiré avec tant de gens qui les regardaient.

Mais un jour, quand ce serait l'heure et l'endroit, il l'embrasserait. Partout. Il s'en faisait le serment.

Il effleura une dernière fois ses lèvres douces et pulpeuses, puis recula d'un pas, plongeant les yeux dans les profondeurs ardentes de ses iris bruns.

— Seigneur, ma chérie, tu m'as coupé le souffle !

— Et toi, tu es juste un charmeur, marmonna-t-elle d'un ton sceptique, bien qu'il puisse voir une veine palpiter follement le long de son cou.

— En fait, on me connaît plus pour mon franc-parler que pour mes flatteries, dit-il.

Il voulait qu'elle ait la certitude qu'il disait la vérité. S'il ne pouvait lui faire confiance, au moins devait-elle savoir quelle était sa position à lui. Et, si elle était une victime innocente, elle devait être sûre qu'il était droit dans ses bottes.

— Allons chercher quelque chose à boire et asseyons-nous pour discuter.

Elle hocha la tête, les pupilles encore dilatées de désir. Il fit glisser la main le long de sa colonne vertébrale jusqu'à ses reins pour la guider à travers la masse de convives. Elle semblait s'abandonner à son contact comme si elle savourait ses caresses, réaction qui faisait s'accélérer les battements de son cœur.

Alors qu'ils passaient devant le jeu de roulette, une salve d'applaudissements éclata. Une foule s'était attroupée autour d'une quinquagénaire blonde qu'il reconnut aussitôt. Jeannie Mikkelson se tenait là, les bras croisés sur sa robe à sequins couleur jade, en train de parler à son plus jeune fils. Quand Brea l'aperçut, il sentit une nouvelle tension s'emparer d'elle et vit un malaise lui raidir les épaules et le visage. Ses nerfs devaient être mis à rude épreuve. Il devait l'aider.

Il la guida vers un couloir à l'écart, attrapant au passage deux flûtes de champagne. Des échos de la musique résonnaient dans le corridor désert, également décoré sur le thème du casino. Sauf que là aussi, devant eux, assise sur un canapé, se trouvait la plus discrète des Steele – et l'héroïne de la soirée –, Delaney.

Brea recula imperceptiblement.

Delaney se leva, fit un pas en avant, ses anglaises rebondissant sur ses épaules. Son sourire était aussi resplendissant que les strass qui ornaient le bustier de sa robe noire moulante.

— Bonjour, Breanna, la salua-t-elle d'une voix douce. Je te remercie d'être venue à ma fête de fiançailles, cela compte beaucoup pour moi.

Il vit Brea avaler sa salive avec difficulté, puis elle indiqua la main gauche de sa sœur d'un mouvement du menton : son annulaire était orné d'un solitaire taillé en poire.

— Ta bague est magnifique.

— Merci. Je suis juste tellement heureuse d'épouser l'homme de ma vie, dit-elle avec un sourire. Tu te souviens ? Naomi, toi et moi rêvions de ce jour, quand nous étions fillettes et que nous faisions semblant d'organiser notre mariage avec des serviettes en guise de voile…

Il se décala de quelques pas pour leur accorder un peu d'intimité, mais il garda les yeux rivés à Brea pour jauger ses réactions. L'aider à passer du temps avec sa famille, c'était pour lui le meilleur moyen de comprendre les véritables raisons de son retour après qu'elle s'était fait connaître sous le nom de Milla Jones. Pour le moment, il n'avait pas envie de demander l'aide de Shana Mikkelson, détective réputée.

N'empêche, c'était un vrai mystère : après cet épisode, Brea aurait pu disparaître dans la nature, elle était bien douée pour cela. Au lieu de quoi, elle avait engagé un avocat et était revenue en Alaska, cette fois sous sa vraie identité. Mais à quelles fins ?

Brea et Delaney prirent place sur le canapé, tandis qu'il se calait dans le fauteuil à côté.

— Je veux vous faire confiance, dit Brea, mais c'est tellement difficile de démêler le vrai du faux dans mes souvenirs, les bons comme les mauvais.

— Si tu as la moindre question, n'hésite pas à me demander, répondit Delaney, posant une main sur son bras. J'aimerais vraiment t'aider. Tu n'as pas besoin de me raconter en détail ce qui t'est arrivé. Mais tu peux me dire, par exemple, « les vacances de famille au festival Gold Rush quand nous étions en primaire », et je te raconterai ce que je me rappelle, comme ça, tu verras ce qui fait écho à ta mémoire.

Brea écarquilla les yeux de surprise.

— C'est une excellente idée, nous pourrions essayer, la semaine prochaine.

— Sinon, demande-moi quelque chose tout de suite.

— C'est ta fête de fiançailles, je n'ai pas envie de te monopoliser alors que tu dois célébrer la réalisation de tous tes rêves.

— Tu fais partie de ma famille, protesta Delaney, son diamant étincelant à son doigt alors qu'elle secouait la main. Et avoir la chance de te parler est une joie que je pensais ne plus jamais avoir.

Il se pencha en avant. Personne ne lui avait demandé de s'en aller, et il n'avait pas envisagé de le faire, conscient qu'il ressentait un élan protecteur envers Brea – en fait, il voulait rester à ses côtés pour s'assurer qu'elle ne serait pas déstabilisée par ce que sa cadette lui raconterait sur leurs souvenirs d'enfance.

Brea hocha la tête.

— Alors, d'accord. Parle-moi des petits déjeuners du samedi matin.

Delaney lui adressa aussitôt un grand sourire.

— J'adorais aller au Kit's Kodiak Café, mais mon meilleur souvenir, c'est le jour où nous avons partagé un bracelet de bonbons…

Delaney avait hâte de se rendre au Kit's Kodiak Café avec son père, ses frères et ses sœurs pendant que leur maman profiterait d'une matinée de calme.

Aujourd'hui était un jour spécial, et elle aurait le droit de rester à côté de Brea – Brea qui d'habitude prenait place près de Naomi, parce qu'elles étaient jumelles. Mais, ce matin-là, Delaney avait couru si vite pour entrer dans le restaurant qu'elle avait réussi : elle avait Brea pour elle toute seule.

Enfin, façon de parler. Tout le monde bavardait tellement que Delaney ne parvenait pas à placer un mot – du moins tout le monde sauf Marshall, qui était calme et silencieux, le nez plongé dans un livre.

Delaney balança les jambes d'avant en arrière sans toucher le sol. Elle adorait cet endroit où elle se sentait à l'aise, même s'il n'était pas luxueux, ni à la mode. La salle ressemblait à une vaste grange, et les fenêtres offraient le beau panorama d'un quai en avancée sur le lac. À l'intérieur, de grandes tables de bois étaient disposées pour accueillir de larges groupes, comme le leur.

Les autres regardaient le menu, mais elle savait ce qu'elle voulait prendre : des pancakes et des saucisses de caribou.

D'habitude, elle avait hâte d'avoir son plat mais, aujourd'hui, attendre ne la gênait pas. De plus, sa famille venait très régulièrement, et ils seraient vite servis, même si son papa leur avait expliqué qu'ils ne devaient pas réclamer de traitement de faveur.

Ils se rendaient au Kit's Kodiak Café depuis toujours, presque tous les samedis matin, et parfois en semaine, avant l'école. Papa leur faisait enfiler leurs affaires – souvent dépareillées, mais l'important était qu'ils aient chaud, bien que Marshall n'apprécie pas de se retrouver avec un bonnet rose à tête de chat.

Un jour, sa maman lui avait dit que leur papa, qui était très riche, essayait de leur faire garder les pieds sur terre en les emmenant dans des endroits « normaux », là où on jouait de la musique country ou de vieilles chansons à la radio, là où l'air sentait bon la cuisine maison et le feu de cheminée. Alors, certes, l'ours empaillé du Kit's Kodiak Café lui faisait bien un peu peur, mais elle ne l'aurait avoué pour rien au monde.

Delaney heurta la jambe de Brea. Sa sœur regarda dans sa direction et fronça les sourcils.

— Qu'est-ce qu'il y a ?

— Chut, murmura Delaney avant de glisser une main vers elle sous la table.

Elle avait apporté un bracelet de bonbons supplé-

mentaire, au cas où elle arriverait à s'asseoir à côté de Brea. Delaney avait utilisé son argent de poche pour l'acheter, mais elle faisait bien attention à le garder dissimulé sous la table afin que son père ne le voie pas – il aurait dit qu'elles allaient se couper l'appétit, même si aucune quantité de sucre n'aurait su l'empêcher de dévorer les plats du Kit's Kodiak Café.

Brea sourit.

— Merci, gamine.

Gamine ? Elle n'avait que trois ans de moins qu'elle ! Mais Delaney avait du mal à se défendre, il était tellement plus facile de défendre les autres, comme ce jour où elle avait fait un exposé à l'école sur l'importance de protéger les baleines, même si les autres filles s'étaient moquées d'elle à l'heure du déjeuner et l'avaient surnommée « la baleine ». Elle n'en avait jamais parlé à sa famille, elle ne voulait pas rendre les choses difficiles pour ses parents.

Leur papa disait toujours que leur maman avait la tâche la plus dure, à devoir gérer les trublions Steele, et que le moins qu'il pouvait faire était de lui permettre d'avoir de temps en temps un moment de répit. Il ressassait ce même discours à chaque petit déjeuner et leur rappelait d'écouter leur maman et leurs instituteurs. S'ils n'avaient pas fait de bêtises, ils pourraient l'accompagner à la pêche, et ils adoraient tous tellement ça que tous les problèmes entre eux se réglaient comme par magie à cette perspective.

La fratrie Steele était très soudée, et Delaney n'imaginait pas la vie sans eux. Cette seule idée suffit à lui faire si mal à l'estomac qu'elle donna le reste de son bracelet de sucreries à sa sœur…

De retour à son appartement après la fête, Brea ignorait si entendre sa sœur lui raconter l'histoire de cette matinée si lointaine l'avait aidée ou non.

Ses émotions s'emmêlaient, ce qui était dangereux, tandis qu'elle se tenait dans son vestibule en compagnie de Ward. Celui-ci avait insisté pour la raccompagner à sa porte, mais, alors que le souvenir de leur baiser sur la piste de danse faisait naître des étincelles dans tout son corps, elle n'était pas sûre que se retrouver seule avec lui soit raisonnable.

L'attirance qu'elle ressentait pour lui s'était encore renforcée ce soir, et elle avait de plus en plus de mal à lui résister et à lutter contre l'irrépressible alchimie entre eux. Mais elle devait se rappeler qu'elle était d'abord et avant tout loyale à son père, à sa famille et à la compagnie.

Malgré tout, sa mémoire repassait en boucle la sensation de sa main sur ses reins durant la fête, la stabilisant aux moments où elle en avait eu le plus besoin et l'aidant à faire une sortie gracieuse lorsqu'elle s'était retrouvée sans voix après l'histoire de Delaney.

Elle ne savait plus que penser. Il lui fallait une échappatoire, et l'homme en face d'elle était une distraction à la fois bienvenue et sexy.

Il entra dans son appartement, fourrant ses gants dans la poche de son grand manteau de laine noire. Elle referma la porte derrière lui, et il déboutonna son par-dessus, sans pour autant pénétrer plus loin chez elle – d'ailleurs, elle non plus n'avait pas bougé.

Il prit sa main dans la sienne, son pouce jouant le long de son poignet.

— Tu vas bien ?

— Bien sûr, je n'ai bu que deux coupes de champagne, répondit-elle, faisant mine de ne pas comprendre à quoi il faisait allusion.

— Je voulais savoir si tu allais bien après ce que ta sœur t'a raconté. Tu es restée très silencieuse…

Ses nerfs menacèrent de craquer à ce souvenir, et elle se força à sourire, avant d'ouvrir la bouche.

— Dans ma tête, je hurlais « gargouille » !

Il fronça les sourcils.

— Je suis désolé, j'aurais dû prêter plus attention à…

— Tout va bien, je plaisantais, dit-elle en lui serrant la main, une main chaude et calleuse dont le contact la fit frissonner.

Il secoua la tête.

— Ce qui t'est arrivé, ce qui est arrivé à ta famille est indescriptible, il ne me viendrait pas à l'idée de plaisanter à ce sujet.

— Je travaille sur le détachement, dit-elle en gardant les doigts dans les siens, savourant sa chaleur sensuelle. Même si je leur mens toujours concernant notre relation…

Il reporta son poids d'un pied sur l'autre, et une bouffée de son parfum épicé lui chatouilla les narines.

— Ta vie a été plutôt… embrouillée.

C'était le moins que l'on puisse dire.

Elle prit une profonde inspiration, son esprit revenant sur les moments les plus difficiles de son passé.

— Après la mort de mes parents adoptifs, j'ai mené ma propre vie, une vie anonyme.

Il serra ses doigts dans les siens en une longue caresse réconfortante, ses yeux d'un bleu intense rivés à elle.

— J'aimerais que tu m'en parles.

— J'ai passé du temps toute seule au Canada, à faire des petits métiers pour gagner un peu d'argent. Cela m'a permis de voir comment le monde fonctionnait et d'essayer de comprendre ce que je voulais faire de ma vie, de ma famille.

De ses parents biologiques comme de ses parents adoptifs. Elle avait eu beaucoup de mal à réconcilier ses sentiments envers eux tous. Elle avait pris le deuil quand ses parents adoptifs étaient morts, tout comme l'avait fait leur petite communauté, mais, lorsqu'elle avait découvert une boîte sous le lit de sa mère, son univers entier avait basculé.

Le coffret avait contenu les vêtements qu'elle portait le jour de l'accident d'avion, ainsi qu'une sirène en peluche que sa grand-mère lui avait offerte. Le souvenir de ce simple présent lui avait fait comprendre qu'elle ne pouvait plus se cacher la vérité – elle devait retourner voir sa famille Steele.

Si seulement son cerveau ne la renvoyait pas en arrière chaque fois qu'elle tentait d'analyser ces années passées...

— Donc, tu t'es infiltrée dans la firme.

Durant un instant, elle repoussa son contact. Elle porta les mains à ses tempes, secouant la tête et les paupières closes.

— Pour le moment, tout cela n'a pas de sens pour moi. À l'époque, je ne savais pas à qui demander conseil pour rentrer en contact avec eux, expliqua-t-elle en haussant les épaules. Et maintenant, j'en suis là.

— Et s'ils ne s'étaient pas lancés à ta recherche ?

— Je l'aurais fait en temps et en heure sous mon propre nom. Après tout, je suis bien revenue, sous mon autre identité, non ? J'ai juste le sentiment que cette... réunion ne doit pas être précipitée.

Son esprit bouillonnait de souvenirs de son adolescence, et il y en avait beaucoup trop pour qu'elle parvienne à faire le tri. Pour une fois, elle voulait que sa vie soit simple.

— Tu n'es pas du genre à lancer la pierre à quiconque, tu es juste mon prétendu petit ami.

— Je pourrais l'être pour de vrai, après tout, il y a quelque chose entre nous. Il te suffit de dire un mot.

Alors qu'il prononçait ces paroles, une étincelle de désir s'était allumée dans ses yeux, témoignant d'une dangereuse anticipation qu'elle sentait elle aussi danser dans ses veines, dans le battement précipité de son cœur, dans le pas infime qu'elle fit vers lui.

Alors qu'elle s'immergeait dans le parfum de son après-rasage, qui l'incitait à se rapprocher encore plus de lui, l'odeur du pot-pourri à la lavande qu'elle avait disposé près de la cheminée l'aidait à se détendre. Elle se pencha légèrement vers lui, le cœur battant deux fois plus vite que le rythme régulier de sa vieille horloge.

— Et quel serait ce mot ? souffla-t-elle.

— Faisons l'amour, proposa-t-il.

L'image de leurs corps essoufflés, peau contre peau, surgit entre eux, et elle sentit ses jambes trembler. Une vague de chaleur se répandit au creux de son ventre, balayant toute trace de la confusion et de la peine qu'elle avait accumulées depuis que sa sœur lui avait parlé de ce lointain samedi en famille.

Elle aspirait à un répit de toute cette tension. Elle voulait sentir de nouveau l'amour des siens, mais elle avait peur, si elle baissait sa garde, d'exposer son cœur à une blessure dont elle ne guérirait jamais. Elle en avait besoin, terriblement besoin, mais en cet instant, alors que Ward la touchait de manière si intime, elle savait qu'elle pouvait mettre ses soucis de côté pour quelques heures. Dans ses bras. Et, tandis qu'elle baignait dans la caresse de son regard, qu'elle savourait son contact, elle brûlait de se perdre en lui.

— Rien ne nous empêche de faire de cet arrangement une vraie histoire, il te suffit de dire quand.

Elle porta les mains à son torse pour lisser les revers de sa chemise.

— Quand, chuchota-t-il en saisissant ses mains. Juste quand…

Sa bouche rencontra la sienne, son baiser s'approfondit. Et, Seigneur, cet homme savait embrasser ! Toute son attention était concentrée sur elle, dans le but de la faire chavirer et de la subjuguer par la caresse de sa langue.

Ses mains fortes sur sa peau sensible étaient une tentation irrésistible, et un soupir s'échappa de ses lèvres.

Ses doigts impatients firent glisser son manteau, puis la veste de son smoking, avant de tirer sa cravate. Elle frémissait d'anticipation à l'idée de le déshabiller.

— Dis-moi, Ward Benally, souffla-t-elle d'une voix rauque, tu es sûr que ce n'est pas moi qui abuse de toi ? Parce que je n'ai pas envie de te forcer à faire quelque chose que tu regretterais…

— Si tu appelles ça abuser de moi, je t'en prie, continue.

Elle inclina la tête pour voir s'il plaisantait.

— Ward…

— Crois-moi, j'ai envie de toi, Brea. De tout mon cœur, de tout mon corps, ici et maintenant, tout de suite, ou je vais devenir fou, reprit-il avec un petit rire.

Et elle se dépêcha de poursuivre ce qu'elle avait entamé en le débarrassant de sa chemise et de son tricot de peau, l'embrassant en même temps à en perdre haleine, son sexe durci niché contre son ventre comme la promesse d'un plaisir qu'elle anticipait déjà.

Il la fit pivoter dans ses bras pour abaisser la fermeture éclair dans son dos, révélant avec lenteur son dos, embrassant sa peau nue centimètre par centimètre jusqu'à ce que le désir la submerge. Tremblante, elle se retourna face à lui, faisant glisser sa robe le long de son corps, d'un mouvement sinueux, savourant la passion et l'appréciation dans ses yeux alors que le tissu tombait à terre autour de ses pieds.

Enhardie par son approbation, elle resta devant lui, seulement vêtue de son soutien-gorge bandeau en satin et de sa culotte assortie. Et, au vu de son érection, qui tendait son pantalon, cet homme sexy était aussi excité de la regarder qu'elle l'était en le contemplant – et savoir qu'il la désirait autant la faisait bouillir d'impatience.

Ses doigts se portèrent sur son torse, et une décharge

d'électricité la traversa, une sensation cuisante parcourant sa peau. Elle effleura ses abdominaux, puis descendit encore plus bas, jusqu'à glisser la main sous sa ceinture.

Il ferma les yeux et inclina la tête en arrière tandis qu'elle le caressait sur toute sa longueur, puis il poussa un profond soupir.

— Il faudrait que nous allions dans la chambre, proposa-t-il.

— Le canapé est plus près, répondit-elle en se haussant sur la pointe des pieds pour l'embrasser.

— Bonne idée, fit-il en s'agenouillant pour fouiller dans la poche de sa veste et en tirer un préservatif. Heureusement, l'un d'eux avait encore l'esprit assez clair pour penser à ça.

Lorsqu'il revint vers elle, toute pensée cohérente l'abandonna.

Ils se dirigèrent vers le sofa sans se lâcher, les jambes emmêlées, délaissant au passage mocassins et escarpins. Elle fit glisser son pantalon de smoking tandis qu'il la débarrassait de son soutien-gorge et de sa culotte.

Peau contre peau, ils se laissèrent tomber sur le canapé, elle déposant une pluie de baisers sur son cou tandis qu'il lui caressait le dos et les flancs.

Lorsqu'il s'installa sur elle, le contact de son érection entre ses cuisses la submergea de plaisir, et elle se sentit défaillir, puis il glissa en elle avec détermination, et les sensations affluèrent tandis qu'elle l'accueillait. Elle cambra les reins pour qu'il s'enfonce encore plus loin, savourant la plénitude dont elle avait rêvé depuis leur première rencontre – être avec lui, liée à lui au plus profond de son être, était tout ce qu'elle avait espéré, et encore plus. C'était une fusion corps à corps, cœur à cœur, comme jamais elle n'en avait vécu.

Et elle en voulait davantage.

Il la soulagea de son poids en s'accrochant d'une main

au dossier du canapé, et elle se mit à onduler sous lui pour l'encourager à adopter un rythme plus soutenu ; il réagit aussitôt en reprenant la danse qu'ils avaient entamée un peu plus tôt. Ses ongles s'enfoncèrent dans ses épaules, l'incitant à accélérer. Elle nicha le visage contre son cou pour humer l'odeur de son après-rasage, qui attisait son désir. En réponse, il l'embrassa sur la bouche, puis descendit plus bas, jusqu'à mordiller ses seins, son ombre de barbe picotant sa peau, la mettant au supplice.

Une onde de passion la parcourut, brûlante et irrépressible, et elle enroula les jambes autour de sa taille pour accompagner son rythme. Dans le mouvement, elle faillit tomber du canapé, mais il la rattrapa à temps, plongeant le regard dans le sien.

Il semblait contrôler la situation, la dominer, et durant un instant elle reprit ses esprits, mais soudain elle le vit se crisper et elle comprit que lui aussi était au bord de l'orgasme et qu'il se retenait. Cette idée la bouleversa et, alors qu'il l'encourageait d'une voix rauque, il glissa une main entre ses jambes et la caressa à l'endroit le plus intime de sa féminité, la faisant basculer dans la jouissance.

Le plaisir ricocha en elle, la dévorant tout entière et lui arrachant un râle. Il plongea encore en elle à deux reprises, puis parvint lui aussi à l'orgasme en criant son nom, pour la rejoindre dans le plaisir.

Au bout d'un moment, il parut revenir à lui et se mit debout, puis la serra dans ses bras et l'emmena dans la chambre. Il la déposa sur le couvre-lit et s'allongea à côté d'elle, tirant sur eux le duvet, puis il la blottit contre lui et lui caressa les cheveux d'un geste tendre.

Elle détourna la tête, évitant son retard – elle n'était pas prête à lui laisser voir la vulnérabilité qu'elle était certaine d'afficher en cet instant précis.

Il était bien trop observateur, elle craignait qu'il ne remarque à quel point il l'affectait : parce qu'elle n'avait jamais rien ressenti d'une telle intensité auparavant et n'était pas sûre de savoir comment appréhender les sensations qu'il éveillait en elle.

Baignée dans son parfum viril, elle tenta de se ressaisir en pensant à quelque chose de concret, de moins dangereux que son corps fort et rassurant pressé contre le sien.

Elle se sentait dépassée.

Elle s'était lancée dans cette aventure pour échapper à sa relation embrouillée avec sa famille mais, à présent, elle éprouvait pour lui de nouveaux sentiments, tout aussi confus mais encore plus forts. Elle ne savait pas les identifier, mais elle savait déjà qu'elle voulait rester avec lui. Le retrouver, encore et encore. Et, si elle ne faisait pas attention, elle oublierait toute prudence et se retrouverait sans défense – situation qu'elle s'était juré de ne plus jamais vivre.

Assis en boxer sur un tabouret haut dans la cuisine de Brea, Ward avait l'impression d'être revenu aux premiers temps de son mariage ; et c'était la dernière pensée qu'il souhaitait avoir alors que les sensations incroyables de leur étreinte vibraient encore dans ses veines.

Il voulait tenter cette aventure avec elle – il la méritait, même.

Et cela n'avait aucun rapport avec ce qu'il avait traversé lors de son mariage.

Au prix d'un violent effort de volonté, il chassa de son esprit toute réflexion en lien avec Melanie et la perte de sa fille. Pour le moment, tout ce qui comptait, c'était l'instant présent, ce qu'il venait de vivre avec Brea.

À côté de lui, elle lissa ses cheveux noirs, vêtue simplement de la chemise de costume qu'elle lui avait empruntée, qui mettait en valeur ses longues jambes et la rondeur de ses fesses. Elle avait préparé une sangria à partir de vin et de fruits, qu'elle avait servie avec des tranches d'avocat, des crevettes et des chips. Concocter ce déjeuner improvisé avec elle avait été un moment de complicité agréable et intime, peut-être un peu trop proche du bonheur domestique idéal pour qu'il se sente totalement à l'aise avec cette idée. Et, visiblement, c'était ce qui la tracassait aussi.

Il posa une main sur son genou.

— Je ne regrette rien, dit-il.

Elle poussa un profond soupir.

— Moi non plus, mais c'était plus… intense que ce que j'imaginais. Apparemment, je ne suis pas douée pour le sexe « juste pour le sexe ».

Il ne s'était pas attendu à une telle franchise de sa part et il réfléchit quelques instants au sens de ses mots.

— Notre fausse relation évolue. Ce n'était pas du « sexe pour le sexe », précisa-t-il en lui serrant le genou.

— Oui, c'est bien ce que je vois. Je te remercie de ne pas interpréter ce que j'ai dit comme une incitation de ma part à me demander en mariage.

Sur ces paroles, elle posa une tranche d'avocat et un morceau de crevette sur une tortilla craquante et mordit dans le tout.

Mais ce qu'elle venait de déclarer avait fait mouche.

— Ah non, en effet, c'est hors de question pour moi. J'ai déjà donné, j'ai vu le résultat, je ne recommencerai pas, la blessure se referme à peine.

— À cause de ta fille ?

Le genou de Brea effleura le sien, et le contact éveilla en lui un mélange d'excitation et de nostalgie face aux souvenirs qui le hantaient.

— Belle-fille, lui rappela-t-il. Je pensais qu'une fois deux personnes mariées tout se mettait en place pour la vie, au fil du temps. J'étais amoureux de ma femme, j'aimais Paisley, que je considérais comme ma propre fille. Nous étions une famille…

— Qu'est-il arrivé au père biologique de Paisley ? demanda-t-elle en le scrutant avec intensité.

Il avala une autre gorgée de vin parfumé aux fruits.

— Il est mort avant sa naissance, Paisley croyait que j'étais son papa, dit-il en sentant la vieille blessure dans son cœur se rouvrir. Et maintenant elle pense que je l'ai abandonnée.

— Oh ! Ward, c'est tellement triste. C'est ce que sa mère lui a raconté ?

Il resta silencieux quelques instants, soupesant ses mots.

— Elle lui a expliqué qu'elle avait un nouveau papa, et que je n'étais pas son vrai père.

— Je suis désolée, pour Paisley comme pour toi.

— Les gens prétendent que les enfants sont plus forts qu'on ne l'imagine, dit-il en prenant une inspiration saccadée, revivant dans sa tête le moment où il avait dit au revoir à une Paisley en pleurs.

Elle demeura pensive, et il attendit, la laissant réfléchir à ce qu'elle voulait dire.

— C'est peut-être vrai, mais ce n'était pas mon cas, finit-elle par déclarer, les sourcils froncés derrière son verre de vin. Peut-être n'aurais-je pas dû dire ça, se reprit-elle aussitôt.

De nouveau, elle s'était montrée plus honnête qu'il ne l'aurait cru.

— J'apprécie ta franchise, je déteste qu'on me mente.

— Moi aussi. La vérité peut déjà bien assez nous embrouiller sans que l'on doive démêler le vrai du faux.

Il repoussa une mèche de ses cheveux, la ramenant derrière son oreille.

— Alors, promettons-nous que, quoi qu'il se passe, nous serons toujours honnêtes l'un envers l'autre.

— D’accord, approuva-t-elle en prenant une gorgée de sangria avec un sourire.

Le vin rouge colora ses lèvres de la façon la plus attractive qui soit.

Ils trinquèrent à leur nouvel accord, et elle émit le petit rire qu’il avait espéré entendre, une partie de la tension qui crispait ses épaules l’instant précédent disparaissant alors qu’ils entrechoquaient leurs verres.

Mais il avait encore énormément de questions. Il voulait notamment savoir ce qu’elle cachait qui la rendait si méfiante. Et il avait la très nette impression qu’il se focalisait sur ce détail pour ne pas réfléchir à l’attirance qu’il éprouvait envers elle, aux sentiments qui naissaient en lui, à toutes les choses qu’elle lui faisait vivre et ressentir.

Non, il refusait d’embarquer son cœur dans un voyage aussi périlleux.

- 5 -

Brea ne parvenait pas à trouver le sommeil.

Elle ne regrettait pas d'avoir couché avec Ward, en revanche elle s'en voulait de ne pas arriver à savourer les instants précieux de bien-être qu'elle aurait pu partager avec lui. Mais, vu le rythme des battements de son cœur, la porte vers cette béatitude paresseuse lui était définitivement fermée.

Elle brûlait de recommencer.

Elle en avait tellement envie qu'elle avait l'impression qu'une vague ardente la parcourait inlassablement, l'enflammant tout entière. C'en était trop, elle devait se ressaisir avant de se retrouver face à face avec lui.

Faire l'amour avec lui lui avait ouvert tout un monde de plaisirs, éveillant ses sens comme son esprit, ce qui, à présent, l'incitait à repenser au passé – ou plutôt, à leur passé à tous les deux. Sa vie lui semblait découpée en deux : avant et après l'accident d'avion qui avait causé la mort de sa mère.

Elle s'assit au comptoir de la cuisine, devant son ordinateur portable. Elle avait passé ces dernières heures sur Internet afin de s'empêcher de retourner au lit, mais chacune de ses inspirations lui faisait humer l'odeur de Ward, qui imprégnait sa chemise, qu'elle avait enfilée.

Concentre-toi, se morigéna-t-elle.

Elle avait cherché durant une éternité des indices sur l'accident ou sur les gens qui auraient pu être impliqués, des réponses au mystère qui l'avait provoqué, sans jamais rien trouver ; c'était la fameuse aiguille dans la botte de foin.

Aujourd'hui, elle cherchait des rapports d'entretien d'avion – et, bien sûr, sa quête n'avait rien d'officiel. Mais elle avait peur que, si quelqu'un avait vent de sa tentative, il ne détruise toute trace de ce qui avait pu se passer tant d'années plus tôt.

Elle étudia les documents affichés sous ses yeux, se plongeant dans le défilement monotone des pages scannées. Elle savait que Tally Benson, bientôt Tally Steele, était la fille du mécanicien qui avait vérifié l'appareil, mais d'autres personnes avaient travaillé dessus ou étaient intervenues dans son vol. Même si Tally n'avait jamais caché son lien avec son père, il lui semblait toujours bizarre qu'elle fasse à présent partie de la famille, malgré cette connexion. Bien que l'accident ne soit pas sa faute, comment les Steele pourraient-ils regarder Tally sans repenser à ce que son père avait fait ?

Elle se demanda si elle aussi leur faisait repenser à ce qui s'était passé et à ce qu'ils avaient perdu.

Ce que quelqu'un avait voulu détruire, en vain.

Et, si quelqu'un se sentait coupable ou avait envie de se venger, ces sentiments ne seraient-ils pas amplifiés par son retour ?

Laissant les yeux errer sur les photos encadrées sur le manteau de la cheminée, elle s'aperçut que quelque chose la tracassait. Mais ses souvenirs de ce jour dramatique étaient flous et embrumés.

Elle n'avait jamais réussi à se rappeler exactement les dernières vingt-quatre heures qui précédaient l'accident, les images terribles du crash étant trop chargées d'émotion pour qu'elle parvienne à faire le tri entre la réalité et ce qui se cachait derrière. Après coup, quand elle était allée chercher des réponses auprès de sa famille adoptive, leurs propos l'avaient ébranlée. Ils lui avaient dit que ses parents d'Alaska n'étaient pas convenables et qu'ils avaient perdu tout espoir de la retrouver, qu'ils étaient corrompus, pourris jusqu'à la moelle et qu'elle était bien mieux sans eux. Et aujourd'hui, même en sachant que le couple qui l'avait accueillie lui avait menti, elle ne parvenait toujours pas à s'ouvrir aux Steele.

C'était ironique : tant qu'elle avait été avec ses parents adoptifs, elle n'avait pas fait confiance à sa famille biologique et, maintenant, elle découvrait qu'il lui était encore plus difficile de se fier aux gens qui l'avaient adoptée. Il y avait de quoi en devenir fou.

Soudain, l'impression d'être observée la fit se raidir sur son siège. Elle sursauta et faillit tomber de son tabouret tellement elle se retourna vivement. Derrière elle, Ward se tenait dans l'encadrement de la porte de la chambre et la regardait.

Son boxer moulait ses hanches étroites, soulignant ses abdominaux bien dessinés et ce qui se trouvait au-dessous, caché sous le tissu élastique. Son cerveau la ramena à la nuit précédente, à la façon dont leurs jambes s'étaient emmêlées, à la passion qui les avait submergés, à toutes les caresses sensuelles qu'elle brûlait de revivre avec lui. Ils pouvaient connaître encore et encore ces instants parfaits, si elle se l'autorisait.

Il fourragea dans ses cheveux ébouriffés.

— Tu travailles sur quoi ?

Un frisson glacé la parcourut à ces mots, et elle pivota sur son tabouret pour fermer l'écran à la volée. Comment avait-elle pu oublier ce qu'elle faisait ? Et surtout, pourquoi s'était-elle montrée imprudente au point de faire des recherches sur les Mikkelson et les Steele avec Ward sous son toit ?

— Je… Euh… Je consultais mes messages et je cherchais des articles sur la méditation et la relaxation pour voir si cela peut m'aider à remettre de l'ordre dans ma mémoire. J'ai beaucoup apprécié ce que Delaney m'a dit sur ses souvenirs d'enfance.

Le mensonge lui était venu naturellement, à tel point que cela la perturba, surtout alors qu'ils avaient discuté peu de temps auparavant de la nécessité d'être honnêtes l'un envers l'autre. Mais elle avait compris qu'elle ne découvrirait jamais les réponses auxquelles elle aspirait si elle ne… déviait pas de temps en temps de la vérité. Elle n'aimait pas mentir, mais la fin justifiait les moyens.

Elle savait également que ses mensonges devaient comporter une part de vérité et, dans ce cas, Delaney l'avait bel et bien aidée en confirmant sa confusion et sa méfiance.

— Bonne idée, dit-il en se rapprochant d'elle à pas mesurés, élégant et gracieux comme un fauve. Et tes mails ? Des nouvelles intéressantes ?

Très, notamment un message d'une dame qui travaillait dans un aéroport des environs à l'époque de l'accident. Évidemment, elle n'avait pas la moindre intention de confier ce détail à Ward. Au lieu de quoi, elle se rabattit sur un autre mail.

— Ma famille veut que je vienne déjeuner demain. Delaney leur a dit à quel point notre discussion à propos de nos souvenirs d'enfance avait été profitable.

— Tu es sûre que c'est une bonne chose de fouiller là-dedans ? demanda-t-il en prenant sa main dans la sienne.

À son contact, elle sentit des étincelles remonter le long de son bras.

Il n'y avait aucune règle pour gérer ce genre de situation, songea-t-elle. Elle n'avait pas prévu de se rapprocher autant de lui, mais ce qui avait commencé comme un subterfuge l'avait surprise, en débouchant sur une complicité qui lui permettait d'évacuer le stress intense qu'elle subissait durant sa quête. Mais, à présent, elle était trop investie dans cette relation pour faire demi-tour ou reculer.

— Je ne crois pas que mettre la tête dans le sable et espérer que tout se démêle tout seul serait intelligent, répondit-elle.

C'était ce qu'elle avait fait après la mort de ses parents adoptifs. Elle avait rempli deux valises d'effets personnels – des livres qu'ils avaient lus ensemble lors des longues soirées d'hiver, des petits objets qu'elle avait fabriqués, une robe qu'elle avait portée à un bal du lycée et, bien sûr, cette maudite boîte à chaussures qu'elle avait ouverte plus tard pour y trouver, bien rangées, les quelques possessions qu'il lui restait du jour de l'accident d'avion.

— Le seul moyen pour découvrir en qui je peux avoir confiance est de mieux connaître ma famille, reprit-elle. Alors oui, je tiens à assister à ce déjeuner.

Pour apprendre des choses.

Savoir, c'était pouvoir.

— Et qu'en dirait ton conseiller ?

Elle appréciait qu'il se fasse du souci pour elle, mais à ce point c'en était trop. Elle aspirait à son indépendance et, surtout, elle voulait réapprendre à se fier à son instinct.

— Mon thérapeute dirait que je dois suivre davantage mon instinct quand il s'agit de prendre ma vie en main.

C'était plus facile à dire qu'à faire, d'autant plus qu'elle voulait des preuves, de préférence concrètes.

Il posa une main sur le dos de son ordinateur.

— Et, d'après toi, que devrais-tu faire, pour l'heure ?

Découvrir s'il avait vu quelque chose… Mais, si c'était le cas, elle risquait de devoir le repousser. Et elle n'avait aucune envie de faire ça alors que son seul désir, c'était de retourner au lit avec lui, de baigner dans sa chaleur et sa force si grisante. Elle ne voulait pas se priver du plaisir de passer plus de temps avec cet homme qui la fascinait, qui avait chassé tous ses souvenirs embrouillés et sa confusion. Elle risquait de devoir, un jour ou l'autre, quitter la ville, mais avant cela elle avait la ferme intention de profiter de chaque instant avec lui. Pour encore quelques heures, le passé demeurerait à sa place : dans le passé.

— Mon instinct me hurle que nous devrions retourner dans la chambre pour que tu me fasses un massage très sensuel, et que nous restions au lit quelques heures, dit-elle en faisant courir les orteils le long de son mollet. Uniquement afin de nous relaxer, bien entendu.

Un lent sourire joua sur son beau visage alors qu'il la soulevait dans ses bras.

— Alors, il faut suivre ton instinct, bien sûr.

Ward n'avait jamais massé qui que ce soit jusqu'à présent, mais il avait la ferme intention de s'y mettre – pour peu que ce soit avec Brea.

Leurs moments ensemble avaient été époustouflants, à couper le souffle. Même maintenant, un jour plus tard et après s'être douché, il était encore imprégné du goût et de l'odeur de Brea, de la sensation divine de sa peau douce sous ses mains.

Or, c'étaient des pensées dangereuses à entretenir alors qu'il se trouvait dans l'écurie avec le père de Brea.

Mais il était ici pour en apprendre plus sur l'homme qui avait fondé une telle dynastie dans l'univers du pétrole.

Et, bien sûr, il y avait la relation de Jack avec Brea, cette fille perdue que le patriarche Steele pourrait se sentir obligé de protéger, après tout ce qu'elle avait traversé.

Il était d'autant plus important qu'il garde toute sa tête en présence de Jack, qu'après tout il ne connaissait pas énormément. Ce qu'il avait la ferme intention de changer.

Il était persuadé que Jack aimait ses enfants, mais qu'en était-il de sa défunte femme ? Pouvait-il avoir un rapport avec sa mort, sans avoir voulu faire de mal à Brea, qui était devenue une victime collatérale ? Cet homme avait conclu un mariage avec le clan ennemi, certains auraient pu considérer cela comme un plan machiavélique. Et même si, il y a peu, il aurait tiré fierté de ce fait, à présent, il n'en était plus si sûr.

Brea s'insinuait en lui de plus de façons qu'il n'avait envie de l'imaginer et, même s'il devait la surveiller, la proximité que cela impliquait rendait toute objectivité plus difficile.

Il avait d'ailleurs la ferme intention de garder un œil sur Jack Steele, pour le bien même de sa fille.

Ses bottes de cow-boy écrasant la neige tassée, il se dirigea vers l'écurie. De la paille était éparpillée sur le sol, autour d'un cheval noir que Jack avait attaché à une traverse.

Son stetson sur la tête, Jack était accroupi à côté de l'animal pour examiner son pied arrière gauche. Les yeux exorbités, la bête était nerveuse.

Jack souleva le sabot dans la main et le posa sur sa cuisse, puis jeta un coup d'œil par-dessus son épaule et lui fit signe de s'approcher.

— Je vous présente Flash, notre dernier sauvetage. Elle est encore un peu farouche. Ses propriétaires l'ont abandonnée dans son box quand leur ranch a été saisi. Heureusement, hier nous avons pu la récupérer à temps et l'emmener à Bridlebrook Rescue. Nous allons la remettre d'aplomb.

Il tendit la main pour caresser la crinière noire de la jument. Lorsqu'il effleura son cou, Flash inclina le col, son expression inquiète s'adoucissant, et elle poussa un soupir.

Jack esquissa un sourire.

— C'est bon signe. Elle est nerveuse, mais nous allons essayer de lui rendre confiance en l'homme. Et soigner ses bobos, ajouta-t-il en baissant le regard sur son pied enflé.

L'esprit envahi par un souvenir fugace, il hocha la tête. Durant un instant, la vie qu'il n'avait jamais vécue traversa son cerveau. Autrefois, il s'était imaginé acheter un poney pour Paisley, il avait envisagé de lui apprendre à monter, à s'occuper de son animal, à remarquer le début d'un abcès ou d'une colique. Il pouvait presque entendre son rire cristallin alors qu'elle galopait et faisait la course.

Jack manipula le dessous du pied du cheval, examinant l'enflure, avant de relever la tête.

— Qu'est-ce qui vous amène ici, Benally ?

Avec un effort, il s'arracha au souvenir de sa fille et se concentra sur la raison de sa présence.

— Brea doit déjeuner avec sa famille. Je l'accompagne.

Ce n'était pas vraiment un mensonge, mais pas non plus la vérité, et il se retrouva à songer à sa nuit avec elle et à son désir de renouveler l'expérience. C'était un sentiment dangereux. Et mince, il éprouvait trop de choses pour elle…

— Brea est vraiment venue ? C'est grâce à vous.

Jack se redressa, son visage exprimant une surprise et une vulnérabilité qu'il n'avait jamais vue sur ses traits.

Sa main se posa sur l'arrière-train de Flash. La jument évitait de s'appuyer sur son pied blessé.

— Vous savez, Brea fait ses propres choix. Elle a beaucoup de volonté, comme son père.

Jack esquissa un sourire nostalgique.

— Vous auriez dû rencontrer sa mère.

Il aurait bien aimé. Comment serait Brea aujourd'hui si sa maman n'était pas décédée dans ce tragique accident qui avait failli la tuer, elle aussi ? Le crash d'avion, la mort de sa mère et la perte du reste de sa famille l'avaient forgée de tant de façons…

Il demeura silencieux tandis que Jack reportait son

attention sur la jument. Il suivit le trajet du tendon sur sa jambe.

— Comment trouvez-vous votre nouveau bureau ?

— Ce poste représente un défi excitant. Nous allons faire de grandes choses pour la compagnie, ce qui étendra également l'ampleur de l'association caritative des Steele. Autant de points positifs à mes yeux.

Seigneur, il parlait comme un directeur des relations publiques ! Il tendit une main sous le nez de Flash pour l'inciter à sentir son odeur et perçut le souffle chaud de la jument sur sa paume quand elle renifla, l'air déjà beaucoup plus calme.

Jack ôta son stetson et s'essuya le front d'un revers de manche.

— Ce n'est pas ainsi que je voyais les choses quand nous avons décidé de faire fusionner nos firmes.

— Vous imaginiez votre fils à la barre, je sais.

Et Broderick Steele aurait sans doute fait un bon dirigeant, sauf qu'il n'avait pas l'instinct d'un requin de la finance.

— Ou le fils de Jeannie.

— Vraiment ? s'étonna-t-il tandis que Flash poussait un hennissement.

— Peut-être, mais…

— Mais pas un étranger comme moi, compléta-t-il.

— Vous êtes le meilleur choix, déclara Jack avec diplomatie. Je sais que nous avons de la chance de vous avoir.

Il remarqua que Jack n'avait pas admis être satisfait de la façon dont les choses s'étaient déroulées. Et, visiblement, il n'allait pas découvrir ce que Jack ressentait à propos de la mort de sa femme. Brea pouvait-elle avoir raison ?

— Bon, je suppose que je devrais rentrer pour déjeuner. C'est le but de ma venue ici : Jeannie voulait que je vous dise qu'on allait passer à table.

Mais Jack l'arrêta d'une main sur son bras.

— Vous vous intéressez vraiment à ma fille ?

— Du calme, ne vous imaginez pas que je vais devenir votre gendre ! plaisanta-t-il pour tenter de faire dévier la conversation, même s'il ne lut aucune trace d'humour dans les yeux bleus de son patron.

— Sauf votre respect, nous sortons juste ensemble, ajouta-t-il.

— Rassurez-vous, je ne m'apprêtais pas à réserver l'église, j'étais simplement curieux.

Jack se tourna vers le crochet à sabot qu'il tenait à la main. Le métal étincela dans la lumière de l'écurie.

— Ma fille est toujours sur ses gardes, quand elle me parle.

— Je suis désolé, monsieur, dit-il avec sincérité.

Les mots de Jack avaient touché une corde sensible en lui. Il savait ce que c'était que de perdre un enfant. Certes, sa fille à lui n'était pas morte, mais il avait été coupé de son existence, et cela le faisait souffrir le martyre chaque jour. C'était comme un nœud dans sa poitrine qui, au quotidien, menaçait de briser son cœur.

Jack se racla la gorge.

— Elle est ici, elle est en vie, je peux faire preuve de patience, du moment que je sais qu'elle va bien et que je peux la voir. C'est bien plus que je n'aurais pu espérer.

Il n'imaginait même pas à quel point Jack Steele avait dû souffrir en croyant sa fille morte.

Ce genre de douleur était inconcevable. Soudain, l'idée de sa fausse relation avec Brea le tracassa… Sauf que, d'une certaine manière, ce n'était plus un mensonge.

Ils étaient amants, du moins pour le moment.

Il devait avancer avec précaution avec le patriarche de la famille.

— Jack, votre respect compte beaucoup pour moi. Je vais faire tout mon possible pour gagner votre confiance.

— En tant que directeur de la compagnie ou en tant que petit ami de ma fille ?

— Les deux, dit-il, conscient qu'il ne pouvait guère répondre autrement.

Brea occupait une part bien trop importante de son esprit, et cela pouvait se révéler dangereux pour un homme qui avait fait le vœu de consacrer son existence à son travail. Il avait déjà vu sa vie personnelle partir en fumée en une occasion et il n'avait pas la moindre intention de refaire la même erreur.

Brea regrettait de ne pas s'être inscrite à des cours de yoga méditatif quand elle vivait au Canada. Elle aurait bien eu besoin de cet entraînement pour rester claire et logique alors qu'elle avait l'impression d'être ballottée par un maelström d'émotions contradictoires. Elle aurait bien eu besoin de savoir comment ralentir sa respiration pour apaiser le tourbillon de ses pensées et le rythme effréné de son cœur.

Cela faisait partie des talents qu'elle devait acquérir pour naviguer dans les débris de sa vie, emplis d'écueils et de questions.

Alors qu'elle s'asseyait dans le séjour de la grande maison de Marshall, autrefois demeure de la famille Steele, où elle avait passé la majorité de son enfance, ce retour lui semblait toujours irréel.

Le plafond haut et la rambarde du couloir à l'étage lui paraissaient si familiers, d'un luxe rustique. Hélas, cette familiarité ne la mettait pas à l'aise ni ne clarifiait son esprit.

La pièce lumineuse était meublée de gros fauteuils en cuir et de canapés où elle s'était pelotonnée si souvent pour lire…

Au-dessus d'elle couraient de lourdes poutres apparentes, l'alignement rompu par les suspensions en forme de lanternes qui avaient éclairé ses longues soirées d'hiver avec ses frères et sœurs, sa mère et sa grand-mère.

Contre le mur du fond, un feu crépitait joyeusement dans la cheminée, surmontée de bois de cerf. Le comptoir de la cuisine débordait d'amuse-bouche et de boissons. À côté, dans la pièce principale, derrière les portes à la française qu'on avait laissées ouvertes, des voix résonnaient.

Et de l'autre côté des baies vitrées s'en trouvait une qu'elle chérissait depuis son enfance.

Elle inspira à pleins poumons, comptant jusqu'à trois, puis expira lentement par le nez alors que les souvenirs affluaient dans son esprit.

Comment le simple fait de respirer avait-il pu devenir si difficile ?

Sur les eaux placides du lac flottait l'hydravion familial. Son père l'avait souvent emmenée pêcher, insistant, à l'époque, pour que ses filles confectionnent leurs propres appâts.

Elle voyait encore des traces là où les autres étaient allés faire de l'équitation dans la journée. Au loin, elle pouvait jurer discerner une cabane dans les arbres, comme celle qu'elle avait fabriquée avec ses frères et sœurs étant enfant. Son cœur se serra.

Il y avait tant de souvenirs en ce lieu…

Elle se remémora ces instants sans s'y attacher : son oncle l'aidant à grimper sur un cheval de bois, lui apprenant à placer son poids sur la selle ; le rire de sa jumelle et les secrets partagés… Elle savait qu'elle ne devait pas laisser ses yeux s'égarer sur Naomi, celle dont elle avait toujours gardé le souvenir le plus clair.

Perdre sa famille avait été dur, mais être séparée de sa jumelle lui avait fait l'impression de perdre une partie de son corps. Durant de nombreuses nuits, elle s'était couchée en tentant de renouer ce lien avec sa jumelle, son esprit partant à la recherche de celui de Naomi. Elle était persuadée que Naomi saurait, d'instinct, qu'elle était toujours vivante. C'était sans doute une idée puérile, mais qu'elle avait conservée jusqu'à l'âge adulte.

Sa sœur avait-elle, elle aussi, ressenti cette impression de perte irréparable ?

Le silence s'étira dans la pièce tandis qu'elle demeurait assise, seule, s'imprégnant du paysage et de la beauté immaculée qui lui coupaient autant le souffle que la vue de l'homme qui sortait de l'écurie pour se diriger vers la maison.

Tant de choses étaient identiques, mais le plus important – les gens – avait changé.

Cela lui faisait toujours bizarre de voir ses frères et sœurs devenus adultes alors que, dans sa mémoire, ils étaient restés figés dans l'enfance, ces images se superposant avec tout ce qu'elle était parvenue à trouver sur Internet quand elle avait réussi à y accéder durant quelques moments furtifs.

— Bonjour ! fit une voix grave, dans la pièce voisine.

Elle reconnut à peine son frère cadet. Seigneur, il n'avait même pas été en maternelle quand elle était… partie.

Elle se rappelait l'avoir promené sur la hanche, faisant le tour de la maison en le transportant comme une poupée dans ses bras.

— Bonjour, Aiden. Je pensais que tu étais en voyage pour inspecter les champs pétroliers.

— J'ai pris quelques jours de congés pour te voir, répondit-il en traversant la pièce, ressemblant plus à un pantin dégingandé qu'au bébé de sa mémoire.

Il devait approcher de la vingtaine et avait des cheveux noirs et épais, comme tous les membres de sa famille.

— Tu ne te souviens probablement plus de moi, bafouilla-t-elle, bouleversée à cette idée.

— Si, un peu. Et papa nous a fait regarder des vidéos de maman et toi, pour que nous ne vous oubliions pas, commenta-t-il en lui adressant un petit sourire.

Qu'il était étrange de le découvrir si… adulte, alors qu'elle ne l'avait pas vu grandir. Mais ce sourire… Elle le reconnaîtrait n'importe où. C'était le sourire de leur mère.

Les larmes montèrent à ses yeux, mais elle les refoula. Aiden avait le même sourire que cette mère qu'il avait perdue tout bébé…

— Je devrais sans doute voir ces vidéos, moi aussi, admit-elle.

Cela ferait mal, sans nul doute, mais cela l'aiderait également à confirmer les images de ses souvenirs.

— Cela ferait plaisir à papa.

— Tu étais si petit, mais raconte-moi une anecdote d'autrefois…, se surprit-elle à demander avant d'avoir mûri sa question.

Entendre un épisode du passé dans la bouche de Delaney lui avait brisé le cœur, mais lui avait fait du bien en même temps.

Aiden se laissa tomber au sol pour s'asseoir devant le feu, ses épaules larges tendant sa chemise de flanelle verte.

— Eh bien, je me rappelle avoir campé en hiver dans un igloo. Il ne faisait pas froid et les étoiles étaient magnifiques.

Elle eut une vision si nette du moment que cela lui fit mal. Elle se souvenait l'avoir fait bien souvent, cette tradition remontant à avant la naissance de son petit frère. Elle jeta un nouveau coup d'œil au-dehors pour regarder Ward, se demandant si ce qu'elle ressentait en sa présence était aussi intense qu'elle le pensait ou si c'était amplifié par le fait que sa vie était actuellement sens dessus dessous. D'ailleurs, était-il avec elle aussi parce qu'il était en quête d'une certaine notion de famille, après avoir perdu la sienne ?

Elle demeura silencieuse, laissant Aiden faire la conversation.

— La nuit, avant de nous coucher, maman nous chantait une chanson sur un ourson qui chassait les aurores boréales dans le ciel, et je m'imaginais être cet ourson.

Elle se rappelait les veilleuses qui imitaient ce spectacle naturel, mais le reste était plus difficile à extirper des nœuds embrouillés dans son esprit.

— J'espère que je ne t'ai pas mise mal à l'aise.

— Tout va bien. C'est important d'aller au fond des choses, pour nous tous.

— Cela compte beaucoup aux yeux de papa, conclut-il.

Elle se mordit la lèvre, la douleur du passé presque insupportable. Elle ne tenait pas à s'effondrer en sanglots devant lui.

— Je ne veux pas te monopoliser, dit-elle. Je suis sûre que tout le monde a envie de te voir.

— En fait, il se trouve que je sors avec Alayna Mikkelson, annonça-t-il.

— Sérieux ?

Cette famille était de plus en plus compliquée, surtout depuis que son père avait épousé une Mikkelson, puis que son frère l'avait imité… Et maintenant, Aiden ?

— C'est assez récent, reprit-il. Elle a traversé une période difficile, ces derniers temps, quand elle avait l'impression que son oncle la traquait. Apparemment, c'est un vrai loser, alcoolique et drogué.

Une alarme résonna dans son esprit.

— Son oncle est un Mikkelson, aussi ? Je croyais que Charles Mikkelson Sr était enfant unique…

— C'est le frère de leur mère, Jeannie.

Ce qui rendait les choses encore plus effrayantes, pensa-t-elle, sans vouloir dire à son frère à quel point cela la terrorisait alors qu'elle n'avait que son instinct pour la mettre en garde.

Parce qu'elle se rappelait très bien à quel point les Steele avaient haï les Mikkelson. Son père les avait traités d'escrocs à de trop nombreuses reprises, opinion gravée dans le marbre qui lui avait rendu plus facile d'intégrer la version du passé que lui avaient racontée ses parents adoptifs. À savoir que sa puissante et riche famille biologique était entourée de forces corruptrices et que quelqu'un voulait la mort des Steele. Dans son esprit, elle avait cru qu'il s'agissait des Mikkelson, vu la féroce inimitié entre eux.

Mais tout cela contenait-il seulement une once de vérité ?

Peut-être pas. Mais oublier cette guérilla et accepter que leurs rivaux soient à présent leurs parents était perturbant et un peu inquiétant.

Il n'y avait pas assez d'exercices de respiration dans le monde pour lui faciliter cet état de fait. Elle devait sortir quelques instants de cette pièce, le temps de se ressaisir.

Elle se retrouva à chercher Ward, avide de l'avoir à ses côtés.

- 6 -

Brea plongea sa cuillère dans sa mousse au chocolat et recommença, encore et encore, sans jamais la porter à sa bouche. Elle en avait assez.

Et c'était plus en rapport avec les gens qu'avec la nourriture.

Elle était écrasée par ce qui aurait dû être un simple repas de famille. Venir ici avait été difficile mais, si elle n'infiltrait pas le repaire des Steele, jamais elle n'obtiendrait les réponses qu'elle cherchait.

Autour de la table, les conversations bourdonnaient, essentiellement menées par Broderick et Glenna, tout le monde suivant leur exemple pour faire comme si ce repas était banal. Elle avait cru qu'avoir Ward à son côté l'aiderait, mais le déjeuner avait quand même été tendu d'un bout à l'autre, même si tous s'étaient installés comme autrefois. Malheureusement, les choses ne seraient jamais comme avant, et trouver sa voie dans cette nouvelle définition de famille était plus facile à dire qu'à faire.

L'anecdote d'Aiden à propos de leurs nuits de camping l'avait laissée encore plus nerveuse, trop de souvenirs défilant dans sa mémoire, la plupart centrés autour de son père, aujourd'hui assis à l'autre extrémité de la table. Il ne lui avait pas mis la pression, mais elle sentait qu'il espérait plus d'elle, qu'elle revienne dans le giron familial, et au plus vite.

L'angoisse lui emplissait l'estomac encore plus que la

salade au crabe qu'ils avaient mangée. Elle avait bien remarqué qu'on lui avait servi l'un de ses plats d'enfance favoris et, oui, cela l'avait touchée. Comment aurait-elle pu oublier cette époque où son père cassait la carapace des crustacés pour lui donner les meilleurs morceaux ?

Cela aurait été plus facile s'il n'y avait pas eu les Mikkelson. Son regard se porta sur Jeannie, aux petits soins avec Jack, l'image parfaite des mariés heureux.

Était-ce réel ? N'était-ce pas un autre plan, une nouvelle manigance des Mikkelson ?

Elle reporta son attention sur son père, qui tenait l'une des jumelles de Naomi dans le creux de son bras, profondément endormie. Elle avala sa salive, la gorge nouée. Contempler ces deux petites filles lui fendait le cœur. Mais voir à quel point le clan les adorait était encore plus difficile : être témoin de tout cet amour qu'elle avait perdu la blessait beaucoup.

Le souffle court, elle abandonna sa cuillère dans sa mousse au chocolat et se tourna vers Ward pour lui murmurer à l'oreille :

— Gargouille.

Il s'interrompit aussitôt dans sa conversation avec Broderick et hocha la tête vers elle. Il consulta sa montre.

— Eh bien, c'était super, mais j'ai une visioconférence prévue au bureau, annonça-t-il en posant sa serviette sur la table. Brea et moi devrions nous en aller, j'ai du pain sur la planche.

Broderick fronça les sourcils.

— Une conférence le week-end ?

Ward se mit debout et haussa les épaules.

— Je m'assure que les actionnaires sont satisfaits.

Elle remarqua l'air déçu de son père à l'idée de son départ. Il semblait entretenir d'immenses espoirs la concernant, attitude qu'elle ne pouvait pas ne pas noter chaque fois que leurs chemins se croisaient. Elle le comprenait et elle faisait de son mieux, elle aurait juste aimé que lui aussi comprenne sa situation. Cela l'aurait aidée à ne pas se sentir si… étouffée.

Elle avait essayé de s'expliquer auprès des Steele dans une lettre qu'elle avait rédigée assistée de son avocat. Le message tentait de combler les vides grâce à un résumé de ce qui lui était arrivé avec les Jones depuis le moment où ils l'avaient secourue après l'accident d'avion. Elle avait espéré que les Steele verraient à quel point la vérité, sa vérité, était embrouillée. Hélas, sa famille n'y avait lu que des reproches et de la condescendance.

Encore un dégât supplémentaire à imputer à ses années au loin.

Elle n'était plus sur la même longueur d'onde, d'un point de vue émotionnel, que les Steele.

Heureusement, Ward respectait sa parole : il les fit s'esquiver rapidement et de manière très convaincante en direction du portemanteau, qui se trouvait à côté des photos de famille accrochées au mur.

Tout en enfilant sa grosse parka bleue, elle adressa un sourire à Ward. Dans la pièce voisine, les rires et les conversations avaient repris tandis qu'il lui enroulait autour du cou une écharpe en laine.

Et, juste comme ça, les murs de sa maison d'enfance semblèrent se refermer sur elle. Il parlait à voix basse à un domestique pour qu'on lui avance son SUV devant l'entrée, et elle passa devant lui, franchissant le seuil pour profiter de l'air vif.

Un frisson lui parcourut l'échine lorsque le vent frais l'enveloppa, mais elle apprécia la sensation, l'odeur du froid et des arbres, senteurs familières qui ne la liaient pas totalement à son passé ici – ce passé auquel, malgré tous ses efforts, elle ne parvenait pas à donner un sens.

Derrière elle, elle entendit la porte se rouvrir pour révéler Ward. La lumière du vestibule le nimbait d'une aura dorée et accentuait l'épaisseur de son pardessus noir. Il mit son chapeau, abritant ses yeux bleus du soleil, qui commençait déjà à descendre.

Royce se faufila derrière lui, remontant le col de son manteau, puis s'arrêta à côté d'eux, les yeux rivés à elle.

— Tu as une minute pour discuter ?

— Bien sûr, répondit-elle, à la fois nerveuse et curieuse de savoir ce que l'époux de sa sœur jumelle souhaitait lui dire en privé.

Royce se raidit au passage d'une bourrasque subite, son regard doux teinté par les lueurs jaune orangé du ciel.

— Les Steele sont une super famille, mais je sais à quel point ils peuvent être oppressants, quand ils sont réunis, annonça-t-il, faisant preuve de beaucoup d'empathie. Naomi et moi allons partir pour le Dakota du Nord pour inspecter la construction de l'oléoduc. Marshall viendra avec nous.

Royce était un chercheur de pointe, à l'origine de plusieurs innovations écologiques révolutionnaires dans l'industrie pétrolière.

— Chuck Mikkelson est chargé de cette branche de l'opération, reprit-il, mais Ward et toi pourriez nous accompagner. Ce serait du travail, mais cela vous donnerait également à tous les deux l'occasion de passer un moment ensemble sans vous sentir obligés d'assister à ces repas de famille.

Pour quelqu'un d'aussi discret, il remarquait beaucoup de choses. Néanmoins, même si elle mourait d'envie de découvrir la vérité, elle rechignait à l'idée d'empiéter sur un domaine réservé à un Mikkelson.

La perspective de fréquenter l'un d'eux lui nouait l'estomac, lui faisait voir flou. Se sentant chavirer, elle prit une profonde inspiration pour se calmer et se concentra sur la ligne vert sombre des arbres devant elle, où quelques wapitis paissaient paisiblement.

— La femme de Chuck, Shana, a souffert d'amnésie, leur rappela Royce, un nuage de buée sortant de sa bouche. Elle pourrait te donner quelques tuyaux sur la manière de démêler les parties les plus embrouillées de ton passé.

Elle se mordit la lèvre inférieure.

— Oui, c'est possible, admit-elle, la gorge serrée d'anxiété – peut-être Shana Mikkelson comprendrait-elle également cette angoisse. C'est très généreux de ta part de nous proposer de t'accompagner en voyage.

Il haussa un sourcil.

— Pour tout t'avouer, ce n'est pas totalement altruiste. Ma femme voudrait renouer avec sa jumelle, et c'est ce que je veux pour elle : que vous vous réconciliiez. Je ne suis pas doué en gestes romantiques, mais ce voyage tombant pile à la Saint-Valentin, ce serait un cadeau idéal pour elle.

Son cœur s'emballa, et elle prit une profonde inspiration pour se calmer. L'air froid lui brûla les poumons. Au loin, des oiseaux lancèrent leur appel dans les branches des résineux.

La Saint-Valentin ? Elle n'avait pas accordé une pensée à cette fête, et sa peau se mit à la picoter à l'idée de son amant sensuel avec qui elle avait passé une nuit. Au même moment, Ward posa une main apaisante sur ses reins.

— Combien de temps envisagiez-vous de rester là-bas ?

Elle piétina, ses bottes en cuir fourrées écrasant la neige fondue. Submergée par l'envie de fuir, elle s'imagina courir en direction des wapitis à la lisière des arbres. Elle brûlait de laisser tout ça derrière elle.

— Ce serait un voyage de trois jours et deux nuits, dit Royce en lui lançant un regard. Il faut que tu comprennes : je ferais n'importe quoi pour elle, je ferais tout pour la protéger.

Peut-être aurait-elle dû prendre cet avertissement pour ce qu'il était, mais elle ne put s'empêcher d'éprouver une certaine satisfaction à l'idée que Naomi avait trouvé quelqu'un aussi dévoué envers elle.

Ward ne sembla pas partager son ressenti envers Royce, car elle sentit la tension raidir le bras qu'il venait de passer sur ses épaules.

— Je comprends très bien : je suis pareil, répliqua-t-il. Il est temps pour nous de nous en aller, ajouta-t-il en soutenant le regard de Royce quelques instants pour transmettre son message.

Alors qu'ils se dirigeaient vers le SUV, elle songea à quel point il était facile de se laisser porter par la force protectrice de Ward, de prétendre que leur fausse relation s'était transformée en quelque chose de bien plus réel qu'un accord d'un mois.

Mais elle se rappelait également sa douleur suite à l'échec de son mariage et à la séparation d'avec sa petite fille. Le souvenir de la souffrance dans sa voix, quand il lui avait parlé de cet épisode, lui avait brisé le cœur, s'adressant à une part d'elle-même qui comprenait ce que signifiait tout perdre.

Passer la nuit avec lui avait été incroyable, mais cela les mettait en danger de bien des manières. Que deviendrait leur relation si elle découvrait que les Mikkelson, ou les Steele, avaient joué un rôle dans l'accident ? Elle l'ignorait, mais elle était persuadée de savoir où irait la loyauté de Ward. Il avait travaillé trop dur pour parvenir à ce poste pour tourner le dos aux Steele.

De plus, elle ignorait si elle pouvait se fier à ses souvenirs, son passé ou sa famille. Comment pourrait-elle s'engager dans quelque chose de concret avec lui alors qu'elle ne se connaissait pas elle-même ?

Et où cela la mènerait-il ? Elle se disait qu'elle pourrait juste le quitter, mais plus elle restait avec lui, plus elle réalisait à quel point ce serait difficile. Donc avant qu'ils célèbrent une Saint-Valentin ensemble, avant qu'ils passent une nouvelle nuit ensemble, elle devait mettre au point un plan B, pour quand tout exploserait.

Parce qu'elle n'était pas sûre qu'elle parviendrait à gérer, surtout alors qu'elle n'avait pas encore digéré ce qui lui était arrivé.

Ward appuya sur l'accélérateur et franchit le grand portail massif qui délimitait la propriété des Steele.

— Que penses-tu de cette proposition de voyage dans le Dakota du Nord ? Nous ne sommes pas obligés d'y aller, si tu ne veux pas.

Le soleil couchant l'éblouissait – les journées d'hiver en Alaska étaient courtes. Il abaissa le pare-soleil de son côté, guettant sa réponse. Il avait envie de passer du temps avec elle, loin de la foule oppressante de sa famille.

— J'ai l'impression que je pourrais apprendre beaucoup de choses sur cette nouvelle entreprise fusionnée, déclara-t-elle.

Il médita ses mots. Réfléchissait-elle déjà à des façons d'enquêter sur le territoire des Mikkelson, comme elle l'avait fait dans son bureau le jour où ils avaient conclu leur pacte secret ? Que penserait la famille de Brea s'ils savaient qu'elle avait piraté son ordinateur ? Il risquait son poste en se taisant mais, comme elle n'avait rien découvert de confidentiel, il avait décidé de garder ça pour lui.

Il jeta un coup d'œil vers elle, notant qu'elle avait les lèvres serrées. Il détestait la voir aussi mal à l'aise.

Il se racla la gorge et bifurqua sur la route principale.

— Cela ne te dérange pas que ce soient Naomi et Royce qui nous aient invités ?

Elle se tordit les doigts sur les cuisses avant de porter la main à sa bouche, se mordillant l'ongle du pouce.

— Je ne peux éviter mes proches à jamais juste parce

que je crains que mon univers ne s'écroule si je découvre toute la vérité sur mon passé…

— C'est vraiment ce que tu ressens ? demanda-t-il en soutenant son regard. Dans ce cas, nous ne sommes pas obligés d'y aller.

— Je n'ai pas peur, asséna-t-elle en relevant le menton, les yeux emplis de cette détermination féroce qu'il admirait tant.

Il s'arrêta à un feu rouge et tendit la main pour lui caresser la joue avant de reprendre le volant.

— Ça va être un voyage très court, mais cela me semble être une bonne idée. Comme Royce le disait, cela te permettrait de souffler un peu de toute la pression de ta famille, tout en renouant avec les Steele et les Mikkelson par petits groupes.

Elle joua quelques instants avec une mèche de cheveux, la faisant s'enrouler autour de ses doigts.

— Et si je change d'avis ? Tu pourrais y aller sans moi.

Que cherchait-elle à lui dire ? Il voyait bien que ce déjeuner avait été stressant pour elle mais, durant tout le repas, elle s'était appuyée sur lui, touchant parfois son genou sous la table. Quelque chose avait changé lorsqu'ils étaient sortis, mais il ne savait pas quoi.

Il accéléra de nouveau, faisant attention à la circulation, ses pneus crissant sur la chaussée boueuse.

— Je devrais y aller pour le travail. Mais, si nous ne sommes pas ensemble pour la Saint-Valentin, je crains le pire : c'est comme si tu rompais ta part de notre contrat. Les gens se poseront des questions.

— Oui, nous ne pouvons pas nous le permettre, admit-elle en serrant la mâchoire.

Elle tendit les mains en direction des évents du chauffage, et une bouffée de son parfum parvint à ses narines.

Il inspira profondément, puis lui lança un regard. Son

visage, baigné par les lueurs du tableau de bord, était si beau, si pur…

— J'ai envie de passer du temps avec toi, lui dit-il.

Il alluma le clignotant et bifurqua sur une route couverte d'un fin manteau blanc.

Elle tourna la tête vers la fenêtre.

— Passer du temps dans mon lit, surtout, non ? marmonna-t-elle.

Il détecta une note sombre dans sa voix et remarqua qu'elle se mordillait la lèvre inférieure.

— Et est-ce un problème ?

Le feu rouge au-dessus d'eux passa au vert, et le vieux chasse-neige qui les précédait s'élança en avant dans un nuage de fumée noire. Il doubla le véhicule cahotant.

Elle se tortilla sur son siège, faisant crisser le cuir.

— Je veux juste m'assurer que nous sommes bien sur la même longueur d'onde concernant ce qu'il y a entre nous. C'est un arrangement qui me permet de fréquenter ma famille sous ta protection. Quant à moi, je t'aide à t'immerger dans la culture des Steele.

— Et le sexe ?

La question plana entre eux quelques instants, chargée d'électricité.

— Le sexe était… stupéfiant. Vraiment. Mais cela ne peut pas dépasser ce stade.

Il était d'accord, mais l'entendre verbaliser cette conclusion péremptoire ne lui fit pas moins mal.

— Je ne me rappelle pas avoir dit autre chose.

Elle baissa les yeux sur ses mains, ses cheveux retombant devant son visage comme un rideau.

— Ces vacances en Dakota du Nord dans ma famille me font l'effet d'être… quelque chose de plus.

— Ce ne sont pas des vacances, c'est pour le travail.

— Et notre plan de rupture reste inchangé ?

Était-ce du regret dans sa voix ?

Il pénétra dans un parking, se gara et tourna la tête vers elle.

— Si c'est ce que tu veux. Je pensais m'être montré clair : je ne souhaite pas fonder un foyer. J'ai déjà tenté, et on a vu le résultat, j'en garde encore les cicatrices, répliqua-t-il en repoussant ses cheveux derrière ses épaules pour lui caresser le cou. Mais cela ne change rien pour moi : je te désire et j'ai envie de profiter de chaque instant avec toi. Et, après ce que nous avons vécu ensemble, cela n'a fait que s'amplifier.

Il scella sa déclaration d'un baiser. Il avait juste eu l'intention d'effleurer ses lèvres des siennes, mais elle s'agrippa à sa veste et l'attira à elle avec un soupir. Leur baiser dérapa alors très vite, mais il avait déjà vu que c'était souvent le cas quand il était avec elle. Jamais il n'avait rencontré de femme qui lui plaise autant et éveille en lui une telle passion.

Elle était… délicieuse, un régal pour les sens. Il sentait le parfum de son shampoing aux fleurs, goûtait celui de la mousse au chocolat qu'elle avait dégustée, savourait la douceur de sa peau sous ses mains. Il voulait la posséder, ici, maintenant…

Tout près, la portière d'une voiture claqua, quelques places plus loin, et ils se séparèrent en toute hâte. Son cœur battait à toute allure, et ses reins brûlaient toujours d'un désir qu'il peinait à réprimer. Seigneur, il avait totalement oublié où ils se trouvaient, et elle méritait mieux que ça !

— Chez toi ou chez moi ? demanda-t-il d'une voix rauque.

— Je… Je ne suis pas sûre que ce soit une bonne idée, bafouilla-t-elle après s'être passé la langue sur la bouche.

Une surprise mêlée de déception s'insinua en lui.

— Pourquoi pas ?

— Je ne regrette pas ce que nous avons fait, commença-t-elle en lui caressant le visage.

Elle hésita, comme si elle ne se faisait pas confiance pour ne pas aller plus loin.

— Les choses vont trop vite entre nous, reprit-elle au bout d'un moment. J'ai besoin d'un peu de temps pour réfléchir.

Il vit la résolution flamber dans ses grands yeux bruns et comprit qu'elle ne céderait pas.

— Tu as raison, bien sûr, capitula-t-il. Cet après-midi a déjà été difficile pour toi.

Une expression peinée traversa son regard.

— Je me demande ce qu'il en aurait été si nous nous étions rencontrés en territoire neutre…

Il se posait la même question, mais ils ne le sauraient jamais. Il devait faire avec les cartes que le destin lui avait données et il sentit sa détermination à la garder près de lui se renforcer. Et non seulement pour avoir accès à sa famille, mais également pour s'assurer qu'elle allait bien.

Et, s'il espérait profiter de nouveau de ses baisers brûlants et de la passion débordante qui les attirait l'un vers l'autre, il avait la ferme intention de faire en sorte qu'elle passe une Saint-Valentin inoubliable.

Les deux derniers jours avaient été consacrés aux préparatifs du voyage, et Brea n'avait cessé de penser à Ward et à la façon dont les choses se seraient conclues entre eux si elle ne l'avait pas repoussé.

Elle angoissait à l'idée de voir Chuck Mikkelson. Même s'il était trop jeune pour avoir eu un lien avec l'accident, elle redoutait que sa famille soit impliquée et avait peur de sa réaction lorsque la vérité éclaterait.

Si seulement elle avait pu faire part de ses suppositions à Ward, cela l'aurait tant aidée. Elle se sentait si seule…

Ce sentiment se renforça lorsqu'elle s'installa à l'intérieur du petit avion privé. Marshall, son frère, pilotait l'appareil et leur faisait survoler les lacs bleus du Canada.

Elle se pencha vers le hublot et regarda le paysage. Son estomac se noua lorsqu'elle aperçut une montagne couronnée de blanc, des souvenirs douloureux remontant à la surface de sa mémoire, aussi acérés et tranchants que les pics qu'ils surplombaient.

Ce voyage dans le Dakota du Nord éveillait en elle une myriade d'images. Pas seulement du crash, contrairement à ce qu'elle avait imaginé, mais également de sa vie d'avant – et de sa vie d'après. Cette vie avec ses parents adoptifs, et toutes les choses qu'ils avaient faites ensemble, au sein de cette communauté si soudée.

Elle avait passé tant de mois à se remettre de l'accident et de la mort de sa mère que, pendant longtemps, elle avait été hébétée, submergée de tristesse. Quand elle avait guéri, chez Steven et Karen Jones, elle avait cessé de demander pourquoi son père n'était pas venu la chercher. Elle avait alors cru que Jack Steele l'avait abandonnée, que les Steele et leur cercle d'amis étaient corrompus. Elle s'était sentie si vide, si seule, qu'elle avait eu besoin d'une famille pour combler ce manque et qu'elle avait accepté avec soulagement et joie la proposition des Jones de rester avec eux comme leur fille. Chez eux, la vie avait été simple. Une existence fruste et bien ordonnée, où les émotions étaient plus prévisibles et retenues. Elle souffrait tant qu'elle avait aspiré à ce calme et cette organisation.

Les deux moteurs du jet privé ronronnaient doucement, émettant une sorte de bruit blanc qui l'apaisait peu à peu. Au bout d'un moment, elle cessa de s'agripper aux accoudoirs de son siège en cuir et, les yeux rivés aux lacs en contrebas, elle se retrouva à penser au type d'éducation qu'elle avait reçue chez les Jones. Steven était l'électricien de leur communauté et il gérait un petit parc éolien et hydraulique pour fournir l'énergie nécessaire au groupe de maisons. Lorsqu'elle avait eu quatorze ans et qu'elle avait compris qu'elle ne repartirait pas, il l'avait emmenée au travail, et elle s'était sentie rassurée de se forger une place au sein des leurs, avide d'apprendre le savoir qu'il lui transmettait et qui lui garantissait qu'on ne la chasserait pas. Elle avait mémorisé tout ce qu'il lui avait enseigné et s'était fondue dans le moule qu'il lui tendait.

La gorge nouée, elle jeta un coup d'œil en direction de Marshall. Au lieu de s'asseoir au fond de l'avion, elle avait préféré s'installer à côté de son frère dans le cockpit, dans l'espoir de recréer un lien fraternel avec lui. Il avait enfilé le casque réservé au pilote, ses épaisses boucles brunes recouvrant à moitié les écouteurs.

Peut-être la prochaine fois ferait-elle mieux de choisir un lieu moins troublant pour elle comme point de rencontre avec les siens. Vu le nombre d'heures de psychothérapie qu'elle avait faites, elle aurait dû suffisamment se connaître pour savoir qu'elle ne devait pas se jeter dans ce genre de situation difficile.

Son anxiété de se retrouver à bord d'un avion et en compagnie de plusieurs membres de sa famille était telle qu'elle avait du mal à rester assise. Mais bon, de toute façon, depuis leur dernière conversation, elle n'était pas non plus à l'aise avec Ward.

À l'arrière de la cabine, il pianotait sur son ordinateur portable. Les touches du clavier cliquetaient, étouffées par le bruit des moteurs. Mais, alors qu'elle le scrutait, elle remarqua la façon dont il s'absorbait dans son travail : il avait les sourcils froncés et un stylo coincé derrière l'oreille.

Sa sœur jumelle s'était elle aussi jetée dans ses dossiers, et des liasses de documents l'entouraient. Naomi pinçait les lèvres en étudiant un rapport. De son côté, Royce dormait – les bébés avaient dû l'épuiser. Les filles étaient restées avec Jack et Jeannie, tout comme Delaney, qui s'était portée volontaire pour donner un coup de main le temps du voyage.

Pivotant sur son siège, elle reporta son attention sur Marshall, qui se focalisait sur le pilotage. À le voir si concentré, elle eut l'impression que l'air parvenait de nouveau dans ses poumons. Mais oui, c'était bien cela ; elle éprouvait une bouffée de confiance en son frère. Marshall avait toujours été le plus calme et le plus responsable de leur bruyante famille, et il réussissait tout ce qu'il entreprenait, accordant tout son soin aux détails. Tout le monde l'avait remarqué dès son plus jeune âge.

— Merci de nous emmener, Marshall, dit-elle pour briser la glace.

— Pas de souci. C'est l'occasion pour moi de valider quelques heures de plus aux commandes d'un avion. Et je vais aussi profiter de ce voyage pour participer à un rodéo, avant de me reposer en prévision du retour.

Elle ne fut pas surprise qu'il n'ait pas prévu de les accompagner sur le site de l'oléoduc. Il avait toujours été bien plus solitaire que les autres membres de leur famille.

— Je m'étonne que tu aimes voler, déclara-t-elle. Tu détestais ça, quand nous étions petits. Et puis après, avec le crash…, reprit-elle en hésitant. Ou alors, mes souvenirs d'enfance me trompent. Était-ce Broderick qui était nerveux en avion ?

Marshall secoua la tête en souriant.

— Non, non, c'était bien moi. Après l'accident, j'ai décidé que je devais vaincre ma peur. Cela peut te sembler bizarre, mais j'avais le sentiment que si je parvenais à… conquérir le ciel, d'une certaine façon, ce serait une manière de vous rendre hommage, à maman et à toi.

Elle en eut les larmes aux yeux. Quoi qu'elle puisse

croire à propos de ses frères et sœurs, leur amour pour leur mère était flagrant. Cela l'aurait-il aidée à faire son deuil plus facilement si elle avait pu être avec eux durant cette horrible période ?

Elle avala sa salive avec difficulté.

— Raconte-moi une anecdote de notre passé, s'il te plaît.

Il lui jeta un coup d'œil.

— Tu es sûre que c'est une bonne chose ? Je n'ai pas envie de perturber ta thérapie, reprit-il. Surtout alors que nous sommes en plein ciel. Je vois bien que ce n'est pas facile pour toi, Brea.

Son regard implorant croisa le sien, et il finit par hocher la tête, une expression de compassion venant adoucir l'angle de sa mâchoire et la crispation de ses sourcils, avant qu'il reporte son attention sur le pilotage.

— Si tu y tiens, marmonna-t-il. Rappelle-toi le jour où nous avons volé ensemble, et où papa m'a laissé prendre les commandes…

Marshall avait toujours été plus proche de Brea que de Naomi et se sentait parfois mis à l'écart tant les jumelles étaient complices. Sa grand-mère lui avait bien expliqué que c'était le lien gémellaire, mais cela ne l'aidait pas.

Naomi était censée partir avec eux aujourd'hui, mais elle avait annulé au dernier moment pour aller pêcher avec leur grand-mère. C'est pourquoi Marshall avait sauté sur l'occasion de passer du temps avec Brea sans devoir rivaliser avec sa jumelle, et ce même s'il détestait voler et la sensation de surplomber la Terre. Il resserra son harnais de sécurité d'un geste nerveux.

Brea était assise à côté de lui. Elle comprenait son malaise. Elle redressa sa queue-de-cheval et reporta son attention sur son père, qui souriait derrière ses lunettes d'aviateur.

Soudain, elle poussa un cri excité et désigna une petite tache au sol.

— Regardez ! C'est notre maison ! Et la cabane de pêche. Oh ! les chevaux sont minuscules... C'est cool ! Papa, je peux tenir le volant ?

— On appelle ça un manche, répondit Jack avec patience, ravi de voir l'intérêt que ses enfants manifestaient pour le pilotage.

— Le manche, répéta Brea en étrécissant les paupières, plus curieuse que jamais. Est-ce que je peux toucher celui qui est de mon côté ?

— Du moment que tu me préviens avant de le manipuler.

— Dacodac, lança-t-elle en hochant la tête si fort que sa queue-de-cheval tressauta. Je te le dirai.

Leur père éclata de rire.

— Ça, c'est ma fille. Une vraie guerrière.

— Non, c'est Naomi, la guerrière, protesta Brea.

— Toi aussi, ma chérie.

Marshall se sentit relégué à l'arrière-plan, aussi ouvrit-il la bouche pour demander :

— Moi aussi, je voudrais piloter, papa.

Les mains tremblantes, il s'empara du manche et s'y agrippa avec toute l'énergie d'un aviateur de la Seconde Guerre mondiale.

Il se força à regarder vers l'horizon, les couleurs lui sautant aux yeux, l'estomac plus en ébullition que s'il avait été sur une mer déchaînée. Et cette même mer menaça de l'engloutir, à tel point qu'il sentit le contenu de son ventre lui remonter dans la gorge et...

Non. Non non non ! Il ne devait pas vomir. Il devait maîtriser cette sensation.

Mais il y avait devant lui un tel panorama, il se trouvait à une telle hauteur qu'il ne put retenir un premier hoquet, et un véritable geyser jaillit de sa bouche et dégoulina sur le T-shirt à imprimé de caribou que lui avait offert sa grand-mère.

Les joues cuisantes de honte, il s'élança en courant vers la petite pièce d'eau de l'avion pour se nettoyer.

Quand il en sortit, Brea était là et l'attendait. Elle s'agenouilla à côté de lui et lui tendit un chiffon humide comme leur mère l'aurait fait.

— Marshall, tu es doué quand tu montes à cheval. Moi, j'ai peur de tomber.

Il savait qu'elle voulait bien faire, mais cela ne fonctionna pas. Les Steele n'avaient pas ce genre de faiblesse. Ils ne renonçaient pas. Jamais…

Les mots de son frère résonnant dans son esprit, Brea détourna les yeux pour regarder par la fenêtre de l'avion les plaines du Dakota du Nord s'étirant sur des kilomètres, loin de l'Alaska, loin du Canada.

Peut-être ce voyage était-il une bonne idée, après tout. Cela lui donnait du temps loin des deux endroits où elle avait vécu son adolescence et lui offrait une chance de se tourner vers le futur plutôt que vers le passé.

Parce que repenser à son enfance la bouleversait trop, alors qu'elle devait garder la tête claire. Si un Mikkelson était impliqué dans l'accident qui avait tant nui à sa famille, elle ne pouvait baisser sa garde.

Ces moments avec Chuck Mikkelson lui permettraient de récolter des indices sur le jour où son monde avait explosé, brisant ses liens avec tous ceux qui avaient compté pour elle.

- 7 -

Au cours de sa carrière, Ward s'était rendu dans quarante-deux États, mais c'était son premier voyage en Dakota du Nord. En temps normal, il aurait été focalisé sur sa mission et sur les perspectives qu'offrirait cet oléoduc, mais aujourd'hui il ne parvenait pas à se concentrer sur autre chose que Brea et son désir de se retrouver seul avec elle, pour tenter de la convaincre de céder à cette alchimie explosive qu'ils partageaient.

Il se força à reporter son attention sur son travail – plus tôt il le finirait, plus vite il pourrait emmener Brea dans leur chambre d'hôtel.

Alors qu'ils se tenaient dehors, il battit du pied pour faire circuler le sang dans ses extrémités congelées. Cette section de l'oléoduc était enfouie sous la neige, et il avait beau être habitué au froid, le vent glacial qui soufflait sur les plaines du Dakota lui brûlait les poumons.

Pourtant, en dépit du blizzard mordant, Shana et Chuck Mikkelson semblaient adorer leur nouveau foyer.

Il resta en retrait de quelques pas, écoutant Chuck leur énumérer la liste des modifications qu'il avait apportées sur l'installation pétrolière, passant en revue toutes les innovations dues au travail de Royce, jusqu'aux mises aux normes de sécurité.

Seigneur, cet endroit était vraiment inhospitalier. Ils avaient voyagé deux heures à bord du luxueux camping-car de Chuck et Shana qui se rendaient souvent dans des lieux très isolés. Ainsi, s'ils se retrouvaient pris dans une tempête, ils pouvaient se garer quelque part et attendre l'accalmie à l'abri dans l'habitacle aménagé.

Le vent sifflant à ses oreilles, il se demanda ce que Brea pensait de tout cela. Était-elle contente d'avoir fait le voyage ou cela la stressait-il ? Jusqu'à présent, elle était demeurée accrochée à lui, et il ignorait si c'était pour donner une apparence de crédibilité à leur fausse relation ou parce qu'elle avait vraiment besoin de son soutien. Elle lui avait bien dit qu'elle tenait à venir mais, depuis leur arrivée, elle était restée bien plus silencieuse que d'habitude, surtout après le départ de Marshall pour son rodéo. Il avait l'impression qu'elle évitait Naomi.

La neige se mit à tomber dru, emportée par le vent, et des flocons durs frappèrent ses joues.

Chuck lui jeta un regard en biais avant de remonter le col de son manteau jusqu'à ses oreilles.

— Devrions-nous reporter cette inspection jusqu'à ce qu'il fasse meilleur ?

Il haussa un sourcil.

— J'ai bien peur que le beau temps ne revienne pas avant plusieurs mois, donc autant ne pas traîner. Qu'en pensez-vous, Royce ?

— Allons-y, marmonna celui-ci, aussi peu loquace que d'habitude.

Ses cheveux blonds s'échappant de sa capuche, Shana Mikkelson fit un signe à l'intention de Naomi et Brea.

— Allons boire un café dans le camping-car.

Une expression dubitative traversa les traits rougis par le vent de Brea qui hésita avant de répondre :

— Je prendrais volontiers quelque chose de chaud.

Au temps pour son désir de l'observer interagir avec sa sœur. Il la vit s'éloigner, sa natte épaisse parsemée de neige.

Chuck réajusta son stetson, le rabattant sur son front et camouflant ses boucles brun doré.

— Je suis content que vous soyez venus, tous les deux. Il reste encore beaucoup de choses à faire, mais cette nouvelle aventure est très excitante pour la firme.

Il se força à revenir à sa mission, reportant le regard sur Chuck et son esprit à son travail. Élargir son réseau de relations faisait partie intégrante de son rôle de directeur, une partie souvent mésestimée, mais cruciale à ses yeux.

— Comment se présente le projet ?

Chuck carra les épaules contre le vent et se tourna vers lui et Royce. La neige commença à s'accumuler sur le dos de son pardessus.

— Nous sommes en train de bâtir sur un terrain de quatre hectares qui possédait déjà une écurie convertie. C'est bien d'être sur place et de pouvoir assister à chaque étape de la construction, et nous avons décidé que la grange ferait une excellente résidence pour les invités.

Royce fourra les mains dans les poches de son manteau.

— J'ai hâte de voir ça.

— Vous logez chez nous, bien sûr, répondit Chuck en haussant la voix pour dominer le vent.

Passer un après-midi ensemble était une chose, mais dormir sous le même toit en était une autre, et il ne pensait pas que Brea apprécierait.

— J'ai déjà réservé en ville, déclara-t-il.

— Mais nous avons largement la place à la maison, protesta Chuck. Il y a des chambres d'amis et même un loft.

Il émit un sifflement.

— Ce devait être une grande écurie, alors. Je me rangerai à l'avis de Brea.

Chuck hocha la tête.

— La famille est très importante pour nous. Quitter l'Alaska était un énorme changement, mais nous avions le sentiment d'en avoir besoin pour notre mariage. Mais nous voulons préserver les relations proches que nous avons, surtout lorsque nous aurons des enfants. J'espère que la maison sera finie avant l'arrivée du bébé.

— Vous attendez un enfant ? s'étonna-t-il, faisant tout son possible pour ne pas penser à la belle-fille qu'il ne pouvait plus voir. Mes félicitations.

— Nous allons adopter, expliqua Chuck, un sourire de pur bonheur éclairant ses traits. Nous devons attendre qu'ils trouvent un enfant qui corresponde à nos critères. Pour l'instant, nous sommes juste heureux d'être tous les deux ensemble, après ce que nous avons traversé récemment.

— Ça fait plaisir à entendre.

Chuck étrécit les yeux pour empêcher les flocons de le gêner.

— Dites-moi si je suis indiscret, mais… Comment Brea et vous vous êtes-vous rencontrés ?

— Par le travail. Alaska Oil Barons, Inc. organise de nombreux événements caritatifs, et Brea et moi nous sommes retrouvés dans le même recoin de salle à plusieurs reprises. C'est une belle femme.

Mieux valait se limiter à cette explication.

— Je m'étonne juste qu'elle ait seulement voulu avoir un lien avec la compagnie après toutes les réserves qu'elle a émises concernant le fait de rentrer dans le giron familial.

Il n'avait pas la moindre intention de lui préciser que l'on ne pouvait pas encore parler d'un véritable retour en famille.

— Elle est restée au loin très longtemps.

Frappant ses bottes pour en déloger la neige, il remarqua la façon dont le stress avait créé des lignes aux commissures des lèvres de Chuck.

— On dirait qu'elle nous en veut, à nous, les Mikkelson.

Je n'arrive pas à comprendre comment elle peut blâmer ma mère. Ou même Jack. Je n'ai trouvé aucune preuve que quelqu'un dans la compagnie ait eu un lien avec cet accident d'avion et, pourtant, j'ai longtemps fouillé dans les archives de mon père.

— Et elle le sait ? demanda-t-il sans parvenir à dissimuler sa surprise.

— Je l'ai dit à ma mère. À l'époque, beaucoup de rumeurs ont circulé, notamment à cause de la rivalité entre nos familles, expliqua Chuck en secouant la tête, mais il n'y a rien qui permette d'affirmer que les miens aient été impliqués là-dedans.

Royce, qui s'était contenté de suivre la conversation sans intervenir, se racla la gorge, et il apprécia sa sensibilité tranquille. Cet homme ne se perdait pas en discussions oiseuses et, en scientifique qu'il était, il en synthétisait les éléments importants.

— Parfois, il peut être difficile d'accepter l'idée que des accidents arrivent.

Chuck heurta une pièce d'équipement du pied.

— Bien évidemment, je suis ravi que Brea ait survécu, mais je n'aime pas voir ma famille encore une fois bouleversée, en plus après la fusion et l'accident de cheval que Jack a eu l'année dernière…

— Et le mariage de votre mère…, ajouta-t-il.

Les Mikkelson avaient traversé beaucoup de remous dans une courte période, et il en était désolé pour eux, mais sa priorité était Brea.

— Oui, ça aussi, ça a été un choc, admit Chuck, un nuage de buée sortant de sa bouche.

Apparemment, Chuck Mikkelson n'avait pas de nouveaux éléments à apporter pour élucider le mystère.

— Allons, finissons ce tour au plus vite, avant de geler ici, conclut-il.

Les deux hommes hochèrent la tête, et Chuck reprit

son inventaire des jauges et des valves, leur faisant signe de le suivre dans un immense atelier rempli de panneaux de contrôle.

Un sentiment d'anticipation le traversa. Il se rapprochait de la fin de sa journée de travail ; il n'y avait plus qu'à dîner, et il pourrait enfin ramener Brea, et Brea seule, dans sa chambre d'hôtel.

Il aurait aimé avoir de meilleures nouvelles à lui apprendre, des réponses à ses interrogations, parce qu'il était persuadé que sa quête personnelle était la principale raison de son voyage – et non passer du temps avec lui.

Sa réaction n'aurait pas dû le déranger. Après tout, après ce qu'il avait vécu avec son ex, il n'était pas à la recherche d'une relation sérieuse. Il souffrait encore du prix que Paisley avait payé suite à l'échec de son mariage.

Après une telle erreur, mieux valait qu'il se concentre sur ce qu'il savait faire : diriger Alaska Oil Barons, Inc.

Brea inspecta du regard le camping-car, qui était aussi grand que certaines des maisons autonomes de son ancienne communauté, et bien plus luxueux, équipé d'un canapé en cuir et d'un fauteuil inclinable. L'espace, décoré dans les tons de brun chaud, ocre et cuivre, était chaleureux comme un foyer.

Shana se tenait devant le comptoir de la cuisine et préparait du café, tandis que Naomi s'était assise en tailleur sur le divan. Elle n'arrivait pas encore à croire qu'elle se trouvait dans la même pièce que sa sœur jumelle après avoir été si longtemps séparée d'elle. Jadis, elles avaient été si proches… Renoueraient-elles un jour ce lien qui les avait unies ?

Naomi et Shana bavardaient, tandis qu'elle regardait Ward par la baie vitrée. Il était plus grand que ses interlocuteurs, qui portaient des stetsons, et il avait les épaules plus larges.

— Qu'est-ce que tu en penses, Brea ?

Elle posa les yeux sur sa jumelle.

— Désolée, tu disais ?

Naomi tapota le rebord de la fenêtre avant de désigner les trois hommes qui parlaient.

— Royce a mis au point des innovations vraiment brillantes pour transporter le pétrole de façon plus propre.

— Oh oui, c'est absolument fascinant, affirma-t-elle, réellement intriguée. Dans ma communauté, imaginer ce genre de solutions était souvent difficile, car nous étions totalement coupés du monde.

D'ailleurs, si le village avait été plus accessible, peut-être aurait-elle été découverte. L'idée la fit s'interrompre dans ses réflexions.

Shana sortit des mugs d'un placard.

— Je suis ravie que nous ayons une journée tranquille pour nous retrouver. L'été dernier, le frère de Chuck a été pris dans une véritable tempête médiatique.

En effet, elle avait lu quelque chose à propos des Mikkelson et de leur plus jeune fils, Trystan, qui avait eu des démêlés avec la presse.

— C'est celui qui a épousé sa consultante en relations publiques, non ? demanda-t-elle.

— Ils viennent d'avoir un petit garçon, commenta Shana d'une voix triste, avant d'esquisser un sourire nostalgique devant la machine à café. Nous envisageons d'adopter. Nous aussi, bientôt, nous aurons un bébé, je dois juste apprendre à être patiente.

Elle n'avait jamais réfléchi à la possibilité d'avoir un enfant. Depuis son adolescence, sa vie avait tourné autour du passé. Et pourtant, soudain, en cet instant, elle se retrouva captivée par l'hypothèse de tenir un nourrisson dans ses bras.

Quelle idée étrange que celle de permanence, de famille et de longévité… Surtout alors qu'elle peinait tant ne serait-ce qu'à s'accoutumer au fait d'avoir une relation avec quelqu'un, songea-t-elle tandis que l'arôme de café et de noisette emplissait le camping-car.

Son regard retourna à la fenêtre, d'où elle voyait les trois hommes qui traversaient le parking gelé en direction d'une sorte d'immense garage. Ward était si grand et imposant, sa démarche si assurée et confiante. Parviendrait-elle à tenir sa résolution de ne plus coucher avec lui ? Elle avait envie de céder à la tentation, mais la force de cette attirance l'incitait à la prudence. Elle devait faire attention, car leur petite aventure sans conséquence n'en était déjà plus une.

Shana mit un plateau en bambou sur le comptoir et disposa les tasses de café dessus, avant de l'apporter vers une table basse en face de Brea. Les mugs fumaient, et les jumelles portèrent leur boisson à leurs lèvres dans un même geste.

Brea se figea à cette idée, l'écho des mots de sa grand-mère résonnant en elle.

« C'est le lien gémellaire. »

Shana était déjà retournée devant la machine à café et remplissait une thermos.

— Je vais apporter du café aux garçons, dit-elle en leur faisant signe de se rasseoir. Ne vous levez pas, je peux me débrouiller toute seule.

La bouteille sous le bras, elle prit trois tasses empilées et ouvrit la porte. Une bouffée d'air froid chargé de neige pénétra dans la pièce, puis le battant claqua derrière elle sous l'effet du vent.

Naomi posa les yeux sur elle.

— Je sais que la situation est bizarre, mais je ne veux pas que tu te sentes mal à l'aise en ma présence juste parce que nous n'avons pas encore trouvé comment redevenir une famille.

— Merci, dit-elle en versant de la crème dans son café. Et j'essaye de dépasser cette sensation d'étrangeté, mais c'est terrifiant pour moi d'avoir toutes ces questions sans réponses. Tu devrais être inquiète, toi aussi, ne serait-ce que pour tes filles.

Elle jeta un coup d'œil aux photos des Mikkelson disposées sur les étagères. Son regard se porta sur l'un des plus anciens clichés du clan, tel qu'elle se souvenait de son passé d'avant l'accident – leurs rivaux en affaires.

Son estomac se noua à cette idée.

Au même instant, Naomi frissonna et croisa les bras sur sa poitrine.

— Tu ne penses quand même pas que quelqu'un tente de nous éliminer ?

Le regard de sa jumelle était soucieux, mais pas soupçonneux ni accusateur. Quoi que Naomi puisse croire, elle semblait disposée à l'écouter avec un esprit ouvert, et Brea apprécia ce fait. Depuis son retour, elle avait l'impression de devoir peser le moindre mot.

— Je crois que quelqu'un pourrait avoir une bonne raison de dissimuler ses actes. Tu es avocate, tu dois bien comprendre cela.

Naomi se mordit la lèvre inférieure.

— Oui, je vois ce que tu veux dire. Je ferai tout mon possible pour t'assister dans ton enquête, je tiens à ce que tu saches que je suis de ton côté. Et je suis sûre que Shana t'offrira elle aussi son aide. Tu sais, c'est une détective hors pair.

— Si tu veux bien, je préférerais éviter d'impliquer les Mikkelson plus que nécessaire.

— Tu crois vraiment qu'ils seraient…

Les mots de Naomi planèrent dans l'air entre elles alors qu'une bourrasque subite faisait osciller le camping-car.

— Je crois que leur loyauté pourrait les inciter à détourner le regard de certaines possibilités et amincirait mes chances de découvrir la vérité. Et si le responsable n'était autre que Charles Mikkelson Sr ? Jusqu'où iraient-ils pour protéger sa mémoire ?

Elle ne put soutenir l'expression horrifiée de sa jumelle, l'idée de blesser sa famille la mettant mal à l'aise. Elle laissa les yeux errer vers l'extérieur, où Shana tendait des mugs de café fumant aux hommes dans le garage ouvert.

— Si c'est lui, il est mort et enterré, et ne peut plus nous nuire, rétorqua Naomi avec logique.

Elle réfléchit à ses propos, passant l'intérieur du camping-car en revue. Çà et là se trouvaient des photos et souvenirs d'Alaska, des bibelots, des statuettes d'ours et de caribou sur les étagères, qui témoignaient de l'attachement de Shana et Chuck à leur pays. Elle aurait aimé voir plus de touches personnelles.

Mais elle ne pouvait s'ôter de l'esprit l'idée que les Mikkelson en savaient plus qu'ils ne voulaient l'admettre. Elle cherchait un signe de leur double jeu, tout en priant pour que ces gens qu'elle en était venue à considérer comme étant de sa famille ne soient pas impliqués.

— Il pourrait y avoir eu d'autres personnes, en plus de Charles, dit-elle à sa jumelle, ses yeux s'attardant sur les photos sur l'étagère. Une fois la vérité découverte, j'espère que la voie à suivre nous paraîtra bien plus facile.

— Moi aussi, dit Naomi en décroisant les jambes, le cuir du canapé crissant sous elle.

Elle respira avec délice le parfum du café et prit une grande inspiration, déterminée à parler – de toute façon, il n'y aurait pas de bon moment pour ce qu'elle avait à dire.

— Comment se sentira papa si la famille de Jeannie est impliquée ? Me croira-t-il seulement ou tentera-t-il inconsciemment de m'empêcher de découvrir une vérité qu'il ne pourrait pas supporter ? Tu sais, je n'ai aucune envie de le faire souffrir…

Naomi hocha la tête d'un mouvement lent.

— Je peux comprendre ça…

Une bourrasque hurlante les interrompit quelques instants, ajoutant son gémissement solitaire à la conversation.

— Vraiment, tu comprends ? lâcha-t-elle, surprise. Merci. J'aurai moins de mal à te parler si je n'ai pas le fardeau de ta désapprobation.

Naomi esquissa un sourire triste et leva les bras pour rassembler ses cheveux foncés, qui formaient une cascade sombre sur son pull-over en cachemire, en une lourde queue-de-cheval.

— Pour tout te dire, je dois avouer que le conseiller que la famille et moi avons vu a été très clair sur le fait qu'on ne devait pas te faire porter le poids de nos attentes.

— Le conseiller que la famille a vu…, répéta-t-elle, incapable d'en croire ses oreilles. Vous avez tous consulté un thérapeute ?

Elle était abasourdie.

— C'est Felicity qui l'a suggéré, et nous avons tous trouvé que c'était une bonne idée. Nous voulons le meilleur pour toi, et…

Naomi s'interrompit pour pousser un lourd soupir, sans toucher au café qu'elle tenait à la main. Puis elle reprit :

— Papa a eu du mal à revivre la mort de maman. Nous avons tous voulu être là pour lui.

Les épaules de sa sœur se courbèrent. Cela faisait peut-être des années qu'elles ne s'étaient pas trouvées ensemble, mais elle pouvait toujours lire le chagrin et la douleur dans les yeux de Naomi. Elle se mit debout, les jambes tremblantes, et se força à traverser la courte distance qui la séparait de sa sœur. Puis elle s'assit à côté d'elle et inspira à pleins poumons.

— Cela fait si longtemps que maman est partie, murmura-t-elle en se tordant les mains sur les cuisses.

— Mais elle te manque toujours, non ?

Elle leva les yeux, espérant que sa jumelle y lirait la réponse.

— Bien sûr.

Leur mère avait péri en plein drame, craignant pour la vie de sa fille, la serrant dans ses bras jusqu'à ce qu'elle s'évanouisse, l'entourant de son amour. Sa perte avait été la plus dure de toutes celles qu'elle avait vécues.

— Cela n'a pas dû être facile pour toi, d'abord de perdre maman, puis ce cancer…

Ce n'est qu'à ce moment-là qu'elle réalisa que sa sœur aurait pu mourir, qu'elle aurait pu perdre la chance de la revoir. Sa gorge se noua. Comment se faisait-il que son lien gémellaire avec elle ne l'ait pas prévenue ? Soudain, une migraine subite lui fouailla le cerveau, et elle porta les doigts à sa tempe.

— J'ai traversé une période difficile après ton… départ. Maman me manquait, tu me manquais, mes cheveux me manquaient, dit Naomi avec un sourire ironique qui s'effaça avec lenteur. Et j'avais peur de faire souffrir papa s'il me perdait moi aussi.

Une douleur aiguë transperça son cœur – la douleur de sa sœur.

— J'aurais aimé être là pour toi, dit-elle en effleurant sa main.

— Merci, répondit Naomi en serrant ses doigts dans les siens. J'ai mon mari et mes filles, et maintenant ma sœur est de retour… Du moins, je l'espère.

— Je fais de mon mieux, admit-elle, bien qu'elle brûlât d'envie de retirer sa main en toute hâte.

Elle le fit, mais lentement et avec douceur. L'expression fugace de déception qui traversa les traits de Naomi la fit se sentir mesquine.

— Tu te souviens que nous voulions toutes devenir des sirènes, reprit Naomi à voix basse, et que je nous faisais rester des heures dans la piscine, à travailler nos plongeons synchronisés jusqu'à ce que nous ayons la peau des doigts toute flétrie ?

Elle éclata de rire, sentant son visage s'illuminer.

— Oh que oui ! Et, après nos séances de natation, maman nous tressait les cheveux encore mouillés pour qu'ils soient ondulés le lendemain.

Une image traversa son esprit, de celles dont elle ignorait si elles étaient réelles ou issues des rêves qu'elle avait faits lors de ses premiers mois chez les Jones.

— Est-ce qu'elle nous tressait les cheveux pour des… événements spéciaux ? demanda-t-elle après une hésitation, cherchant à formuler sa question pour ne pas trop en dire et laisser Naomi combler les trous.

— Oui, bien sûr ! Maman adorait aller voir *Casse-Noisette* à Noël. Elle nous nattait toujours les cheveux juste avant et nous mettait de gros nœuds rouges.

Cela correspondait à ses souvenirs. Jusqu'aux rubans.

— Tu pourrais m'en dire plus ?

— Volontiers, répondit aussitôt Naomi. Le Noël avant ton accident, nous avons toutes les deux décrété que nous étions trop grandes pour avoir des tresses, mais Delaney en voulait encore, et papa nous a dit de leur faire plaisir, à maman et à elle…

Naomi réprima avec difficulté un soupir d'exaspération et croisa les bras sur la poitrine d'un air déterminé. Elle ne céderait pas sans se battre.

— Je ne veux pas aller voir un ballet, je veux faire de la luge.

Leur mère hocha la tête tout en faisant signe à Brea de s'asseoir, une brosse dans les mains.

— Et c'est ce que nous ferons, mais demain.

Faire de la luge leur paraissait beaucoup plus amusant qu'assister à une pièce qu'elles avaient déjà vue chaque année depuis qu'elles étaient toutes petites. Elle était trop grande à présent pour les spectacles pour enfants, elle devait juste en convaincre sa mère, même si elle aurait apprécié que ses sœurs se rangent de son côté.

— Nous devrions annuler le ballet et nous coucher tôt pour ne pas être fatiguées demain.

Maman continua à brosser Brea, lissant tous les nœuds un par un avant de commencer la tresse à la française.

— Ou alors, nous pourrions aussi annuler la partie de luge, si tu es épuisée.

— Très bien, d'accord, céda Naomi après un regard de reproche à Brea, qui aurait quand même pu l'aider. Je vais me préparer pour le ballet.

— Cela nous fera de beaux souvenirs, dit sa mère en passant une mèche sur les autres, puis une autre. Un jour, vous serez adultes et vous ferez ça avec vos propres enfants.

Dans un coin de la pièce, Delaney leva le nez de sa lecture. Ses cheveux étaient déjà nattés et noués avec un ruban. Ces tresses étaient spéciales, leur avait toujours raconté leur mère. C'était sa grand-mère d'Alaska qui lui avait appris à la faire, une façon de perpétuer les traditions tribales, même si l'Alaska se modernisait.

Delaney ferma son livre.

— Mais nous sommes si nombreux… Quand nous aurons grandi, comment ferez-vous, papa et toi, pour choisir chez qui passer Noël ?

Brea inspecta son reflet dans un miroir à main.

— Maman pourrait venir chez l'une de nous et papa chez l'autre. Et Delaney aurait l'oncle Conrad.

La lèvre inférieure de Delaney se mit à trembler, et une larme solitaire coula le long de sa joue.

Maman émit un petit bruit apaisant, sans cesser de coiffer Brea.

— Tout le monde prendra l'avion pour se réunir chez nous, et nous irons tous voir le ballet ensemble.

Mais Naomi fronça les sourcils. Tous ensemble ? Quelque chose clochait dans cette proposition…

Elle s'imaginait voyager au loin, là où personne ne pourrait la trouver, pour écrire un livre et devenir une écrivaine célèbre. Il fallait être un ermite pour devenir auteur, c'était connu. C'était ce que son personnage favori à la télévision avait dit, et elle était assez charismatique pour que personne ne remette ses propos en question.

Les doigts de maman continuèrent à s'activer.

— Et si je te racontais l'histoire que tu demandes toujours à ta grand-mère avant de te coucher ? Tu dis toujours qu'elle s'améliore à chaque fois. Peut-être que c'est pareil avec Casse-Noisette*…*

Naomi savait quand elle avait perdu. Et, en toute honnêteté, elle adorait cette histoire.

— D'accord, puisqu'il nous reste du temps pendant que tu finis de nous coiffer. Raconte-nous la légende de…

Elle absorbait les mots de sa sœur, découvrant que chacun d'eux ouvrait une porte sur des souvenirs qui correspondaient à la perfection. C'était à la fois très poignant et très triste, car elles avaient été si innocentes, si inconscientes de la douleur qui les attendait…

Elle aurait aimé avoir prêté plus d'attention à cet instant, savouré la douceur de sa mère qui lui brossait les cheveux ou de la tradition orale que celle-ci leur avait transmise grâce aux histoires de la tribu de sa propre mère et aux chansons qu'elle leur chantait pour les réveiller.

Qu'avait-elle perdu d'autre de son enfance ?

Un frisson transi la parcourut, et elle se demandait ce

que c'était quand elle se rendit compte soudain que les hommes étaient de retour et que la porte était ouverte.

Son regard croisa celui de Ward.

De la neige parsemait ses cheveux et ses sourcils, lui donnant l'apparence d'un prince des glaces enfin revenu dans son foyer. Cet environnement hostile qui accentuait le bleu de ses yeux rendait aussi ses traits ciselés encore plus séduisants. Une fois de plus, elle frémit. Un trouble que désormais elle associait à cet homme beau à se damner, et à aucun autre.

— Tout va bien ? lui demanda-t-il, s'adressant à elle seule.

En temps normal, la question aurait été insupportable, la faisant se sentir faible ou dépendante, mais avec lui c'était différent. Elle se sentait… protégée, et pas de façon étouffante. Il lui donnait l'impression de se soucier d'elle, sans pour autant l'écraser de ses attentions.

— Tout va bien, merci, lui répondit-elle avec un sourire. Nous échangions des souvenirs d'enfance. Je me rappelle certaines choses, ça fait du bien.

Et c'était vrai. Cette vérité répandait en elle une grande douceur, tandis que la main de Ward sur son épaule la faisait vibrer d'une façon bien différente.

Se remémorer un épisode doux de sa jeunesse, un moment qu'elle avait oublié, lui donnait envie de célébrer cette petite bulle de joie de la manière la plus primitive qui soit. Elle connaissait trop bien comment la vie pouvait passer du meilleur au pire, et la douleur du deuil. À cette idée, elle se sentit bouleversée et, perturbée par ses souvenirs et la perte de sa mère, toutes ses raisons de ne pas coucher avec Ward lui semblèrent soudain s'évaporer.

Que ce soit sage ou non, elle savait que lorsqu'ils retourneraient dans leur chambre d'hôtel Ward et elle partageraient le même lit…

*
* *

Ward se secoua pour faire tomber la neige de son manteau et il se brossa les épaules et la nuque. Il était surpris de voir Brea et Naomi assises si près l'une de l'autre.

— Désolé de vous avoir interrompues, dit-il.

Mais Brea avait le regard qui pétillait.

— Naomi allait me raconter la légende de la Qalupalik. C'était notre histoire préférée quand nous étions petites, mais cela fait si longtemps que je ne l'ai pas entendue…, expliqua-t-elle avant de se mordre la lèvre. Je ne suis pas sûre de m'en souvenir correctement.

Il désigna la porte.

— Si vous voulez être seules, on peut s'en aller.

Elle éclata de rire.

— Tu es couvert de neige et de glace, je ne vais pas te renvoyer dehors. Vous auriez dû prendre plus de café pour vous réchauffer.

Elle se décala sur le canapé pour permettre à Royce de s'installer à côté de sa femme, puis tapota le siège à côté d'elle. Il ôta son manteau et s'assit, remarquant qu'elle sentait toujours un peu le pin et le vent froid, une odeur qui l'électrisait tout comme la chaleur dans son regard.

Shana apporta un plateau chargé de pâtisseries et d'assiettes à dessert et les disposa sur la table basse. Chuck engloutit aussitôt un gâteau aux fruits des bois, puis s'assit en face de Shana.

Naomi avala une gorgée de café avant de s'éclaircir la voix.

— Les parents de notre mère ont fait en sorte de nous transmettre les légendes locales de vive voix, grâce à eux, et non par l'intermédiaire de livres, pour garder notre héritage intact.

Durant un instant, il fut surpris, puis il se rappela que les Steele avaient des aïeux indigènes d'Alaska, du côté maternel, même s'il n'y avait jamais vraiment réfléchi. Entendre cela de la bouche de Naomi lui montrait de nouvelles facettes de la jeunesse de Brea.

— Qui était Qalupalik ? demanda-t-il.

— Qalupalik était verte, répondit Naomi, visqueuse, et vivait dans l'eau. Elle bourdonnait et kidnappait les enfants méchants. Si vous vous éloigniez de vos parents, elle vous fourrait dans un sac qu'elle portait à l'épaule et vous emportait chez elle pour que vous habitiez avec ses autres prisonniers, et vous ne revoyiez jamais plus votre famille. Notre grand-mère nous racontait souvent cette histoire, et je crois que c'était pour nous inciter à être sages.

Brea avait-elle pensé que quelque chose comme ça lui était arrivé ? D'une certaine manière, c'était le cas ; sauf qu'elle n'avait pas été méchante. Aucun enfant n'aurait dû endurer ce qu'elle avait subi.

Naomi leva la tête de sa tasse pour regarder tout le monde.

— Quand nous étions plus petites, cette histoire nous terrifiait, jusqu'au jour où Brea nous a appris comment être des sirènes, et nous avons adoré ce conte. Nous aimions bien aussi la légende sur les Adlet, les loups-garous inuits, qui avaient le haut du corps humain, et le reste de loup. Après le… départ de Brea, Broderick et Marshall ont tenté d'en chasser un, un jour. Mais ils ont dû faire demi-tour, parce que je les ai suivis, et qu'Aiden m'a suivie…

Il n'écoutait qu'à moitié, focalisé sur la sensation de la jambe de Brea contre la sienne. Il la sentait s'apaiser à leur contact et se demandait comment il avait acquis si vite cette capacité de lire en elle si facilement. Cela le perturbait, même s'il était ravi de pouvoir enrouler un bras autour de ses épaules.

Shana se pencha en avant.

— Et alors, que s'est-il passé ?

Naomi déchiqueta un bout de sa pâtisserie.

— J'ai ramené ce garnement à la maison. J'étais inquiète, parce que Marshall était vraiment triste, et je n'avais pas envie qu'il soit privé de quelque chose d'amusant, donc j'ai dû me comporter en adulte et emmener Aiden avec moi.

Brea se mit debout et le scruta, lui adressant un clin d'œil, sourire aux lèvres. Il lui rendit son sourire, savourant l'ambiance détendue dans le camping-car.

— Quelqu'un reveut du café ? proposa-t-elle.

Mais personne n'en réclama.

Elle ouvrit le réfrigérateur pour prendre le pot de crème, puisqu'elle avait utilisé toute celle sur le plateau. Il la suivit du regard, s'attardant sur ses courbes et sur le sourire naturel et sincère qui étirait sa bouche pulpeuse.

Elle referma la porte avant de froncer les sourcils, fixant une photo encadrée accrochée au fond d'une étagère près du frigo, l'expression figée. Puis elle leva un bras et toucha l'image, pâlissant à vue d'œil.

Inquiet, il se mit debout et se rapprocha d'elle, un instinct protecteur s'éveillant en lui.

— Qu'y a-t-il ?

La main de Brea tremblait, et elle posa le pot de crème sur le comptoir.

— Chuck ? Je vous reconnais, les quatre petits Mikkelson, sur cette photo : toi, Glenna, Trystan et Alayna, avec votre mère et, je suppose, votre père. Mais qui sont les deux autres avec vous ?

Chuck se leva et vint les rejoindre.

— En fait, ce n'est pas ma mère, là. C'est celle de Trystan – qui l'a donné à adopter à Jeannie peu de temps après. Ici, c'est ma mère, reprit-il en désignant l'inconnue blonde au visage dans l'ombre. Et là, conclut-il en montrant le dernier homme, c'est l'oncle Lyle.

Brea blêmit encore, et Ward la sentit vaciller.

— Il était à l'aéroport, ce jour-là, chuchota-t-elle, le doigt pointant l'homme sur la photo, puis oscillant entre les deux femmes. Ainsi que l'une d'elles.

- 8 -

Brea se sentait étourdie, la tête fourmillant de souvenirs fragmentés qu'elle ne parvenait pas à faire fusionner en une seule image tant leurs bords lui semblaient déchiquetés. Elle se rappelait un couple à l'aéroport, cet homme, ce dénommé Lyle, et une femme.

Une tension nouvelle monta en elle, qui lui fit serrer des dents si fort qu'elle en eut mal aux mâchoires. Mais elle ne pouvait pas la libérer, pas plus qu'elle ne pouvait empêcher ses oreilles de bourdonner ni le sang de battre à ses tempes alors qu'une crise de panique menaçait de la submerger. Toutes les recherches qu'elle avait faites sur les Mikkelson avaient porté sur leurs finances, leur entreprise ; elle n'avait jamais consulté de photos.

Or, c'étaient les images qui débloquaient sa mémoire.

— Quelle femme ? lui demanda Shana tout en posant une main réconfortante sur l'épaule de Chuck.

Soudain, le spacieux camping-car de luxe lui donna l'impression de rétrécir autour d'elle. L'atmosphère s'emplit d'une lourdeur inconnue alors que la vérité semblait se faire dans son esprit.

Mais le silence ne l'aiderait pas. Elle se força à réprimer l'accès de panique qui lui nouait la poitrine et examina de nouveau le cadre.

— Je suis quasiment sûre que c'est l'autre femme et non ta mère, mais je ne peux pas l'affirmer à cent pour cent.

Elle tenta de ressusciter dans son esprit l'image du jour du crash.

Chuck se rapprocha des étagères pour regarder lui aussi la photo, le visage sombre.

— Quelle raison auraient eue mon oncle et ma tante de vouloir du mal à ta famille ?

Royce se pencha en avant, les coudes sur les genoux.

— Pour que la compagnie de ton père ait moins de compétition, afin qu'il puisse faire plus de bénéfices ? proposa-t-il à l'intention de Chuck.

Elle sentit le bras protecteur de Ward s'enrouler autour de ses épaules.

— Ce serait chercher loin. Comment étaient-ils ?

Chuck poussa un soupir et croisa les bras, sans se soucier de froisser sa chemise à carreaux.

— Je ne les connaissais pas très bien. Et, quand ma tante a donné Trystan à adopter à maman, nos liens avec elle et oncle Lyle se sont dissipés.

Shana lui effleura le poignet.

— Alayna a dit qu'elle pensait avoir entendu des rumeurs louches concernant Lyle, mais elle était trop jeune pour comprendre. Et elle croit l'avoir vu à un rodéo il y a quelques mois.

Elle se laissa choir dans un fauteuil. Elle avait tant cherché de réponses qu'à présent qu'il lui semblait en avoir le poids de la révélation l'écrasait : cela risquait de blesser tant de gens.

— Chuck, je suis vraiment désolée. Je sais que cela ne doit pas être facile pour toi.

Son cœur battait la chamade. Pendant des années, elle avait été en quête de sens, elle avait fantasmé sur une piste menant à cet événement qui avait scindé sa vie en deux – le point de rupture qui avait bouleversé son existence. Mais, dans tous ses rêves, le moment où elle découvrirait la vérité avait été un instant de triomphe.

Dans son esprit, l'idée d'un double jeu de la part d'un membre de la famille Mikkelson lui avait semblé une réponse évidente, facile, mais en cet instant, alors qu'elle était assise dans le camping-car de Chuck, voyant son visage passer d'une expression de choc à un air de rage et de douleur… À présent, c'était réel.

Et elle n'était sûre de rien, elle n'avait d'ailleurs pas l'ombre d'une preuve.

Elle inspira à pleins poumons, humant l'odeur de cuir, de café, et celle de l'après-rasage de Ward. Sa présence l'apaisait.

Chuck s'éclaircit la voix.

— Quelle que soit la vérité à propos de ma famille maternelle, je veux la connaître.

— Et si cela blesse tes proches ? Ta mère, ton père ou l'entreprise ? souffla-t-elle avant de retenir sa respiration. Je pensais que découvrir ce qui s'est passé me rendrait heureuse mais, maintenant que je vous connais mieux, tout est beaucoup plus confus que lorsque je suis revenue la première fois…

Au souvenir du subterfuge qu'elle avait utilisé pour s'infiltrer dans leurs vies sous une fausse identité, elle s'empourpra de honte.

— Je suis désolée pour cette histoire, quand je me faisais appeler Milla Jones…, reprit-elle.

Shana la scruta d'un air inquiet, une expression compatissante sur le visage.

— J'ai été amnésique, je comprends donc à quel point cela a dû t'être difficile de rassembler les morceaux alors que tu ne savais pas en qui tu pouvais avoir confiance, dit-elle en se penchant pour lui serrer la main. La meilleure chose à faire, non, la seule chose à faire, c'est de vivre dans l'instant présent.

Cela pouvait-il être aussi facile ? Dans sa vie si compliquée, elle aspirait vraiment à quelque chose de simple ; être capable de profiter du moindre moment de bonheur et de le saisir à pleines mains. Alors que Ward se trouvait si près d'elle, qu'elle respirait son parfum à chaque inspiration et que le souvenir de leur nuit d'amour était si frais dans sa mémoire, si tentant, elle se sentait reconnaissante envers Shana pour son avis et sa compréhension.

Parce qu'en cette seconde elle ne pouvait imaginer guérir de ce jour nulle part ailleurs que dans les bras de Ward. Aussi décida-t-elle de suivre le conseil de Shana et d'obéir à son instinct : faire confiance à cet homme qui semblait si bien la comprendre, quoi que cela puisse signifier pour le futur, si elle découvrait un jour le responsable de la mort de sa mère.

Deux heures plus tard, dans le bar de l'hôtel, Ward se pencha en avant, les paumes posées sur le comptoir de quartz rose. Il commanda deux boissons, une bière d'hiver pour lui et un verre de rosé pétillant pour Brea.

Après lui avoir tendu son verre, il se réinstalla sur le tabouret haut à dossier de cuir. Le Petru, le plus luxueux établissement de la ville, avait été décoré avec soin et sophistication. Des lustres étaient suspendus au plafond, illuminant les étagères en pacanier et des succulentes en pot. Sur une petite estrade, un quartet égrenait les notes d'un morceau de jazz enjoué.

Brea avait remonté ses cheveux, qu'une raie sur le côté faisait retomber en boucles épaisses sur son front. Elle leva son verre pour trinquer avec lui, et le tintement lui rappela l'électricité qui vibrait toujours entre eux en dépit de la révélation qui venait de se produire dans le camping-car de Chuck.

Il avait prétendu que leur suite devait être préparée et avait suggéré qu'ils boivent quelque chose au bar. En fait, le personnel de l'hôtel s'affairait à finir d'organiser la surprise romantique qu'il avait prévue pour elle.

Il espérait qu'elle apprécierait ce qu'il lui avait acheté. Il sentait un changement en elle, quelque chose dans ses gestes et ses regards lui soufflait qu'elle était en train de reconsidérer leur règle de renoncer au sexe « pour le moment ». Du moins, c'était ce qu'il souhaitait. Compte tenu de l'après-midi tumultueux qu'elle avait passé, il ne voulait pas la brusquer. Shana avait accepté de faire quelques recherches sur l'oncle et la tante de Chuck, mais personne ne savait où ils vivaient.

Il y avait des raisons pour lesquelles les gens pouvaient décider de se cacher de leur famille, et en général elles étaient mauvaises.

Elle lui adressa un grand sourire.

— Le camping-car de Chuck et Shana est vraiment très impressionnant.

Juste alors qu'il pensait enfin la comprendre, elle trouvait moyen de le surprendre.

— Je suis étonné, commenta-t-il.

— Par quoi ?

Il tendit la main pour repousser une mèche de ses cheveux soyeux derrière son oreille droite et apprécia la douceur de sa peau.

— Que tu aimes ce genre de choses.

— Il est plus grand que la plupart des maisons de la communauté dans laquelle j'ai vécu durant mon adolescence.

Son visage afficha une expression distante, et il comprit qu'elle devait avoir l'esprit empli de fantômes.

Derrière eux, la plainte du saxophone lui évoqua son père, lorsqu'il conduisait sa voiture. C'était la musique idéale pour faire de la route, disait-il.

Cette journée avait été riche en souvenirs, pour lui aussi.

— Mes parents avaient un camping-car, même s'il

n’avait rien en commun avec celui que nous avons visité tout à l’heure.

— Quel a été ton voyage préféré avec eux ?

Il plongea dans le passé, faisant tourner son verre tandis que le barman passait devant eux, les mains chargées de citrons et d’oranges.

Il se pencha vers elle, attrapa sa paume et en traça les lignes de ses doigts.

— Je crois que c’est lorsque nous sommes allés au parc national de Denali, quand j’avais onze ans. Nous nous sommes entassés dans le camping-car, dit-il en se rappelant les fleurs aux couleurs vives et les montagnes couronnées de neige. Nous ne partions pas si nous ne pouvions pas camper. Mes parents voulaient que nos vacances soient pleines de rires et pas chères. De plus, reprit-il en avalant une gorgée de sa bière, si nous n’avions pas voyagé comme ça, je n’aurais jamais eu la surprise de voir des ours dévaster notre campement.

— Tu ne viens pas d’un milieu aisé ?

— Non. Je suis issu d’une famille de classe ouvrière, des gens très terre à terre.

Le bar commençant à se remplir, il serra sa petite main et lui fit signe de le suivre en direction du canapé blanc qui se trouvait dans le coin gauche de l’espace. Elle lui sourit et hocha la tête. Encore une chose qu’il appréciait chez elle : elle préférait les endroits calmes, tout comme lui.

Il entrelaça les doigts aux siens tandis qu’ils se frayaient un chemin entre les tables, où des couples discutaient à voix basse, et lorsqu’ils s’assirent elle caressa sa chevelure. Durant quelques secondes, il savoura son contact, aimant la simplicité de cet instant partagé avec une femme si belle, si sexy.

— Ils doivent être fiers de ta réussite.

Sa bonne humeur se dissipa.

— Mon divorce les a beaucoup déçus.

— Si j'ai bien compris, c'est Melanie qui t'a quitté, pourtant. Tes parents doivent bien en avoir conscience.

Il prit une gorgée de bière et baissa les yeux, une vague de tristesse, qui désormais lui était devenue familière, lui serrant le cœur.

— En tout cas, je suis déterminé à ne pas les laisser tomber de nouveau, ni eux ni un enfant.

Elle effleura son bras.

— Tu n'es pas responsable de ce qui s'est passé avec Paisley.

— Cela ne suffit pas à me faire me sentir mieux, commenta-t-il, la mine sombre. Je veux juste qu'elle ne croie pas que je l'ai abandonnée, qu'elle ne peut pas faire confiance aux gens. Je suis désolé que tu doives tout le temps te demander en qui avoir confiance.

Elle suivit du doigt le tracé de sa mâchoire, un air résolu sur le visage.

— Ce qui est vraiment injuste, c'est que j'aie perdu ma mère, ainsi que mes parents adoptifs par la suite. Et oui, c'est moche que je ne sache pas qui blâmer pour tout ce chaos. Mais je sais aussi que je suis ici, en vie, et déterminée à prendre mon avenir en main.

— Seigneur, tu es incroyable ! dit-il en lui embrassant la paume, s'attardant sur la peau crémeuse et savourant le contact de son pouls qui battait à son poignet.

— Non, ce n'est pas vrai, tu sais, dit-elle en rougissant, mais sans retirer ses doigts. Je suis juste une survivante.

— Selon moi, ça te rend incroyable.

— Allons, cessons cette discussion déprimante, dit-elle, ses pupilles s'élargissant de désir. Je pense que notre chambre doit être prête, maintenant.

Il espérait de tout cœur que ses efforts payeraient. Il aspirait plus que tout à se perdre dans le bonheur de s'emmêler entre les draps avec elle, de s'abandonner à une connexion plus intense que tout ce qu'il avait jamais vécu.

Oui, la dernière chose qu'il voulait était de discuter de sujets sombres. Même si le futur ne l'intéressait guère, il refusait de laisser le passé lui voler le présent qu'il partageait avec Brea.

Brea tapota la carte magnétique dans sa main, oscillant sur ses bottes à talons hauts, puis elle la passa devant le lecteur. Un tintement retentit, accompagné d'une lumière verte indiquant que la porte était déverrouillée.

En temps normal, même les hôtels les plus luxueux lui semblaient stériles et anonymes, avec leur odeur aseptisée, mais alors qu'elle franchissait le seuil elle eut l'impression d'avoir pénétré dans une prairie printanière. Un parfum de fleurs imprégnait l'atmosphère, ce qui fit aussitôt monter l'établissement dans son estime. Avaient-ils allumé des bougies pour générer cette fragrance divine ?

Mais, tandis qu'elle pivotait pour entrer dans la pièce principale de cette suite moderne, son cœur manqua un battement. Non, ce n'étaient pas des bougies.

Des tulipes, des roses et des lys jaillissaient par milliers de grands vases disposés sur les guéridons de chaque côté d'un canapé beige rutilant doté de gros coussins dorés.

Sur la table basse, un haut arrangement de tournesols attira son attention – ses fleurs favorites. À côté se trouvait un bac à glaçons contenant une bouteille de champagne et deux flûtes. Des fraises nappées de chocolat avec ce qui semblait être un coulis au caramel étaient placées, en forme de cœur, sur un plateau d'argent. Mais ce qui l'étonna plus que tout fut le paquet-cadeau rose pâle orné d'un énorme nœud.

Elle était à la fois surprise, stupéfaite… et enchantée.

— Bonne Saint-Valentin, dit-il en l'aidant à ôter son manteau.

— Mais on n'est pas encore le 14, protesta-t-elle, bien

que touchée par sa gentillesse et par le fait qu'il s'était souvenu qu'elle adorait les tournesols.

— À minuit, on sera le 14, et je voulais m'assurer que nous pourrions entamer les célébrations à la seconde près.

— Je n'aurais jamais imaginé que tu étais du genre romantique, déclara-t-elle, amusée, en se dirigeant vers le bouquet de roses pour en respirer le parfum.

— Eh bien, ce n'est pas mon fort, mais j'essaye de m'améliorer, admit-il.

Elle se tendit sur la pointe des pieds pour l'embrasser.

— Merci, de tout cœur. C'est parfait.

Il enroula les bras autour de sa taille et l'attira à lui.

— Quand nous serons de retour en Alaska, quel serait ton rendez-vous idéal ?

— Honnêtement, je ne sais pas, murmura-t-elle en haussant les sourcils, visiblement prise au dépourvu.

Ses mains glissèrent sur ses reins, au-dessus de ses fesses, doucement caressantes, anticipatrices.

— Alors, choisis un souvenir que tu as toujours eu envie de revivre depuis ton retour, mais que tu ne souhaitais pas revisiter toute seule ni avec des membres de ta famille.

— C'est ce que tu veux faire de ton rendez-vous romantique ?

Il l'embrassa dans le cou, juste sous l'oreille, là où il savait que cela la chamboulerait. Il avait gardé les bras autour d'elle, avec la ferme intention de la serrer contre lui encore longtemps.

— Nous serons tous les deux, et cela incitera tout le monde à croire que nous sortons vraiment ensemble. Dans le but de cimenter ma place dans la compagnie, bien sûr. Nous n'avons pas envie que les gens se mettent à penser que je ne suis pas vraiment avec toi.

— Oui, nous ne voudrions pas qu'ils s'imaginent ça, dit-elle en émettant un petit rire qui attisa son désir.

Que dirais-tu si nous prenions certaines de ces fleurs et dispersions des pétales sur le lit ?

— Je crois que c'est une excellente idée.

Elle apprécia le fait qu'il ne commente pas son changement d'avis à propos de leur relation. Pour l'instant, elle voulait juste se perdre dans les sensations, dans ses baisers, dans le contact de son torse ferme contre ses seins alors qu'ils s'embrassaient, leurs langues s'emmêlant en un tango endiablé tandis qu'ils se dirigeaient vers la chambre.

Lorsqu'ils passèrent devant un bouquet de roses, il en récupéra deux au passage sans la lâcher, ses mains la caressant avec avidité, faisant bouillir son sang dans ses veines. Ses lèvres parcouraient son cou, sa gorge, éveillant en elle une ardeur brûlante. Une fois dans la pièce, il déposa les fleurs sur le jeté en boutis. Elle se sentait frémir d'impatience et elle ôta ses vêtements sans le quitter des yeux, admirant son physique parfait tandis qu'il l'imitait, jusqu'à ce qu'ils se retrouvent nus, face à face.

Quand elle vit qu'il ne franchissait pas la distance entre eux, elle récupéra l'une des roses sur le duvet et la fit glisser sur son visage avant de descendre, effleurant ses seins en un geste séducteur.

Il ramassa l'autre rose et se mit à en arracher les pétales pour les jeter sur le dessus-de-lit jusqu'à ce qu'il ne reste plus que la tige. Il s'en débarrassa ensuite et se rapprocha d'elle, la contemplant avec intensité. Il enroula les bras autour d'elle et l'allongea sur le matelas. L'odeur de son après-rasage se mêla au parfum des fleurs écrasées.

Son corps vibrait en résonance avec le sien, elle le sentait, à tel point qu'ils se passaient de mots. Ils se rejoignirent dans une fusion de baisers et de touchers qui mirent ses sens en feu. Durant une seconde, il s'interrompit le temps de déchirer l'emballage d'un préservatif, puis il lui écarta les cuisses. Elle enroula les jambes autour de sa taille et l'accueillit avec délice.

Leurs hanches ondulaient au même rythme, il l'assaillit avec une ardeur qui déclencha en elle une myriade de sensations. Dans son dos, les pétales de rose étaient comme du satin et, sur ses seins, son torse recouvert d'un fin duvet la pressait avec une force virile.

Depuis la dernière fois, elle savait qu'ils recommenceraient, en prenant leur temps, mais pour l'instant c'était une avalanche de désir, une avidité, une urgence qui les poussait à se fondre l'un dans l'autre.

Très vite, l'orgasme s'empara d'elle, la submergeant de vagues éblouissantes qui la consumèrent et auxquelles elle s'abandonna, aspirant à ce que les sensations pures l'envahissent et lui fassent oublier tout ce qui n'était pas Ward. Il accéléra son rythme, et elle sentit ses muscles se durcir en anticipation de son propre plaisir alors qu'il la rejoignait dans la jouissance.

Puis il se laissa aller sur elle et la recouvrit de son corps, leurs jambes toujours emmêlées. Il enfouit le visage dans son cou, son souffle glissant sur son épaule. Elle s'accrocha à lui, désireuse de prolonger cet instant délicieux.

Parce que, même si elle tentait de se convaincre que ce n'était qu'une aventure, que le sexe avec lui était seulement un défouloir pour oublier les bouleversements dans sa vie, elle ne pouvait ignorer le lien de plus en plus puissant qui se créait entre eux.

Leur fausse relation devenait réelle. En soi, cela n'aurait pas été un problème s'il n'y avait pas eu le travail de Ward pour sa famille. Si elle obtenait les réponses au mystère de son passé, cela lui permettrait de revenir pour de bon au sein des Steele, et Ward et elle se retrouveraient constamment proches l'un de l'autre. Quand leur histoire se dissoudrait, elle ne pourrait fuir la détresse qu'elle éprouverait à le voir rester dans sa vie.

Elle aurait découvert la vérité, rejoint sa famille, au prix de l'homme auquel elle commençait à tenir.

Ward tapota un oreiller confortable et le disposa derrière la tête de Brea. L'odeur des roses imprégnait l'air, les pétales disséminés par terre et sur le lit, ainsi que dans le spa où ils avaient également fait l'amour. Il avait entouré cet instant d'une aura romantique qu'il n'avait pas été sûr de savoir créer, mais qu'il avait pourtant accompli d'instinct.

Un peu plus tôt, il avait glissé le petit présent qu'il avait prévu pour elle dans la chambre, le posant sur la table de chevet. Il s'assit en face d'elle sur le lit ; ils étaient totalement à l'aise l'un envers l'autre, et cela aussi les rapprochait encore.

Il prit le paquet et le déposa entre ses mains. Elle l'observa un court instant, puis tira sur le ruban jusqu'à ce que le nœud se défasse et le lui lança avant de déchirer le papier cadeau rose, qui finit par terre.

Elle afficha une expression de surprise en découvrant ce qu'il y avait à l'intérieur, puis s'illumina de plaisir alors qu'elle caressait la reliure en cuir d'un carnet de notes accompagné de stylos.

— Je ne sais pas si c'est un cadeau très romantique, mais Felicity a mentionné que tu tenais un journal, alors j'ai pensé que…

Elle se pencha en avant pour l'embrasser d'un geste rapide mais très tendre.

— C'est parfait. Je suis touchée que tu te sois donné tant de mal pour trouver quelque chose de personnel, dit-elle en effleurant les mots incrustés en doré sur la tranche. Mais je n'ai rien pour toi.

— Tu n'es pas censée avoir de présent pour moi. La Saint-Valentin est avant tout destinée aux femmes…

Et la voir heureuse était un cadeau en soi.

— Toi, tu es un charmeur, hein…, commenta-t-elle en serrant le carnet et les stylos contre sa poitrine.

— Je n'étais pas sûr que tu accepterais des bijoux.

Mais, si elle voulait des bijoux, il lui en offrirait avec grand plaisir.

— Je suis peut-être née dans une famille fortunée, mais j'ai passé toute mon adolescence à apprendre la frugalité, confirma-t-elle.

— À vivre en autarcie.

— Oui. Crois-le ou non, mais je sais fabriquer mon propre savon, dit-elle avec une fierté enfantine.

Dans son esprit, l'image d'une Brea adolescente se forma, une jeune fille trimant à créer son propre savon à la lavande avec une détermination féroce.

— Mais je le crois. Tu es une survivante pleine de ressources.

Elle s'empourpra, puis détourna la tête, cherchant à dissimuler son embarras en feuilletant le journal.

— Et toi ? Comment a été ton enfance ?

— Je suis fils unique. Mes parents possédaient une boutique de barbier juste à côté de la base militaire. Ils ont travaillé dur pour m'envoyer à l'université, dit-il en lui caressant la cuisse.

— Ils vivent toujours là ?

Il éclata de rire.

— Ils ont pris leur retraite et se sont acheté un appartement sur une plage en Floride.

Il se pencha par-dessus elle pour récupérer son mobile et lui montrer des photos du petit loft fraîchement rénové sur Venice Beach.

Mais, alors qu'il pianotait sur son écran, son cœur se mit à battre la chamade.

Un appel manqué… de Paisley.

Elle posa son carnet.

— Quelque chose ne va pas ? Tu as l'air inquiet.

Oui, il était inquiet, très inquiet.

Il appuya sur Rappeler.

— C'est Paisley. Elle m'a téléphoné. Ce que sa mère ne lui a jamais permis de faire jusqu'à présent…

L'appel fut transféré au répondeur. Il réessaya à deux reprises, mais en vain. Son angoisse s'accentua. Pour la seule et unique fois que Paisley avait tenté de le joindre en un an, il avait raté l'occasion d'être là pour elle.

- 9 -

Le soir suivant, Brea fit son possible pour apprécier la Saint-Valentin afin de faire plaisir à tout le monde. Shana et Chuck avaient fait beaucoup d'efforts pour organiser un dîner festif dans leur maison temporaire, à savoir la grange reconvertie.

Une longue table de ferme en bois brut était chargée d'une belle vaisselle en grès. Shana leur expliqua que tout le repas était composé de mets caractéristiques du Dakota du Nord, comme la soupe onctueuse *knoephla* au poisson doré grillé. Ils venaient juste de finir le gâteau à la rhubarbe.

La soirée aurait dû être parfaite, mais la pression qu'elle ressentait depuis le dernier rebondissement dans son enquête sur les Mikkelson ne cessait de lui marteler les tempes, et la tension de Ward à propos de l'appel manqué de Paisley renforçait cette impression de lourdeur.

Elle aurait aimé adoucir la douleur de Ward concernant sa belle-fille. Il avait enfin réussi à contacter son ex-femme, qui l'avait informé qu'elle était partie en vacances en famille avec son nouveau mari et que Paisley avait eu le mal du foyer. Elle avait entendu Melanie insister sur le fait qu'elle n'avait rien contre Ward, mais qu'à présent Paisley avait un nouveau « papa » et que ce serait beaucoup plus facile pour tout le monde s'il voulait bien s'effacer.

À ces mots, elle avait senti sa poitrine se serrer. Elle savait de première main à quel point cela faisait mal d'avoir un père qui s'effaçait, mais dire ça à Ward ne l'aiderait pas.

Heureusement, les autres convives n'avaient pas semblé percevoir la tension entre eux. Shana leur avait montré avec fierté le présent que son époux lui avait fait pour la Saint-Valentin – un don au système de familles d'accueil ainsi que des chocolats « de filature » – apparemment, il l'accompagnait souvent en surveillance lorsqu'elle devait mener une enquête.

Royce avait offert à Naomi un bon pour une journée dans un spa ainsi qu'une magnifique paire de boucles d'oreilles en diamants. Durant le repas, Naomi n'avait cessé de les effleurer du doigt avec un grand sourire. Son geste machinal avait d'ailleurs fait rayonner son mari, habituellement plutôt impassible.

Et, tandis qu'elle écoutait tout le monde, les voix s'élevant dans le vaste espace de la grange réaménagée, son esprit revenait en boucle, sans qu'elle sache pourquoi, sur un souvenir de son frère qui s'était suspendu aux poutres du hangar à bateaux, la tête en bas comme une chauve-souris. Elle ne parvenait pas à se rappeler si c'était elle ou Naomi qui l'avait mis au défi…

Ward répéta sa phrase – la Saint-Valentin était un jour où on choyait les femmes – et, abondant dans son sens, les hommes prirent l'initiative de débarrasser la table de la vaisselle et des restes de ce délicieux repas.

Alors qu'ils s'affairaient, elle regarda sa jumelle déambuler dans le séjour de l'habitation. Pendant les travaux de construction de leur maison, Chuck et Shana logeaient dans cette magnifique grange rustique convertie en foyer. Les poutres apparentes sentaient encore le bois et, juste à côté, elle entendait Naomi parler d'une voix douce dans le téléphone, souhaitant bonne nuit à ses filles.

Shana s'installa sur une chaise à côté d'elle, empilant des assiettes avant de les tendre à Chuck, qui était revenu récupérer la vaisselle. Après avoir échangé un regard énamouré avec son mari, Shana pivota vers elle.

— Brea, je t'ai trouvée très calme, ce soir. En fait, tu es restée silencieuse toute la journée. Quelque chose ne va pas ?

Elle hocha la tête, les yeux rivés au fond de vin dans son verre, comme si les réponses à sa vie mouvementée pouvaient être déchiffrées dans le motif des gouttes. Après tout, on lisait bien l'avenir dans les feuilles de thé, comme le disaient ses parents adoptifs.

— C'est juste que j'ai beaucoup à penser. Mais ces « vacances travaillées » sont fabuleuses, je te remercie.

Shana esquissa un signe de tête affirmatif.

— Je t'informerai chaque jour de ce que je trouverai sur le frère et la belle-sœur de Jeannie. Je sais déjà qu'ils ont été localisés près de Fairbanks.

Elle ne put réprimer un frisson.

— C'est un peu trop près de chez moi pour ma tranquillité d'esprit.

— Reste avec ta famille, Brea, lui dit Shana en lui serrant la main, le regard sérieux.

De toute évidence, elle ne considérait pas cette affaire comme anodine, et pour elle c'était très important, après s'être sentie si seule.

— Tu seras mieux protégée si tu es avec les tiens, reprit-elle.

— Merci. Je te dirai si je découvre quelque chose, moi aussi.

Du moins, Brea espérait qu'elle trouverait en elle assez de confiance pour faire cela… Elle avait gardé son secret durant si longtemps.

— Je dois néanmoins t'avouer, ajouta-t-elle, que je m'inquiète de ce qui se passera dans la famille s'il s'avère que Jeannie savait quelque chose à propos de l'accident d'avion, depuis tant d'années. — Est-ce que ça t'aiderait si je te disais que je suis sûre que ce n'est pas le cas ?

De nouveau, elle sentit sa mâchoire se crisper. Une telle certitude était impossible.

— J'aimerais bien…

Elle n'avait aucune raison de soupçonner Jeannie. En tout cas, rien ne l'avait prouvé sur cette clé USB inutile, encore quelque chose qu'elle n'avait toujours pas confié à Ward.

— Je me suis imposée pour votre Saint-Valentin assez longtemps, nous devrions y aller, reprit-elle. Marshall nous ramène en avion cette nuit, car Naomi et Royce sont plus en manque de leurs jumelles qu'ils ne l'avaient prévu.

— C'est mignon… Ce sont de merveilleux parents, dit Shana, le visage exprimant une tendresse mêlée d'une pointe de jalousie. Puis elle cligna des yeux et se força à afficher un grand sourire.

— Au moins, Marshall a pu se reposer toute la journée, donc il est frais et dispos pour reprendre les commandes ce soir. Il y a même un lit dans l'avion, si tu veux dormir.

— Je viens juste de réaliser que, par notre faute, Marshall et Tally n'ont pas pu être ensemble pour leur première Saint-Valentin…

Marshall ne les avait pas rejoints durant ce voyage ni pour aucune des festivités, mais ce n'était pas étonnant : il n'était pas particulièrement investi dans l'entreprise familiale, et sa compagne était en Alaska. Il passait la majeure partie de son temps sur le ranch des Steele.

— Marshall m'a dit que Tally devait participer à une session d'étude pour l'université. Elle aimerait obtenir un diplôme d'assistante sociale. Il m'a promis qu'ils avaient choisi une autre journée pour fêter la Saint-Valentin ensemble et qu'il a un fabuleux cadeau pour elle – mais oui, je vois ce que tu veux dire.

— Elle a l'air de comprendre et d'accepter le fait qu'il ne soit pas l'homme le plus romantique au monde, mais c'est une personne de caractère, et de force, comme notre père.

Le bruit des pas de Ward résonna dans la pièce, attirant son attention ; elle ne put s'empêcher de songer que lui aussi était quelqu'un de valeur. À cette idée, elle retint sa respiration ; cela la faisait penser à la possibilité qu'une femme tombe amoureuse de lui. Mettre un terme à leur histoire risquait de se révéler plus difficile qu'elle ne l'avait prévu…

Il revint dans la salle à manger, et elle fut une fois de plus frappée par son magnétisme. C'était un homme d'une prestance et d'un charisme exceptionnels, qui attirait son attention par la simple force de son regard.

Elle pouvait voir la tension qui perdurait sur son visage – son inquiétude concernant Paisley. Elle aurait aimé pouvoir lui offrir un quelconque réconfort, le même que celui qu'il lui prodiguait, sauf qu'elle savait que ce ne serait pas seulement un réconfort physique.

Chaque fois qu'ils étaient ensemble, à chaque révélation qu'ils partageaient, cela contribuait à détruire un petit peu plus les remparts protecteurs qu'elle avait érigés autour de son cœur.

Le vol de retour se déroula sans encombre. Ward était soulagé de voir Brea reprendre confiance en l'avion. Il y avait tant d'endroits où il voulait aller avec elle. Son travail l'emmenait aux quatre coins du globe, et avoir Brea à ses côtés serait incroyable. À cette idée, des images d'eux parcoururent son esprit – Brea et lui faisant l'amour à Paris, dans une chambre avec vue sur la tour Eiffel, ou en Australie, dans un campement en plein cœur du bush.

Les possibilités étaient infinies.

Mais, pour l'instant, le simple fait de penser à l'inviter dans son *penthouse* faisait naître en lui un désir irrépressible. Heureusement, lorsque l'avion atterrit, elle le laissa la conduire chez lui sans argumenter.

L'ascenseur privé les emmena directement à leur porte. En accédant à ce poste, il avait obtenu l'usage de l'appartement de fonction dans le bâtiment d'Alaska Oil Barons, Inc. jusqu'à ce qu'il trouve une maison. Jusqu'à présent, l'endroit avait toujours été occupé par des Steele et des Mikkelson, lorsque l'un d'eux travaillait tard ou que le temps était particulièrement mauvais.

La baie vitrée offrait une vue magnifique sur les montagnes, et il aimait commencer la journée attablé dans la cuisine avec une tasse de café en contemplant cette vue. Mais à cet instant, alors que les portes de l'ascenseur coulissaient, révélant un vestibule spacieux, il ne pensait pas du tout au panorama.

Dans le hall, des poutres apparentes conféraient au *penthouse* un aspect rustique, compensé par d'élégantes suspensions dont la lumière se réfléchissait sur le parquet ciré et le mobilier en cuir noir. C'était un bel endroit, mais pas un foyer.

Depuis son arrivée ici, il avait reporté sa quête d'une maison, peut-être dans l'espoir futile qu'il trouverait un moyen de passer du temps avec sa belle-fille. Si cela se produisait, il aurait besoin d'un lieu où l'accueillir mais, si ce n'était pas le cas, un appartement comme celui-ci lui suffirait. Ces tracas concernant Paisley lui rappelaient les risques qu'il encourait en s'attachant à Brea, avec qui son lien ne cessait de se renforcer en dépit de ses intentions initiales.

Il refoula le douloureux souvenir de la fillette au plus profond de lui-même et se concentra sur la femme magnifique qui se trouvait avec lui. Il brûlait de faire de nouveau l'amour avec elle, de la réconforter et de la soutenir dans ses retrouvailles avec sa famille.

Mais ce n'était rien de plus, se força-t-il à penser.

Cependant, il ne pouvait la quitter des yeux. Nul n'aurait pu soupçonner qu'elle avait passé une nuit en avion. Son pull à maille torsadée moulait ses courbes, et quelque chose lui disait que le vêtement avait été tricoté à la main. Venait-il de la petite communauté dans laquelle elle avait vécu ? Ses cheveux noirs étaient tirés en arrière en une queue-de-cheval haute, et ses doigts le démangeaient de les libérer pour se plonger dans l'épaisse masse soyeuse.

— Brea…, chuchota-t-il, la voix rauque de désir.

Elle se jeta dans ses bras et l'embrassa, un baiser avide qui témoignait de sa propre ardeur. Mais aspirait-elle à du sexe ou juste à du réconfort ?

— Brea, répéta-t-il. Tu es sûre ?

— Il y a mille raisons pour ne pas céder à la tentation. Mais j'en ai envie, je te veux, de tout mon cœur, de toute mon âme…

Il hocha la tête, tenaillé par la même pulsion qu'elle. La sensation de son corps contre le sien le faisait palpiter, et l'entendre dire qu'elle le désirait renforçait cette ardeur.

Toute la journée, tous les jours, elle emplissait ses rêveries, et il ne pouvait la chasser de son esprit. Elle le rendait fou. Alors qu'il aurait dû se focaliser sur son travail, il ne cessait de l'imaginer nue, dans ses bras.

Il se força à ne plus réfléchir, songeant que son métier était la dernière chose à laquelle il voulait penser pour le moment.

Tandis qu'ils pénétraient dans le *penthouse*, enlacés et s'embrassant avec avidité, il ôta son manteau. Elle l'imita, le déposant sur le canapé d'où il tomba aussitôt. Il l'aida à enlever son pull. Alors qu'ils passaient devant l'interrupteur, il alluma la cheminée afin que les flammes dorées illuminent son corps parfait.

Trois pas plus loin, ils se retrouvèrent tous les deux nus, agenouillés sur la fourrure d'ours devant le foyer. Le crépitement du feu faisait écho aux étincelles qui le parcouraient mais, lorsqu'il essaya de l'allonger en arrière sur le tapis, elle l'arrêta en posant les paumes sur son torse. Avec un sourire tentateur, elle le repoussa sur le dos et s'assit sur lui, rayonnante et magnifique dans la lumière ocre qui mettait en valeur sa peau crémeuse. Il caressa ses seins tandis qu'elle défaisait sa queue-de-cheval, ses lourdes mèches retombant en cascade sombre sur ses épaules et sa poitrine. Une vague de désir le traversa.

Heureusement, il avait pensé à récupérer un préservatif dans son portefeuille. Elle lui prit la pochette des mains et lui enfila la protection à gestes doux et excitants, et il se mordit les lèvres pour se retenir tellement son contact l'enflammait.

Puis elle se pencha en avant, ses cheveux glissant devant son visage, et introduisit lentement son sexe dur en elle, avec sensualité, l'enveloppant dans sa féminité chaude et accueillante. Il la saisit à la taille pour ralentir son mouvement, tant il craignait de se perdre aussitôt en elle, submergé par une extase irrépressible. Le reste du monde disparut pour lui tellement elle le subjuguait, les douces courbes de son corps emplissant la moindre de ses pensées. Elle était tout ce qu'il désirait, tout ce dont il avait besoin, tout son univers.

Elle imprima un rythme régulier à ses hanches, qui faisait écho à ses propres poussées, et posa les mains sur son torse pour le caresser. Ses doigts glissèrent le long de ses épaules, et il sentit ses tétons se durcir à son contact. Il adorait lui donner du plaisir, il voulait goûter, toucher, expérimenter le moindre centimètre de son corps.

Une nuit, une semaine, un mois n'était pas assez pour satisfaire l'envie qu'il avait d'elle.

Soudain, cette pensée l'aveugla, lui coupant le souffle. Il n'aurait pas dû ressentir cela.

— Dis-moi ce que tu veux, chuchota-t-il dans son oreille.

— Toi, murmura-t-elle en réponse. Je te veux, toi.

Le désir qui emplissait sa voix le combla, et il glissa une main entre eux pour la caresser au cœur de sa féminité. Elle poussa un gémissement de contentement, qui se transforma en cri de jouissance lorsqu'elle parvint à l'orgasme, son plaisir le faisant culminer lui aussi. Puis elle s'effondra contre lui, les seins pressés contre son torse. Dans sa poitrine, son corps battait à tout rompre, et il savoura la sensation de leurs peaux moites l'une contre l'autre.

Il perdit le fil du temps tant il se sentait bien avec elle, la cheminée les réchauffant tandis que leur transpiration séchait. Puis il se rendit compte qu'elle s'était endormie et il lui caressa les cheveux avant de la faire basculer sur le côté, sur la fourrure d'ours. Elle poussa un petit soupir de protestation sans se réveiller.

Doucement, il récupéra un coussin sur le sofa ainsi qu'un plaid en cachemire et en recouvrit leurs corps. Puis il l'attira contre lui et appuya sa tête sur son torse.

Il ne pouvait plus nier la vérité : elle était devenue importante pour lui, d'une manière qui dépassait le simple désir physique, et qui se révélait bien plus dangereuse qu'il ne l'avait imaginé. Si seulement il pouvait explorer encore et encore l'alchimie qu'il y avait entre eux sans mettre son cœur, déjà bien malmené, en danger…

Brea s'étira, savourant la chaleur du soleil matinal sur sa peau. Elle avait passé la nuit chez Ward, n'ayant aucune envie de rentrer dans son petit appartement à une heure indue, après avoir fait l'amour avec lui. Elle tendit une main paresseuse vers lui, sur la peau d'ours sur laquelle ils s'étaient endormis, mais l'oreiller, qui pourtant portait encore la marque de sa tête, était froid. Elle roula sur le flanc pour s'emplir le nez de son odeur.

Il était bien trop facile, trop tentant, de se perdre dans une routine confortable avec lui, et elle ne voulait pas penser à ce que cela signifierait lorsque l'heure serait venue pour eux de se séparer.

Soudain, il apparut dans l'encadrement de la porte. Il était torse nu, superbe, et portait un plateau avec leur petit déjeuner : des burritos de maïs avec des œufs au plat recouverts de fromage et de coriandre. Il avait également apporté du café et du jus de fruits. À cette vision, elle se mit à saliver.

— Hum, je suis gâtée, dit-elle avec gourmandise.

Il posa le plateau près de la fourrure et s'installa à côté d'elle.

— Je me fais pardonner pour toute la route qu'on a faite pour la Saint-Valentin. Je sais que nous ne formons pas un véritable couple, mais j'avais l'impression de te devoir quelque chose, expliqua-t-il.

À ces mots, elle se figea, une onde glaciale la parcourant. Il dut remarquer son changement d'humeur, car il ajouta :

— Et mince, je ne suis pas sûr de m'être bien exprimé.

— Tu n'as fait qu'énoncer les choses telles qu'elles sont. Nous ne sommes pas un véritable couple.

Même si, en cet instant, alors qu'ils étaient nus et savouraient leur petit déjeuner, leur couple semblait bien réel dans son esprit.

— Nous couchons ensemble, et j'ai bien envie que cela continue, commenta-t-il d'une voix rauque.

Mais elle évita ses yeux et tendit la main vers son mug de café.

— Il nous reste deux semaines avant la réunion du comité directeur et le vote, dit-elle.

— Et, ce jour-là, tu pourras vraiment t'en aller et me quitter sans un regard en arrière, après tout ce que nous avons partagé ?

Était-ce une façon indirecte de lui demander de prolonger le marché qu'ils avaient conclu ? Et, si c'était le cas, se sentait-elle prête pour ça ?

Aucune option ne lui semblait viable ni n'avait de sens, néanmoins, ses mots la touchèrent au plus profond d'elle-même. Elle ignorait toujours ce qui s'était passé le jour de l'accident et si elle parviendrait vraiment à se réconcilier avec sa famille. Elle ne savait plus que faire.

— C'est ce dont nous avions convenu, répliqua-t-elle en avalant une gorgée de café.

Elle n'était pas d'humeur à déguster sa boisson préférée en discutant de son avenir incertain – elle avait déjà tant de mal à assumer le présent.

— Et si nous décidions de changer les règles et de gérer chaque jour l'un après l'autre ?

Elle posa le regard sur lui. Il était si beau, torse nu, le drap enroulé autour de la taille.

— Comme si c'était une vraie relation ? demanda-t-elle, le cœur noué d'angoisse en se souvenant de la manière dont leur « relation » avait commencé lorsqu'elle avait fouillé son bureau. Tu ne me connais même pas, pas pour de vrai. Je suis la personne qui se cache de sa propre famille parce qu'elle a trop peur de leur rejet. Je ne suis pas honnête, et…

— Brea, avec ce que tu as traversé, tu…

— Stop, laisse-moi finir.

Elle voulait lui dire la vérité parce que, si elle osait envisager quelque chose de plus sérieux avec lui, cela ne pourrait se passer que si elle s'ouvrait à lui ; même si cette révélation lui coûtait toute chance d'approfondir le lien qui se tissait entre eux. Elle courait un gros risque, mais elle n'avait pas le choix. Si les gens s'étaient montrés francs envers elle, sa vie actuelle ne serait pas si compliquée. Elle était en quête de réponses.

Ce qui signifiait qu'elle devait faire preuve d'honnêteté, elle aussi. Elle devait s'en tenir aux standards qu'elle imposait aux autres, quel qu'en soit le prix.

— Je suis une adulte et je sais différencier ce qui est bien de ce qui ne l'est pas. Le jour où tu m'as trouvée dans ton bureau, j'étais en train de voler des fichiers sur ton ordinateur.

Elle retint sa respiration dans l'attente de sa réponse.

— Je le savais déjà, souffla-t-il.

Comment ? Ce n'était pas possible !

— Tu… étais au courant ? Depuis quand ?

— Je l'ai suspecté dès que je t'ai découverte, expliqua-t-il sans une once de colère dans la voix. J'ai fait faire une vérification par mon équipe technique pour voir à quels documents tu avais eu accès, et tous étaient relativement sans importance. Je ne suis pas ravi de ce que tu as fait mais, sur le plan de la confidentialité et de la sécurité, ce n'était pas grave.

« Relativement sans importance. » C'était ce qu'elle avait constaté en inspectant le contenu de la clé. Elle poussa un soupir de soulagement, avant de réaliser la signification de ses mots.

— Pourtant… Tu ne m'as rien dit.

— Comme il n'y avait rien de dangereux pour l'entreprise dans les fichiers que tu as téléchargés, je ne voyais pas l'intérêt de soulever le sujet.

Elle avait fait la même chose aux Steele quand elle avait prétendu être une autre personne pour les approcher sans crainte d'être reconnue. Elle avait mérité leur colère, pourtant, ils ne lui en voulaient pas. Avec Ward également, elle s'était mal conduite et méritait ses reproches, et une fois de plus sa réaction n'était pas celle qu'elle attendait. Ses yeux se mirent à la picoter, et elle refoula ses larmes.

— Mais je suis une menteuse.

Il mordit dans son toast.

— Et moi, je suis directeur d'une compagnie pétrolière. On a tous nos défauts.

— Tu me pardonnes trop facilement, protesta-t-elle, sa culpabilité lui nouant la gorge.

Elle ne méritait pas tant de mansuétude.

— Peut-être est-ce parce que j'ai l'impression de mieux te connaître, maintenant, et que je commence à tenir à toi.

Ses mots planèrent entre eux, lui coupant le souffle. Elle n'était pas prête pour cette discussion. S'il poussait les choses trop loin entre eux, que se passerait-il ? Avait-elle peur ? Oh que oui ! Elle avait estimé qu'une aventure était déjà dangereuse pour son cœur, alors si elle s'engageait envers lui elle n'osait imaginer où cela la mènerait.

Pour éviter d'avoir à affronter son regard, elle se mit à touiller son café.

— Tu es sûr d'être dans le bon état d'esprit pour parler de tout cela maintenant, vu comme tu es perturbé à propos de Paisley ? Ne pourrions-nous pas plutôt nous contenter de… savourer l'instant présent ? Ou me laisser juste te réconforter, puisque tu as tous les droits d'être inquiet ? C'est ce que je ferais, s'il y avait quelque chose de plus entre nous…

Offrir son réconfort lui semblait plus naturel qu'en recevoir.

Épiant sa réaction à travers ses cils, elle souffla sur son café pour le faire refroidir, espérant à moitié qu'il refuserait sa proposition, car envisager d'aller plus loin avec lui la terrorisait.

— Il n'y a rien que tu puisses faire pour m'aider avec

Paisley, dit-il d'une voix tendue où perçait un soupçon de colère.

— Pourquoi souhaites-tu que nous continuions cette relation, même d'un seul jour, si nous ne pouvons pas discuter des sujets qui nous tiennent à cœur ? Ou plutôt, j'ai envie de dire que tu cherches à me faire parler de ce qui m'importe et me blesse, alors que tu ne veux pas que la réciproque soit vraie…

Elle aperçut un éclair de colère traverser ses yeux bleus. Il étrécit les paupières, et elle sentit la brûlure amère de la victoire en constatant qu'elle l'avait poussé à bout et qu'il mordait à l'hameçon. Puis il secoua la tête.

— Non, non, qu'est-ce que tu essayes de faire ? demanda-t-il, générant en elle une vague de panique.

— Ward, tout cela devient trop réel, trop sérieux pour moi à gérer alors qu'il y a tant de choses incertaines dans ma vie. J'ai déjà du mal à me rappeler mon propre passé si on ne m'aide pas à le faire.

Sans oublier le fait qu'elle avait été abandonnée plus de fois qu'une femme n'aurait dû l'être et qu'elle ne pouvait courir le risque qu'il lui réclamait.

Mais lui dire cela la rendrait encore plus vulnérable, ce qu'elle ne voulait pas être. Il la poussait dans ses derniers retranchements.

Si seulement elle n'avait pas vu la douleur dans ses yeux…

— Brea, notre relation existe déjà, pourquoi tiens-tu à ce que nous nous disputions sur le nom à lui donner ? Tu peux prétendre qu'elle est fausse si tu préfères, mais je crois que nous savons tous les deux que nos sentiments sont en train de devenir bien réels, insista-t-il en lui caressant le genou, déclenchant une vague de chaleur en elle. Cette attraction que nous ressentons est bien réelle, elle aussi, ajouta-t-il.

Elle carra les épaules. Il lui en demandait trop, elle n'était pas prête.

— Tu es sûr que c'est bien moi que tu veux, et non une famille pour remplacer celle que tu as perdue ?

Il retira sa main d'un geste vif, comme si elle l'avait piqué, et il recula brusquement.

— Ça, c'était un coup bas, Brea.

— Pas si c'est la vérité, contra-t-elle dans l'espoir qu'il la contredise.

— En effet, nous nous étions lancés dans cette relation avec un plan, mais n'as-tu pas envisagé que je ne sois pas seulement un tampon contre ta famille ? Que tu te serves de moi comme prétexte pour rester à proximité des tiens sans devoir t'engager à affronter ton passé ?

Ouille ! Ça aussi, c'était un coup bas. Ses mots ricochèrent en elle, lourds et douloureux, et peut-être en partie justes. Mais, en toute honnêteté, même s'ils n'avaient pas été valides, elle s'était montrée particulièrement odieuse avec lui.

Elle devait fuir, et vite. Elle avait besoin de son propre espace, du calme de son appartement ; elle n'était pas à la hauteur de ses attentes. Ses yeux la brûlaient, elle était à deux doigts de fondre en larmes à l'idée de perdre ce qu'ils partageaient. Mais elle ne pouvait pas lui donner ce qu'il voulait et elle souffrait à la perspective de le blesser, surtout après ce qu'il avait déjà traversé.

Déterminée à sauvegarder le peu d'orgueil qu'il lui restait, à défaut de protéger son cœur, elle s'enroula dans la couverture comme derrière un rempart et se dirigea vers la salle de bains afin de s'habiller. Et de cacher ses pleurs.

Elle se tourna un instant vers lui, le temps de murmurer :

— Gargouille…

Puis elle quitta la pièce, parce qu'il n'y avait pas de mot de passe pour le genre de situation dans laquelle elle se trouvait.

- 10 -

Ward avait eu l'impression que son univers explosait lorsqu'il avait divorcé et s'était cru désormais immunisé contre ce genre de douleur, mais perdre Brea avait rouvert sa plaie.

Il ne pouvait nier la vérité : Brea lui manquait. Il la voulait dans sa vie, il le savait, mais voir les larmes dans ses yeux lui avait fait comprendre à quel point les risques étaient élevés. Elle avait déjà été blessée par trop de gens prétendant l'aimer. Même s'il tenait à elle, il n'était pas sûr d'être capable de s'engager à vie et il refusait de la faire souffrir de nouveau. Donc il devait la laisser partir.

Au cours des deux dernières semaines, leurs rencontres fortuites au bureau lui avaient fait l'effet de retourner le couteau dans la plaie, et il n'avait pas la moindre idée de comment faire pour ne pas répéter les mêmes erreurs. Il ignorait vers qui se tourner pour demander conseil, ce qui accentuait son sentiment d'échec.

Une fois de plus, il était seul, désespérément seul, et ce juste au moment où il commençait à construire quelque chose avec Brea. Lui proposer une vraie relation avait été un pas de géant pour lui, sauf que maintenant elle n'avait plus besoin de lui.

Il baissa le regard sur les notes posées sur son bureau. Shana l'avait appelé pour lui donner des informations sur son oncle et sa tante disparus. La police avait prévu de les interpeller pour les questionner dans le courant de la semaine ; de plus, ils étaient déjà recherchés pour avoir arnaqué des touristes en leur vendant de faux voyages organisés au pôle Nord. Il y avait enfin une piste concernant l'accident d'avion – pour être honnête, le crime collait à la peau de ce couple d'escrocs.

Mais, d'après ce que Shana avait compris, Jeannie semblait n'avoir aucun lien avec les actes de ses proches.

Brea pourrait réintégrer les siens sans garder le moindre grief.

Son cœur se gonfla à cette idée. Il était heureux pour elle. Si seulement il savait comment ne pas la blesser en reprenant leur relation… Si seulement il n'était pas aussi impliqué dans les affaires de sa famille… Il n'aurait aucun moyen de prendre ses distances s'ils mettaient un terme à leur histoire.

Parviendrait-il à gérer une telle situation ? Était-il prêt à démissionner de son poste pour elle ?

Quelqu'un frappa à la porte de son bureau, et il leva les yeux de son ordinateur.

— Oui ?

Le battant s'ouvrit pour révéler Felicity Steele.

— Je voulais juste déposer les comptes rendus de la réunion.

— La réunion ? Quelle réunion ? s'étonna-t-il en passant en revue dans sa mémoire son planning.

Soudain, il se rappela.

— Oh mince, la réunion ! s'exclama-t-il en se donnant une tape sur le front.

Comment avait-il pu oublier qu'il était censé rencontrer les dirigeants de la société caritative d'Alaska Oil Barons, Inc. pour la finalisation du nouveau programme de thérapie canine ?

— Je suis désolé, je vous présente toutes mes excuses. Je n'ai aucune bonne raison d'avoir manqué cette réunion, hormis le fait d'avoir perdu le fil du temps. Comment puis-je me faire pardonner ? demanda-t-il en sortant son chéquier.

Felicity entra dans son bureau, un dossier sous le coude.

— Nous ne refusons jamais un don financier, mais nous aurions encore plus besoin de volontaires pour l'heure du conte…

Il sentit sa gorge se nouer au souvenir de toutes les histoires qu'il avait lues à Paisley, de toutes celles qu'il n'avait plus pu lui lire après le divorce. C'est à ce moment-là qu'il bascula.

Peut-être ne pouvait-il plus montrer à sa belle-fille à quel point il l'aimait, mais il pouvait canaliser ce sentiment et en faire profiter d'autres personnes.

— Transmettez-moi un planning des créneaux disponibles, et je m'inscrirai. Et, cette fois, je serai là.

— Merci beaucoup, les enfants vont être ravis, dit Felicity en posant son classeur sur le plan de travail. Et nous aurions aussi besoin de quelqu'un pour enfiler le costume du lapin de Pâques pour la prochaine fête…

Il éclata de rire, un rire douloureux tant sa gorge était serrée.

— Hors de question, déclara-t-il avant de désigner les documents. Qu'y a-t-il, là-dedans ?

— De la documentation ainsi que des photos des chiens avec leurs maîtres.

— Vous auriez pu m'envoyer tout ça par mail, commenta-t-il en la scrutant avec intensité dans l'espoir de comprendre la véritable raison de sa visite.

— Oui, bien sûr, mais comme j'étais juste à côté j'ai décidé de faire un crochet par ici, expliqua-t-elle, ses yeux bruns pétillants d'intelligence alors qu'elle posait une main sur le dossier. Et, pour être honnête, je m'inquiète pour Brea.

Il se redressa dans son siège, une vague d'angoisse le submergeant.

— Que se passe-t-il ? Il lui est arrivé quelque chose ?

De terribles scénarios traversèrent soudain son esprit, se concluant tous par l'horrible vision de Brea à l'hôpital. Avait-elle exploité les informations que Shana avait réunies et décidé d'affronter les responsables du tragique accident qui avait déchiré sa famille ? Oui, elle s'était montrée impulsive de par le passé, mais à ce point…

Felicity secoua doucement la tête, une expression compatissante dans les yeux.

— Non, pas au sens où vous l'entendez. Elle est juste… en retrait, un peu comme vous.

À ces mots, son cœur cessa de battre la chamade, mais il pinça les lèvres devant son indiscrétion.

— Comme vous l'avez sans doute compris, nous ne sommes plus ensemble, se borna-t-il à répondre.

Ses problèmes ne concernaient que lui et, de toute façon, il n'avait aucune envie d'en parler.

— Ça a dû être sur un point de désaccord terrible, commenta-t-elle alors, l'air perturbé.

— Comment ça ?

Il ajusta sa cravate, tentant de se ressaisir. Il voulait juste reprendre le contrôle de la situation. Ou de tout, en fait, y compris de ses émotions.

— Vous avez tous deux traversé des choses très difficiles, et cela ne vous a pas détruits pour autant. Donc, je me dis que, pour vous mettre dans un état pareil, quelque chose de vraiment moche a dû se passer.

Comment résumer en quelques mots ce qui avait semé un tel désastre dans sa vie ?

— Nous nous sommes disputés, finit-il par lâcher, cette explication sonnant faux à l'instant même où elle franchit ses lèvres.

— Hum…

Peut-être n'était-elle pas indiscrète mais sincèrement inquiète pour Brea et, si c'était le cas, c'était très positif.

Il se demanda soudain s'il ne venait pas de trouver la personne idéale à qui se confier.

— Je n'ai aucune envie d'abuser de vos compétences professionnelles, mais…

Felicity s'assit dans le fauteuil en face du sien, puis, lissant sa jupe rouge, elle lui adressa un grand sourire rassurant.

— J'ai compris, vous aimeriez avoir mon avis.

— Oui. Brea pense que je la veux uniquement pour que sa famille remplace celle que j'ai perdue, et moi, de mon côté, je l'ai accusée de m'utiliser pour se rapprocher des siens sans affronter son passé. Et, en toute honnêteté, je dois admettre qu'elle avait peut-être raison à mon sujet. Mon divorce a été un véritable enfer : j'ai perdu ma femme… mais aussi ma belle-fille.

— Aucun divorce n'est facile, commenta Felicity avec douceur, et c'est encore plus dur lorsqu'il y a des enfants.

Il hocha la tête, la gorge trop nouée pour pouvoir articuler un mot.

— Eh bien, tout ce que je peux dire c'est que, lorsque vous rencontrez le grand amour, le désir de fonder une famille devient très important.

Il fronça les sourcils et resta quelques instants silencieux, méditant ses propos.

— En fait, vous voulez dire que ce qui nous est arrivé est normal et que nous avions tous les deux raison, en quelque sorte.

— Du moins, si vous vous aimez, précisa-t-elle. Mais non, ne me dites rien. Vous devez le savoir. Et c'est quelque chose que vous devez garder pour vous.

Puis elle se leva.

— Je dois retourner à l'hôpital. Mais n'hésitez pas à me joindre si vous avez besoin de vous confier.

Son offre généreuse plana dans l'air quelques instants après son départ, et il resta à réfléchir à ses mots, jusqu'à ce qu'il accepte enfin ce à quoi il avait sciemment évité de penser. Felicity avait parlé d'amour.

Sur le coup, il n'y avait pas prêté attention, cela faisait si longtemps qu'il barricadait son cœur pour empêcher cette émotion de revenir dans sa vie. C'était d'ailleurs la seule et unique chose qu'il n'avait pas proposée à Brea lorsqu'il avait envisagé de prolonger leur relation. Elle méritait tellement mieux… Et, en cet instant, il découvrit qu'il voulait lui offrir cela. Il était déterminé à le faire ; il avait tiré la leçon de son passé et aspirait à s'engager pleinement, sans barrières ni limites, dans un avenir qui inclurait Brea.

En fait, comprit-il, il n'était plus question de « permettre » à ce sentiment de revenir dans sa vie : il l'avait déjà fait, l'amour avait escaladé les remparts de son cœur et franchi toutes ses défenses.

Il était amoureux de Brea, et il lui était impossible de faire demi-tour.

Brea avait passé ces deux dernières semaines dans une sorte de stupeur, sentiment contre lequel elle avait lutté, dans son petit appartement, à grand renfort de crème glacée, tentant de décider de ce qu'elle devait faire de sa vie maintenant qu'elle avait la voie libre pour renouer avec sa famille. Maintenant qu'elle s'était éloignée d'un homme qui resterait lié aux siens pour très longtemps.

Assise en tailleur sur le canapé, elle prit une nouvelle cuillerée de glace – parfum vanille, beurre de cacahuètes et éclats de chocolat. La télé était allumée en fond sonore, diffusant une comédie romantique qui, comme toutes les autres, la bouleversait. Pourtant, elle ne parvenait pas à s'empêcher de la regarder.

Des membres de sa famille avaient téléphoné pour avoir de ses nouvelles, et elle avait émis une pléthore d'excuses, allant jusqu'à prétendre qu'elle était trop occupée pour accepter leurs invitations. En fait, elle avait multiplié les bonnes raisons de décliner, sans jamais évoquer la vraie : elle s'était rendue malade à force de pleurer et se sentait au trente-sixième dessous.

Elle n'en pouvait plus.

La seule chose qui avait éveillé un semblant d'intérêt en elle avait été le coup de fil de Shana qui avait trouvé la preuve d'un appel entre Lyle et le mécanicien de l'aéroport. Shana avait transmis l'information à la police, et elle s'était dit qu'enfin elle allait avoir les réponses qu'elle cherchait depuis si longtemps.

Soudain, quelqu'un frappa à la porte, l'arrachant à sa crise d'auto-apitoiement. Elle posa son pot de glace, coupa le son de la télévision et, pieds nus, se dirigea vers l'entrée. Elle regarda par le judas et découvrit la dernière personne qu'elle s'était attendue à voir : son père.

Il se tenait devant le seuil de son appartement, tranquille, déterminé, une casserole émaillée dans les mains, et la part d'elle qui se souvenait de son père d'antan sut immédiatement qu'il ne ferait pas demi-tour.

Elle ouvrit la porte et s'appuya au chambranle.

— Bonjour, papa. Qu'est-ce qui t'amène ici ?

Il lui tendit son présent.

— Du ragoût de caribou. On a passé la journée à cuisiner, et je me suis dit que tu apprécierais d'en avoir. Nous nous faisions du souci pour toi.

Ses yeux s'emplirent de larmes, et elle cligna des paupières pour les retenir.

— Merci, c'est vraiment très gentil. Entre.

Elle lui fit signe de la suivre et le conduisit dans la kitchenette, l'écho de ses pas résonnant derrière elle sur le tapis de son couloir.

— Sans vouloir te vexer, on dirait que tu as une sinusite.

Sa remarque ne l'étonna pas. Elle avait bel et bien

le nez et les yeux rouges, mais elle préférait que tout le monde la croie malade plutôt que de les laisser apprendre la vérité – à savoir qu'elle avait rompu avec l'homme le plus honorable qu'elle ait jamais rencontré. Elle ne se sentait pas la force d'admettre qu'elle avait pleuré non-stop depuis leur séparation.

— J'ai juste hiberné un petit peu pour réfléchir, éluda-t-elle. Elle se moucha, tentant de se ressaisir. Et toi, comment ça va, avec tout ça ? reprit-elle.

— Que veux-tu dire ?

Elle posa la casserole sur le comptoir et s'assit sur un des tabourets.

— J'ai appris qu'il y avait un avis de recherche sur le frère et la belle-sœur de Jeannie. Je sais que ça doit être dur pour elle…

Shana n'avait pas découvert le moindre indice d'implication de Jeannie, et rien de ce qu'elle-même avait trouvé ne lui avait laissé croire le contraire.

— J'ai énormément de peine pour elle. Lyle a été retrouvé, mais sa femme n'a pas encore été localisée, pour le moment. Jeannie a déjà beaucoup souffert lorsqu'ils ont abandonné Trystan. Mais elle préfère dire que Trystan est bien mieux avec elle, et qu'elle le considère comme son fils. C'est ce qui lui importe : ses enfants… Notre mariage.

Il souleva le couvercle de la casserole, et le parfum du ragoût s'éleva entre eux, éveillant des souvenirs d'antan. C'était une des recettes favorites de sa famille, que sa grand-mère avait transmise à sa mère.

— Je n'ai jamais réussi à le faire aussi bien que ta grand-mère. Naomi semble avoir pris le tour de main, mais elle refuse de me confier son ingrédient secret. En tout cas, j'aime beaucoup le préparer. Ça me rappelle tant de choses…

Jack, l'air épuisé, mélangea le ragoût au milieu de la horde d'enfants qu'il gardait tout seul pendant que Mary dormait.

Il avait demandé aux petits de l'aider à préparer le repas, mais leur avis général avait été : « Mais ce n'est pas comme ça que maman le fait ! »

Broderick tranchait les tomates pendant qu'elle et Naomi coupaient de petites branches de thym avec soin. Delaney lisait les instructions de la recette tandis que Marshall faisait des allers-retours dans la buanderie.

Ils étaient bien organisés.

— Pourquoi maman ne peut pas s'en charger ? protesta Broderick avec un soupir d'exaspération.

Naomi leva les yeux au ciel en entendant ce commentaire et l'imita.

— Broderick veut que sa maman fasse la cuisine pour lui…

— Ta mère s'est occupée de bébé toute la nuit, elle a besoin de faire une pause, expliqua-t-il.

Ils avaient une baby-sitter mais, en ce moment, avec un nouveau petit frère à la maison, papa savait que sa femme et ses enfants avaient besoin de lui. Ils étaient une famille.

— Je ne comprends pas pourquoi elle ne peut pas faire le ragoût, elle le réussit tellement mieux que toi, lança à son tour Brea en humant le thym.

Il sourit.

— C'est vrai, mais je trouve qu'on forme une sacrée bonne équipe, tous ensemble. Et tu sais comment votre maman cherche toujours à vous étonner ?

Naomi et elle échangèrent un coup d'œil complice en repensant à la dernière surprise que leur avait faite leur mère : une salle de jeux qu'elle avait peinte aux couleurs de l'Alaska pour imiter les grands espaces lorsqu'il faisait trop froid pour aller dehors.

— *Oui, oui, opina Broderick.*

— *Eh bien, dans ce cas, ce serait sympa de faire une surprise à votre mère, à votre tour, proposa-t-il.*

Papa adorait sa femme et ses enfants. Il était prêt à tout pour eux…

Le souvenir se déroula dans l'esprit de Brea avec autant de réalisme que l'arôme du ragoût, qui de ses narines pénétrait dans son cœur.

Son père était Jack Steele, et elle voulait retrouver sa famille.

— Ça a été l'enfer pour moi quand j'ai compris que tu étais revenue sous le nom de Milla Jones et que tu ne nous faisais pas assez confiance pour nous dire que tu étais vivante. J'ai eu l'impression de t'avoir de nouveau perdue ; que nous n'importions pas à tes yeux.

Ses mots la ramenèrent à cette période douloureuse avec une clarté stupéfiante.

La tristesse lui noua la poitrine, un étau qu'elle brûlait d'ouvrir pour laisser l'air et la lumière chasser la noirceur solitaire de son cœur.

— Papa, il faut que tu saches que j'ai été très longtemps malade, après le crash. Très gravement malade. Ce n'était pas comme si un matin j'étais partie en avion et que, le lendemain, j'avais décidé que ma famille ne me voulait plus, expliqua-t-elle en repensant à ces premiers mois chez les Jones, durant lesquels elle avait tant pleuré. La confusion qui s'est installée a été progressive ; j'étais seule, en deuil, très faible.

Il l'écouta, une expression sombre sur le visage.

— Je suis heureux que les Jones aient bien pris soin de toi.

— Comment peux-tu dire ça alors qu'ils m'ont arrachée à toi ? Ils savaient qui j'étais…, protesta-t-elle, ses yeux s'emplissant de larmes.

Un nouveau souvenir lui remontait à l'esprit, une réminiscence de ces premiers jours après sa guérison, alors qu'elle était recroquevillée sur le canapé, les genoux remontés contre sa poitrine, la voix rauque d'avoir sangloté et déclaré son identité à ses parents adoptifs.

Il baissa les yeux sur le ragoût pendant un bon moment, et elle crut le voir crisper la mâchoire, avant qu'il reporte son attention sur elle, le visage de nouveau calme.

— Le policier qui nous a appelés à propos de Lyle a dit qu'il avait avoué plusieurs choses : qu'il était présent sur le site du crash et que c'est lui qui t'avait découverte vivante. Apparemment, il ne se sentait pas le courage de t'éliminer directement – même s'il l'avait eu pour orchestrer le sabotage de l'avion. Il connaissait les Jones et les a payés pour qu'ils te gardent le temps qu'il sache quoi faire. Je crois qu'ils ont dû décider de te protéger de ta famille parce qu'ils nous percevaient comme une menace envers toi.

Sa bouche se mit à trembler tandis qu'une vague d'émotions la traversait – du soulagement, de la peine, de la rage, autant de sentiments emmêlés qui lui nouaient la gorge à tel point qu'elle n'arrivait plus à respirer.

Ses doigts se crispèrent sur le comptoir, elle se mordit la lèvre pour réprimer un cri qui n'aurait fait que bouleverser davantage son père – après tout ce qu'il avait déjà vécu. Au bout d'un moment, elle parvint à prendre une inspiration.

— C'est très généreux de ta part.

— T'aimaient-ils ?

Tout d'abord, elle serra les dents, repensant à sa vie avec les Jones, la façon dont sa mère adoptive posait un linge frais sur son front quand elle était malade, ou lisait les mêmes livres qu'elle pour qu'elles puissent en discuter, la façon dont son père adoptif l'emmenait à son travail afin qu'elle apprenne comment fournir de l'électricité à leur petite communauté.

— Ils m'ont traitée comme si c'était le cas, finit-elle par dire.

Il hocha la tête.

— Dans ce cas, je crois que nous devrions laisser la justice suivre son cours sans nous en occuper, pour faire table rase du passé et nous reconstruire en tant que famille.

Elle savait que cette décision n'avait pas dû être facile à prendre pour son père. Il devait avoir encore plus de raisons qu'elle d'être furieux et d'aspirer à la vengeance.

Elle ouvrit les bras pour le serrer contre elle.

— Papa…

Il l'enveloppa dans une étreinte d'ours, qui lui fut si familière qu'elle ne comprit pas comment elle avait pu l'oublier.

— Brea, je peux te dire ce qui a vraiment été dur, ces deux dernières semaines ? C'est de penser à ce que tu traversais sans vouloir le partager avec nous : je suis papa de plusieurs filles, alors, quand je vois des yeux rouges et de la glace, je sais ce que ça veut dire.

Il désigna d'un geste du menton le pot de crème glacée sur la table basse du salon.

Avec un sourire tremblant, elle s'essuya les yeux.

— J'ai tout gâché avec Ward…, balbutia-t-elle.

Ces deux semaines sans lui avaient été horriblement vides. Son odeur lui manquait, la façon dont il saluait une nouvelle journée d'un sourire, la familiarité de leurs petits déjeuners à deux, sa manière de parler de son métier avec elle et d'apprécier son opinion. Et là, en cet instant, elle n'avait qu'une envie : partager avec lui la joie de ces retrouvailles avec son père.

— Alors comme ça, tous les deux, vous êtes ensemble ? lui demanda-t-il avec une surprise non dissimulée. Je pensais que vous travailliez sur une sorte de pacte à bénéfices mutuels.

— Tu étais au courant ? s'étonna-t-elle.

Il lui fit un clin d'œil.

— Je suis un bon homme d'affaires.

— Eh bien, ça a commencé comme une sorte de pacte, en effet… puis ça a évolué. Sauf que je l'ai rejeté.

— Alors, va le chercher, énonça son père avec simplicité. Tu sais, si j'avais eu le moindre doute que tu étais vivante, je t'aurais cherchée jusqu'au bout du monde.

Et, en entendant la détermination dans sa voix, elle sut qu'elle n'avait pas été oubliée.

Elle était aimée, elle était une Steele et, tant qu'il y avait de l'espoir, un Steele n'abandonnait pas les siens.

Ward fit craquer ses phalanges, habitude qu'il avait prise à l'adolescence. La plupart du temps, il arrivait à s'en empêcher, mais durant les moments de stress, avant une réunion importante ou lors de la clôture d'un marché, ce vieux tic resurgissait.

Or, de toutes les situations où il avait fait craquer ses phalanges depuis qu'il était adulte, aucune ne lui avait paru plus critique que celle-ci.

Il avait beaucoup à perdre. Tout, en fait.

Mais les projecteurs étaient braqués sur lui, et il devait maîtriser ses émotions, jouer le rôle d'un directeur général. Et, s'il était chanceux, une autre victoire, bien plus essentielle, l'attendait.

Alors qu'il poursuivait son discours, son esprit allait à Brea. Aucune réunion professionnelle ne serait jamais aussi importante que Brea. Il arrivait à la fin de son allocution, qui clôturerait la rencontre, et il en venait au bilan.

L'assemblée générale du bureau des directeurs se

déroulait aussi bien qu'il l'avait prévu, voire encore mieux. Les actionnaires satisfaits, dans leurs costumes coûteux, hochaient la tête en analysant les graphiques et chartes qu'il avait préparés.

La réunion avait lieu au dernier étage de l'immeuble Steele, dans une grande salle à manger où le tintement des couverts sur les assiettes était discret tandis qu'il poursuivait sa présentation. Tendu, il fit passer son poids d'un pied à l'autre, une goutte de sueur glissant sur sa nuque – heureusement, le col de sa veste sur mesure dissimula sa gêne.

Il parcourut l'assistance du regard, autour de la table, et posa les yeux sur Brea, remarquant chaque détail : sa robe de soie noire, la façon dont son caraco en cachemire accentuait ses courbes. Même dans la lumière tamisée de la salle, il ne put s'empêcher d'admirer sa beauté.

Mais ses sentiments envers elle allaient bien plus loin que cela – la profondeur de ce qu'il ressentait pour elle, de l'amour qu'il éprouvait, menaçait de le submerger.

Elle le surprit en train de la fixer tandis qu'elle mâchait une bouchée de viande. Chez Alaska Oil Barons, Inc., on cultivait la philosophie selon laquelle les affaires étaient traitées bien plus agréablement en mangeant, philosophie à laquelle il adhérait. Rompre le pain ensemble permettait de mettre les gens à l'aise.

Avec difficulté, il se détourna d'elle pour considérer les actionnaires qui écoutaient la conclusion de son discours. Après quoi, la réunion serait finie, et ce serait l'heure pour lui de regagner Brea.

D'un clic, il fit basculer son diaporama sur un écran blanc.

— Cela termine ma présentation. À présent, j'aimerais vous adresser quelques mots plus personnels. Cela me semble important puisque nous allons travailler ensemble un bon moment, déclara-t-il avec un sourire. Du moins, c'est ce que j'espère.

Sa remarque fit naître les rires qu'il avait espérés, et cela l'encouragea à amener sa transition sur son annonce.

— J'ai eu l'honneur de passer du temps avec Breanna Steele. Certains d'entre vous sont peut-être au courant que nous nous fréquentons. Alors que j'apprenais à la connaître, j'ai eu la chance de découvrir quelle femme admirable, forte et brillante elle est, comme tous les Steele et les Mikkelson. Elle représente pour moi un grand défi à relever, et j'ai bien l'intention de le faire.

— Peux-tu me faire confiance ? reprit-il en s'adressant directement à elle. J'ai appris que la confiance mettait du temps à naître, qu'elle se méritait.

Un courant électrique sembla passer entre eux et, durant un instant, il eut l'impression qu'ils étaient seuls dans la pièce.

Le cœur battant la chamade, il poursuivit :

— Je suis prêt à investir le temps qu'il faut, les heures, les semaines, les années, si nécessaire, pour te prouver que je suis ton premier choix, digne de la confiance que tu auras placée en moi.

Il prit une profonde inspiration.

— Heureusement, j'ai des modèles d'exception ici en Jack et Jeannie. Et je ne dis pas cela pour m'assurer leurs faveurs. Ils forment un couple admirable et m'ont accueilli au sein de la grande famille d'Alaska Oil Barons, Inc.

Et, avec un peu de chance, ils l'accueilleraient aussi au sein de leur vraie famille.

Il sourit et descendit de son estrade. Les membres du comité et les actionnaires se mirent à l'applaudir, certains allant jusqu'à lui taper sur l'épaule et dans le dos lorsqu'il passait devant eux. D'autres lui serrèrent la main et le complimentèrent. De son pas assuré, il se rapprocha de Brea et, se penchant vers elle, lui murmura à l'oreille :

— Gargouille.

Elle écarquilla les yeux en le scrutant, avant d'esquisser un sourire.

— Tu veux partir ? Maintenant ? Mais c'est ta fête de bienvenue dans la compagnie, c'est ce que tu as toujours attendu.

— C'est toi que j'ai toujours attendue, dit-il. Et, à présent, cherchons un endroit plus discret pour parler.

Elle hocha la tête et déposa sa serviette sur la table. Elle prit sa main, la serra doucement, les yeux brillants d'émotion. Ou de larmes ? Ses doigts tremblaient dans les siens, mais elle ne le lâcha pas. Un bon signe, se dit-il en la conduisant vers l'ascenseur qui menait directement à son *penthouse*.

Ils restèrent silencieux durant toute l'ascension, mais l'air entre eux crépitait, comme au premier jour de leur rencontre. Puis, une fois qu'ils furent dans l'appartement, il la guida vers le tapis en peau d'ours près de la cheminée où un feu brûlait joyeusement.

Il avait prévu de faire tout ce qui était en son pouvoir, envisagé de faire usage de tout son charme pour lui prouver qu'il était prêt à mettre de nouveau son cœur en péril, pour faire de nouveau partie d'une famille, non de remplacement, mais à construire, à fonder.

Il l'aimait.

Ils s'installèrent sur le tapis devant le feu, la robe noire de Brea remontant sur ses mollets bien galbés. Au bout de quelques instants, elle inclina la tête, ses boucles sombres encadrant son beau visage.

— C'est mon imagination ou tu m'envoyais de sacrés messages durant ton discours, avec les yeux ?

Il saisit ses mains et fit courir les pouces à l'intérieur de ses poignets.

— Ces deux semaines sans toi, à me dire que je t'avais perdue, ont été un véritable enfer.

Elle se mordit la lèvre et avala sa salive, sa propre peine se reflétant dans ses iris sombres.

— Pour moi aussi.

— Tu t'es infiltrée dans mon cœur, déclara-t-il d'un ton grave.

Elle le scruta, sans voix.

— Pourquoi es-tu si étonnée ? Je ne crois pas t'avoir caché à quel point je tiens à toi.

— Je sais qu'il y a cette alchimie entre nous, mais…

Il secoua la tête et resserra son étreinte sur ses mains.

— C'est bien plus que ça, pour moi, Brea. Je suis amoureux de toi.

Sa bouche dessina un O de surprise, puis ses yeux s'emplirent de larmes.

— Je suis si heureuse d'entendre ça. Tu m'as fascinée dès la première fois que je t'ai vu, et, depuis, ça ne s'est pas démenti. Je t'admire énormément, ton esprit autant que ton corps. Ward, je suis follement amoureuse de toi, moi aussi.

Il caressa ses cheveux épais, puis posa une main sur sa nuque pour l'attirer à lui avant de l'embrasser, d'un baiser qui scellait cet instant, celui où, pour la première fois, ils avaient exprimé leur amour l'un envers l'autre.

— Je suis si heureux que tu te sois introduite dans mon bureau.

Elle émit un petit rire avant d'afficher de nouveau une mine sérieuse.

— Je n'aurais jamais dû te dire toutes ces choses blessantes. Je sais à quel point tu as souffert de perdre ta fille, et c'était mal de ma part d'utiliser ça contre toi durant une dispute.

Il avala sa salive, ressentant le besoin de lui faire comprendre que c'était elle qu'il voulait, pas sa famille, pas quelqu'un d'autre.

Elle était tout pour lui et, même s'il avait été blessé de

par le passé, elle valait la peine qu'il coure de nouveau ce risque.

— Tu crois vraiment que je vous utilise, tes proches et toi, comme substituts à ce que j'ai perdu avec ma belle-fille ?

Les larmes aux yeux, elle secoua la tête.

— Je vois maintenant que tu es attiré par moi, et par les Steele, parce que c'est le genre de vie de famille que tu désires. Je comprends aussi que ce doit être effrayant pour toi de prendre le risque de faire de nouveau partie d'un tout.

— C'est dur, vraiment dur, chuchota-t-il, la gorge nouée. Ce n'est pas facile pour un homme d'admettre qu'il a peur. Et je suis désolé de ce que je t'ai dit, concernant le fait que tu m'utilisais… Ni moi ni personne ne peut imaginer ce que tu as traversé.

— Je veux retrouver ma famille, dit-elle, mais je te veux toi aussi. Ces deux aspirations ne sont pas liées.

— Ravi de l'apprendre.

Et, heureux d'avoir cette seconde chance avec elle, il l'embrassa avec ferveur, leurs haleines se mêlant et leurs langues dansant l'une autour de l'autre.

— Au fait, j'ai beaucoup pensé à mon avenir, chuchota-t-elle soudain contre sa bouche.

Elle fit courir les mains dans ses cheveux.

— Royce et moi avons discuté, dans le Dakota du Nord, à propos de ses recherches et de mon expérience dans ma petite communauté, en dehors de la société. Nous aimerions explorer des méthodes pour rendre les ressources plus accessibles aux gens qui vivent dans des régions isolées.

— Ça me paraît être une excellente idée, professionnellement comme personnellement, commenta-t-il en appuyant le front contre le sien, savourant l'odeur florale de son shampoing.

Il avait hâte de faire partie de son existence, pour le restant de leurs jours.

— Nous avons toute la vie pour être ensemble, dit-elle comme si elle lisait dans ses pensées. Je ne veux pas te priver de ta réunion.

— J'ai rempli mes obligations à leur égard. Ta famille…

— Notre famille, le corrigea-t-elle.

— Tu es vraiment une femme stupéfiante, j'espère que tu le sais.

— Ne te gêne pas pour me le répéter tous les jours, plaisanta-t-elle en enroulant les bras autour de son cou.

Il l'allongea sur la peau d'ours, anticipant déjà de lui faire l'amour dessus toute la nuit.

— J'espère que cela signifie que tu veux me garder.

Dans ses yeux s'allumèrent des étoiles.

— Je n'imagine rien que j'aimerais plus que te garder pour toujours. Peut-être vais-je même entrer par effraction dans ton bureau chaque jour à cette fin.

Épilogue

Deux ans plus tard

Brea touilla le contenu bouillant de la marmite, l'odeur du ragoût de caribou la ramenant à son enfance, à ces journées dans la cuisine de sa grand-mère, à ces instants gais et heureux.

Pas de panique, pas de brouillard, juste une connexion simple et joyeuse à un moment de bonheur de son passé.

Le parfum du laurier et de l'ail inondait la cuisine lumineuse qu'elle avait elle-même conçue, jusqu'à la fenêtre de toit positionnée pile au-dessus d'elle pour qu'elle puisse voir le ciel et les étoiles lorsqu'elle cuisinait. Cela avait été l'idée de Ward quand ils avaient fait construire cette maison dans la banlieue d'Anchorage. Ce lieu sous la verrière était son endroit favori pour respirer calmement et puiser sa force de la nature, même quand elle était entourée par l'amour profond de sa grande famille.

Les Steele.

Les Mikkelson.

Et Ward.

Tout le monde s'était réuni chez eux pour pendre la crémaillère et regarder un nouvel épisode des *Explorateurs de l'Alaska*, la série qui suivait les aventures d'Alaska Oil Barons, Inc.

Leur famille.

— Ça sent sacrément bon, dit Ward en pénétrant dans la cuisine derrière elle.

— J'ai goûté et je peux te promettre que ça va être délicieux, affirma-t-elle en s'adossant à son torse, tandis qu'il enroulait les bras autour d'elle, ses grandes mains se posant sur son ventre.

— Comment te sens-tu ? demanda-t-il en l'embrassant dans le cou, juste sous l'oreille, là où il savait que ça la faisait toujours frissonner, même après un an de mariage. Je peux prendre le relais pour que tu surélèves un peu tes pieds.

— Je me porte à merveille et j'ai hâte de dîner. J'ai attendu ce repas toute la semaine.

Il l'embrassa derechef.

— Les jumeaux doivent avoir faim.

Le rendez-vous de cette semaine chez l'obstétricien avait révélé une surprise : ils allaient avoir deux bébés. Ils n'avaient pas encore dit à la famille qu'elle était enceinte, aussi la nouvelle serait-elle une autre raison de faire la fête. Ils s'étaient amusés à prévoir comment ils feraient leur grande annonce, finissant par se décider pour un gros gâteau au moment du dessert, avec un nappage doré dessus et deux petites figurines en porcelaine représentant des nourrissons.

— C'est bien que nous l'annoncions ce soir : j'ai hâte de poser des questions à Naomi sur tout ce qui a trait aux jumeaux et sur comment ça s'est passé pendant sa grossesse.

Elle avait renoué son lien avec sa sœur et savait que ce lien ne ferait que se renforcer lorsqu'elles élèveraient chacune leurs jumeaux.

Elle était enceinte de trois mois. Ils avaient attendu jusqu'à présent pour révéler leur grande nouvelle parce qu'ils voulaient inclure Paisley à la célébration. Grâce à Felicity, qui les avait aidés dans les négociations avec son ex-femme, la mère de Paisley avait finalement accepté que Ward renoue contact avec elle, d'abord par téléphone, puis lors de vacances. Paisley était à présent chez eux pour les fêtes de Noël, et elle avait l'impression qu'elle s'amusait beaucoup avec tous ses « cousins ».

La dernière fois qu'elle avait jeté un coup d'œil dans la grande pièce de vie, elle avait vu Paisley sur le canapé, en train de lire des livres avec la fille de Conrad et Felicity, Kylie, une adolescente qu'ils avaient adoptée quelques mois plus tôt. Voir les deux filles blotties l'une contre l'autre, lisant tranquillement au milieu du chaos chaleureux de toute la famille, lui avait rappelé Marshall.

Encore un souvenir heureux.

— Naomi va être folle de joie, comme tout le monde, lui assura-t-il en l'entraînant vers le séjour.

Jack et Jeannie étaient assis sur le canapé, main dans la main, tandis que les jumelles de Naomi leur montraient les nouveaux enchaînements qu'elles avaient appris dans leur cours de baby-ballet. Marshall et Tally arrivèrent par la porte arrière, tapant la neige de leurs bottes après avoir fait une promenade à cheval avec Conrad et Felicity.

Tally avait presque terminé sa formation d'assistante sociale. Marshall et elle attendaient qu'elle ait fini ses études pour avoir des enfants. Glenna était assise à un bureau, dans le coin le plus éloigné de la pièce, avec son bébé. Elle était en vidéoconférence, et sur l'écran l'on reconnaissait les visages de Shana et Chuck, accompagnés de leurs trois enfants entre six et deux ans, adoptés en même temps.

Leur famille mêlée continuait à s'agrandir et à prospérer, mais ce n'était que justice, vu tout l'amour qu'elle possédait.

Tout était parfait dans son monde.

Elle échangea un regard avec son mari, l'homme qui l'avait aidée à retrouver sa famille tout en conservant son identité. Elle aimait penser qu'elle aussi l'avait aidé à trouver sa propre famille. Il prit sa main dans la sienne.

— Alors, heureux ?

Avant qu'il ait eu le temps de répondre, Tally se rua sur eux.

— C'est toi, Brea. Viens voir !

Elle se laissa entraîner plus près des autres, même si elle croyait que Ward et elle avaient déjà vu cet épisode des *Explorateurs de l'Alaska* en prédiffusion.

La voix du présentateur décrivait la nouvelle initiative sociale d'Alaska Oil Barons, Inc. et leur effort pour fournir de l'énergie à des villages isolés. Elle y avait travaillé avec Royce et Delaney, mais ce projet avait pour elle une importance toute particulière : c'était un moyen de relier les deux fils de son passé de manière positive ; une main tendue aux communautés du même style que celle qui l'avait secourue lorsqu'elle avait été blessée. Ces gens-là feraient toujours partie d'elle.

— Je suis si fier de toi, lui chuchota Ward à l'oreille en se penchant vers elle pour lui masser les épaules.

Son contact la réchauffa, et elle sentit des larmes de bonheur lui picoter les yeux.

Elle avait lutté si longtemps pour trouver la paix que découvrir ce sentiment de contentement satisfait était un bonus incroyable.

Sur le grand écran plat, l'Alaska General Hospital apparut tandis que le présentateur continuait son récit.

— Les Steele et les Mikkelson ont également établi leur réputation grâce à des innovations caritatives. L'aile Steele de l'Alaska General Hospital possède maintenant une bibliothèque pour enfants ainsi qu'un programme de thérapie par les chiens pour réconforter les patients. L'oléoduc du Dakota du Nord est à présent totalement opérationnel et accroît le rayon d'action d'Alaska Oil Barons, Inc. Chuck Mikkelson perpétue l'héritage de son père avec l'aide du scientifique Royce Miller ainsi que celles de Delaney Steele Montoya et Breanna Steele Benally.

La fin de la phrase fut étouffée par les cris de « papa ! » des enfants de Chuck lorsqu'ils entendirent son nom. Elle était très heureuse pour Shana et lui, qui avaient fondé leur propre famille avec tout cet amour qui l'avait inspirée deux ans plus tôt.

La vidéo montra ensuite la nursery d'Alaska Oil Barons, Inc., où de nombreux enfants présents dans le séjour passaient leurs journées.

— Ce ragoût sent divinement bon ! s'exclama Tally alors que l'émission touchait à sa fin. J'ai hâte qu'on mange, Brea. Que puis-je faire pour t'aider ?

Sans attendre de réponse, Tally se dirigea vers la cuisine. Ward l'embrassa sur la joue.

— J'espère que le gâteau est bien caché, sinon, notre secret sera éventé, souffla-t-il.

— Ward Benally, je crois que je sais garder un secret, pas toi ?

Elle pivota dans ses bras, savourant la sensation de force qu'il dégageait. Elle aimait cet homme à un point inimaginable. L'avoir à ses côtés la faisait se sentir en sécurité, entière, et incroyablement heureuse.

— Je t'aime, Ward.

— Je t'aime aussi, Brea.

Il prit son visage dans ses mains et caressa ses joues du pouce avant de la relâcher.

Son cœur fondit à son contact. Même s'il s'était écoulé deux ans depuis qu'elle était tombée amoureuse de lui, elle savait qu'ils possédaient le genre d'amour qui ne se dissiperait jamais. Ils avaient lutté pour le conquérir, et il leur était trop précieux à tous les deux.

Main dans la main, ils rejoignirent leur famille pour la fête qui ne faisait que commencer.

Retrouvez en mars 2020,
dans votre collection

Passions

Amour éphémère ?, de Janice Maynard - N°851

Troublant hasard – destin – que celui de replonger dans les yeux chocolat de son premier amour, Ethan Barringer. Aria ne veut pas laisser passer sa chance cette fois-ci. Puisque Ethan est à Royal pour raison professionnelle, elle l'invitera à célébrer son récent succès autour d'un verre de champagne, chez elle. Quitte à renouer avec l'espoir destructeur qu'il entre de nouveau dans sa vie après l'en avoir violemment exclue…

Un partenariat inattendu, de Teresa Southwick

Prouve-moi que je suis le père ! Tess est sidérée par la réaction de Leo Wallace, à qui elle vient d'annoncer sa grossesse. Cet homme qu'elle a en horreur et à qui elle a cédé dans un élan de passion et de fragilité, après la disparition de son grand-père, est un goujat de premier ordre. Pourtant, impossible de le tenir éloigné puisqu'il travaille avec elle au sein de l'établissement familial…

Père à tout prix, de Maureen Child - N°852

Lorsque son patron, Ethan Hart, lui propose une somme indécente pour qu'elle l'aide à veiller durant quelques jours sur l'adorable petite fille dont il vient de se voir confier la garde, Sadie hésite. Elle a eu le cran de poser sa démission après des années à sacrifier sa vie privée pour lui et ne peut revenir en arrière au risque de rester vainement éprise de cet homme. Mais peut-elle vraiment abandonner cette enfant par égoïsme ?

Un shérif pour sauveur, de Brenda Harlen

Honteuse, confuse, Regan voudrait disparaître à cet instant précis. Connor Neal, le séduisant shérif adjoint, qui vient de la découvrir le cœur au bord des lèvres derrière des buissons, lui propose avec une bienveillance touchante de l'aider. Il la pense ivre, alors qu'elle attend un heureux événement. Peut-elle lui révéler la vérité – et trouver un peu de réconfort –, quitte à ternir la réputation si lisse de sa respectable famille ?

Un pas vers la liberté - N°853
De Andrea Laurence

SÉRIE INTÉGRALE : DESTINS CROISÉS

S'associer à son ex, devenu expert en sécurité, pour retrouver sa famille biologique ? Jade ne peut s'y résoudre. Pourtant elle a bien conscience que Harley représente son seul espoir de faire la lumière sur son passé. Tout comme il représente sa pire crainte de succomber à des désirs qu'elle s'est fait la promesse de ne plus goûter…

Pour le bonheur de Morgan

Qu'ils aillent tous au diable ! D'abord son père, qui l'a élevée dans le mensonge de ses origines toute sa vie. Puis River Atkinson, son grand amour de jeunesse et nouveau collaborateur, qui l'a prise pour une vulgaire marchandise dix ans plus tôt en acceptant de briser leur mariage contre une forte somme d'argent de sa famille. River, qui semble penser qu'un simple pardon peut tout effacer…

Une famille en herbe, de Sarah M. Anderson - N°854

En voyant Flash Lawrence la fixer du bas de la scène, alors qu'elle donne son premier concert après treize mois de silence, Brooke panique. Sa chanson *One Night Stand* est un hommage à leur nuit torride. Et les paroles ne laissent aucun doute quant à la surprise qui s'en est suivie, et dont elle n'a jamais parlé à Flash en disparaissant du jour au lendemain…

L'étau du désir, de Karen Rose Smith

Jalouse ? Comment Emma peut-elle éprouver ce sentiment en apprenant que l'ex-femme de Daniel – et mère de ses trois adorables enfants – est de retour ? Emma n'est qu'une nourrice temporaire pour ces enfants, elle en a bien conscience. Mais, depuis qu'elle a emménagé chez Daniel pour veiller sur eux, elle ne peut s'empêcher d'espérer que cette famille devienne un jour la sienne.

Captifs d'un scandale, de Karen Booth - N°855

SÉRIE : PASSIONS AU BUREAU 1/4

Une nuit, une seule, entre les bras de Matt Richmond, son patron. Sans lendemain. Telle était la promesse mutuelle qu'ils s'étaient faite. Mais, en apercevant ce matin les titres de la presse à scandale relater leur fougueuse folie, Nadia perd contenance. Ulcérée par le regret, elle n'a plus d'autre choix que celui de se tenir à distance du milliardaire qui a ravi son cœur, quoi qu'il lui en coûte...

Pour une escapade romantique, de Cat Schield

SÉRIE : PASSIONS AU BUREAU 2/4

Un monstre de glace. Comment aurait-il pu en être autrement de Shane Winters ? Isabel vient de perdre toutes les illusions qu'elle nourrissait au sujet du président de la filiale hôtelière Richmond qui l'emploie. Car, après l'avoir embrassée avec passion dans un cadre romantique à souhait, celui-ci l'a repoussée pour respecter son éthique impeccable : ne jamais fréquenter une partenaire dans le cadre professionnel...

L'inconnu vénitien, de Kat Cantrell - N°856

La poésie de Venise, la frivolité d'un bal costumé, le mystère d'un inconnu masqué... Il n'en faut pas moins pour qu'Evangeline ose savourer l'instant présent. Tandis qu'elle goûte les lèvres de Matt – puisque c'est ainsi que son cavalier dit s'appeler –, elle peut enfin laisser s'exprimer la femme qu'elle est au fond de son cœur, celle qu'elle dissimule d'ordinaire sous un vernis social des plus étouffants. Hélas, elle sait déjà que cette parenthèse merveilleuse prendra fin sitôt que Matt et elle auront tombé les masques et qu'il découvrira sa véritable identité...

À l'aube de notre amour, de Sandra Steffen

Lacey est plus troublée que jamais. De retour à Orchard Hill, sur les terres de son enfance, elle retrouve Noah Sullivan, qu'elle a quitté suite à une terrible dispute deux ans plus tôt. Immédiatement, son cœur s'emballe, tandis que son corps se souvient de leurs étreintes passées... Bien sûr, il serait plus sage pour elle de garder ses distances avec cet homme qui lui a brisé le cœur, pourtant, elle ne peut s'y résoudre. Et ce d'autant moins qu'elle découvre bientôt qu'il a besoin de son aide...

Composé et édité par HarperCollins France.

Achevé d'imprimer en janvier 2020.

CPi
BLACK PRINT

Barcelone

Dépôt légal : février 2020.

FSC
www.fsc.org
MIXTE
Papier issu de sources responsables
FSC® C108412

Pour limiter l'empreinte environnementale de ses livres, HarperCollins France s'engage à n'utiliser que du papier fabriqué à partir de bois provenant de forêts gérées durablement et de manière responsable.

Imprimé en Espagne.